Hombres de papel

Oswaldo Salazar

Hombres de papel

Hombres de papel

Primera edición: marzo de 2016

D. R. © 2015, Oswaldo Salazar

D. R. © 2016, de la presente edición en castellano para todo el mundo:
Penguin Random House Grupo Editorial, S. A. de C. V.
Blvd. Miguel de Cervantes Saavedra núm. 301, 1er piso,
colonia Granada, delegación Miguel Hidalgo, C. P. 11520,
México, D. F.

www.megustaleer.com.mx

D. R. © diseño de cubierta: Raquel Cané

ISBN: 978-607-314-059-1

Impreso en México – *Printed in Mexico*

El papel utilizado para la impresión de este libro ha sido fabricado a partir de madera procedente
de bosques y plantaciones gestionadas con los más altos estándares ambientales, garantizando
una explotación de los recursos sostenible con el medio ambiente y beneficiosa para las personas.

Penguin
Random House
Grupo Editorial

Nota del autor:

Algunos personajes de esta novela son reales; sin embargo, lo que se cuenta de ellos es ficticio.

Índice

Primera parte

"Dijo Isaac a su padre Abraham: ¡Padre!
Respondió: ¿Qué hay, hijo?
Aquí está el fuego y la leña, pero
¿dónde está el cordero para el holocausto?"

Génesis 22, 7

1. Es el caso de hablar

París, 2 de octubre de 1925

Señora Doña María Rosales de Asturias
En sus manos

Mi adorada mamá:

Ya estará cerca la Navidad cuando usted lea estas líneas. No puedo evitar el recuerdo de nuestras costumbres en este mundo tan ajeno al nuestro. Quisiera saber cómo imagina estas ciudades maravillosas que he conocido, para saber si he sido sus ojos... Sus ojos... todavía los recuerdo en esa fotografía (ventana de pasajero del tren que es la vida) que usted hizo que nos tomáramos antes de mi viaje, su mirada sonriente de Mona Lisa criolla, perfectamente consciente de lo que es suyo. Nos pusimos nuestras mejores galas: usted, su vestido de pana azul con cuello de encaje blanco; yo, mi único traje de casimir inglés y una camisa nueva. El fotógrafo nos dio muchas indicaciones; pero, finalmente, usted se paró y, de una forma no menos determinada que serena, sentenció: "Ambos estaremos de pie, él ahí y yo acá".

Y mientras el fotógrafo se metía en su cueva de luz y de sombra, imperceptiblemente, usted me tomó de la mano como diciéndome "donde quiera que vayas, yo estaré contigo". No lo olvido. Creo que nunca lo olvidaré. Mis ojos quedaron absortos, como quien sabe sin saber que enfrentarse al destino es descubrir el sentido del pasado, es aferrarse a una mano que lo sostiene a uno suavemente. ¡Madre, es el caso de hablar! En esos días había ido a la cárcel y me acababa de enterar de algo que, en ese momento, era incapaz de entender.

Casi puedo ver el retrato oval, igual a nuestros rostros, que usted puso en la cómoda de su dormitorio sobre aquel tapete que le robó horas de sueño y que, como un cielo fijo, reunía las fotos de los momentos estelares de nuestra familia: el casamiento con papá, Lola con Maco y conmigo, nuestro imposible adiós y tantas otras. Un cuento detrás de cada una, uno de esos que nos contaba allá en Salamá para pasar el rato y para que nos durmiéramos.

En realidad, a pesar de la zozobra por papá, tuvimos una infancia feliz en ese mundo de ensueño donde nos refugiamos. Nadie sabe mejor que usted de qué estoy hablando. Y ahora que veo a través de esta ventana todos estos techos irregulares apretados por el tiempo en un orden que ya nadie entiende, recuerdo la bruma de las tardes, las tenues nubes inmemoriales bajando por los cerros de pinos de Salamá, resuena en mi guarida parisina la voz de Lola contando una historia sin principio, y también las misteriosas charlas de sobremesa sobre el dictador y sus orejas amenazándonos. "¡El Cuco de los sueños va hilando los cuentos!" —nos decía Lola en las pausas de su relato.

Pero aquí también cuentan nuestra historia; ya sabe usted del montón de cadáveres culturales que encontré en el Museo Británico y de cómo allí me di cuenta de que la Sociología era para hablar de la vida como si estuviera muerta. Vine a París huyendo de aquel mundo macabro y me encontré con un arte moderno que busca lo que para nosotros es cotidiano y, por si fuera poco, con el fascinante trabajo del Dr. Raynaud quien intenta reconstruir la imaginación mítica de nuestros pueblos. Aquí es otra cosa. Ya le he contado de mi dificultad con la lengua inglesa. En cambio Francia me ha acogido maravillosamente: su lengua tan amigable y su gente tan cosmopolita me han hecho sentir dueño de un lugar a la par de otros latinoamericanos que, como yo, no saben lo que buscan, pero sí saben que, sea lo que sea, si hay un lugar en el mundo donde buscarlo, es París. Bueno, no frunza el ceño, tiene razón, para ser exacto, ese lugar está en una dimensión intangible entre París y los recuerdos. No se me ha borrado la sensación de su mano en la mía en el momento de aquella foto. Sé que usted camina conmigo, que se asoma en los cafés cuando hablo de Guatemala, que me apaga la luz cuando me quedo dormido. Y todos los días la escucho cuando intento fijar por escrito las palabras de la infancia. Sí mamá, ya no soy más un abogado. No me interesa. Ya no quiero oír hablar siquiera de la posibilidad de estudiar Sociología o Economía Política. Mi camino es la literatura. Se lo digo a usted porque creo encontrar en su corazón toda la comprensión que necesito.

No sé cómo vaya a tomarlo papá. No sé o no quiero saber qué pueda sentir de perder el destino de su hijo, el mayor, el que recobró la cordura al abandonar medicina y abrazar el derecho como un hijo pródigo. No sé de él; pero sí sé que usted sospecharía si en mi lugar ve volver a un viajero lleno de joyas y con ademán insolente, sé que dudaría de salir a mi encuentro pensando que podría no ser su hijo. ¡Ay madre! ¿A quién espera usted? ¿A quién puede esperar si sólo tengo palabras?

No soy sino un pobre latinoamericano que pasa el día escribiendo y hacia la caída de la tarde se encamina a los cafés donde comparte los sueños, los borradores, las memorias con otros de su misma condición. Ahí he descubierto que, ya sea en la política o en el arte, la consigna del intelectual moderno es la Revolución. No basta aprender de los maestros, hay que refutarlos; no basta derrocar a un dictador, hay que hacer la Revolución. Aquí en París he conocido quienes viven para la consecución de un proyecto revolucionario, que sueñan con volver con gran renombre y espada poderosa, que creen posible ceñir la palma de la victoria en sus manos y llevarse el mundo por delante. ¿Me reconocería usted si volviese con el renombre y la espada en ristre? ¿Andaría el camino tras la tapia para encontrar a un señor temido por violento? ¿Podría ser su hijo? Tengo serias dudas.

Esos ojos suyos ya me vieron volver con un camino andado en vericuetos de palabras y memorias siempre de otros. Esos otros postergados por costumbre que he descubierto en el pasado vivo del trabajo del Dr. Raynaud. Debe saber, madre, que este eminente erudito me ha pedido que me embarque, con un mexicano que se llama José María González, en la traducción del *Popol Vuh*. Es providencial, encontrar a dos personas tan interesadas en lo que es propicio para mi anhelo de, algún día, ser un escritor. Tal vez halle en ese trabajo las palabras perdidas de la infancia, el puente sobre un mar resonante y obscuro de memorias ancestrales y sueños rotos.

Hemos trabajado ya en el material preparado en francés y he descubierto que los indios de Guatemala siempre han sabido que no hay fronteras visibles entre poema y relato, sólo enjambres de palabras volanderas como abejas formando miles de celdas donde se atesoran las áureas mieles del mito. Sí, el *Popol Vuh* es tan moderno como el surrealismo y al mismo tiempo es el silencio vivo de las piedras enterradas de las ciudades antiguas. El Corazón de la Tierra que late por los pisos de una casa de altos. Ciudad sobre ciudad atravesadas por un caracol de peldaños que son imágenes de sueños, intangibles, ingrávidos, fantasmas, palabras de lo eterno. ¡El Cuco de los Sueños va hilando los cuentos!

Raynaud no se imagina que yo habito ese caracol como un laberinto que anhela las puertas del cielo, que es la estructura que me sostiene entre París y los recuerdos, que no soy sino un remiendo de ese tejido de cuentos que son sueños. Traduciré el *Popol Vuh* y va a ser, creo, un ensayo de ser yo mismo, un pedazo del proyecto del pasado que estoy recogiendo desde hace algún tiempo en una colección de imágenes que, pienso, se llamará, Leyendas.

Cómo quisiera volver a escuchar los relatos de la infancia, no para saber detalles, sino para revivir la fascinación que despertaban en nosotros. Los ríos, bosques, calles, barrancos donde andaban los personajes ya nunca volvieron a ser los mismos, eran otros caminos andados a tientas como un ciego que en los bultos va encontrando el camino.

Sí, sé que esto le suena extraño, que nunca se imaginó que iba a separarme tanto del proyecto original que papá tenía para mí. ¿Ser escritor y, además, tratando de darle expresión a esa subcultura de seres marginales, debilitados en su humanidad? No se parece en nada a ser un abogado especializado en Sociología o Economía Política listo para volver con todas las cualidades necesarias de alguien que no sólo puede, sino debe hacerse cargo de las responsabilidades de la Nación. Alguien mejor preparado que un simple maestro de escuela, abogado de provincia, sin más habilidad que la intriga y el crimen político.

Maco y yo nos dimos cuenta de eso desde el principio. No fue un descubrimiento de mis años universitarios. Papá no podía ocultar la envidia y el profundo rencor que sentía hacia el dictador. Despreciaba su situación, se sentía llamado a un destino más alto, donde late el corazón del poder. Pero fue lo suficientemente práctico para darse cuenta de que para él no había vuelta de hoja y, al mismo tiempo, de que su hijo podía formarse, convertirse en un personajón, un visionario capaz de conocer el secreto para sacar al país del letargo y ponerlo en la vía del progreso.

Papá nunca se imaginó las condiciones y los verdaderos motivos que, veinte años después, iban a alejarme de su presencia, de la familia, de Guatemala... y menos mi decisión de renunciar a convertirme en un gran señor de pupila clara que conoce todo el mundo y vuelve del brazo de su amada a "rescatar" del abandono a los pobres de su tierra.

No me atreví a comentarle nada. Pero aquí he llegado a convencerme de que usted siempre temió que algún día supiera todo y que eso cambiara el rumbo de mi vida. Acuérdese el entusiasmo con que papá esperaba leer el primer borrador de mi tesis. Y su euforia el día en que me entregaron el Premio Gálvez. Yo no existía, el triunfo era todo suyo. El problema social del indio... Ingenuo, fui un gran ingenuo al no darme cuenta de que llevaba a cabo su proyecto. Convertirme en un abogado y notario como él, como el dictador, un defensor de la civilización y la ley que no puede tolerar esas figuras arcaicas de los indios enemigos del progreso, que asumiendo la urgencia de los tiempos opta por soluciones definitivas.

Pero secretamente, durante mis años de estudiante, fue naciendo en mi ánimo una simpatía por la necesidad de un cambio. No sé, mi participación en la Asociación de Estudiantes Unionistas, mi encuentro con Valle Inclán en México; pero sobre todo mi contacto con los obreros en la Universidad Popular y la Huelga, me hicieron sentir alguna distancia con respecto al proyecto del liberalismo tradicional. Usted me advertía mucho sobre los peligros de la política en un momento de transición. Me contaba que cuando uno ya ha vivido algunos años sabe que las cosas sólo parece que cambian, pero que al final de cuentas siempre son las mismas. Le daba miedo ese espíritu irreverente, iconoclasta, violento en su inocencia idealista de la Huelga. Sí, eran cosas que nunca se habían visto en esa Guatemala vigilada por un padre severo; tampoco en una familia donde está claro qué se espera de los hijos. De todos modos lo hice, lo hicimos. Pero en aquellos años no sospechaba que para saber el significado de esta inquietud generacional tenía que pasar algo terrible.

Cuando el dictador cayó después de aquellas semanas trágicas, por mero azar llegué a ser el Secretario del tribunal ante el que fue procesado, ¿se acuerda? Lo veía casi a diario en la cárcel. Y esa experiencia ha sido central en el replanteamiento de mi orientación. Ver ahí, a unos pasos, día tras día, como algo cotidiano, a quien había sido el fantasma de mi infancia, el señor supremo que disponía de la vida y hacienda de todos, fue algo que en su momento no supe cómo tomar. Al principio me sorprendía, pero poco a poco me fui habituando a llegar al tribunal y esperar las instrucciones del juez. Fuimos especialmente diligentes porque teníamos entre manos el juicio más importante del país.

A media mañana íbamos a la cárcel a tomar su declaración con respecto a los muchos cargos que tenía. Al principio, el hombre era fuerte, mantenía ese espíritu enfático, gesticulante, que llenaba de arbitrariedad sus generalizaciones, su ignorancia ilustrada. Pero con el paso de los días, al irse dando cuenta paulatinamente de que todo era irreversible, fue apareciendo como realmente era: un pobre hombre debilitado, despojado de sus disfraces, un fantoche en mangas de camisa.

Con voz tenue y mirada baja, como si fuera otro que hablaba la verdad desde dentro por primera vez en su vida, aceptó que los yanquis lo habían abandonado, que habían traicionado un pacto tácito donde había que echar en cuenta el ferrocarril y el banano a cambio del mantenimiento del poder. Aceptó también que solo es imposible gobernar, o sea que daba privilegios a ciertos ricos, a los chafas, a los curas. Y de pronto se estremecía y retomaba el control de sus palabras. Se justificaba diciendo que todo eso había sido inevitable para iniciar a Guatemala en el camino del progreso. Pero esto era una triste representación de quien nunca había sabido lo que es la bondad, la belleza, la verdad...

Así, pasó el tiempo y mis intereses personales me alejaron de aquella rutina: la escritura, mis conferencias en la UP, etc. Recuerdo que usted me veía con gesto comprensivo cuando llegaban mis amigos bolos, cuando me ausentaba por las noches. Además, sabía que mi viaje podía ser prolongado. Así que un día antes de acompañarla a tomarnos la foto oval, decidí ir a ver al patético dictador abandonado a sus recuerdos. Tal vez mi intención no era la más noble: llevarme fresca la memoria de un poder derrocado. No sabía que quien iba a llevarse la sorpresa era yo.

Usted no sabe esto porque no le dije ni palabra de lo que pensaba hacer. Sabía que iba a preocuparse. Como de costumbre, me sirvió el almuerzo ya un poco entrada la tarde. Descansé un momento. Salí con cualquier excusa y tomé ese camino que conocía tan bien: el de la cárcel. Caía la tarde cuando llegué. Los guardias me conocían perfectamente. Les dije que probablemente retomaría el caso y que me dejaran pasar. No hubo problemas.

—Usted conoce el camino —dijo uno de ellos—, pase adelante.

La luz amarillenta de aquellos callejones sórdidos me estremeció por un momento. Cuando me asomé a la celda sólo pude ver sus pies en la cama. Dormía. Tal vez la única forma de enfrentar la soledad. Lo llamé por su nombre y, lentamente, la figura empezó a moverse. La débil luz sólo iluminaba una parte de la celda. Su figura menuda fue asomándose poco a poco a esa zona de luz desde el corazón de las tinieblas. Cuando su rostro fue visible hubo un momento de silencio. Pensé que intentaba recordar mi cara. Me miró fijamente con esa mirada que sólo tienen los viejos: el desencanto, la frialdad, la indiferencia de pensar que no vale la pena hablar porque nadie puede enseñar a vivir. De pronto frunció el ceño y con sus ojos entrecerrados y una voz que parecía venir del pasado me dijo:

—Ahora no vengás a reclamarme nada, Ernesto. Vos sabés que me dejaron solo; desde los yanquis hasta tipos como vos. No tenía nada, nadie en quien fundar una esperanza. Tuve que contarlo todo, con lujo de detalles. No sé si dije todos los nombres.

Sin salir de mi asombro aún, balbuceé:

—Yo no soy Ernesto, él es mi...

Pero no me dejó terminar. Cerró los ojos y volviendo a acostarse, internándose de nuevo en la sombra, en un acto de desvanecimiento, dijo:

—Sí, ya sé, yo tampoco soy más Manuel Estrada Cabrera. Por lo menos sé que voy a morir pronto. El castigo va a ser para los que vivan más.

Me di cuenta que era inútil. No iba a escuchar mis explicaciones. Además, no lograba entender qué había pasado. Estaba confundido.

Al principio, durante ese momento en que uno trata desesperadamente de restablecer el orden conocido, pasó por mi mente toda la galería de imágenes de Salamá, de aquellos días de exilio interno. Pensé que el dictador temía un reclamo de mi padre por haber sido perseguido. Pero... imposible. Él había dicho claramente el nombre de mi padre y, además, que lo había abandonado. No podía engañarme. Ahí había algo tremendo que yo había ignorado durante años.

Salí de la cárcel casi sin despedirme de la gente. Al llegar a la casa no quise hablar con nadie. Tenía que averiguar.

En la helada soledad de mi cuarto enorme y de ventanas altas, recuperé la calma y pensé que tenía todos los medios para saber el fondo de esta historia. Recordé que el dictador había dicho que no sabía si había mencionado todos los nombres. No tengo que contarle que dormí muy poco, que pasé la noche imaginando las historias más terribles.

Al día siguiente, a primera hora, fui al juzgado. Mis amigos, seguro, me darían los expedientes del caso. Sobre todo aquellos que correspondían al tiempo en que yo ya no era Secretario. Yo quería leer las declaraciones directas, las palabras de un hombre derrumbado a quien ya no le importa revelar la arquitectura de su propia deformación. Allí, en esas páginas, había algo que me cambiaría para siempre.

No sé, tal vez mi propia angustia me hizo sentir las miradas acusadoras de mis antiguos compañeros. Carlos, el nuevo secretario, abrió el archivo y me abandonó a mi suerte. Las manos me temblaban. Empecé a seleccionar los papeles por fecha. Cuando encontré las últimas declaraciones que yo había recogido, escogí el resto y me las llevé a un escritorio vacío.

Las páginas pasaban frente a mis ojos y yo creía anticipar la historia que me contarían. Por fin, encontré las declaraciones correspondientes a un período que, aparentemente, había sido prolijo en confesiones. Había muchas líneas, párrafos enteros subrayados con rojo. Curiosamente eran aquellos donde el dictador había revelado los controles secretos y los secretos del control.

Era obvio que la curiosidad morbosa de los celosos oficiales de la justicia se había volcado sobre las historias de la policía secreta en primer término. Era una red. El altiplano, el oriente, el sur, la frontera... todo estaba cubierto, de todas partes le llegaba información: conspiraciones, maleantes, extranjeros, líderes locales, dueños de finca...

Pero mamá, ahí estaba la cosa. Las tierras, el eterno problema de Guatemala. Una forma de pago, eso es lo que fueron en las manos de aquel hombre... y sus esbirros... Sí, había también una red de abogados encargados de confiscar tierras de indios. Así el dictador podía pagar favores. La lista no era muy larga. No fue difícil encontrar lo que temía. ¿Ya se lo imagina mamá? ¿O siempre lo supo? Quince años después vine a enterarme de la verdad de nuestro "exilio" en Salamá.

No quería creerlo. Leí una y otra vez el expediente. Aparecía clarísimo. Salamá: Ernesto Asturias, abogado y notario. Era evidente que decía la verdad. Y ni modo que iba a inventarse los nombres. De hecho, me mostraba que el único que había inventado era yo.

No sé cuánto tiempo pasó. Recobré la conciencia de dónde estaba hasta que Carlos interrumpió mi silencio, el vacío que me rodeaba:

—Miguel Ángel... voy a salir a almorzar y tengo que guardar el juicio. ¿Me acompañás?

No le respondí inmediatamente. Durante unos segundos vi sus ojos, quería ver el fondo, quería saber cómo me miraba ahora. De pronto volvió a preguntar:

—¿Encontraste lo que buscabas?

Y casi sin pensar, desde el fondo le dije:

—Para nada. Yo buscaba otra cosa.

Lo que menos quería era almorzar. Tenía que digerir otra cosa. Me demoré por las calles que sentía más anchas que nunca, como mares imposibles de remontar. Mi paso era lento y cansado. Llegué al mercado. Mientras lo atravesaba, reparé en algo que había visto miles de veces: los pordioseros que se arrastraban por las cocinas llevándose la basura, trapeando la inmundicia con sus harapos. Una migración cotidiana que iba a parar al Portal del Señor con preciosas paradas en la sombra helada de la Catedral y la resolana de la Plaza de Armas.

Me atrajo la sordidez de aquellos mendigos, su furia, la violencia de unos con otros, su miseria extrema, su condición de despojos sociales, parientes de la basura. Llegué a la Catedral y atravesé la Plaza. Despacio, siguiendo el tortuoso camino de los charamileros, los locos, hasta llegar al Portal..., arrastré mi mirada, mis dudas.

Ya en casa sólo recuerdo que fui a mi cuarto y, sin ninguna intención planificada, como para expresar algo que había perdido, tomé papel y pluma y escribí: "Los mendigos políticos". Sentía un vacío adentro que yo quería convertir en rabia, tal vez, para olvidar. Me repetía que mi papá había sido un esbirro del dictador, un pelele disfrazado de hombre de leyes; pero no lograba sentir auténtica mi querella. Más bien experimentaba algo insólito: en el medio de este descubrimiento, irrumpían las imágenes de los pordioseros arrastrando su miseria, podía oír sus gruñidos... pero ¿cómo pudo hacer eso? ¿Por qué nunca nos contó? Y de nuevo, un mendigo arrancándole a otro un triste mendrugo de pan. ¡Despojar a los indios! ... y la rabia estridente de la víctima impotente...

Dormí y desperté mil veces... no recuerdo... un día tras otro. No sé cuánto tiempo pasó. Pero en esos días *El Imparcial* había convocado a un concurso de cuento y aquellas palabras que había borroneado en medio de mi perplejidad fueron un punto de partida. No lo entendía entonces y no lo entiendo ahora. Hacer otra cosa era imposible. De un tirón escribí un cuento que quería enviar al concurso; pero no estaba preparado para mostrar tanta intimidad familiar. Se convirtió, más bien, en parte del equipaje que traje a Europa. En Londres ni lo toqué, pero aquí en París lo he releído y reescrito muchas veces. Creo que no será un cuento. Ahora lo veo como el germen de una novela, de una historia que me incluye con todo mi mundo. La idea me obsesiona, me sale al encuentro, me persigue.

Escribir es la única salida. ¿De qué? No lo sé. Una forma de liberación, de recuperación, de memoria...

Sí mamá, ya sé que para usted todo esto es secundario, que lo que quiere saber es cuándo volveré. No puedo decirlo. Por ahora no. Debo esperar, creo, a dejar que esto cuaje. Aquí todos estamos a la espera de algo: Alejo, Arturo, Luis, Ricardo y tantos otros. Pero nadie sabe qué es.

En lo personal, siento como si me estuviera esculpiendo, como si a fuerza de golpes rompiera una caparazón, una prisión. Es el caso de escribir, madre, es el tiempo de la revuelta de las palabras. Usted me dio los cuentos y ahora yo quiero darlos, dar, porque eso es amar: volcar torrentes por cada gota que recibimos. Sí, no estoy preparado todavía para volver. No hasta que pueda abrir aquella puerta que la guarda pensativa, junto al brasero, y entre por ella un hombre, simplemente, descubierta la frente y herramienta en mano, que vuelve del mundo con el jornal ganado.

En fin mamá, para carta ya se hizo un poco larga. Gracias por el tiempo, por su espera serena y confiada. No quiero que piense que le he contado esta historia como un reproche. Más bien se trata de una exposición de motivos: lo que me mueve a abandonar mi carrera y a buscar en el pasado de Guatemala y de nuestra familia. No me pregunte por objetivos ni finales porque no tengo idea. Lo único que tengo claro es que no quiero hacer otra cosa más que escribir. Quizá es demasiado pedir que ustedes lo tengan igual de claro. Ya sé que estoy renunciando a un destino mucho más prometedor, para el que hay recompensas preestablecidas en el camino. Ya sé también que en éste todo es imaginación y fantasía, incertidumbre y duda; pero es que las certezas me dan miedo.

Una última cosa. Creo que cae de su peso y que es innecesario pedírselo. No quiero que papá se entere de lo que le he contado. Tampoco Maco. Sólo quiero que les diga que su recuerdo es invencible y que les mando un abrazo. Feliz Navidad a todos, los quiero mucho.

Miguel Ángel

2. Del amor acongojado

Todo empezó como un pleito con el Cuy, mi hermano. Tal vez algún día lo perdone, pero nunca lo voy a entender. ¿Cómo podía ser indiferente a lo que pasaba?

Cuando mi papá se fue de la casa, mi vida cambió para siempre. Fue en 1946 y vivíamos en México. El Cuy ya no se debe acordar, pero yo sí. Cada detalle. Recuerdo los pleitos, las fiestas, las ausencias inexplicadas, los días que no íbamos al colegio porque no había quién nos llevara, las tardes jugando fútbol porque había visita en la casa. Recuerdo que añoraba nuestra vida en Guatemala: la tranquilidad, la presencia de la abuela que todo lo resolvía con amor. Y sin embargo, a pesar de esto, las cosas iban bien mientras estuvimos todos juntos. Pero llegó un día en que todo fue distinto, un día como cualquier otro, con sus rutinas, su cansancio cotidiano, en que sucedió lo inesperado: volvíamos del colegio cuando mi madre, que había llorado mucho, nos dijo algo que no comprendimos: "Su papá se fue de la casa". ¿Cómo así? Él siempre salía y tardaba en volver, pero ¿qué significaba esto? ¿Que nunca volveríamos a verlo? ¿Que algo malo le había pasado? "No, nada de eso. Él nos abandonó". ¿Qué había pasado? De un día para otro, sin despedirse de nosotros, sin dar explicaciones, ¿cómo?, ¿por qué? La tarde anterior nos había encontrado jugando en la calle y nos había llevado a la casa de don Alfonso Enrique. No lo entendí. No lo entendimos.

Ahora comprendo que ese día nació en mí un vacío, una carencia, una añoranza que no se ha sanado con los años. Al principio estaba convencido de que volvería, de que hablaban mal de él porque no lo querían, pero yo estaba seguro que iba a volver a vivir con nosotros, que nos iba a dar una explicación que aclararía todo, y sabía que lo iba a abrazar diciéndole que lo quería mucho. Y en las mañanas, cuando el Cuy y mi mamá dormían, yo me iba a parar a la ventana y veía la calle soñando que, de pronto, aparecería por la acera con su gran figura y su paso seguro. Un día tras otro, esperando, atalayando las cartas que venían con cuentos que no eran para mí. Si él supiera, pensaba yo, que soy el único que cree en él, que lo espera y le es fiel, no sería así conmigo. Pero creo que nunca lo supo. Yo también me lo guardé, me tragué mis sentimientos de hijo orgulloso que suplica un poco de atención del hombre más admirado.

A los meses, cuando ya empezaba a habituarme a su silencio, vino como salido de la nada, sin anunciarse, y nos llevó con él de vuelta a la casa de la abuela donde habíamos crecido, al seno, a las naguas de la gran madre donde todo retorna (y retoña) tarde o temprano. Pero la abuela María ya estaba grande y cansada, ya no tenía el empuje de otros años. Ahora era mi tío Maco el que mandaba y proveía. Y mi papá, el más grande, el brillante, el intelectual, ahí estaba sin hacer nada, esperando a saber qué. Me daba lástima, ternura, verlo ahí relegado, casi escondido. Pero era un sentimiento que no entendía bien, que no podía expresar y que fue creciendo en mí y se agudizaba cada vez que volvíamos a separarnos.

Desencuentros, eso ha sido nuestra relación. Al año siguiente volvió a irse y nos quedamos en calidad de entenados en la casa de los primos. Después volvió con su nueva esposa y el contacto se reanudó. Pero al poco tiempo, después de nuestro fugaz encuentro en París, volvió a la Argentina. Muchas cosas fueron muriendo en mí durante esos años llenos de esperanzas y frustraciones. Por eso, cuando me mandó llamar para que viviera con él, ya no era el mismo. Me había convertido en un joven resentido, herido en lo más cercano, confundido, que no sabía bien lo que buscaba en la vida. Y de pronto, de la vida provinciana de Guatemala pasé a la gran metrópoli de la mano de un hombre que vivía los años más fecundos de su creación y más llenos de reconocimiento. Yo, que necesitaba su tiempo, su atención. Yo, que quería entender tantas cosas que habían quedado como preguntas, enigmas de mi niñez y juventud. Me sentí solo, más solo que nunca en medio de aquel ambiente de escritores y diplomáticos donde el saludo habitual era: "Ah, vos sos el hijo mayor del gran escritor. Y decime, ¿qué hacés? ¿Escribís? ¿Estudiás?". Me daba media vuelta y los dejaba hablando solos. Yo no quería hacer nada de eso, quería darme tiempo para buscar dentro de mí, para explorar mi descontento, mi incomodidad.

Poco a poco, casi sin saberlo o buscarlo, fueron surgiendo las figuras de la conciencia social. No sé, tal vez la memoria que tenía de las heroicas jornadas de la Conferencia de Caracas, o las nuevas novelas de mi papá, o incluso el peronismo que lo había acogido diez años atrás, fueron confabulándose para darle un contenido a mi vida, un sentido, un criterio certero para saber distinguir entre lo bueno y lo malo. Esos años de Buenos Aires me sirvieron para saber que hay partidos y que no se puede ir por la vida sin tomar uno. Hay gente que vive sin saber nunca quién es y dónde está el enemigo, quién es uno y qué es lo que debe hacer. Como el Cuy. Por eso no lo entiendo todavía.

Fueron un par de años cruciales. Cuando mi hermano llegó recién graduadito de bachiller, yo ya estaba a años luz. Se metió a estudiar ingeniería con toda la ingenuidad que eso implica. Yo traté, quise rescatarlo para la causa, intenté que se diera cuenta de su error, de la tarea que nos aguardaba en Guatemala. Nos manteníamos al tanto de las noticias y sabíamos de las recientes incursiones de la guerrilla guatemalteca. "¿Qué estamos haciendo aquí?" –le preguntaba al Cuy. Y él, como si hablara con otro, se quedaba callado o me decía: "Yo quiero ser ingeniero, dejame".

Nunca debieron separarnos. Ahí se abrió una brecha insalvable. Él dice que el que cambió fui yo. Tal vez tenga razón. Pero era algo que caía de su peso, algo que no podía ser de otra manera. Ahí estaba en la Trilogía Bananera casi como un mandato paterno. Pero no, nunca lo entendió. Yo se lo mostraba, le leía las primeras páginas de *Hombres de Maíz*, esa profecía no sólo de mi vida, sino de lo que salvará a Guatemala. "Es muy complicado" –decía. Me quería morir. Ahora me doy cuenta de que estaba tratando de salvar ese abismo que se había abierto entre nosotros. Pero llegó un momento en que me di por vencido. Era inútil. Además, yo perdía tiempo viviendo en Buenos Aires. Así que decidí volver.

Una mañana, mientras mi papá escribía y Miguel se preparaba para ir a la Facultad, se lo dije. Y también le dije que no le comentara nada a nadie. Mi papá nos había dicho que esa noche nos llevaría a cenar a El Tropezón y yo pensé que sería una oportunidad de oro para soltar la bomba.

Cuando terminé de hablar, Miguel se me quedó viendo. Casi en el acto percibí un gesto de infinita incomprensión, de desaprobación. Sentí que me decía que había decidido volver a Guatemala a unirme a la lucha armada no tanto porque creyera en aquello, sino para herir a nuestro padre. Dentro de mí lo mandé a la mierda, y pensé que ahí se había roto toda comunicación. "Allá vos –dijo–, pero va a ser un gran golpe para él".

El resto del día fue normal. A eso de las nueve mi papá dejó de escribir y me propuso salir. Le dije que no. Preferí evitarlo hasta el momento en que debía enfrentarme a él. Deambulé por la Calle Florida sin rumbo fijo. Comí en algún café de la Avenida Corrientes y decidí esperar, en soledad, el momento en que iba a cruzar un umbral en mi vida. Sabía que esa decisión iba a significar un rompimiento y, aunque sentía temor, ardía en deseos de contarles lo que haría.

Cuando llegué a casa, Miguel ya estaba ahí. Tengo que decir que él es un hombre muy cordial, alejado de los problemas y las broncas. Pero aquel día estaba molesto, incómodo. Me vio y me preguntó si no había habido algún problema entre mi papá y yo, si había pensado bien lo que iba a hacer. Le dije que sí, que tal vez algún día comprendería el sentido de lo que estaba haciendo. Y poco a poco, la conversación fue subiendo de tono y cambiando de asunto. Sin saber cómo, fuimos a parar al tema de nuestra mamá. Me preguntó si eso tenía que ver con lo que estábamos hablando. Le dije que a él nunca le había importado ella, que si yo quería volver era también para saber dónde y cómo estaba, que ahora mi papá estaba muy feliz con su nueva mujer pero ya nadie se acordaba de nuestra mamá. "Vos no te acordás —le dije— todo lo que ella sufrió cuando éramos chiquitos. Yo sí. Y me da rabia que ahora que todo va bien, ahora que mi papá ya no chupa y es famoso, ya nadie piense en ella". La conversación alcanzó un punto culminante. Era mejor dejarlo ahí y esperar a que mi papá llegara.

Como siempre, se retrasó. Llegó agitado y pidiendo disculpas por sus ocupaciones y compromisos. Y justo como habíamos hablado, nos preguntó si El Tropezón era un buen lugar y el Cuy, mientras me volvía a ver, respondió: "No puede ser mejor". Llegamos a eso de las nueve y media y el restaurante empezaba a llenarse. Escogimos una mesa que daba a la calle, junto a la ventana. Platicamos de cosas triviales, de las rutinas cotidianas. Mi papá quiso saber qué habíamos hecho durante el día, pero notó que el Cuy no estaba igual, que algo le pasaba. Fue entonces cuando pensé que era el momento propicio para entrar en escena.

—Yo sé de qué se trata —me adelanté—. Miguel está molesto porque le conté lo que pensaba decirte hoy.

—¡Vaya, qué misterio! ¿Y qué es? —preguntó—.

—Desde hace tiempo vengo pensando en esto. Usted sabe cuánto me he compenetrado de las ideas socialistas. Poco a poco he ido simpatizando con la causa antiimperialista. Usted mismo ha puesto eso en sus últimos libros. Y por esa causa he estado como paralizado, sin saber qué hacer con mi vida. No estudio, no trabajo, y cuando lo he hecho, me ha parecido inútil, aburrido y hasta tonto. Pero ahora creo que he resuelto esos problemas. Se lo voy a decir de una vez por todas: he decidido unirme a la guerrilla guatemalteca.

—¡¿Qué?! —dijo, abriendo los ojos y dejando de comer por un instante—.

—Así como lo oye, voy a incorporarme al PGT y, de ahí, a la lucha armada.

—¡Pero eso es una locura!

—Yo ya se lo dije, pero no quiere verlo —terció Miguel.

—Locura es no hacer nada. Yo voy a darle vida, mi vida a sus novelas. ¿A qué más se puede aspirar?

—Ya sos un hombre y hacés lo que querés; pero dejame decirte que no estoy de acuerdo. Y no lo estoy porque es muy peligroso. Vos no sabés lo que es el poder en Guatemala.

No quise ahondar en el asunto porque ya había dicho lo que tenía que decir. Ir más allá habría sido problema. No recuerdo más. Mi memoria sólo reconstruye el sentimiento de liberación; pero también el dolor de la separación, de la incomprensión.

Los días siguientes fueron horribles: llenos de silencio, de miradas acusatorias. Sólo quería que pasara el tiempo para verme en Guatemala cuanto antes. Por fin llegó el día. Mi papá y Miguel me acompañaron al aeropuerto, amables, como si nada pasara. Pero cuando llegó el momento de la despedida, los dos me abrazaron. Mi papá me recomendó mucho que me cuidara, que fuera a ver a mi tío Maco y hablara con él. Me recordó que el presidente de Guatemala era mi padrino y que no me metiera en problemas. Me dijo también que él conocía mucha gente en Cuba, que en algún momento, quizá, eso podría ser útil. Miguel, por su parte, tuvo menos palabras, pero más emoción. Me abrazó y me vio a los ojos como nunca nadie lo había hecho. Me dijo que respetaba mi decisión, mi pensamiento, que me quería mucho. Sentí que en verdad tenía un hermano, que fuera donde fuera, él, su cariño, estaría conmigo.

Guatemala me pareció una aldea comparada con Buenos Aires. En ciertos ambientes quería pasar desapercibido, pero era imposible. Todos se conocían. En un sentido eso fue una ventaja porque no tuve problemas para vincularme al PGT. El nombre de mi padre era una tarjeta de entrada a casi todos los ambientes sociales. En el partido me dieron una bienvenida que no me esperaba. Pero yo les dije que lo que quería era estar en el frente de guerra. Me contaron que no tenían mucha experiencia en eso, que estaban ensayando incursiones esporádicas en Baja Verapaz, y que el riesgo era muy alto. Pero mi entusiasmo y el de algunos compañeros era invencible, no nos importaron las advertencias; al contrario, fueron un reto, un acicate a nuestro ardor guerrero.

Por fin llegó el día en que teníamos que partir a la montaña. Tierra mítica, especialmente para mí que sabía que iba a los parajes donde mi padre había vivido cuando era niño, al lugar donde había tenido el primer contacto con la magia de las leyendas. Yo buscaba iniciarme en esos rituales de la imaginación, en los caminos que guardaban el secreto de su atención.

En los primeros meses del '62 ya estaba metido en la obscura humedad de las Verapaces. La historia cuenta que fue el territorio más difícil de conquistar, que sólo hubo una vera de la paz: la evangelización. En algún sentido es una tierra original, de inicios, de empresas pioneras. Y nosotros estábamos allá para realizar la última, la que salvaría a Guatemala de las oligarquías y el imperialismo yanqui.

Los primeros días los ocupamos en entrenamiento militar básico. Yo tuve problemas por la vida sedentaria que había llevado hasta ese momento. Tenía sobrepeso y no estaba acostumbrado a dormir en el suelo, a la intemperie, a comer a cualquier hora. Rápidamente empecé a resentir los rigores de la vida guerrillera. A menudo recordaba las palabras de mi padre cuando contaba que el Che, en su despacho del Banco Nacional de Cuba, les había dicho que cuando quería descansar de sus labores financieras se acostaba en el suelo; y que lo hacía porque una de las cosas más difíciles para un guerrillero es aprender a dormir en el suelo, y él no quería olvidarse. Esas palabras me alentaban a seguir intentándolo, a someterme voluntariamente a esa vida ascética llena de silencio reflexivo, de cielos estrellados, de intemperies y baños de luna. Y creo que habría logrado acostumbrarme si no hubiera ocurrido la tragedia del 13 de Marzo.

Caminábamos en una columna entre Concuá y Granados, en Baja Verapaz. Éramos veintitrés. De pronto, ya tarde, alguien avisó que una patrulla militar nos estaba emboscando. Contratacamos, pero fue inútil. Apenas pudimos resistir unos pocos minutos angustiosos. Cuando vi caer a muchos de mis compañeros, me sentí solo, desamparado, y decidí huir con Carlos, el jefe de nuestra célula. Lo vi allá arriba, arañando la tierra, escalando con las uñas una colina escarpada. Los soldados todavía no se atrevían a encimar nuestra posición. Así que sentí que ése era el momento de retirarme. Empecé a correr colina arriba, pero pronto estaba exhausto, simplemente no podía con mi peso, con mi corazón aterrado. Logré llegar a la cima y vi la planicie como si fuera el cielo; pero los soldados más adelantados me pisaban los talones. Volaban sobre las rocas. Yo seguí corriendo aún y cuando sabía que ya me tenían a la distancia certera de sus fusiles. No pensaba. Pero en ese momento sucedió lo inesperado. En aquel lugar nadie me conocía, nadie sabía de quién era hijo, de quién era ahijado. Sin embargo, como si lo hubieran sabido, escuché que se habían detenido porque ya sólo oía mi propia respiración y, en medio de aquel silencio indiferente, oí una voz joven y con acento indígena que me dijo: "¡Quieto o disparo!". Me detuve, claro. Fue un alivio. Por un instante pensé que era extraordinario que no me hubieran disparado. Allá abajo había trece muertos de los nuestros. Uno más, ¿qué diferencia hacía? Pero no, me capturaron, me amarraron con un lazo y me llevaron a pie hasta la base más cercana.

Cuando llegamos reparé en mi condición: estaba sucio, cansado, humillado, triste, confundido. Incluso me sentía culpable porque habíamos dispuesto meternos a una guerra sin el entrenamiento necesario, sin el conocimiento del lugar, casi sin medidas de seguridad. Todo había sido un error, un trágico error.

Las horas que siguieron no se las deseo a nadie. No hay nada más horrible que sentir la inminencia de la muerte en el medio del más absoluto olvido, sabiendo que a nadie le importará, que nadie siquiera se enterará del sacrificio. Es como morir dos veces, la desaparición física y la exclusión de la memoria de los otros. Fue toda esa tarde y la noche con su madrugada, en algún lugar de las Verapaces cuyo nombre no quiero saber nunca.

El calabozo era un hoyo en el suelo: profundo, húmedo, negro. Primero llegó el subjefe de la base, algún teniente coronel o algo así. Escuché todo el reporte del teniente que me había capturado, seguido de las bromas, las risas grotescas y las amenazas. Me preguntaron nombres, lugares, fechas. Les dije que averiguaran quién era yo, que valía más vivo que muerto. Y cuando ya amanecía llegó el jefe de la base. Sus órdenes fueron claras y precisas: "Ya dejen a este pisado. Mañana hay que mandarlo a Matamoros".

Allí se inició una larga y solitaria etapa de mi vida, quizá la más triste. Estuve preso durante quince meses. Primero en el cuartel Matamoros, en la ciudad. Y después, por razones que desconozco pero imagino, me trasladaron a Baja Verapaz de nuevo. En realidad, yo era un preso muy especial. El presidente Idígoras era mi padrino de bautizo, antiguo amigo de mi padre. Y aunque yo había luchado contra el cinismo de su gobierno, había algo que le impedía desaparecerme. Así que optó por exilarme. El viaje más extraño de mi vida. Del cuartel directamente al aeropuerto. No pude siquiera conocer a mi hijo Sandino que había nacido durante mi cautiverio. Me dolía tanto pensar que desde antes de nacer ya lo estaba privando de mi compañía. Algo que tocaba de cerca mis sentimientos pues era precisamente eso lo que yo resentía de mi propio padre.

Mi familia estaba enterada de todo lo que pasaba. Mi padre había abogado por mí desde el extranjero. Ya en mi exilio, muchos años después, me enteré que él también había sido capturado e interrogado por las fuerzas del presidente Guido en Argentina. Fue una tarde, en un café cercano a la Calle Trocadero, donde vive el poeta Lezama. Un día antes había recibido una llamada de Haydée Santamaría diciendo que tenía una carta de mi padre y que quería dármela. Como era de esperarse, me interesó y llegué puntual. Haydée era una leyenda viva, una de las pocas heroínas de la Revolución Cubana. Mi padre la había conocido ya en su cargo de presidenta de Casa de las Américas. Se contaba que el mismo Fidel le debía la vida. Tenía un enorme poder. Me sorprendió que por teléfono me hubiera dicho que llegaría personalmente a darme la carta. Pensé que quería saludarme y, además, establecer un vínculo emocional por la vía de mi padre.

Llegó apurada. Se sentó un rato conmigo y me preguntó las cosas que ya había dicho a la dirigencia del partido. Mera rutina. Me fijé en su sencillez, su vestido barato de mangas cortas y tela estampada, su pelo corto con el camino al lado derecho, muy limpio. Me acuerdo de sus facciones finas, sus modales caribeños, de su acento. Me dijo que mi padre era un gran hombre y me felicitó por haber elegido una manera única, real, de homenajearle al optar por la lucha armada. "En hombres como él –dijo– está depositado el futuro de nuestros pueblos". Me alentó a seguir adelante, se despidió de mí, la vi entrar a un auto con chofer y desaparecer en la calle.

Me quedé solo con una carta que me daba miedo abrir. Disponía de tiempo para emprender la lectura sin preocupaciones. Vi su letra en el sobre y me llené de recuerdos de la infancia, de los cuentos que nos mandaba cuando vivíamos solos en México. La noche anterior había ido a la famosa Bodeguita del Medio con unos amigos porque quería seguir las huellas de mi papá en La Habana. Nos sentamos en la mesa de palo que había visto en las fotos, en una esquina debajo del rótulo circular que hacía las veces de emblema oficial. Y ahora estaba en este café mientras la tarde caía y cada vez se dibujaba mejor mi rostro en el reflejo de la ventana. Pensé que no sólo la carta que tenía delante, sino también mi cara en el vidrio era escritura de mi papá. ¡Padre, tú me inventaste!

Mientras la abría pensé que no estaba seguro de lo que esperaba de aquellas palabras. ¿Reconocimiento? ¿Admiración? ¿Simple comprensión? ¿Cariño? ¿O tal vez reproches, recriminaciones? No sabía lo que quería encontrar en ellas. Antes de desdoblar el papel reconocí el tipo de su máquina Royal y la firma al final, ese garabato que conozco en cada uno de sus trazos. Cuando la tuve frente a mí, el saludo casi pude oírlo: "Don Rodrigo, m'hijo", decía. Era un guiño de complicidad. No había reproche, ni sermón, ni chantaje moral en aquel tono. Sentí, eso sí, la distancia del respeto y, sobre todo, la solidaridad.

Me contaba de los últimos acontecimientos en su vida: de su arresto, de lo que le había afectado a Blanca, de la indignación de la comunidad intelectual porteña, de cómo se cumple el dicho aquél que dice que no hay mal que por bien no venga, porque al salir de Buenos Aires había recibido la noticia del premio de la William Faulkner Foundation por *El Señor Presidente*. Eso me llenó de alegría. Saber que estaba contento y que ahora cosechaba todo el reconocimiento que su genio merecía, me hizo sentir cerca de él. Pero lo que más me impactó fue la intensidad con que me contó de su arresto previo a su salida de Argentina. "Vinieron una noche, ya de madrugada. Un ejército. Me llevaron a un castillo de Kafka: frío, obscuro, laberíntico, insondable. Y me interrogaron. Primero los funcionarios. Hicieron sugerencias grotescas, acusaciones absurdas. Pero eso no fue nada. Después vino un hombre misterioso que llamaban 'El Inquisidor'. Y te digo 'misterioso' porque conoce nuestras vidas. No me habló de política sino de lo que había pasado y podía llegar a pasar en nuestra familia. Sé que te va a parecer absurdo. Te lo cuento para advertirte porque, creeme, aparece en cualquier momento, sobre todo en los días de angustia, de soledad, de nostalgia. No es la primera vez que me lo encuentro. Hace muchos años, en la madrugada de una noche de farra, cuando ya estaba solo, apareció para hacerme profecías. Ahora volvió y me habló de vos. Cuidate".

La carta seguía hablando de su experiencia europea. Me contaba que había iniciado una nueva novela, más ambiciosa y compleja que *Hombres de Maíz*; que sus amigos lo habían acogido en Francia; que lo llamaban de todas partes para dar conferencias. Me decía también que su nombre se empezaba a mencionar en ciertos círculos para el Nobel. Hacía una lista de sus competidores: Neruda, Carpentier, Otero Silva, el poeta Guillén, Rafael Alberti, su gran amigo, y al final concluía que nadie tenía los méritos suyos.

Yo buscaba algo sobre Miguel, quería saber qué rumbo había tomado su vida. Por fin, casi en calidad de postdata, contaba mi papá que el Cuy, ya en los últimos días, había hablado con él para decirle que por su carrera, por su novia y por el ambiente que había vivido en los últimos años, quería quedarse viviendo en Buenos Aires y no acompañarlo a iniciar una nueva vida en Europa. La noticia me alegró. Pensé que eso ayudaría a sanar las heridas que habían quedado desde la separación. Incluso decidí escribirle, contarle de mi puño y letra lo que había sido de mí desde aquella mañana en el aeropuerto de Buenos Aires.

Los días y meses que siguieron fueron tediosos. Tenía poco que hacer fuera de las reuniones rutinarias con exiliados guatemaltecos y de otras nacionalidades. Durante ese tiempo empecé a relacionarme con las redes del socialismo internacional. Creí que era necesario. Y yo no era el único, algunas personas en Guatemala ya tenían la firme idea de usar Cuba como el lugar de encuentro para buscar todo lo que nos hacía falta: entrenamiento militar, político, alianzas estratégicas con gobiernos del bloque soviético, propaganda política, denuncia de la situación interna guatemalteca, espacios en foros y encuentros destinados a encauzar la ayuda a causas revolucionarias, etc., etc. Todavía vi llegar a La Habana a los primeros muchachos guatemaltecos que querían entrenarse por algún tiempo.

Como era de esperarse, esta experiencia, este exponerme al mundo del socialismo real, no sólo me hizo madurar, también me permitió llegar a tener un criterio propio con respecto a la Revolución. Es difícil precisar fechas en cuestiones que llegan de a poco. Pero me atrevería a decir que fue durante este período que se gestó en mí una idea de Revolución que, unos años después, iba a chocar con la práctica concreta que hicieron algunos compañeros. Desacuerdo que me llevó al rompimiento definitivo con ellos y a la formación de mi propio proyecto militar: Organización del Pueblo en Armas (ORPA). Sin darme cuenta, esta coyuntura de mi vida personal iba a teñir mi visión de la lucha armada. Con el tiempo llegué a darle una importancia capital a la lucha que se libra en el mundo de la opinión internacional. Creo que fue lo que hice mejor. De nuevo, mi padre presente en todas las cosas que hago. Él también llevó adelante su propia campaña de denuncia. Se convirtió en algo así como un embajador no del gobierno de Guatemala, sino del pueblo, de su gente, sus costumbres, sus necesidades y angustias. Algunos años después, cuando fue en verdad embajador en París, mi padre apoyó la causa protegiendo, amparando, aconsejando a muchos jóvenes que llegaban a Europa con el ánimo de educarse antes de volver a incorporarse a la guerra. Mario Payeras, por ejemplo, estuvo muy cerca de él. La vida es irónica. Yo, que soy su hijo, nunca tuve una relación tan cercana con él durante aquellos años. Bueno, si he de ser sincero, nunca fui cercano a él. Siempre hubo alguien que se interpuso entre nosotros. Primero Miguel y después Blanca. Blanca Mora, esa mujer que todo el mundo elogia y que yo nunca terminé de aceptar. Sí, ya sé que soy injusto, que fue la pareja perfecta, el ángel bienhechor. Pero todo eso tuvo un precio: mi madre.

El tiempo va revelando las verdades esenciales, los secretos ocultos de nuestras vidas. Y siempre se llega tarde, cuando ya no importa. Poco a poco, con el paso lento de los años y las cosas que he vivido, he comprendido que un hijo que ha visto que sus padres se separan, nunca pierde la esperanza de que vuelvan a unirse. Yo sé que mi padre encontró a Blanca cuando ya se había separado de mi mamá; pero al ver su felicidad, lo bien que iban las cosas, la comunión de fines e intereses, supe que aquella mujer hacía imposible un retorno soñado. Y no sólo eso; su presencia significaba también un olvido cruel, algo que me hería en lo más profundo. Y en este sentimiento estaba solo. Miguel sólo pensaba en su propio futuro allá en Buenos Aires, y para mi papá y su familia mi madre no era más que un mal recuerdo. Las calles habaneras, los parques frente al mar fueron testigos de mi creciente angustia por rescatarla del olvido, del acomodo de aquellos que vivían mejor sin ella.

Los años en Buenos Aires, mi retorno abrupto y los largos meses de prisión, pusieron distancia entre mi madre y yo. La información era ambigua. No sabía exactamente qué había sido de ella en el D.F. mexicano. Cuando hablaba con alguien que venía de allá le preguntaba por amigos mutuos, por guatemaltecos exiliados en México, tratando de averiguar algo. Aunque fuera un rumor. No me importaba. Pero nadie sabía nada. Todos mencionaban los mismos nombres: Luis Cardoza, Otto Raúl, Carlos Illescas, Güicho Valcárcel, Capuano. Pero nadie había oído de mi mamá. Como si después de mi padre lo único que se podía esperar era la desaparición.

Pronto me di cuenta de que, así, nunca averiguaría nada. Empecé a escribir cartas. Le escribí a mi tío Marco Antonio, a Paco Soler y Pérez, a Miguel Ángel Vázquez, y nada. No fue sino hasta que recibí una carta de Alfonso Enrique Barrientos que recuperé la esperanza. En realidad era una nota escueta que, por el tono, debe haber dudado mucho en escribir. El correo no era confidencial y el riesgo que se corría al tener contacto conmigo era grande. Pero me imagino que la gran amistad que lo había unido a mi papá y el hecho de que me haya conocido desde niño, hizo que se identificara con mi búsqueda. La carta decía así:

Guatemala, marzo de 1964

Estimado Rodrigo:

En primer lugar quiero disculparme por escribirte sin haber sido consultado previamente. No te voy a decir quién, pero me contaron que, desde hace algún tiempo, andás queriendo averiguar de Clemencita, tu mamá.

No necesito recordarte que fui un gran amigo de tus papás allá en México. "Ah, qué de años corridos", decía tu viejo. Pues bien —y de esto te debés acordar—, cuando Miguel Ángel se vino a Guatemala, tu mamá se apoyó mucho en mí. La ayudé cuanto pude. La situación era jodida en aquellos años. Pero me daba mucha pena la forma en que había terminado todo y, de algún modo, echándole una mano intentaba sanar las heridas.

No quiero contarte lo que vos sabés bien. Sólo quiero darte algunas pistas que puedan ayudarte en tu búsqueda.

Cuando tu papá llegó a buscarlos a mediados del '47, todo cambió. Tu mamá se quedó en una soledad tremenda, desamparada en aquella ciudad, sin más amigos que los que había conocido al lado de Miguel Ángel. Al principio se las arregló para seguir viviendo en aquel apartamento al lado del mío. Pero eso no duró mucho tiempo. Entonces empezó un peregrinar de un edificio a otro. De vez en cuando se comunicaba conmigo y, con dificultad, logré seguirle la pista durante los años que permanecí en el exilio. No quiero abundar en detalles que, en otras circunstancias de tiempo y lugar, prefiero contarte con más calma.

En fin, cuando preparaba mi viaje de vuelta hacia fines de los años cincuenta, me llegó una noticia inesperada. Resulta que la había perdido de vista, y la precariedad en que vivía me obligó a desentenderme de su suerte. Pero una amiga mutua que la ayudó mucho durante aquellos años, un día, me llamó al trabajo y me dijo: "Alfonso, supe que vas a volver a Guatemala, ¿es cierto?". Le contesté que sí, pero que tomaría algún tiempo. "Bien —me dijo— mejor aún. Te llamo porque, hasta donde sé, tú eres de los pocos guatemaltecos que Clemencia conoce acá en el D.F. Como pudo me contó que tienen tiempo de no verse. Está en una situación desesperada. No quiero adelantarte nada. Prefiero que vayas a verla y juzgues por ti mismo". Me dio la dirección. Por la tarde, al salir del trabajo, emprendí el viaje. El bus me dejó lejos y tuve que caminar algunas cuadras entre aquellos edificios multifamiliares todos iguales. Localicé el bloque, el edificio, el piso y, por fin, el apartamento. Toqué una, dos, tres veces. Estaba a punto de irme cuando escuché una voz débil que me pedía esperar. La puerta se abrió y apareció Clemencia. Me quedé de una pieza. Estaba casi irreconocible: enferma, avejentada. La desesperanza y la estrechez habían hecho estragos en su belleza y juventud. Entré sin saber qué decir. Me agradeció la visita. Me dijo que, de los viejos amigos, ya casi nadie sabía de ella, que yo era el único que quedaba. Hizo un breve recuento de ese tiempo que habíamos dejado de vernos y, al terminar, dijo: "De aquí en adelante sólo me quedan los hospitales y los centros de rehabilitación. Sagrario —nuestra mutua amiga— me dijo que ella conoce uno cerca del Panteón de San Fernando. Imagínate las ironías de la vida, justo en aquel barrio donde viví con Miguel Ángel. Ella dice que puede conseguir que yo ingrese a ese lugar. Tal vez allí me recupere un poco. Sólo quería que lo supieras". Sentí una lástima profunda, una impotencia infinita.

Eso es lo que sé de ella. No te puedo asegurar que los datos que te doy sean válidos todavía. Pero es mejor que nada. Llamá a Sagrario. Con suerte, ella podrá darte mejores pistas. Espero haberte ayudado en este asunto. No tengo que decirte que te deseo todo lo mejor en tus empeños revolucionarios. Cuidate,

Alfonso Enrique

Estas palabras cambiaron mis planes. Había pensado permanecer en La Habana para consolidar mi proyecto. Pero desde que leí aquello ya no tuve cabeza para otra cosa más que buscar a mi madre. Hice los arreglos necesarios para viajar a México cuanto antes. Escribí a Luis Cardoza contándole que llegaría en unos días y que quería verlo. No esperé la respuesta, sabía que su casa estaría a mi disposición durante el tiempo que tomara aquella busca.

Partí un día domingo del mes de mayo de aquel año. No quise anunciarme con los compañeros revolucionarios residentes en México para que no desviaran mi atención o me quitaran el tiempo. Quería dedicarme, antes de hacer cualquier otra cosa, a encontrarla.

Luis, como siempre, se portó como un padre. Los primeros días los pasé en su casa, en compañía suya, por supuesto, y de Lya, su esposa. Después, sin obligarme a nada, me habló de un apartamento cercano, allí en Coyoacán, que el PC pagaría mientras encontraba alguna ocupación. Acepté y se lo agradecí en el alma. Ahora tendría la privacidad que necesitaba.

Al principio mis pesquisas fueron tímidas. No obtuve muchos resultados. Busqué el sanatorio cercano al Panteón de San Fernando y, al llegar, me llevé una gran sorpresa: habían demolido el edificio y construían oficinas de la Secretaría de Salud Pública. Fui a la sede de esta dependencia y, rogando a los empleados, pude obtener algunas listas incompletas de los sanatorios a donde habían sido transferidos los enfermos. No pude encontrar el nombre de mi madre. Así que me vi obligado a ir de uno en uno, preguntando, buscando. En mi angustia, llamé a Sagrario pero ya no vivía en ese lugar. Los nuevos inquilinos no tenían idea de ella.

La búsqueda en los hospitales me tomó algunas semanas. Regresaba siempre cabizbajo, con la moral en los pies. Cada vez miraba más lejana la posibilidad de saber algo de ella. Al principio, inconscientemente quizá, había dejado de lado los sanatorios psiquiátricos. Pero en la medida que la esperanza se desvanecía, empecé a visitarlos. Fui a dos o tres hasta que, un día, al terminar de revisar la lista de internos en un hospital del sur de la ciudad, una enfermera me preguntó si había encontrado lo que buscaba. Le dije que no. "Si me espera —dijo—, podemos ver la lista de nuevo". Asentí. Nada tenía que perder. Al rato volvió y me preguntó: "¿Cuál es el nombre de la persona que busca?" Dudé por un instante. No sabía si mi mamá todavía usaba el apellido de casada. En ese momento pensé que en muchos lugares había buscado, tal vez, el nombre equivocado. "Se llama Clemencia Amado —contesté—, pero tal vez ha dado su apellido de casada que es Asturias". No me contestó, empezó a buscar "Amado", pero no encontró nada. "Quizá está en Asturias —dijo". Yo veía su dedo correr por la infinidad de nombres. De pronto se detuvo y dijo: "Éste podría ser: 'Asturias-Amado, C.' Se encuentra en el Pabellón no. 6, ala oriente. Ahora no puede ir, pero mañana podría venir a la hora de la visita". Sentí un vacío en la boca del estómago al oír aquellas palabras. Por fin había encontrado algo, una mínima esperanza. Pero me dio miedo, sentí temor de lo que tendría que enfrentar.

La visita de la mañana era de diez y media a doce y media. La noche anterior no había pegado los ojos. Ensayé mil formas de abordarla, me dije mil veces que no debía llorar viera lo que viera, que lo que tenía que hacer era consolarla, abrazarla y hacerle sentir todo el amor que tenía dentro.

Llegué temprano para buscar a la enfermera que me había atendido. Quería que fuera ella misma quien me llevara al lugar donde se encontraba la persona que respondía por aquel nombre. Por fin apareció. Le pedí que, por favor, cuando diera la hora de la visita, me llevara a ese Pabellón No. 6. no la volví a ver hasta que, pasados diez minutos de las diez y media, se acercó y me dijo que la acompañara. Me levanté y la seguí. Ella caminaba unos pasos delante de mí. Cuando llegamos al ala oriente y empezamos a recorrer los pabellones, me esperó para darme explicaciones de dónde estábamos. "Éste es el Pabellón no. 1 –dijo–, víctimas de abuso. La mayoría mujeres y niños. Pabellón no. 2: consulta externa para neuróticos agudos; fobias, anoréxicos, maniacos, etc. Es el más numeroso. Pabellón no. 3: personas que han intentado suicidarse y están en terapia. Pabellón no. 4: retraso mental. Consulta externa también. Numerosísimo. Pabellón no. 5: paranoicos".

A nuestro paso íbamos encontrando todas las figuras de estos desórdenes mentales. Sentí que me internaba en un mundo del que no había salida, a un mundo de condenados. ¿Cómo era posible que la enfermera pudiera mantener una actitud "normal" entre aquellos personajes? ¿No era esto otra forma de enajenación?

Mi corazón latía con más fuerza en la medida que nos acercábamos. "¿Y el Pabellón no. 6?" –pregunté con temor. La enfermera se detuvo en la puerta, extendió su mano indicándome que entrara, me vio a los ojos y dijo: "Psicóticos".

Entré en aquel universo sin centro, sin sentido. Me di cuenta de que aquello era un caos en el que uno tenía que encontrar lo que buscaba sin indicaciones específicas. Los enfermos deambulaban por el enorme salón con sus ropas raídas, sucias, como si caminaran en medio de las ruinas de un mundo devastado. Ajenos, temerosos, perdidos en su soledad. ¿Por dónde empezar? Cualquier decisión era arbitraria. Imposible imponer un principio racional en ese lugar. Me detuve un momento para ver a mi alrededor. Había gente sentada en las camas, visitantes, familiares de los enfermos. Pensé que mi mamá estaría sola, que si me fijaba en los que dormían o estaban aislados, tal vez la reconocería. ¿Cuánto habría cambiado? ¿No estaba a la espera de algo que ni siquiera podía imaginar?

El salón había sido diseñado para albergar camas sólo en determinados lugares. Ahora las había por todas partes. Algunas enfermeras caminaban entre aquellas camas. Pensé que quizá estaban asignadas al cuidado específico de esos enfermos. Seguí caminando despacio hasta que una de ellas pasó a mi lado. La detuve y le pregunté: "¿Sabe dónde se encuentra 'Asturias-Amado, C.'?" "No —contestó–, pregunte por ahí. Muchas personas entran y salen de este lugar todos los días. No hay datos actualizados". Pregunté a otra y obtuve la misma respuesta. Entonces pensé que podría ser más efectivo preguntar a los enfermos.

Con la mirada, de lejos, escogí a aquellos que estaban solos, a los más viejos. No quería interrumpir las conversaciones de aquella hora de visita. Pregunté a dos mujeres que no sabían nada. Me dijeron que fuera al otro extremo, con un hombre que sabía muchas cosas, que conocía a todos y le decían El Maestro. Lo describieron como un individuo alto, delgado, con una barba rosada, muy tupida y suave. Atravesé todo el salón tratando de ver por encima de las cabezas, buscando detrás de los cuerpos que se interponían. De pronto, cuando me acercaba al fondo, a la parte más obscura, sentí que alguien me llamaba con su mirada. Me dejé llevar por aquel impulso y allí, en medio de la gente, solitario y con una leve sonrisa en los labios, estaba ese hombre tal y como me lo habían descrito.

No tuve siquiera que presentarme. Me recibió como si estuviera esperándome.

–¿Cuántas lunas pasaron andando los caminos? –me preguntó sin dejarme decir palabra. No voy a olvidar jamás esa pregunta que se ha convertido en un enigma desde entonces.

–No entiendo –balbuceé, mientras se me venían imágenes de Buenos Aires, de la montaña, de las playas cubanas.

–¿Cuántas lunas pasaron andando los caminos? –volvió a preguntar viéndome a los ojos. Recordé de golpe que estaba en un lugar de enfermos mentales y decidí hacer caso omiso de sus palabras.

—Estoy buscando a una mujer —dije— de aproximadamente cincuenta o cincuenta y cinco años. Se llama Clemencia Asturias-Amado. Me dijeron que usted podría darme alguna información ¿Sabe si está aquí?

—Estuvo —contestó—. ¿No sabes que el pensamiento se torna invisible?

—¿Qué quiere decir? ¿Que se ha ido?

—Quiero decir que ha escapado, que nosotros la liberamos de la condena que pesaba sobre ella?

—¿Cuál condena? ¿Cometió algún delito?

—¿Te parece que esta no es una condena? Y si no es así, ¿qué diablos es esto entonces? Tienes que aprender algo que te va a ser muy útil en la vida: sólo te es dado conocer la condena, nunca el delito.

—¿Usted y alguien más le ayudaron a salir de aquí? —indagué.

—Te dijeron que me llaman El Maestro, ¿verdad?

—Sí.

—Pues ése sólo es uno de mis nombres. No es el verdadero. Cuando digo "nosotros" me refiero a los que habitan aquí dentro —dijo, poniéndose el dedo índice en la sien.

—¿Qué pasó con ella? ¿Podría contarme?

—Cuando vine me fijé en ella de inmediato porque nadie la visitaba. Estaba muy sola. Nos hicimos amigos en pocos días. Me contó su vida, me habló de ti. Me dijo que vendrías a buscarla y me pidió que te esperara para explicarte lo que había sido de ella. "Él entenderá, créeme", me dijo. Por eso estoy aquí, porque estaba seguro que vendrías.

—Y si sabía que vendría, ¿por qué no me esperó?

—No podía. Eso no lo entiendes todavía. Sólo debes saber que decidió irse.

—¿A dónde? ¿Cómo?

—La noche de ese día que me habló de ti, cuando ya habían apagado la luz, la oí sollozar. Me levanté y acaricié su pelo con ternura. Me volvió a ver con lágrimas en sus mejillas y me dijo: "Libérame". Entonces cogí su brazo y con la uña le tatué un barquito diciéndole: "Por virtud de este tatuaje, Clemencia, vas a huir siempre que te halles en peligro, como vas a huir hoy. Mi voluntad es que seas libre como mi pensamiento; traza este barquito en el muro, en el suelo, en el aire, donde quieras, cierra los ojos, entra en él y vete..."

Al oír estas palabras recordé la leyenda popular que mi padre había escrito en su primer libro. Aquí había algo que yo no entendía. Era una soberana locura, pero un sentido oculto, sumergido, no dejada de inquietarme. En aquel momento sentí que era inútil seguir hablando con ese hombre. Le agradecí su ayuda. Me vio plácidamente y dijo:

—Vete. Pero recuerda: mi pensamiento es más fuerte que ídolo de barro...

Salí del salón muy contrariado, confundido. Las mujeres que me habían enviado con él murmuraron al verme pasar. Caminé rápido, sin detenerme, y estaba a punto de cruzar el área de recepción cuando, de lejos, la enfermera que me había ayudado un día antes me gritó. Volví a ver mientras ella se acercaba a mí.

—¿Encontró a la persona que buscaba?

—No —contesté—. Hablé con un hombre que le dicen El Maestro y me contó que la había conocido pero que ya no estaba aquí.

—El Maestro —dijo ella, pensativa—. No debe fiarse, es un psicótico de catálogo. Muy lúcido además. Capaz de entrar en serias argumentaciones y aparentar cordura.

—Sí, me contó una historia fantástica con reminiscencias muy familiares. Pero me dijo que ése no es su nombre.

—Así es, se trata de un hombre que tiene personalidad múltiple. Por eso, según él, su verdadero nombre es Legión.

Le agradecí lo que había hecho. Me sugirió otros lugares donde buscar. Me despedí y salí a la calle. Caminé contra un viento leve, casi imperceptible. Al fondo, el rumor de la ciudad. Me detuve en la esquina y, por un momento, sentí que aquella ciudad no tenía centro ni sentido, que daba lo mismo si caminaba en una dirección o en otra.

3. Aquí la mujer, yo el dormido

¿Encontraría a Andrée? No lo sabía. Miguel Ángel deambulaba por las calles, se demoraba en las librerías, curioseaba en los mercados, dormitaba en la Bibliothéque Nationale, y todo para matar el tiempo en espera de la hora que venía vestida con tacones altos, con su sonrisa discreta y su promesa guardada, con su cálido presagio de plenitud y olvido. Siempre por las mismas calles se asomaba la palidez grave, la ondulante delgadez esbelta vestida de largo, bolsa en mano, de vitrina en vitrina por la Rue de Rivoli para cruzar la calle en una ola de gente al Jardin des Tuileries y sentarse un rato en una solitaria banca bajo un árbol. Andrée se llamaba. Andrée Brossut.

Habían pasado ya los días de la nostalgia, de la culpa filial, de las cartas desesperadas, justificatorias. Ahora Miguel Ángel recogía el correo con la portera del edificio y cuando leía el remitente de Guatemala se le caía de las manos. A veces, de la cólera, pasaba días en la mesa de noche, intacta. Hasta que se animaba y leía como si fuera la enésima vez la misma cosa, adivinando las palabras, los adjetivos y, sobre todo, las preguntas y los reclamos: "¿Por qué ya no escribís? ¿Qué, quién te hizo cambiar? Dice tu papá que regresés, que aquí hay un bufete que te espera". Se moría de aburrimiento. ¿Cómo desaparecer? Tan lejos y tan cerca. ¿Cómo hacer para no tener más memoria, sólo manos para recorrer, reconocer un cuerpo allí delante que se rinde y vuelve sobre vos y te domina y otra vez todo de nuevo desde el principio? "¡Santas Ánimas Benditas del Purgatorio, m'hijo –escribía doña María–, encomendate a Dios para que no te pase nada!" Y en sus oídos resonaban las letanías del rosario como un lenguaje hueco, vacío, como un eco que lo llamaba sin tregua.

Sus padres habían dejado de pedirle que volviera. Aparte de un viaje obligado por razones de salud, don Ernesto ya casi no había vuelto a tener contacto con Miguel Ángel. Sólo doña María seguía fiel mandando sus recomendaciones, miedos, instrucciones para vivir.

Semanas, meses, años habían pasado desde su partida. Ahora sabía que su vocación y su vida de café literario y periodista en París no sólo traía consigo la literatura sino también los amigos, el alcohol, los delirios... y, junto con el viento, la gente y las tardes, también a Andrée... La había conocido durante el invierno de 1932. Pura casualidad: la amiga de un amigo que de pronto se aparece y queda justo a la medida del ansia y de ahí ya no se borra y se empieza a hacerle el amor en los sueños diurnos entrelineados de conversaciones, recuerdos, lecturas, comidas, cigarrillos..., vanos intentos de olvido.

En esa época del año, Miguel Ángel llegaba más temprano por la tarde para procurarse un lugar seguro dentro de algún café del Boulevard Saint Michel. A veces, antes de salir, la escritura estaba inconclusa y se llevaba sus papeles. Primero paraban los turistas; pero poco a poco iban ocupando el lugar los visitantes habituales en las mesas de siempre, tomando los tragos de siempre y hablando las mismas cosas.

El invierno parisino había traído algunas lluvias que duraban toda la tarde. Pero Miguel Ángel ni lo había notado. Solía demorarse en unas hojas borroneadas a más no poder, dobladas, viejas, que llevaba a todas partes. Y ante sus ojos, por los túneles, los puentes, los atajos de la memoria, se desplegaba el pequeño infierno, el sórdido laberinto de Camila, Cara de Ángel, el Pelele, de los barrancos del Sauce a la Dieciocho Calle. Miguel Ángel no notaba el hervidero de estudiantes de la Place de la Sorbonne porque caminaba por el Teatro Colón, subía por donde los chinos al Portal del Comercio y paraba en el Tus-Tep.

–¿Cómo estás? –dijo de pronto Francis–. Quiero que conozcas a Andrée.

Miguel Ángel levantó los ojos como quien llega a un país extraño y no sabe reconocer todavía lo que tiene delante. Camila todavía se rompía las manos tocando las puertas inescrutables de las casas de sus tíos, todavía caminaba él, Miguel, detrás de sus pasos cortos, aturdidos, apurados de casa en casa, sin poder creer que la dejarían ahí, en el desfiladero de la calle llena de desconocidos de donde, ahora, emergía Francis con esta mujer tan delgada y pálida como debía ser la Camila de sus palabras afiebradas. Francis esperó prudentemente unos segundos mientras Miguel Ángel volvía de otro mundo. Levantándose mecánicamente, dijo:

–Mucho gusto, por favor siéntense.

Una mano larga y fina y fría como cortapapel de marfil estrechó Miguel Ángel en la suya que dibujaba la figura de Camila para llenar el vacío eterno de la inocencia, el candor, la pureza y algunos otros sueños que todavía traía a cuestas.

Francis, el amigo que se esforzaba en la traducción de *Leyendas de Guatemala*, que lo consultaba constantemente y se mantenía al tanto de sus proyectos, hablaba de Andrée, de cómo ella había querido conocerlo al oír hablar tanto de esos relatos que eran como asomarse a un mundo remoto y mítico, de que era una lectora insaciable y muy informada de lo más contemporáneo, de que vivía cerca del Quartier Latin, Montparnasse y esas calles con sus pequeñas librerías y sus íntimos restaurantes, sitio perfecto para caminar sin rumbo por las tardes. Tal vez en algún momento habían coincidido vagando por la orilla del río en busca de alguna vieja edición, quizá sus miradas se habían cruzado buscando algo sin haberlo visto nunca pero seguros de reconocerlo a primera vista. Él también deambulaba por esas calles –le contaba ahora a Andrée–, mientras llegaba la hora de reunirse con otros sudamericanos escritores y estudiantes. Y ella lo miraba, un oído en la descripción y los ojos, de soslayo, con una leve sonrisa, en su *gueule de métèque*, como diciendo: "sí, lo creo, puede ser él y además puede ser interesante".

Cuando Francis ya había abundado un poco en cada quien, Andrée dejó oír su voz más ronca de lo que Miguel Ángel esperaba de aquellas finas facciones y delicadas maneras.

–Bueno –dijo, mirando fijamente a Miguel Ángel–, yo no vivo exactamente en el Quartier Latin. Mi casa está al otro lado del río, en los alrededores de la iglesia de Saint Merri.

Miguel Ángel recordó, de inmediato, que había amanecido en alguno de los bares de ese sector. Imágenes: las súbitas carcajadas femeninas, el humo nublando de irrealidad pequeños lugares ensimismados, y la sensación de que el mundo es un péndulo que mide su propio tiempo a la vez que lo olvida.

—Conozco —dijo desde sus recuerdos—, he estado ahí con algunos amigos.

—A propósito de ellos —interrumpió Francis—, debemos ir a buscarlos. Sabía que iba a encontrarte aquí, por ello pasamos a invitarte a una fiesta de la Faculté de Pharmacie el sábado por la noche. Andrée estará allí con otras amigas. Queremos que nos acompañes. Entonces tendremos más tiempo para conversar. ¿Vas a venir?

—Sí, claro —contestó un tanto aturdido. Les agradezco la invitación.

Se despidieron en medio del bullicio del café. Volviendo a pausas a sus papeles, Miguel Ángel los vio alejarse entre la gente que entraba y salía, se saludaba y se despedía. Los vio atravesar la puerta de marco de madera y vidrio biselado, pasar del otro lado de la calle y caminar platicando, seguramente haciendo bromas. Andrée tomaba del brazo a Francis y se le recostaba en el hombro mientras reía francamente. De pronto recordó a Camila que también caminaba por las calles; pero eran los callejones de un mundo de puertas cerradas, de persecución anónima. Y pensó que toda mujer, por lo menos una vez en la vida, espera el abrazo de un ángel.

El sábado por la mañana, mientras se levantaba y disponía qué hacer, recordó el baile de la noche. Se vio en el pequeño espejo ovalado como consultándose si iba o no. "Allí van a estar tus amigos —se dijo—, además, podrás hablar más con esa patoja. Ya es hora que cambiés de vicio: sólo el guaro te gusta". Se rió de sí mismo y corrigió —esta vez no era él, sino su imagen, la del espejo—: "No, también te gusta escribir, delinear a Camila con tacto, con ternura, ¿llevarla o que te lleve al infierno?" Allí estaba, en esa pequeña buhardilla, delante de un espejo, completamente desnudo. Bajó la vista por su cuello, sus hombros, su pecho moreno y lampiño, sus brazos delgados y largos. Se sintió solo, sintió que tenía abandonado a su cuerpo, que sus brazos (de noche dormido, por la calle caminando, en los cines o en las bibliotecas soñando) abrazaban al vacío, a un fantasma de humo que lo intoxicaba. El silencio, la incertidumbre lo envolvían. Instintivamente palpó su sexo y se sintió más seguro, capaz de tender puentes, de internarse en algo más que los meandros, las grutas de la ficción.

Era hora de salir. Sin proponérselo caminó por la Rue Monge hasta el Boulevard Saint Germain. Se detuvo un momento en la Place Maubert, lugar privilegiado de la vista: contra el cielo se recortaban la miniatura y la mole: Saint Julien Le Pauvre y más allá, en plena Île de la Cité, Notre Dame. El azul del cielo y una que otra nube blanquísima, serena en su ingravidez, le recordaron el Callejón de Jesús, la visión del costado sur del templo de La Merced, y olvidando dónde estaba, recordó el camino de La Merced a San José, y por la calle retorcida, hasta Candelaria, casi al pie del Cerrito del Carmen. Cuántas veces se había refugiado en Notre Dame o en Saint Eustache a buscar al Negrito de Candelaria, a la Virgen de Chiquinquirá, a San Judas de lado, envuelto en el humo de las velas y el humo de las angustias de la gente. Pero siempre era inútil, sólo encontraba santos, cristos, vírgenes de piedra, rígidos, con los ojos vacíos. Le parecían parte de las columnas, los frisos, los capiteles, los tímpanos; pero no parte de los sótanos, las torres, los faros de su pena, de su soledad. ¿Dónde estaba la sangre? ¿Dónde la carne traslúcida y la palidez de la muerte? ¿Qué se había hecho la mirada triste, suplicante del Señor de la Merced? ¿A dónde había ido la boca entreabierta del Negrito? ¿Y las luces y sombras de las Sagradas Familias, de las vírgenes en plena asunción? ¿Dónde podía consolarse viendo su retrato en los penitentes que cruzan desiertos en penumbra? La angustia de los primeros meses. Pero después, cuando ya tenía amigos y salía a parrandear y amanecía en las calles de Montparnasse y caminaba solo, tambaleándose, midiendo las cuadras, y entraba a Notre Dame, hablaba con su Nazareno como si estuviera allí, se sentaba a un costado y, contra la luz matinal que lo había sorprendido, veía el cruce de colores de los vitrales y en lugar de "Vuestra" Señora de París se le aparecía la Virgencita de Chiquinquirá como si lo viniera a visitar y a decirle que no estaba solo, a recordarle con su niño en brazos las mujeres que pedían limosna en las calles, los atrios de las iglesias. Sólo era un momento, pero bastaba para recuperar su mundo. "¿Cómo se te ocurre —le decían sus amigos de farra— meterte a una iglesia cuando andás en agua". "Ustedes no entienden —contestaba convencido— que el mejor estado para rezar es la borrachera. No sos vos. A saber quién es el que habla por vos. Te parte por dentro, nada queda oculto, y entonces sí que Dios te oye. Porque Él quiere saber qué hay aquí —se palpaba el pecho— y no acá —se señalaba la sien".

—Lo que pasa —decía Arturo, el venezolano que conocía sus manuscritos como nadie— es que eres uno más de tus personajes. Tienes una "Miguel Cara de Ángel Asturias" que no puedes con ella. Con la única diferencia que tú no eres bello y malo como Satán, sino bolo y feo como tú solo.

Una leve sonrisa se dibujó en el rostro sereno de Miguel Ángel. Con aquellos recuerdos reanudó su marcha rumbo a la Bibliothéque Nationale. El día era frío. Seguro almorzaría en los Passages. Era un día normal, lleno de tiempo libre para imaginar los destinos de sus personajes, para buscar los pasajes de la memoria. Y ya cuando escribía volvió a sentir que cada vez la novela era más negra, que Camila nunca conocería la felicidad, que Cara de Ángel no volvería a ver la luz del día, que moriría envuelto en la duda. "¿Por qué todo esto terminó así? —se preguntaba. ¿Por qué recordamos mejor el dolor y la duda que la dicha y la certeza? ¿Por qué la memoria está hecha de perplejidad y frustración? Esta novela no es lo que yo quería. Su tema no es el Dictador, sino la Desesperanza; quiere saber de aquello que nos gobierna y nos lleva como penitentes por un desierto de penumbras. Pero no hay reden-

ción, el hombre no se salvará porque él es su propio abismo".
Allí, en París, había descubierto cuán barroco era su pensamiento; había descubierto también el sentido de la soledad: el dramático intento de ser diferente.

Los Passages no le fallaban, siempre le daban un refugio igual que la literatura: un cielo artificial hecho de las carencias del verdadero. "¿Quién lo había diseñado? –pensaba. Seguramente quien nos hace entrar a su gusto cuando el relato que borronea lo demanda". Se recostó en su silla, levantó la vista y pensó que regresaría por la Rue Saint Denis hasta la Rue de Rivoli, que volvería a pasar frente a Notre Dame pero esta vez para detenerse un momento en su apartamento antes de ir a la fiesta.

Su camino por la Rue Saint Denis le hacía recordar La Línea, la Diecisiete Calle con sus putas sentadas a la puerta de pequeños hoteles de mala muerte. El maquillaje sobre rostros cansados, arrugados, sobre pieles muy blancas contrastando con pelucas negras y boas de colores, le hacían pensar en Zola, en Balzac; pero también en Niña Fedina enloquecida de dolor, tirada en el piso de la cocina del "Dulce Encanto".

Cuando llegó al Pont Notre Dame, la mole aparecía iluminada en toda su dimensión. La historia piedra sobre piedra. La mano del hombre en cada detalle de anhelo de Dios y vida eterna. Miguel Angel dudó un instante. Pero no, mejor no. Estaba demasiado sobrio para entrar. Le dio miedo caer en el abismo de los ojos vacíos de las vírgenes medievales, intocadas, Madres de Dios. Él prefería las vírgenes angustiadas, como Camila, con la mano en el pecho sosteniendo el puñal que las atraviesa, las vírgenes que claman al cielo, dolientes, en procesión eterna tras un hombre ideal... Pasó de largo y se encaminó al Quartier Latin, a los vericuetos que conocía de memoria hasta esa buhardilla donde había vivido los últimos años. Empujó la pesada puerta de madera y la *concierge* apenas levantó la vista de unos papeles. Subió los escalones en caracol y volvió de nuevo al espejo oval, a las montañas de manuscritos, a los pocos retratos de la familia. "Nunca se sabe a qué horas terminan estas fiestas –pensó–. Si es de estudiantes, seguro no debe ser tan elegante la cosa". Dejó sus papeles, tomó su capa y su boina y antes de salir volvió a verse en el espejo. Siempre lo hacía por si su amigo, el que lo veía ir y venir desde dentro de la imagen, tenía alguna sugerencia. Todo estaba bien. ""Cuidate: hoy no sólo te llevan los amigos y el trago sino ... ¿cómo se llama? ¡Andrée! Sí. Ella estará allí. Tenés que apurarte. Acordate que estos canches son puntuales y no podés perderte una entrada como esa. Después, algún día, lo recordarás en una novela: la cadencia del paso femenino que irrumpe en la vida de un hombre que ha esperado tanto..." Por fin separaron sus miradas Miguel Ángel y su ángel cara de Miguel perplejo en el espejo.

Salió de nuevo a las calles de piedra y pasos perdidos. Lloviznaba suavemente y la gente, los enamorados, parecían no darse cuenta. Caminó por un costado del Palais du Luxembourg sobre el Boulevard Saint Michel. Atravesó la Avenue de l'Observatoire y pudo ver el edificio de la Faculté de Pharmacie. La luz lo desbordaba, se salía por las ventanas. Le atrajo la idea de ir al encuentro de lo desconocido.

Francis lo vio de lejos cuando apenas cruzaba el umbral de entrada. Lo llamó para que se integrara al grupo donde él estaba. Según parecía, hasta ese momento, las mujeres aún no llegaban. Se integró a una conversación que giraba en torno a las traducciones de Francis, a la situación política en Centroamérica y al final del ciclo académico. La puerta desaparecía y volvía a aparecer detrás del paso descuidado y lento de los estudiantes que buscaban comida y tragos. Miguel Ángel escuchaba la conversación, pero no quitaba sus ojos de esa puerta que ahora estaba y en unos segundos ya no. Francis notó que se ausentaba, que la expectativa robaba su atención.

—No te preocupes —le dijo—, vendrán pronto. Te gustó, ¿no es cierto? Es bella. Además es alguien muy especial, ya te darás cuenta.

—Ustedes tienen una relación, ¿verdad? —preguntó Miguel Ángel ingenuamente.

—No —dijo Francis con una amplia sonrisa y volteando a ver a sus amigos que también sonreían—. Podría decirse que ella todavía no ha encontrado al hombre que la comprenda –agregó, y él y sus amigos rompieron a reír. Míralas, ahí vienen –dijo viendo hacia la puerta.

Después de un instante de distracción, volvió su mirada y claramente vio tres mujeres que hacían su ingreso en aquel ambiente saturado de movimiento. Reconoció a Andrée casi de inmediato: era la de en medio, más alta y no tan joven como las otras. Sus compañeras ya se habían unido a algún grupo; pero Andrée parecía esperar. Miguel Ángel vaciló, pensó ir a su encuentro, pero se contuvo. Era mejor ver la reacción de Francis. Y como en una película que en ese momento pone lenta la cámara y envuelve las imágenes en el tema musical, Miguel Ángel se limitó a ver lo que se había imaginado de otro modo. Había pensado verla del brazo de alguien, vestida con los colores de moda, perfectamente integrada al ambiente estudiantil. Pero no. Allí estaba sola, como una extraña, con su pelo recogido y vestida de un negro absoluto, con su mirada desafiante, fría, un poco distante. Saludaba con desdén a los muchachos que se acercaban a sus amigas. Pero nadie le sacaba plática. Y así, empezó a caminar hacia Francis. Parecía que dejaba un surco, una estela en la marea de gente que se abría a su paso. Parecía conforme, hasta fortalecida por un destino singular, de soledad e incomprensión. " ... ella todavía no ha encontrado al hombre que la comprenda ...", resonó en la memoria de Miguel Ángel mientras Andrée avanzaba hacia ellos con una cadencia lenta. Su vestido negro ajustado revelaba las formas de su cuerpo. Miguel Ángel se imaginaba frente a ella liberando en su abrazo, uno a uno, los botones dorados que en larga hilera recorrían la curva esbelta de su espalda; se imaginó descubriendo sus senos blanquísimos, como si nunca nadie los hubiera tocado; imaginó que ella lo miraba en silencio, sonriendo y dejando que él descubriera lo que tal vez nadie jamás había visto.

Francis la recibió con la confianza y complicidad que Miguel Ángel ya había observado el otro día, pero en ese momento sólo contaba su presencia. Era un reto averiguar más sobre esta mujer enigmática que parecía compartir la soledad, el aislamiento.

–¿Recuerdas a Miguel Ángel? –preguntó Francis en medio del bullicio de una reunión cada vez más animada.

–Por supuesto –contestó Andrée con una sonrisa sutil.

–Tus amigas te abandonaron apenas llegaron –afirmó Miguel Ángel.

–No son mis amigas, son mis hermanas –aclaró Andrée, convencida de que tenía que decirlo porque nadie iba siquiera a sospecharlo.

–¿Ah sí? No parecen hermanas –comentó asombrado.

–Eso les decimos todos cuando las conocemos –intervino Francis. No es lo mismo verla sola que acompañada de sus hermanas, ¿no es cierto, Miguel Ángel?

–Sí, el contraste es grande –agregó.

–Bueno –dijo Francis mirando a su alrededor– Andrée no es precisamente la típica novia del estudiante universitario.

Todos rieron y Miguel Ángel también, aunque no estaba seguro por qué. En ese momento, como si se hubiera olvidado la broma inmediatamente, el grupo se fragmentó en parejas. Andrée y Francis iniciaron una conversación que Miguel Ángel no podía captar en medio del ruido de la fiesta. Sintió como si se hubiera alejado y observara de lejos. Esa fue la primera vez que pudo verla con detalle, su risa clara y abierta, sus gestos exagerados cuando hablaba, sus manos en la cintura; pero sobre todo, pudo reparar en su rostro y su cuerpo. Ese día cuando anticipaba el encuentro en la biblioteca, había hecho esfuerzos por recordar sus rasgos y no podía: lo hizo y deshizo mil veces de pedazos de las cortesanas de Balzac, de Emma Bovary frente al espejo, de la mica de Camila jugando tuero al borde de la fatalidad. Y ahora que la miraba sin pensar en nada más que lo que estaba viendo, creía que no se parecía a nada de lo que había imaginado. Francis tenía razón: Andrée no era la típica novia. Su rostro era largo y anguloso, los ojos grandes y hundidos en medio de unos pómulos muy pronunciados. La nariz larga y afilada sobresalía por encima de su boca finísima. Y la simetría estricta de su rostro la completaba su camino en medio y su cabello rematado en un moño. Su cuerpo era extremadamente delgado y su vestido largo y negro acentuaba esas líneas rectas, las suaves curvas. Su figura rompía la armonía rítmica de las imágenes corporales: era como una pausa, un momento en silencio, como un paréntesis en la escritura gestual de los cuerpos.

Miguel Ángel se alejó. Sintió que no tenía un lugar en aquella conversación llena de nombres y anécdotas ajenas a él. Caminó hasta el fondo del salón, donde estaba el bar, y pidió una cerveza. Tomó la esbelta copa de la mano del cantinero y, por unos segundos, su forma le recordó el cuerpo de Andrée. Sin quitarle los ojos de encima y sin mediar más reflexión, bebió toda la cerveza de un tirón. Pidió otra y pensó: "esta fue para la sed que ya no aguantaba, esta otra la voy a saborear" Cuando se la dieron se acomodó en el banco, se volvió hacia el salón y Andrée ya no estaba donde mismo, se había movido a un rincón en compañía de Francis. Miguel Ángel notó que el tono de su plática ya no tenía aquella festividad del principio. Parecían hablar más en serio, incluso de algo grave que Andrée se esforzaba por explicar con palabras y gestos. Francis escuchaba, a veces intervenía como para pedir más información. Y Andrée continuaba un buen rato hasta una nueva interrupción interrogativa, preocupada. A lo largo del salón, las parejas, los grupos de amigos, personajes solitarios, atravesaban la mirada fija de Miguel Ángel. El ambiente cada vez se llenaba más de humo, de voces. Las imágenes de la conversación que seguía con la fantasía eran también cada vez más borrosas. Ya no era la segunda ni la tercera cerveza. Había perdido la cuenta por estar llevando otra. Su mano sostenía ahora un brandy de esos que no probaba muy seguido. "Soy un bolo tranquilo —pensaba—, aquí estoy sentado, sin joder a nadie, esperando no sé qué de ese par que seguro son amantes. ¿Tendrá algún problema? ¿Podría ayudarle? Francis tiene que contarme; él sabe que esa mujer me atrae y que la soledad llena de nostalgia me asfixia". Ahora era Francis quien hablaba. Andrée permanecía con la vista clavada en el piso. No se trataba de un regaño. Parecía como si Francis quería convencer a Andrée de no sentirse culpable por algo que Miguel Ángel temía como una querella de amantes. Se habían olvidado de él, de todos por completo.

De pronto, Andrée levantó sus grandes ojos y miró cómo Francis preparaba los acordes finales. Cuando por fin terminó ya acariciaba su mejilla hundida. No había más palabras ni palabras de más. Se abrazaron. Andrée caminó hacia la puerta sin voltear a ver a nadie. Miguel Ángel se incorporó y sintió el impulso de seguirla.

En su camino a la puerta se topaba con gente que reía, platicaba, que lo veía con extrañeza y lo dejaba pasar. Cuando salió a la calle, Andrée ya cruzaba la esquina con su paso erguido, sola en medio de la noche y la calle desierta. Sintió que la borrachera podía impedirle mantenerse tras ella. Ahora no disfrutaba, como otras veces, el azar de la embriaguez, ahora tenía que mantener un ritmo y no perderla de vista. Por suerte, Andrée no caminaba rápido sino cadenciosamente.

Al asomarse a la esquina, vio que Andrée no había avanzado mucho, que iba pensativa y caminaba como alguien que no se da cuenta por dónde va porque se conoce el camino de memoria. Silencio. Sus tacones resonaban lejanos en la obscuridad de los faroles y la niebla invernal. Sus pasos se encaminaban hacia el río. Miguel Ángel ya se acercaba demasiado. Exhausto y echando vaho por la boca entreabierta, se apoyó en la pared. Andrée se alejó un poco. Él la miraba y a ratos sentía como si ella estaba buscando un refugio, como si de pronto iba a tocar puertas que nunca se abrirían y que él la seguiría hasta el fin del mundo, que nunca la dejaría sola. Pero no. Andrée caminaba por las calles de París y ahora se detenía justo en el medio del Pont Notre Dame. El río parecía correr más despacio por la noche. Los reflejos cambiantes se deslizaban como bloques imaginarios de hielo. La larga historia de París. El murmullo de la memoria que Andrée contemplaba en su enigma.

Miguel Ángel sintió que no podía acercarse más porque ella iba a sospechar. Se detuvo a la orilla del puente. De pronto, un instante antes de empezar a caminar de nuevo, Andrée volvió sus ojos y, cuando sus miradas se cruzaron, sonrió sin saludar. Lo había reconocido y parecía no desaprobar su presencia. Al contrario, parecía orgullosa, recompensada por la atracción que ejercía sobre él. "¿Quieres saber más sobre mí? –parecía decir su ademán desenvuelto–, pues entonces sígueme". Miguel Ángel dudó un instante, pero siguió caminando tras aquel cuerpo que ya sentía en sus manos con sólo verlo oscilar. Andrée volteaba de vez en cuando con un disimulo elegante. Quería asegurarse de que él seguía allí, clavado a su deseo. Una, dos, tres cuadras más y Andrée ya estaba en su territorio. Cruzó la esquina con la seguridad de quien sabe exactamente a dónde va y Miguel Ángel hizo un esfuerzo más para no perderla. La calle parecía moverse al ritmo de su paso y la esquina estaba cada vez más cerca. Por fin llegó y cruzó en el mismo sentido que ella lo había hecho pero nada. Paró. La calle estaba desierta. Respiraba por la boca y veía a todos lados, perplejo. No podía ser. Imposible que caminara tan rápido. La cuadra era larga y ancha y toda esa amplitud parecía más sola en la noche. Empezó a caminar despacio, viendo cada puerta, cada callejón, juzgando la apariencia de porteros y fachadas. Seguramente había entrado en alguno de estos lugares. De pronto, sin poder explicárselo, se fijó en un pequeño edificio que parecía de apartamentos. La puerta estaba entreabierta y un hombre de mediana edad fumaba a un lado, recostado en la pared. Guiado por un presentimiento, se acercó con cautela sintiendo que en cualquier momento el hombre le impediría ir más allá. De lejos intimidaba, parecía el celoso guardián de un recinto secreto reservado sólo para iniciados. Ya más cerca notó que el hombre miraba a otro lado, a la noche, al tiempo con su velo de niebla, y que volvió sus ojos a él mientras sacaba el humo por la boca sólo para volver a su soledad nocturna. Ni palabra.

Seguro que esa puerta no estaba abierta por accidente. Andrée tendría que haber entrado allí para poder desaparecer tan de repente. Empujó y la puerta cedió fácilmente. Había que cruzar una pesada cortina de terciopelo rojo. Miguel Ángel recordó de inmediato los bares y la pornografía de Montmartre. Se asomó a una baranda desde donde podía verse un íntimo salón en bajo. Parecía un sótano convertido en bar. Cuando bajaba las gradas divisó la barra y decidió tomar un trago mientras buscaba a Andrée. Notó de inmediato que aquel ambiente tranquilo tenía algo especial. No sólo había mesas sino también sillones y, más allá, dentro, otros cuartos aún más íntimos donde se veía casi sólo parejas, a lo sumo grupos de tres. Por un momento creyó estar en un prostíbulo; pero las actitudes así como las prendas y los gestos no eran los típicos de un "Dulce encanto" donde los hombres quieren olvidar lo que creen que son o tienen. No, esto era algo diferente.

En el bar había pocas personas, unos cuantos hombres y mujeres ensimismados que parecían esperar algo o alguien que tal vez llegaría esa noche hasta ellos, les tocaría la espalda y entonces conocerían el sentido de la espera, de la soledad. Se sentó junto a aquellos seres aislados por el olvido de otros, pidió una cerveza y empezó a observar a las parejas de las mesas cercanas. Nada especial. Conversaciones, sonrisas cómplices, juegos de manos en la penumbra. Miguel Ángel había empezado a jugar con las personas inventándoles historias, convirtiéndolos en personajes de relatos parisinos. Y los más interesantes eran los que imaginaba de los tríos que convertía en triángulos, casi siempre un hombre y dos mujeres que se refugiaban en las últimas mesas. A veces él estaba en medio, a veces alguna de ellas, muy juntos, como en aquella mesa de la esquina, justo después de cruzar el umbral al otro ambiente, donde un hombre bebía recostado en su silla mirando cómo una rubia alta hablaba en secreto a esa mujer de rasgos angulosos que en la obscuridad se parecía mucho a Andrée, cómo se acercaba cada vez más hasta tocar su pequeño oído con los labios una y otra vez y la hacía estremecerse toda. Miguel Ángel veía, imaginaba que era Andrée esa mujer que acariciaba la mejilla primero y bajaba muy suave y lento por el cuello de la rubia hasta uno de sus senos que sostenía como en vilo. El hombre seguía bebiendo y ahora ellas se besaban en la boca y la rubia levantaba la falda negra, larga y ajustada de su amante hasta los muslos que se abrían poco a poco para dar paso a la impaciencia de un ansia que crecía, se dilataba en la urgencia del tacto. Miguel Ángel no estaba seguro de lo que veía. ¿Era realmente Andrée o era sólo el nombre que su imaginación le había dado a esa mujer que ahora se demoraba en los senos desnudos de la rubia que cerraba los ojos frente a la mirada robada del hombre que bebía? Tuvo el impulso de salir pero no pudo. Los celos no lo dejaban quitar los ojos de aquella escena. Sentía celos del hombre que miraba y que tal vez les pagaba, sentía celos de la rubia que era la superficie donde esta Andrée se esmeraba, donde dejaba la huella de sus labios y sus manos que volvían infinitas veces sobre la geografía del placer; sentía celos de las manos de la rubia que habían penetrado en los pliegues más sensibles y húmedos, de su boca que acababa de bajar de los pequeños y erizados pezones por el vientre y la curva de las caderas hasta buscar la piel más profunda. Andrée (¿era posible que fuera ella?) echaba el cuerpo hacia atrás y cerraba los ojos disfrutando los besos y movimientos rítmicos en su sexo, gozaba cada detalle, cada parada en el camino al clímax: cómo se había deslizado hacia abajo, la lentitud al levantar la falda, el cuidado exquisito al separar sus piernas y, sobre todo, el primer contacto con el centro de las sensaciones.

A estas alturas, a pesar de su borrachera, Miguel Ángel ya sentía una erección que rechazaba. No quería aceptar que esto lo excitaba. Pero ahí estaba ella dejando a la rubia explorar su cuerpo y viéndolo con una sonrisa que decía cuán lejos estaba él de comprender, de saber algo de ella. El hombre seguía sentado a la mesa viendo aquello con una impasibilidad que le chocaba, como si en lugar de ver recordara y tratara de entender algo que siempre lo había atormentado. "Sí, son unos pervertidos todos —pensaba—, esa mujer que no quiero creer que sea Andrée, la rubia diestra en la estimulación de la piel y las ansias inconclusas, el hombre que las acompaña y todos los demás en otras mesas y en similares menesteres que no se inmutan ante semejante espectáculo". Miguel Ángel reunía fuerzas para dejar de ver, para arrancarse de su lugar en el bar y buscar el aire frío de la noche parisina. Pagó y, tambaleándose todavía con cierta elegancia, se dirigió a la puerta. Subió las gradas y abrió la cortina que sintió ahora más pesada. La madrugada lo acogió con su esperanza, con su renovado esfuerzo de recomienzo. No, imposible, no podía ser ella. Seguro había corrido y estaba ahora en su casa asustada de que la hubiese seguido ese *métèque* borracho. Tendría que disculparse y cuanto antes mejor. "¿Por qué destruís lo que más necesitás?" –pensaba para sus adentros mientras caminaba de vuelta a su buhardilla. Los edificios ya dejaban de ser enormes sombras sin forma, un tenue resplandor los iluminaba. Ahora todo se veía diferente. Amanecía.

Mucho tiempo después, en ocasión especial, Miguel Ángel recordaría los meses que siguieron como una de las épocas más felices de su vida. Y en el centro de ese suspiro del tiempo, Andrée. Hubo disculpas y risas y cómo pude imaginar semejante cosa, y también cómplices y padrinos como Francis que lo defendían: "déjenlo, se ha enamorado por primera y de una buena vez". Miguel Ángel cambió, ahora se arreglaba y era puntual, y el aspecto sombrío fue substituido por una olímpica despreocupación, el humor y el deseo de escribir más, de darle profundidad poética a su trabajo. Atrás quedaba el otro Miguel cara de muerto sumido en el calabozo oscuro de las dudas y el dolor. Abandonó a sus amigos de parranda y era raro verlo en los cafés por las tardes, a la hora de la tertulia literaria. Todos comentaban lo que había cambiado y se preguntaban cómo sería la relación, sobre todo –apuntaba Alejo– a juzgar por Andrée. Ciertamente ya no frecuentaba los bares de Montparnasse, pero lo habían visto en las madrugadas por el sector de la calle Saint Denis. Bueno –aclaraba alguien–, por allí vive Andrée, seguro algunas noches las pasa con ella. Eran meras especulaciones. Sólo Arturo, el venezolano, sabía por entonces cuán casta era la relación, qué tan ilusionado estaba Miguel Ángel con su nueva compañera. Se había hecho parte de su mundo, de su rutina, de su gente, de su barrio y también de sus horarios. "Francis –comentó alguien– es muy hermético al respecto". "Sólo nos contó –

agregó Alejo– que Andrée canta en un club nocturno de la calle Saint Denis". "Mm, eso me huele mal –dijo Luis viendo pasar oleadas de estudiantes desde un café del Boulevard Saint Michel–, ahí sólo hay lupanares de mala muerte. Debe ser puta, por eso tiene loco a este tonto que la lleva y la trae como un adolescente que acaba de descubrir el sexo".

Arturo sabía que eso no era cierto, que la cosa era mucho más compleja de lo que parecía a los amigos curiosos, celosos, metiches. A él, sólo a él le había contado la verdad una noche de tragos que estaba furioso con ella jurando que nunca volvería a verla. Todavía recordaba la llamada y su voz temblorosa, desesperada: "Arturo, ¿sos vos? ¿Puedo hablarte? No he pegado los ojos esperando que amanezca. Estoy hecho mierda". Recordó la escena tal y como fue mientras los amigos seguían su charla poniendo en la pareja sus propias fantasías. Se acordaba que, cuando acudió, Miguel Ángel ya estaba ahí. Fumaba y su rostro delataba una incomodidad que no podía sacarse de encima. De inmediato se sentaron y comenzó su relato.

"Arturo, gracias por venir. Necesito contarle esto a alguien. Es Andrée. Vos sabés que me pegó fuerte. Me enamoré por primera vez, por única vez. Desde que la conocí no dejé de pensar en ella, la soñaba, la seguía en la calle como quien va detrás de un rastro para recuperar algo robado, que ha sido siempre suyo. Y por fin me vio y me tomó de la mano. Yo no lo podía creer. Imaginate, yo –y se señalaba el pecho con ambas manos–. Empecé a verla, a invitarla de vez en cuando. Yo pensaba que quería conocerla mejor, pero no, lo que quería era sólo estar con ella. Entonces me dijo dónde trabajaba y no me gustó pero prefería no pensar en eso. Canta en una casa de putas de la Rue Saint Denis. Me invitó a que pasara una noche para que oyera su repertorio. Yo lo entendí como una manera de decirme que no era puta, sólo cantante. Fui una vez y empecé a ir todas las noches; pero como no "consumía" me echaron. Así que empecé a esperarla afuera, sin importar el frío, la lluvia, el riesgo. Y mientras más esperaba más sentía que la quería, que podía hacer cualquier cosa por ella. Yo quería... no sé... salvarla tal vez, sacar mi espada y mi corcel blanco, cortar vínculos y correr a donde nadie nos viera y decirle que la quería, que era suyo. No te imaginás lo que sentía cuando la veía salir, acercarse a mí sonriendo; eso valía la pena toda la soledad, la espera. La cogía del brazo y caminábamos despacio por las calles obscuras hasta llegar a su puerta. Allí nos despedíamos con unos besos tímidos, llenos de imaginación y escasos de labios, de humedad. Y así una noche tras otra, sin tocarla, sin pedirle todo lo que me moría por tener. Sus amigas me conocían ya. 'El sudamericano', me decían. Parecían felices de que Andrée tuviera una pareja devota. Nunca imaginé llegar a tener una relación así ... cómo te diré ... a ciegas. Te lo digo porque a veces sospechaba que no se llamaba Andrée. Tú sabes que es cantante y tal vez ese no era sino su nombre artístico. Pensaba que si un día me salía con que su verdadero nombre era otro no lo iba a creer, porque no quería ni pensar que era otra persona. Preferí quedarme con lo que tenía. Me llenaba los días. No quería saber nada, su pasado, sus amores, sus amigas. Nunca le hice preguntas personales: ni quiénes eran sus padres, ni de dónde venía, ni si ha conocido el amor, menos qué esperaba de nuestra relación. Encontraba un placer en caminar en el vacío, en dejar que las cosas siguieran su propio rumbo sin forzar nada. Y pensaba que ya vendrían los nombres, los lugares y los anhelos. Me sentía como suspendido sobre un torbellino que no me tocaba. A salvo. Sereno. Pero no iba a ser por mucho tiempo".

Arturo seguía escuchando en silencio las especulaciones de los amigos que ya dejaban la vida real y el chisme y se pasaban a la literatura y la política latinoamericanas. Le lanzaban imágenes, fragmentos de realidad, construcciones floridas y el estruendo de sus risas. Pero en medio de aquel bullicio, él seguía sufriendo la presión del confidente, de saber que era el único que sabía.

"Un día de la semana pasada –dijo Miguel Ángel viendo a su alrededor y apurando el trago que había pedido– me dijo lo que tanto había esperado, la causa de mis desvelos, mis sacrificios gozosos. Habíamos llegado a su puerta y nues-

zón en la mano. En mi vida me había abierto tanto. No podía, no quería fingir, no tenía por qué hacerlo. Y me pasó por la mente que si yo era sincero, ella también lo sería. De pronto dejó su copa en la mesa, me miró con unos ojos tiernos que jamás le había visto y dijo: 'Yo sí soy feliz'. Se acercó lentamente, me tomó el rostro con ambas manos y nos besamos largo y profundo. El entorno desapareció como si hubiera entrado en su boca. La excitación crecía rápidamente. Me empujó hacia atrás y sentí todo su cuerpo sobre el mío; pero entonces ya no sólo me besaba: sus manos recorrían mi cuerpo desabotonando, quitando, bajando las barreras entre nuestras superficies vitales. No quise saber más, me entregué de lleno a aquel frenesí. Hasta que ella hizo una pausa en su curiosidad minuciosa, vio hacia arriba, hacia mis ojos, mientras yo volvía a este mundo y dijo: 'Vamos a mi habitación'. De nuevo, arrastrado por su voluntad, caminé hasta el más íntimo de sus recintos. Un lugar sencillo y pequeño con un baño al fondo. Me tomó del brazo y me llevó hasta la cama. Nos besamos de nuevo, de pie. Entonces sonrió mientras se soltaba el pelo y me empujaba para que me sentara. Sentí que me decía: 'Ahora es mi turno de decirte quién soy'. Parecía extraña, otra persona con su pelo cayendo sobre sus senos. Uno a uno fue quitando los botones de su habitual vestido negro. Cuando hubo terminado, lentamente, los brazos cruzados sobre sus hombros, empezó a deslizar el vestido por las suaves líneas de su cuerpo. Creeme Arturo, era increíble ver la forma en que emergía su piel blanquísima como si su vestido fuera una noche cerrada desde donde nacía una luz suave que te recoge de la desesperación y se ofrece a tus sentidos. La ventana de al lado estaba abierta y el viento empujaba la cortina primero, su cabello después, entraba suave, impunemente, con la Cara del Ángel que acude a celebrar el nacimiento de Venus. Era mi renacimiento. En la cintura, el vestido hizo una pausa antes de caer rendido a los pies de Andrée. Cuando por fin cayó, vi el contraste entre su piel blanca y las bragas negras. Pensé que se había vestido a propósito porque ya sabía que ése tenía que ser el día. 'Hasta aquí llego –dijo–. Ahora te toca terminar a ti'.

"Se acercó a mí, se paró rectecita en medio de mis piernas. La abracé, la envolví con mis brazos para sentirla como nunca lo había hecho. Me recosté contra su vientre cálido, profundo, mientras mis manos reconocían un territorio ignoto de pequeños valles y colinas poderosas. Tomó mi rostro entre sus manos y desde esa altura imposible dijo: 'Desnúdame y hazme el amor'".

Arturo recordó que en este momento de su relato, Miguel Ángel había brillado en el lujo de los detalles. Los amigos poetas no tenían idea de lo que era esa relación. Ahora fantaseaban con las "virtudes" que Andrée debía tener para enamorar así al amigo.

"Puse todo el cuidado que me permitía el deseo al desatar las ataduras de las bragas —continuó Miguel Ángel en el recuerdo de Arturo—. Bajé una por una las medias esculpiendo el contorno de sus piernas mientras apoyaba su pie sobre mi sexo. Sólo faltaba una prenda, el último velo que guardaba el secreto de la unión. Mis sentidos eran uno solo. Gustaba con los dedos, miraba con el olfato. La barca de mi deseo se internaba toda ella en el Delta de Venus. Fue entonces cuando empecé a notar que mi maniobra temblorosa liberaba una fuerza contenida, abultada, lo último que me esperaba. Terminé de descubrirla y ahí estaba, invencible, enorme, una erección tan fuerte como la mía. No recuerdo cómo llegué al baño, pero cuando sentí ya estaba hincado vomitando la cerveza, el vino, el hambre. No quería saber nada. Pasé a su lado cuando buscaba la salida a grandes trancos. Había recogido su ropa y cubría su desnudez sentada en la cama. Lloraba. En la calle todo lo vi distinto. ¿Es que todo es aparente, Arturo? ¿Qué vemos cuando deseamos algo? ¿De qué está hecho el deseo? Me encaminé a mi apartamento, pero me di cuenta de que no soportaría la soledad. ¿A quién miraría en el espejo? Caminé sin rumbo hasta que me topé con el río. Bajé las gradas de piedra hasta el nivel de los embarcaderos y me senté en el suelo. La corriente fluía pacífica. Las luces de los palacios se reflejaban en el espejo ondulante como estrellas fijas que iluminan el corazón del cambio. '¡Dios mío —pensé—

no sabemos lo que el tiempo nos trae y menos lo que se lleva!' Queremos creer que en el flujo de nuestra vida habitan esas luces, ojos del firmamento, y de repente quien más queremos baja el interruptor y las apaga. Sólo queda el frío y el murmullo de una profundidad obscura.

"Mi memoria convocó a sus personajes favoritos. Desfilaron en una galería rota, en una ruina hecha pedazos que sólo me daba imágenes sueltas, palabras, caricias de otros días. Pero sobre todo pensaba en ella ... sí, ella ... es la única que existe para mí porque yo la inventé. Mi Camila desprotegida se desvaneció de pronto aquella noche. Sentí que el río se la llevaba, que me llevaba el río. Desde entonces no he podido escribir. No encuentro sosiego. Releo mi novela y me parece pueril, una ridícula historia de amor casto y eterno. La eternidad es imposible y el amor si es casto será cualquier cosa menos amor. Mucho tiempo me tomará reconciliarme con ella.

"Arturo, decime qué hago. A veces me va a buscar, me deja recados, me envía mensajes, encuentro papelitos bajo mi puerta. Y cuando los recojo y veo su letra y me toca su ternura es como si sintiera de nuevo su suavidad y me hace falta. Pero recuerdo que él se interpuso entre nosotros. Sí, él, que no sé ni quiero saber cómo se llama, que he dado en pensar que se trata de un hermano celoso que me la robó sin remedio.

"Y aunque ella se empeñe en no reconocerlo, estas desventuras han puesto distancia, silencio, nubarrones, los bellos fantasmas que nos habíamos formado se han desfigurado; antes podíamos retocarlos, cuidarlos, juntos los peinábamos, los maquillábamos hasta que alguno decía sonriendo: 'ahí, déjalo así, se ve perfecto'; pero ahora no, la intemperie es cruel y el tiempo cobra su factura a lentos plazos. Vivimos de remedios, ¿no es cierto?, de retrasos, de pequeños olvidos, de coartadas".

Arturo se levantó. No aguantaba más las fantasías y las bromas de los amigos que hablaban sin tener idea de la complejidad del asunto y esperaban a Miguel Ángel para hacerle preguntas, para reírse con él. Arturo sabía que no llegaría, que tendría una pequeña coartada. Se despidió y salió a la calle. Había empezado a lloviznar y el frío se asentaba. Los estudiantes le mostraban sus ingenuos rostros, compartían sus grandes esperanzas y eso llenó de tristeza a Arturo que no podía dejar de pensar en Miguel Ángel. Mientras caminaba entre ellos, lo imaginaba perdido en su laberinto, buscando salidas, eludiendo el espejo, luchando con sus personajes. Y todo para acostumbrarse a la presencia del hermano de Andrée.

Eran los últimos días de París, todos los estudiantes volvían a sus países por la recesión. Y la vuelta de Miguel Ángel al seno familiar era inevitable ya, inminente.

4. Pasaremos

Mi búsqueda siguió. Me recorrí todos los frenopáticos conocidos del D.F. Conocí lugares insólitos dentro y fuera de la capital; pero nunca encontré el barquito de mi madre.

El tiempo y los caminos del recuerdo me devolvían las palabras, los gestos, los enigmas de ese hombre que decía llamarse Legión. Y aunque me costara aceptarlo, intuitivamente, me inclinaba a creer su historia. Pensaba que cuando nos referimos a la muerte de alguien solemos decir: "desapareció", o hablamos de "la desaparición de..." ¿Qué más daba que fuera en un barquito, o en un sepelio, o en un carro de fuego, o en el exilio y la clandestinidad?

Yo también me sentía desvanecer a veces. Por ejemplo al final de mi búsqueda, cuando me vi con las manos vacías, exhausto, lejos de mi padre, ajeno a mi hermano, al margen de la lucha armada. El tiempo pasaba y sólo dejaba un rastro de palabras, de noches y noches discutiendo, planificando. Ardía en deseos de volver a la montaña, de enmendar mis errores, de devolver un tributo a los caídos en Concuá. Pero debía esperar. Los cubanos no querían que volviera mientras no se arreglara mi situación con el PGT. Después de mis quince meses de cautiverio, en el partido me consideraron un traidor y no iban a admitir que me uniera a sus filas de nuevo. Buscábamos otros caminos. Pero, según los cubanos, todavía no estaba listo el grupo al que debía unirme, ni siquiera yo como combatiente. Necesitaba una identidad, una ideología diferenciada, un entrenamiento en tácticas, análisis de situación. Pero sobre todo, necesitaba un nombre.

No sé qué habría sido de mí durante aquellos años sin la presencia de Luis. Presencia fecunda, estimulante, sabia, que orientaba mi pensamiento y mi vida en aquellos momentos difíciles, llenos de preguntas y sinsabores. Él me acogió en

el seno de su casa. Él y Lya. Allá en Coyoacán. Ellos nos apoyaron: a mí, a Charito, mi mujer, a Sandino, mi hijo. Por
ellos conocí a muchas de las personas que han sido decisivas
en mi destino político. Gente de todas partes, de México, Cuba, la URSS, Alemania del Este, Checoeslovaquia. Además estaba lleno de anécdotas que involucran a muchos de los grandes hombres del siglo. A veces, cuando me quedaba
escuchando su palabra, venía a mi mente la imagen de mi padre. Y sentía –porque nunca lo pensé así, de una forma clara–
que Luis me daba lo que mi papá siempre me negó: el acom-
pañamiento, el ejemplo de una vida íntegra, coherente,
consagrada a su arte, pero también a la causa de la izquierda.
Mi padre no, él era amigo de coroneles, de curas reacciona-
rios, de oligarcas. Se sirvió de ellos en Guatemala y después se
sirvió de la Revolución para convertirse en un escritor reconocido en el mundo. Ahora, por ejemplo, su meta es el Nobel. Y
yo que lo conozco sé que hará lo que sea para conseguirlo.
Eso sí hay que reconocérselo: tiene un manejo magistral de
sus relaciones públicas. Hasta ahora ha sido útil a la revolución socialista en América Latina. Pero puede convertirse en
un peligro.

Luis tiene razón: la estética y la ética revolucionaria
son inseparables. "Además –me ha dicho, mirándome a los
ojos–, en última instancia, la obra de arte debe ser la vida:
metáforas como actos". Él opina que mi vida puede convertirse en un gran fresco épico, que para eso me estoy preparando. Incluso me ha advertido que, en ese empeño, voy a ganar-
me la animadversión de mi padre. No me importa. Luis tiene
razón. Pero no todo el tiempo he pensado así. Me ha costado
algunos años, desde que vine de la Argentina. Creo que es
natural: llegar a este punto significaba desafiar la autoridad
paterna. Poco a poco, palabra a palabra, con el ejemplo, la
coherencia, Luis me ha ganado. Y también con algunas cosas
que hemos vivido juntos.

Cuando Arabella, la hija de Jacobo Árbenz, el presidente derrocado por la CIA, murió, Luis me llamó y me dijo:
"Arabella Árbenz se suicidó. Quiero que vayas a hablar con

Henrique González Casanova en mi nombre. Decile que, a como dé lugar, consiga un permiso para que Jacobo pueda entrar a México y asistir al entierro". No sólo fui a convencer al funcionario, también fui al aeropuerto a recoger al "hombre", lo acompañé en el sepelio y cené con él en casa de Luis al día siguiente. No podía creerlo, estar al lado del único gobernante legítimo que ha tenido Guatemala, del hombre que había encargado a mi padre que evitara la invasión yanqui que se planificaba en El Salvador.

El entierro fue dramático. El pobre hombre estaba deshecho. Tenía diez años de haber salido de México y ahora volvía sólo para encontrarse con la tragedia de su hija. La bella Arabella Árbenz, enamorada de un imposible, sensibilizada en su juventud por el fracaso del padre, abandonada a su suerte en una ciudad impía y a los vaivenes emocionales de una incipiente carrera artística. Una muerte envuelta en rumores. Los que estuvieron cerca de ella contaban historias de sus últimos meses. Decían que estaba loca por un hombre que no la correspondía, que no lograba superar el rompimiento, que la depresión, el llanto, la rabia profunda del rechazo, le causaron problemas en los ensayos de la obra que sería su consagración en las tablas.

Los ensayos habían sido brillantes. Arabella se dejaba poseer por los personajes que encarnaba, se iba con ellos a casa, dormía, despertaba, comía con ellos. Entraba en trance, no podía hacer otra cosa y no se sentía lista hasta que lograba otra noción de sí, hasta que hablaba con otro lenguaje, miraba con otros ojos, sentía con otro cuerpo. En aquella última obra representaba a la dulce doncella enamorada de un príncipe alucinado, a la virgen que no sabía cómo interpretar las caricias, las palabras misteriosas de aquél que se recostó en su regazo, a la hija desgarrada que no fue capaz de asumir el asesinato de su padre a manos del hombre que amaba, a la mujer súbitamente enajenada que cantaba canciones sin poder reconocer a nadie. ¡Ofelia! ¡Ofelia! Y como ella, Arabella no soportó la visión de su imagen en el espejo del tiempo, del río que fluye a veces violento, a veces manso y bucólico. Se sumergió en él para alcanzar apenas a rozar con los dedos el rostro trémulo que, asombrado, se asoma desde las profundidades de las aguas del olvido. Como si, en su locura, hubiera querido grabar el gesto de la mujer que había amado.

Cuentan que, desde el primer ensayo, el director quedó fascinado con su poder representativo, que su comentario fue: "Ella es Ofelia", que no podía sacársela de la cabeza, que robaba el protagonismo a su príncipe imposible. Pero también dicen que llegó un momento en que empezó a preocuparse. Al final de los ensayos tenía que llamarla al orden: "Ya no sigas con eso –le decía– el ensayo terminó". Y la dejaba ir a su casa y le pedía que descansara. Pero al día siguiente volvía peor, no dejaba de cantar y nadie entendía nada. Sus parlamentos eran perfectos, pero la comunicación se había roto. Ya no había Arabella, sólo Ofelia. "¿No te das cuenta –preguntaba el director, desesperado– que es sólo una obra, que ahora estamos en la realidad?" Y las otras actrices la abrazaban, se la llevaban al camerino, la sentaban al tocador para quitarle el maquillaje y, al final, viendo su imagen, le señalaban el fondo del espejo y le decían: "¿Ves? Ahí estás, manita?" Pero era inútil. Ella cantaba:

¿Y no volverá otra vez?
¿Y otra vez no volverá?
No, no, porque ya está muerto
en su sepulcro de piedra
y nunca más volverá.
Su barba era cual la nieve;
su cabello, como el lino.
Se ha marchado, se ha marchado;
son vanos nuestros suspiros.
¡Dios se apiade de su alma!

Las amigas se veían las caras y no sabían si hablaba de Polonio, del que la había abandonado o del padre que nunca volvería a su lado. La recluyeron en su casa y la iban a ver por las tardes esperando que sólo fuera cansancio, mal de amores. Pero no previeron que las pastillas para dormir, los calmantes, seguían a la mano. Y aquella mañana que no abrió más y hubo que botar la puerta y la encontraron tendida en la cama aferrada a una almohada, entre un montón de fotos regadas sobre la cama, todo acabó: el talento, el sufrimiento, la confusión entre realidad y ficción.

Así murió la dulce Arabella, sumida en el dolor, en la angustia. Un final de diva de escena. Así había muerto Marilyn. Durante años me reproché no haber estado más cerca de ella. Ahora he comprendido que de nada hubiera servido. Ella estaba perdida.

El entierro fue muy solemne y de una ocasión especial. Allí estaba toda la izquierda exilada de Guatemala, todos los simpatizantes de la causa revolucionaria, había amigos de México, por supuesto, de Cuba, de Uruguay, Bolivia, Argentina, etc. Y en el centro, la figura doliente del padre, el último presidente de la primavera chapina. Ahora que recuerdo imágenes, el orden en que fue pasando la cola del pésame al final del oficio, pienso que más parecía el entierro de la Revolución que de la hija de Árbenz. Parecía el entierro de un sueño. ¿Germinan los sueños? ¿Crece el árbol que da frutos de esperanza?

Allí, en medio de los árboles y de aquellas estatuas de mármol, mientras pasaban los amigos murmurando, hablando de política, de los motivos del suicidio, del abandono del padre, me dije que debía volver a Guatemala cuanto antes, que mi destino, como mi mismo padre había profetizado al nombrarme "Rodrigo", era de reconquista, de recuperación de la libertad y la dignidad de mi pueblo. Recordé además, de golpe, el viaje a París con mi papá. Tenía catorce años y se me quedó grabado lo que me dijo aquel adivino que me echó las cartas al salir de los Passages. Que mi futuro sería violento, acompañado por la muerte. Hasta ahora empezaba a comprender lo que, durante años, no había sido más que un enigma, una espera temerosa.

Como era de esperarse, el sepelio se demoró más de lo normal. Hubo muchos discursos, palabras exaltadas, solidarias, compasivas, abrazos sinceros, impotentes. El "hombre" se mantuvo firme, estoico, sin quebrarse en llanto. Luis, su esposa, Rosario y yo lo acompañamos hasta el final. Poco a poco nos fuimos quedando solos. Yo veía su rostro blanco y serio y pensaba que no podía comprender el dolor que él sentía en esos momentos. Al final, le dijimos que lo llevaríamos a su hotel. Pero antes de separarnos, Luis propuso que cenáramos en su casa al día siguiente. "Será algo muy familiar —dijo—; además de nosotros llegará alguien que mañana conocerán". Nos despedimos. Jacobo Árbenz se alejó con paso lento, lo vi mezclarse con gente que entraba y salía, desconocidos que cruzaban la lujosa puerta del Hotel Presidente.

Llegamos a eso de las ocho de la noche. Nos recibió Lya con toda su amabilidad y gran estilo. En realidad, los Cardoza nos trataban como a los hijos que nunca tuvieron: con el cariño distraído de quien lo conoce a uno de toda la vida. En la sala encontramos a Luis hablando con Jacobo Árbenz. Sabíamos que ellos tenían mucho que contarse y no dejó de darnos pena interrumpir aquel encuentro histórico. Pero Luis nos recibió caluroso, nos hizo pasar adelante, sentarnos. "Todavía no estamos completos —dijo—, mi amigo no tardará".

Nos servimos unos tragos y hablamos del entierro, de los que habían llegado, de los que se habían comunicado con él por otros medios, de la forma en que lo comentaría la prensa guatemalteca. También hablamos de los que no habían llegado por razones de seguridad: espías del bloque socialista que eran vigilados por el gobierno mexicano. "Díaz Ordaz los deja entrar —dijo Luis—, pero la Secretaría de Gobernación no los pierde de vista".

Pasados unos minutos, llamaron a la puerta. "Es él —dijo Lya—, yo iré". Unos momentos después escuchamos una voz grave que hablaba el español con un acento que no logré identificar de inmediato. De pronto, en el umbral de la puerta, apareció un hombre rubio, muy joven y serio. Nos pusimos de pie. Se dirigió a Luis y saludó a Jacobo Árbenz sin titubear. Obviamente se conocían de algún tiempo atrás.

Entonces Luis vio hacia donde nos encontrábamos y dijo: "Quiero que se conozcan. Les presento a Svetozar Manchevski. Ellos son Rodrigo y Rosario Asturias". Nos tendimos la mano mutuamente y nos dijimos los saludos convencionales. "Pero –agregó– por razones de seguridad quisiera que no se supiera que él cena hoy con nosotros". Asentimos y nos sentamos de nuevo. Svetozar –que así lo he llamado durante todos estos años– hizo las preguntas rutinarias sobre el entierro de Arabella, sobre la situación de Jacobo Árbenz en su exilio. Al parecer mantenía el contacto con Luis, pues no preguntó nada sobre su vida y trabajo. Luis lo veía hablar con una sonrisa en los labios y, de vez en cuando, observaba mi actitud. Quería saber la impresión que me causaba.

Lya había desaparecido. De pronto escuchamos su voz llamando a la mesa porque la cena estaba servida. Luis esperó que Lya dispusiera el lugar de cada quien. Cuando ya ocupábamos nuestros lugares, desde la cabecera, Luis hizo un brindis por la Revolución. Luego dijo:

–Les debo una explicación a todos. A Svetozar porque debo presentarlo formalmente, y a los Asturias porque deben saber cuál es el vínculo que nos une a él. Ante todo tengo que decir que estamos frente a un revolucionario de corazón. Pero, antes, debo contarles cómo nos conocimos.

–Todos saben que durante la presidencia de Juan José Arévalo fui embajador de Guatemala en Noruega, Suecia y la Unión Soviética. Viví allá durante seis meses. Algún día tendré que sentarme a relatar el paso de ese río de tiempo que ha sido mi vida. Entretanto, cuento algunas de estas historias para que no se me escapen y para dar cuenta de lo diverso que puede ser el mundo, la vida. Cuando llegué a Moscú, el frío era insoportable. Me impresionó ver un país, ese país, en ruinas, lo fantástico de sus construcciones: el Kremlin, la iglesia de San Basilio. Hacia la entrada de la primavera, el clima se volvió menos cruel y me permitió recorrer las calles, sentarme en los parques, observar a la gente a mi alrededor. Me gustaba constatar cómo el ser humano puede renacer de la más radical devastación. Ésa es la fuerza del pueblo y la cultura rusas.

Pues bien, con prontitud y responsabilidad, había cumplido con mis deberes de embajador de Guatemala que, en aquellos países remotos, no son tan demandantes como en otros lugares. Pero fue ya casi al final que sucedió lo inesperado.

—Una mañana, cuando revisaba la valija diplomática, encontré unos papeles que se salían de la rutina. Venían dentro de una carpeta en la que se leía el letrero: "Confidencial". Esto despertó mi interés. Lo abrí y la primera página era una lista de los documentos que se incluían: "Contiene seis fotos, una copia del Tratado von Bergen (vigente), transcripción de documentos personales, testimonios de familiares y amigos, y constancias de ingreso a Alemania". El documento había sido enviado directamente desde el despacho de Enrique Muñoz Meany, canciller de Arévalo.

—No lo olvido. Lo abrí despacio, pero con mucha ansiedad. En la primera hoja estaban cuidadosamente pegadas las fotos de seis jovencitos que no pasaban de veinticinco años. Las caras, las miradas ingenuas me hicieron pensar en mi propia juventud indefensa, inconsciente. ¿Quiénes eran estos jóvenes? Pasé la página y encontré una copia del Tratado von Bergen. Según este convenio, los hijos de alemanes nacidos en Guatemala tendrían doble nacionalidad. Me salté muchos párrafos por la curiosidad de saber de qué se trataba todo este expediente. Cuando llegué a los documentos personales empecé a reconocer algunos apellidos alemanes de familias cafetaleras en Alta Verapaz: Wagner, Hoeness, Sapper, von Hoegen, no recuerdo más. Estos muchachos eran guatemaltecos y alemanes.

—Pero fueron los testimonios de familiares y amigos los que me desplegaron la clave de este misterio. En ellos había distintas historias con una misma esencia. Se trataba de jóvenes de veinte años que, presas del ardor patriótico nazi, habían decidido viajar a Alemania para enlistarse en el ejército de Hitler. Por la época en que lo hicieron, justo unos días antes de que la comandancia nazi abandonara el blitz británico, fueron llevados directamente a engrosar las filas de las columnas que invadirían la Unión Soviética. Las madres, las novias y ciertos amigos habían recibido cartas de estos muchachos desde Munich y Berlín, escritas poco después de llegar. Algunas fueron redactadas mientras cruzaban las infinitas estepas en busca de las puertas de Moscú. Pero desde el momento en que los nazis naufragaron y empezó el trágico cerco, ya no hubo comunicación alguna. Los familiares habían movido cielo y tierra para saber de ellos. Escribieron a las autoridades, hicieron viaje a Alemania, se arriesgaron en otros países ya en la época en que todos los frentes eran dominados por las fuerzas aliadas. Y nada. Sólo una cosa no hicieron: buscar en la Unión Soviética. Las razones eran obvias. Así que decidieron acercarse a Quique Muñoz, el canciller, para que me encargara buscar a estos 'guatemaltecos'.

–Lo hice. Indagué diligentemente, recurrí a la Cruz Roja, a la Media Luna Roja, llamé a todas las puertas oficiales; hice lo posible por ubicar siquiera a uno de estos fanáticos. Nada. Llegué a la conclusión de que igual que decenas de millares de soviéticos desaparecidos en las batallas, los 'guatemaltecos' se habían esfumado. No estaban prisioneros, no se sabía si habían muerto. La esperanza de encontrar a un hijo, a un esposo, a un hermano, convirtióse en tortura de muchísimas familias de los países beligerantes. En aquel momento di por cerrado el caso. No me imaginaba que mis pesquisas iban a tener consecuencias.

–Mi viaje de vuelta fue largo. Pasé por París y volví por barco a Nueva York, camino de Guatemala. Me detuve unos días en esa metrópoli, que detesto, porque quería visitar los museos famosos y volver a ver a algunos amigos varados en aquella Babel incomprensible.

–Un día, mientras tomaba mi desayuno antes de salir a caminar por la orilla del Central Park, se acercó un empleado del hotel y me entregó una tarjeta de presentación con una leyenda escrita a mano que decía: "La señora Sandra Manchevski desea verlo. Se encuentra en el lobby". Terminé de comer y me levanté, apresurado, a ver de qué se trataba. ¿Quién podía saber que yo estaba allá?

–Me acerqué y vi a una mujer rubia sentada con un niño de unos cuatro o cinco años. Era bella, de rostro pequeño, ojos azules muy grandes y una piel rosada y tersa. Dije su nombre y, de inmediato, se puso de pie. Le dije quién era yo y le pregunté cómo había dado conmigo. Me explicó que por un amigo de la Cruz Roja se había enterado que el Gobierno de Guatemala hacía esfuerzos por saber algo de los guatemaltecos desaparecidos en el frente Soviético. Se trataba de la única persona a quien le había dado mi dirección provisional en Nueva York, en caso se presentaba algo inesperado de la embajada que acababa de dejar. 'Me imagino –dijo, en un francés con fuerte acento– que los resultados de sus investigaciones terminaron en nada, ¿no es cierto?' Tuve que admitir que sí. 'No podía ser de otra forma –continuó–. Todos ellos murieron con miles y miles de alemanes y rusos en una masacre horrible. Cuando supe que usted venía a Nueva York pensé que sería bueno que supiera de mi hijo y de mí. Yo conocí a uno de ellos durante la guerra. Yo trabajaba en un hotel muy cercano a la Marienplatz en Munich. Lo vi por primera vez en un grupo de jóvenes que el gobierno alojaba allá durante algunas semanas antes de encontrarles un destino dentro del ejército. Yo servía el café en los desayunos. Recuerdo que lo vi solo en una mesa y me acerqué a ofrecerle más café. Me vio a los ojos, sonrió como no lo hacen los alemanes y aceptó. Al día siguiente me esperaba. Cuando me acerqué me preguntó de dónde era. Le conté que era yugoeslava, de la región de Macedonia, y que tenía algunos meses de haber llegado. Él me dijo que se llamaba Hans Peter Wagner y que era alemán–guatemalteco. Yo no tenía idea de que hubiera un país llamado Guatemala. Me explicó que quedaba en Centroamérica, al sur de los Estados Unidos. Hicimos una cita esa misma mañana y, a partir de entonces, empezamos a salir juntos. Nos hicimos novios en poco tiempo. Cuando el gobierno lo trasladó a Berlín para su entrenamiento, lo acompañé. Finalmente se fue al Frente Soviético y me quedé sola. Me dijo que volvería y nos casaríamos. Volví a Macedonia a la casa de mis padres. Esperaba un hijo y pensé que el mejor lugar para tenerlo sería allá, con el apoyo de mi familia. Después vino la tragedia: la derrota, la retirada, la incomunicación, y la caída final del régimen nazi. Durante esos meses confusos decidí venir a vivir a Estados Unidos con mi hijo. No he logrado establecerme todavía. Pienso en la posibilidad de volver a París. Allá hay algunos compatriotas expatriados que podrían echarme una mano. Pensé que era justo que usted supiera de la existencia de mi hijo. Él lleva mi apellido porque nunca conoció a su padre ni fue reconocido. En caso que usted lo juzgue conveniente, podrá contarle esta historia a la familia Wagner en Guatemala'.

–El relato me dejó atónito. Le ofrecí mi ayuda a aquella bella mujer. Comprendí que la familia guatemalteca iba a exigir pruebas de que el niño pertenecía a ellos. Sandra Manchevski no contaba más que con una foto donde aparecía abrazada al muchacho Wagner vestido de militar en los jardines del Palacio de Nymphenburg. Le dije que no perdiéramos el contacto, que nos escribiéramos frecuentemente para saber dónde estábamos y qué hacíamos. Le di la dirección de mi casa en Antigua. Le dije que estuviera donde estuviera, ellos me harían llegar sus cartas.

–Volví a Guatemala y durante mucho tiempo no recibí noticias de ella. Años después, cuando ya vivía de nuevo en México y en el exilio, recibí una carta. Pero aquí me gustaría que fuera el mismo Svetozar quien les cuente lo que sucedió.

Allí terminó el fascinante relato de Luis. Boquiabiertos, los comensales volvimos nuestra vista al joven que nos acompañaba.

–Ése fue el año de la revolución cubana, y yo tenía diecisiete años. La figura del Che y la vivencia de la inquietud estudiantil en los distintos Lycées franceses, supongo, fueron el alimento de mi inclinación por la causa de la izquierda en el mundo. Mi madre me hablaba de Latinoamérica como ese mundo desconocido, remoto del que había venido mi padre para unirse a la locura nazi. Pero siempre concluía que el sentido de su viaje había sido conocerla a ella y tenerme a mí.

–Cuando me contó que ella podía comunicarse con el antiguo embajador de Guatemala en la URSS, y que además era un poeta e intelectual muy conocido, no lo dudé un segundo. Hice que escribiera una carta de exploración. Luis nos

contestó inmediatamente invitándonos a venir cuando quisié-
ramos. Nos seguimos escribiendo y, cuando me gradué, decidí
venir a ver de cerca lo que tanto me había llamado la atención.
        —Luis me presentó con figuras como Bassols, Lom-
bardo Toledano. Fui a Cuba, me vinculé al partido, conocí
personalmente a Régis Debray. El resto, los cinco años que
siguieron hasta hoy fueron de compromiso y entrega a la causa. Volví sólo una vez a ver a mi madre. Ella está bien. Volvió
a casarse y vive en Montpellier. En cuanto a mí, ahora trabajo
para la Internacional y me dedico al proyecto de la exporta-
ción de la Revolución en países del tercer mundo. Por ahora
estoy asignado a Latinoamérica, pero en el futuro podría ser
en cualquier otro lugar".
        Este segundo relato, más escueto, terminaba de expli-
car la presencia de Svetozar en la mesa.
        —Nadie podrá detener la tendencia revolucionaria en
nuestros pueblos —profetizó Jacobo Árbenz.
        —Yo quería que se conocieran —dijo Luis señalándo-
nos a Svetozar y a mí.
        Esa afirmación suponía que, en el futuro, tendríamos
la oportunidad de luchar juntos. Y era una suposición cierta.
Cualquier revolución latinoamericana de aquellos años estaba
ligada, de una u otra forma, al gobierno cubano y sus vínculos
con el mundo socialista. En ese momento no podía imaginar
lo importante que iba a ser Svetozar en mi vida.
        Yo también tenía una historia qué contar aquella no-
che. Jacobo Árbenz no había oído más que rumores inexactos
sobre mi encarcelamiento y exilio. Svetozar se sorprendió
también de los detalles de la relación con mi padre. Él, que no
había tenido uno. Me hizo muchas preguntas sobre las luchas
internas de los grupos guerrilleros guatemaltecos. Le conté
que era considerado un traidor por el PGT, le describí con
nombres y apellidos la estructura naciente de las FAR, los
eventos históricos recientes: el 2 de agosto y el 13 de noviembre. Svetozar tomaba nota. Al principio me dio desconfianza,
pero un guiño de Luis me tranquilizó. Podía confiar en él. El
joven yugoeslavo iba a empujar de nuevo la estrategia de mi

regreso a Guatemala. Eso implicaba la negociación con dirigentes en La Habana.

Así llegó el final de la cena. No se había hablado de Arabella. Era uno de los objetivos de Lya: llevar el curso de la conversación por derroteros optimistas, hacer de la velada una celebración del renacimiento de la revolución en el espíritu de las nuevas generaciones.

Luis se puso de pie de repente. "Ahora que se han conocido —dijo, viéndonos— y en presencia de Jacobo, símbolo, estandarte de la libertad en Guatemala, creo que es propicio recordar aquellos versos que tu papá escribió durante la Guerra Civil española:

> Está temblando el vientre de la tierra
> y ahora que el invierno se ha ido
> cosecharemos sobre ella la victoria:
> ¡Pasaremos!"

Cuando empezó lo seguíamos con la mente, pero al final, él y yo dijimos al unísono: ¡Pasaremos! Y en ese momento volví mis ojos y vi al ex presidente, vi al mito que para mí era Jacobo Árbenz, el vaso en alto, una sonrisa en los labios y la mirada triste, infinitamente triste; como si en algún rincón del aire estuviera viendo un momento irrecuperable del pasado.

5. Luzbel de piedralumbre

Cinco años habían pasado ya desde su retorno de París. Años de perro. Sin libros, sin esperanzas, sin Andrée. Cinco años que lo habían transformado. Poco quedaba de aquel muchacho bromista, creativo, inquieto, rebelde, que se había ido a Europa sin saber lo que buscaba y se había descubierto escritor junto a otros jóvenes en un París bullicioso, efervescente de ideas. Ahora era un taciturno profesional que nunca quiso ser abogado, ni notario, ni heredar bufete, ni volverse político, ni aspirar a un ministerio. Doña María, su madre, lo reprendía: "Ay m'hijo, te vas a arrepentir cuando mirés a tus amigos con puestos importantes, cuando —¡Dios no lo quiera!— Ernesto ya no esté y sintás que lo mataste del disgusto…". Pero no, imposible, Miguel Ángel no podía engañarse. El bufete permanecía cerrado, la oficina que lo esperó para que se convirtiera en personaje prominente nunca recibió ningún cliente. Sólo el licenciado Ernesto Asturias, cada vez más desilusionado y solo, llegaba por las mañanas a abrir a la misma hora impulsado por la fuerza de la costumbre, el capricho de los viejos. Pero estaba cansado de luchar, "de halar la carreta —decía— contra todo y contra todos". Algo había fallado. Sí. Había alcanzado casi todo menos convertirse en un modelo para su hijo. Su vida se derrumbaba. Las cosas que tenía, las que le quedaban, perdían sentido. Poco a poco empezó a ceder. Ya no llegaba por las tardes, dejó de abrir los jueves y los viernes y, lo que nunca, a media mañana se le veía sentado en las ruinas del antiguo Teatro Colón, solo, en medio de aquellos volcanes de basura, con su sombrero en las piernas y sus trajes grises y azules de siempre. "Buenos días, licenciado" —decían los vecinos y se alejaban murmurando. Don Ernesto no contestaba, parecía temeroso de ir a enfrentar una vez más el silencio, el vacío de esa oficina que nunca llegó a ser lo que quiso, parecía que revisaba el pasado buscando una causa, que se veía a sí mismo y no lo creía. Volvía a su casa a veces sin siquiera haber abierto, después de deambular por las calles que nada le decían, y doña María ya sabía que tendría que escuchar la historia de un viejo cliente que había muerto. Podía ser el finquero tal, o el político zutano, o el general mengano, pero la historia era siempre la misma. Cuando la esquela se publicaba la leía una y mil veces, la comentaba y volvía a verla ahora en silencio, sólo para sí, y no se atrevía a aceptar que su mundo desaparecía, que morir es un largo proceso que se anuncia inexorable. Y llegó el momento en que nadie lo buscaba y ya no tenía caso seguir abriendo día a día. El bufete se cerró con todo su pasado y su futuro imaginado. El licenciado Asturias ya nunca volvió a abrir sus códigos, ni sus leyes, ni sus archivos. El tiempo se encargó de ellos, familiares y amigos se los fueron llevando sin que se notara, por una consulta, por un trabajo, y los muebles también, el escritorio, su máquina de escribir, los viejos sillones donde alguna vez se había comentado la política, donde don Ernesto, ilusionado, contaba a sus conocidos y amigos que Miguel Ángel volvería a hacerse cargo, que podía morirse tranquilo, que seguro iba a ser, cuando menos, secretario general de la Presidencia o presidente de la Corte Suprema. "Un abogadazo —decía—. Por algo trabaja uno, para que los hijos se superen y lleguen donde uno ya no pudo. No somos más que eslabones en esta vida". Nada quedaba ahora más que el dolor del recuerdo. ¿Por qué la vida tiene que terminar en aislamiento? ¿Por qué el final es incomunicación e impotencia? Entre la resignación y la soledad, don Ernesto parecía adentrarse, con pena y honda tristeza, en el misterio, en la paradoja del destino humano. Casi imperceptiblemente, como si fueran la misma cosa, dejó de pensar en Miguel Ángel y con la madurez, con el desprendimiento del que ya no juzga sino sólo observa, volvió a su niñez, a sus recuerdos de la plena felicidad. Se volvió un extraño que sólo doña María rescataba de la memoria convirtiéndose a veces en la madre, la hermana, o la culpable de cosas que él ya no sabía definir ni explicar con claridad. Se quedaba perplejo después del enojo, viendo el vacío, y se ensimismaba en un esfuerzo inútil por no perderse en la diversidad de los otros que había sido. La muerte. La muerte habitaba la casa, rondaba el sillón donde se quedaba dormido media mañana, velaba su sueño, le dio un nuevo olor a su ropa, un nuevo tono a su voz, otro ritmo a sus palabras, un color a su piel y un paisaje infinito, insondable a sus ojos opacos. Este mundo, ¿qué es? ¿Cuál es el mundo real?, parecía decir con los largos silencios de su vigilia ausente. Por él sabría Miguel Ángel que la muerte es abandonar el terreno de la vida y, a pesar de ello, seguir viviendo. Pero éste fue un saber que vino mucho tiempo después, cuando ya no se podía más que volver la vista atrás y recobrar los años de aprendizaje: la pérdida paulatina de las convicciones, los afanes, el proceso que sólo deja la voz de alguien que llama desde el pasado.

La vida fluía lenta, monótona, desde un origen desconocido. La ciudad era pequeña, ordenada, limpia. La gente, respetuosa, elegante, honrada. No se movía ni una hoja y todos se conocían. "La tacita de plata" era sinónimo de seguridad, asiento de valores eternos y reino de autoridad. ¡La autoridad! Miguel Ángel no quería volver de nuevo a su trama predecible, arbitraria, que convierte la vida en representación. Ya había probado la libertad del estudiante que se declara en huelga, opina y quiere cambiar el mundo; la del viajero varado en una fantasía que inventa el mundo; la del amante que acepta el reto que sus sentidos le imponen. Pero cuando lo pensaba temía que no hubiese sido más que un sueño y que volver a Guatemala era el tremendo, insuperable despertar. Sí, allá había sido otro que ahora lo veía con desdén cuando guardaba silencio mientras doña María lo regañaba, cuando era incapaz de sostener la mirada de reproche de don Ernesto. Pero, a decir verdad, nunca fue independiente de su padre, el gran proveedor. Partió con su apoyo económico, había subsistido con lo que le mandaba. Y ahora, cinco largos años después de su vuelta, ya se acercaba a los cuarenta y seguía siendo el mismo: su soltería se prolongaba, echaba por tierra las expectativas de sus padres, se refugiaba en un trabajo que el licenciado Asturias consideraba poca cosa, un pasatiempo: el periodismo. "¿Para eso estudiaste –inquiría, ofuscado–, para decir cuatro babosadas en el micrófono y después ir a parrandear con esos huevones?" Miguel Ángel no contestaba, pensaba en cómo la relación con su padre se había mudado durante los últimos veinte años. En Europa ni pensaba en ello, sabía que lo esperaban y que, mientras no volviera, no se sabría que su decisión de ser escritor era definitiva. Ya en Guatemala, la relación se tornó conflictiva y su sentimiento era de una rebeldía sorda, personal, que se niega a permitir un control absoluto sobre su vida. Se preguntaba cómo había sido posible, en alguna época, haber querido a este hombre tiránico, retrógrada, que además había esclavizado a su madre toda la vida, incapaz de imaginar que alguien distorsionara sus planes originales. Y ahora, cuando ya era clara la decadencia física, anímica, mental de don Ernesto, Miguel Ángel se sentía confundido, lleno de preguntas, invadido por la ambivalencia que lo hacía oscilar entre un sentimiento de tierno cariño por el anciano vulnerable y la rebeldía terca contra el hombre fuerte, dueño de destinos y sostén de todos. Era terrible pensar que ese hombre poderoso, pilar de la casa, estaba y ya no estaba más. No le gustaba pensar en ello porque se sentía al borde de un abismo que guardaba el misterio del riesgo, de la aventura de ser él mismo. Ahí lo veía al salir, sentado en su sillón, ausente la mirada y ajeno el saludo, todos los días: diario caminar en el aire del abismo de la orfandad. Por algo había llamado *Diario del Aire* a su programa de radio. "Transmitiendo desde Guatemala: Flor de Pascua en la cintura de América" – decía, mecánicamente, sin poder quitar de su mente los ojos vaciados de mundo de su padre. Un mundo ajeno, anónimo, al que Miguel Ángel no lograba adaptarse, que no le permitía manifestarse plenamente como un artista. Su primera novela estaba terminada desde la época de los últimos años en París. Una explosión de creatividad lingüística y un recuento desesperado del ser guatemalteco. Labor de más de diez años que ahora permanecía en la oscuridad de un agujero en la pared, oculta tras un ladrillo suelto de su vieja casa del Barrio de

Candelaria. "¿Hasta cuándo?" –se preguntaba. Miguel Ángel sabía que tenía una joya entre manos; pero los cateos constantes, inesperados, indiscriminados de las casas de incluso los hombres más cercanos al señor presidente, lo hacían reprimir su deseo de publicación. Así, en la soledad del patio de su casa, lleno de colas y macetones, con sus pisos de colores, leía y releía la novela, cada línea, cada palabra. Ya no era el trabajo del que recuerda para sobrevivir, ahora era la obsesión del que no encuentra el camino de vuelta del descenso: palabras que llevan a otras palabras, callejones sin salida, caminos con un único destino: el paradero de la muerte. Nunca había estado más inmerso en el movimiento íntimo del relato, de la vida a la muerte, de la ilusión al desencanto, del dominio del amor al laberinto de las dudas. "Así es la vida –pensaba–, sin darnos cuenta vamos perdiendo la luz de los ojos, la risa, y nos vamos llenando de dudas, como si el mundo se nos borrara". ¿Qué le quedaba a Miguel Ángel sino un padre agonizante que le acusaba desde el olvido, desde la soledad radical del que muere? Doña María era el único vínculo entre ambos: el padre que renuncia como un último gesto de reproche, y el hijo que asume esa muerte y la lleva dentro para siempre. Pero ella sólo había sido un asidero, un presupuesto, la mujer que siempre estaría allí, que nunca le fallaría ni faltaría. La misma que siempre había compartido pero que no necesitaba ver, ni siquiera recordar, para que fuese suya porque ella lo alcanzaba donde estuviera. La que contaba cuentos que quedaron como guías, instrucciones precisas del que camina dormido sin saber por dónde y ve hacia atrás todo oscuro y llora quedito perdido en un sendero que nadie ha recorrido. Sí, la única que lo llamaba "m'hijo", "Miguelito", "Miguel Ángel" o "Miguel, mi carita de ángel" y no decía nombre alguno sino su destino. La madre. En su boca el llamado era imágenes de posibilidad, verse más allá, en ella, el origen de un retorno siempre inconcluso, anhelante, que se alcanza sin llegar, renunciando, dejando la promesa de esa tierra para otro, el que todo lo puede y vigila. Ella, su recuerdo, Salamá y la finca del abuelo le habían abierto la puerta de lo maravilloso; sin ello

empezó por ya no volver a dormir, primero un día (y al día siguiente iba al trabajo directo del bar donde les amanecía), luego dos y tres (y Francisco tenía que "sacar las castañas del fuego"). Pero pronto Miguel Ángel agarró su primera fuerza: una semana completa. "Está destruyendo su vida –decía doña María a sus amigos cuando lo encontraban en un bar de la zona dos o seis y lo llevaban en 'zopilote' a su casa–, y lo peor es que Ernesto ya no se da cuenta. Aconséjenmelo, vengan a decirme dónde está y yo lo voy a traer. Ingrato, ¿qué le hicimos? ¿Por qué nos hace esto?" Lo iban a tirar a su cama y dormía todo el día. Despertaba desesperado, sucio, pidiendo un trago quemado, jurando que no volvería a hacerlo. Y doña María se lo llevaba junto con su caldo de huevos. Regresaba al trabajo con aire resignado, culpable; pero duraba poco. A las pocas semanas volvía a las andadas, y ahora por más tiempo. Las fuerzas empezaron a durar semana y media, dos y hasta tres. Al principio algunos amigos lo acogían una noche, le regalaban dinero. "Prometeme que con esto vas a comprar comida, no guaro" –le decían. O se quedaba en los bares donde le amanecía. Todavía lo respetaban como "el licenciado", "el señor periodista", o "el poeta". Pero el dinero se le acababa y nadie le aguantaba el paso. Había logrado lo que buscaba desde el principio: la soledad de un acto irónico que incluso él comprendía a medias, la respuesta impotente a un medio dominado por la vigilia de la autoridad. Pero este heroísmo intelectual no lo comprendían los dueños de los bares de mala muerte de las orillas de la capital que lo echaban justo cuando empezaba a fiar, a prometer que pagaría todo lo que debía.

Ya en la calle, a veces, recordaba a Maruja, una amiga, amante ocasional con quien había pasado alguna noche. Enfilaba por la novena o la doce avenidas hacia el sur de la ciudad, tanteando, recordando las paredes, las puertas viejas, cerradas; contando los pasos. Cuando llegaba veía hacia arriba si la luz estaba encendida, rogando que no estuviera con algún cliente. Cuando estaba apagada, tocaba sin esperanzas. Muchas veces se quedó ahí, sentado en la grada, porque no podía más, esperando que el visitante saliera. Otras noches entraba y Maruja lo obligaba a comer un poco; pero él sacaba el octavo que traía en la bolsa del saco y la invitaba a tomarse un trago con él en la mesa de pino, junto al sillón donde dormía la niña. Maruja aceptaba pero se lo llevaba al otro extremo, a su cama, para no despertar a su hija. Cuando Miguel Ángel se sentaba en aquella cama recordaba la primera vez que le había hecho el amor: estuvo parado y no se quitó ni el sombrero hasta que ella se desnudó completamente. Después se quedaba a dormir la borrachera y a veces se iba hasta dos o tres días después. Maruja ya sabía que no podía quedarse más porque empezaba a vomitar por las noches, a tener fiebres altas y pesadillas violentas, alucinaciones, a mencionar nombres raros. Como aquella vez que rompió el silencio de la noche con sus gritos y arrastró a Maruja al suelo tirándole del cabello y repetía que la trenza se le había convertido en ¡…un animal largo… dos veces un carnero… del tamaño de un sauce llorón… con casco de cabro, orejas de conejo y cara de murciélago…! La niña despertaba llorando y, en un instante, el pequeño cuarto era un desastre: Maruja gritaba furiosa y Miguel Ángel sacaba las tripas en un piso descolorido que guardaba muchos años de pasos perdidos.

También era común verlo en la calle caminando sin rumbo, a veces descalzo, con el traje sucio, arrugado, como un habitante de la noche indefenso, sorprendido por la luz y la marea diurna de personas decentes, trabajadoras, honestas. A veces dormía a un costado de la Facultad de Derecho, sobre la décima calle entre novena y décima avenidas. Era como dormir al lado de una madre que no juzga, que conoce todos los secretos y da su sombra, su cobijo, sin reservas. Otras veces se quedaba, como personaje de novela, entre la podredumbre del Mercado Central. Ahora era otro Señor y seguía siendo el mismo: burla del tiempo donde nada cambia. ¡Peleles! –gritaba sin darse cuenta, al despertar; y los pordioseros, los tullidos, los bolitos, se arrastraban temerosos para que pasara murmurando, dejando su estela de cometa que no llegaba todas las noches. Pero la mayoría de veces buscaba la quinta calle, el rumbo de La Merced.

Había una evolución en sus borracheras. Casi siempre empezaba con los amigos del *Diario del Aire* y hablaban de política, de las noticias que habían leído en la emisión de ese día. Se despedían y todos volvían al trabajo al día siguiente. Pero cuando Miguel Ángel seguía la parranda, los iba a esperar al Ciros o al Casablanca y, entonces, hablaba de su vida personal, de su padre, de su frustración y todos aprovechaban para secundarlo. Y cuando llevaba ya por lo menos una semana y lograban encontrarlo en algún bar no habitual, hablaba sólo de literatura. Este proceso se inició por enésima vez el treinta de noviembre de 1938. Ese día empezó Miguel Ángel la que iba a ser (secretamente, sólo para él) la fuerza más significativa de su vida. Era una época muy propicia para echarse unos tragos. Celebraban por adelantado los primeros seis meses de emisión del programa. Pero Miguel Ángel siguió toda la semana y el siete de diciembre, día de los fogarones, sin saber cómo, llegó al Portalito alrededor de las ocho de la noche. Ahí estaban sus amigos Francisco, su tocayo Miguel Ángel, Mariano y José Manuel. Todos aspiraban a ser escritores y sabían que, a esas alturas, podrían hablar de literatura con Miguel Ángel. Querían conocer su opinión sobre los escritores guatemaltecos, porque él les hablaba de la vanguardia que había conocido en París. Pero esa noche era materia dispuesta. Llegó a la mesa del fondo, pegada a la pared, frente a la barra, que ya era habitual. Miguel Ángel parecía otro, ausente, ansioso de que lo invitaran a un trago. Su mano derecha temblaba ligeramente, volvía a ver con insistencia al mesero que se demoraba. Su traje estaba sucio, traía las solapas levantadas, como alguien que siente un frío extraño, las miradas de la gente, y busca protegerse con lo único que tiene.

–Los muchachos quieren saber tu opinión sobre muchas cosas –dijo Francisco.

–Lo único que sé –contestó– es que hacerse viejo significa olvidar. Cuando uno es joven, entonces sí que sabe todo.

–No –explicó Francisco–, ellos no se refieren a la vida, sino a tu opinión sobre los grandes escritores guatemaltecos.

–¿Grandes? –preguntó con una sonrisa nerviosa–. ¿A quiénes se refieren?

–Aquí tienen –interrumpió el mesero– los octavos que pidieron.

–No sé –dijo José Manuel mientras servía la nueva tanda de tragos–, tal vez la pregunta es quiénes te han influenciado.

Miguel Ángel se quedó viendo el vaso del que acababa de tomar, el ceño fruncido y respirando por la boca. Todos estaban pendientes de su respuesta. La pregunta había sido casi un atrevimiento.

–Ninguno –dijo–. Antes de mí no ha habido novela en Guatemala.

Los jóvenes poetas se vieron, confundidos. Nunca habían oído a un Miguel Ángel tan categórico.

–Pero, ¿y Pepe Milla, o Ramón Salazar? –preguntó el tocayo en nombre de todos.

–Miren –dijo Miguel Ángel–, para mí sólo hemos tenido algunos poetas y uno que otro buen prosista. Pero decir prosista no es decir novelista, ni mucho menos.

–Vamos por partes –dijo de nuevo José Manuel–. A ver, empecemos por esos poetas, ¿quiénes pasan tu juicio estético?

–En esto no hay misterios –contestó Miguel Ángel poniendo el vaso vacío sobre la mesa y ya un poco más tranquilo–. Seguro tienen que estar Landívar, Pepe Batres, y de los nuevos, Luis Cardoza.

–¿Y los prosistas?

–Aquí sí tengo mis reservas –dijo–. Para mí sólo se salvan Bernal, Pepe Milla y Arévalo Martínez.

–¿Bernal, un cronista, y no mencionás a Salazar? –volvió a preguntar el tocayo.

–¿Te referís al Doctor Salazar? –preguntó Miguel Ángel, casi incrédulo.

–Por supuesto.

–No sirve para nada –sentenció–. Nunca ha sido ni será alguien en la historia de la literatura guatemalteca. Incluso voy más allá. Ya sé que están pensando que representa una época. Es cierto. Y que además está a la par de Lainfiesta y

Martínez Sobral. Pero eso que los críticos llaman "el paso del romanticismo al naturalismo", para mí no es más que un vacío... como este vaso. ¡Sírvanme otro! Hay que tener valor para decir esto, para aceptar que, a excepción de algunos nombres, no hemos tenido una verdadera literatura.

—¿Y Bernal?, explicame eso —dijo Francisco.

—Ah, él es otra cosa. Ahí sí hay literatura, "verdadera" fabulación novelesca. Es que... no sé... tal vez la clave de mi punto de vista es una forma distinta de entender la novela, qué es una auténtica novela. Pensemos, por ejemplo, en Stella, o en las Páginas de la Vida, o incluso en Gómez Carrillo (enfant terrible, pero porque escribía novelas "terribles"), ahí no hay nada más que "conflictos" y "bohemia sentimental"(oide).

La carcajada de todos hizo que los que estaban en la barra volvieran a ver de qué se trataba la broma en la mesa.

—No hombre, en serio —reclamó Mariano—, ¿de veras creés en lo que estás diciendo? ¿Gómez Carrillo no es un gran escritor? Eso sí me deja zorenco. ¿Qué es una novela, entonces?

—Esperame —dijo Miguel Ángel, y bebió un sorbo—. Sólo te puedo contestar como escritor, y como tal te digo que, sobre todo, es algo que uno no entiende.

La conversación estaba animándose cada vez más. Miguel Ángel les revelaba ideas que ellos ni siquiera habían imaginado.

—Pero no me contestaste lo de Bernal —interrumpió Francisco—. ¿Por qué decís que es un novelista?

—Muy fácil, porque todo lo que cuenta es mentira. Porque eso de "verdadera" es una ironía que sólo un artista puede entender.

—Entonces, ¿debemos entender —preguntó José Manuel, irónico— que te considerás un artista?

Miguel Ángel bajó la vista y hubo un momento de silencio. José Manuel se arrepintió de haber preguntado, pero ya era tarde.

—Sí —dijo e hizo una pausa—. Pero no por lo que he escrito, sino porque creo que soy diferente.

–¿Cómo así? –preguntó Francisco.

–Porque veo las cosas de una forma distinta, y no como toda la gente. Es más, veo lo que nadie ve, cosas que no están ahí.

–Pero eso es alucinar –dijo Francisco.

–Exacto.

–¿Por eso decís que Bernal es novelista?

–Ya me vas entendiendo. Y desde Bernal nadie lo hizo hasta Arévalo Martínez y yo. Sí, sí, no estoy tan bolo. Ya sé que mencioné también a Pepe Milla. Pero en este sentido él no pasa de ser un costumbrista, es decir, en sus obras la intriga novelesca es secundaria, lo importante es elaborar cuadros de costumbres. En Bernal no. Para él lo central es la historia, el encadenamiento "sucesivo" del relato. Ahí está el único lugar posible de la fantasía, de la imaginación: en contar cómo algo llega a "suceder". Arévalo Martínez lo hace y creo que yo también lo logro en esa novela que tengo escondida en mi casa.

Los contertulios entendían a medias. ¿Cómo es eso que sólo hay cuatro novelistas en cuatrocientos años de historia? ¿Y los poetas? ¿No decía él mismo que, ante todo, era un poeta? Querían salir de dudas y no habían tenido mejor oportunidad que ésa para preguntarle.

–¿Y la poesía qué papel juega en todo esto, según vos? –preguntó el tocayo.

Miguel Ángel ya no esperaba que le sirvieran los tragos que tomaba. Se servía él mismo y no cuarteaba nada. Él sabía que este era el camino del delirio: vasos enteros de trago hasta sentir que se separaba de él mismo, que se dejaba en paz y no volvería sino hasta después de un largo sueño.

–Mirá poetilla –dijo–, el verdadero novelista tiene un solo alimento: la poesía. La novela ya no debe ser un instrumento de las ideas, como Víctor Hugo o Zola, debe volver a su origen: la palabra. Cuando uno descubre un personaje se da cuenta que él (o ella) es una cadena de palabras que sólo hay que seguir. No se sabe, no debe saberse el final de esos caminos que a veces convergen, a veces divergen, o son paralelos. Paso a paso, palabra a palabra se va descubriendo eso que sólo uno ve, y nadie más hasta que la novela está escrita. La verdad de una novela no está en lo descrito, como es el caso de los costumbristas, sino en la metáfora, en lo imaginado, allí donde la mentira es verdad. Pero sólo bolo digo estas cosas, por eso nadie me cree.

No eran bromas, y los amigos lo sabían. Se veían entre sí sin saber cómo entender lo que oían.

—Así se hacen los mitos —siguió diciendo casi como hablando consigo mismo. La literatura es conjuro, hechicería, es una cosa violenta que lo destruye a uno, como una tormenta que te arrebata y hace lo que quiere y después te suelta.

—¿Así ves *Leyendas* y tu novela cautiva? —preguntó José Manuel con cierto temor a un Miguel Ángel casi ausente.

Francisco cruzó los brazos y se echó atrás en la silla. Veía la escena con preocupación. Amigo entrañable de Miguel Ángel, sabía que estaba viviendo un drama personal desde hacía algún tiempo y que nada podía hacerse. Él lo había visto envuelto en esa tormenta, en el arrebato, en la caída y pensaba que el final más posible era la destrucción. Sin saber por qué, mientras los jóvenes preguntaban, Francisco recordaba con detalle la descripción angustiada, desesperada, que Miguel Ángel le había hecho muchas veces de la ocasión en que, llenos de entusiasmo, David Vela y él habían llegado al Hotel Imperial, en una mañana lluviosa del mayo de 1915, a visitar a Rubén Darío. El poeta había sido invitado por Estrada Cabrera para participar en las fiestas de Minerva y ya tenía algunos días de haber llegado. Pero se llevaron gran sorpresa cuando al asomarse a la puerta de su habitación la encontraron entreabierta, como si los hubiese estado esperando. David Vela —recordó Francisco—, como era más determinado, se adelantó para tocar. Nadie respondió. Empujó la puerta con sigilo y (Miguel Ángel nunca lo olvidaría) vieron al gran maestro sentado a la pequeña mesa de la habitación, recostado sobre su brazo derecho, profundamente dormido, con una botella de licor y un vaso.

—Creo que sí —dijo Miguel Ángel—. Son poemas en prosa o novelas en verso. No hay otra manera de hacerlo.

—Eso hace de tus obras algo único —apuntó José Manuel—, algo así como una síntesis de géneros. Maravilloso. Pero no te he oído decir una palabra sobre la función social de la literatura. ¿No te parece que la revolución es urgente en nuestros pueblos y que el artista debe cumplir un papel vital en ella?

Era inútil. Miguel Ángel ya no estaba ahí.

—No sé —dijo—. Supongo que sí. Pero si no está bien escrita no va a servir de nada.

Con un gesto, Francisco interrumpió el debate político que se estaba iniciando. Sabía que Miguel Ángel no quería (ni podía) involucrarse en algo así.

—Aquí hace falta más inspiración —dijo Mariano, incorporándose para llamar al mesero y pedir una nueva tanda.

De ahí en adelante, la conversación ya no fue la misma. Se descentró completamente. Miguel Ángel quedó al margen y las vidas personales desplazaron a la literatura. Francisco asumió su papel de mayor, de consejero de los jóvenes poetas. Pero estaba pendiente del estado de su amigo. Pensaba que hacía todo lo contrario que doña María le había rogado: que no permitiera que Miguel Ángel tomara. No obstante, mientras oía las risas y la ingenuidad estentórea de los muchachos, dudaba dentro de sí. Tal vez era mejor dejar que las cosas pasaran porque nadie puede detener al destino, y tratar de pararlo es sólo perder lo único que vale la pena: el tiempo.

Miguel Ángel se quedaba cada vez más solo. Incluso solo de él mismo. Estaba en esa etapa en que podía verse dormido allá lejos, donde todos hablan y él ya camina en un mundo diferente, libre. En ese mundo lleno de voces que vienen de lejos, no se sabe de dónde, que urgen, que llaman y no cesan. No importaba si ya estaba solo o todavía no. Daba lo mismo. Respondía pero no estaba seguro ni a qué ni a quién, si era a alguien que estaba allí o al recuerdo que también tiene muchos rostros, que es otra mesa de contertulios que se invitan solos.

El tocayo y Marianito fueron los primeros en irse. José Manuel se quedó un rato más terminando su discusión con

Francisco. De pronto, al volver su vista hacia Miguel Ángel, Francisco se sintió atravesado por un rayo. En un instante, recordó dos cosas que eran la misma: las imágenes del relato del Hotel Imperial (el sueño sagrado del poeta) y el encuentro de Gómez Carrillo y Darío con Verlaine en un bar de París, quienes, al verlo dormido sobre la mesa, sólo osaron dejarle un abrigo sobre los hombros.

–Por fin se durmió –dijo José Manuel–. Mejor si nos vamos. Pero recomendémoselo a alguien.

–No tengan pena –dijo el cantinero, mientras secaba unos vasos en la barra casi desierta–. Dentro de un rato lo medio despertamos y lo ponemos en la puerta. No es la primera vez. Ya todo pagado no hay pena.

Allí se quedó, solo, como había llegado. Su sueño no era normal, no traía descanso sino búsqueda, era como una libertad interna, un vagabundeo por campos abiertos sólo a sus pasos, mil veces visitados y siempre nuevos, campos de esperanza, de sorpresa. Sueño sin tiempo, sin cuerpo, donde se construía sola una realidad aparte, delirante, espectáculo ofrecido a sus ojos como quien ve un infierno sin ser parte de él.

–Don Miguel Ángel –dijo el cantinero, hablándole al oído y palmeando su espalda–. Ya vamos a cerrar, despierte.

Poco a poco fue volviendo, poco a poco empezó a mover su enorme cuerpo sedentario hasta erguirse contra el respaldo de la silla, la cabeza echada hacia atrás, el cabello revuelto y sucio. Todavía respiraba el aire del sueño. Se levantó. Tambaleando arrastró la silla, se detuvo un instante, las piernas separadas, guardó el equilibrio viendo hacia el suelo, se cerró el saco, se subió las solapas y empezó a caminar hacia la puerta, despacio, con sus anchos pies y su ropa arrugada. Pasó frente al mesero como un ser de otro mundo, un caminante lunar, sin decir palabra. Puso su mano sobre el umbral y, antes de salir, la tos lo detuvo. Fue una tos profunda, ronca. Ya afuera, el aire frío de la noche golpeó su rostro. Metió sus manos en las bolsas laterales del saco y cruzó a la derecha sin pensar, hacia el Portal del Comercio. Allí la corriente de aire era aún más fuerte, encorvó su cuerpo para caminar contra el viento y, al llegar al Pasaje hacia Las Cien Puertas, decidió cruzar. De milagro estaba abierta la puerta de hierro forjado. Recordó las vistas a las que se había escapado Camila con su nana. Él también había entrado en la oscuridad, él también, como ella, había visto sólo imágenes borrosas, movimientos de saltamontes, gentes desgonzadas, anónimas, que al hablar parecía que mascaban. Soñar, delirar, era también como jugar al tuero: ver sin ser visto, oír que lo buscan a uno, que lo llaman y aguantar en silencio la cercanía, la inminencia del otro. Pero, ¿de quién se escondía? ¿De quién quería huir? ¿Quién lo acechaba? ¡¿O más bien jugaban tuero con él?! ¿A quién buscaba? ¿Qué? ¿Dónde debía detenerse y sentir el aliento, el temblor de la espera?

Al llegar a la mitad de Las Cien Puertas, Miguel Ángel detuvo su paso. Creyó haber oído algo. Esperó un rato viendo las piedras del suelo. Lentamente, primero la cabeza y luego la mitad del cuerpo, volvió a ver y ahí estaba, solo, quieto, viéndolo fijamente. Nunca había sentido algo parecido. No importaba cuántos se cruzaran en su camino, pero cuando estaba engasado todo sucedía allá afuera, sin que lo afectara. Ahora no. Sintió una fuerza que invadía su mundo ajeno, sin poder evitarlo. No estaba solo. Parecía salido de la niebla de la madrugada, sin procedencia, sigiloso. Era negro, como decía la leyenda. Los ojos rojos, brillantes, rompían la noche ahora más fría. Un viento más intenso empezó a silbar en las esquinas, a correr como desesperado por las calles vacías. Miguel Ángel no sabía si lo que veía era real. Caminó hasta la novena calle y bajó lo más rápido que pudo, apoyándose en las paredes. La séptima avenida…, la octava…, llegó a la esquina del Instituto Central y se recostó en la pared. Buscaba su lugar a un costado de la Facultad de Derecho. Estaba exhausto, pero no pensaba en otra cosa. No quería volver a ver, quería seguir confiando en sus sentidos. El viento revolvía su cabello escaso, agitaba sus pantalones, pero ya no lo sentía. Seguía ahí, los ojos apretados, sin dar crédito a sus oídos: suave, parsimonioso, cada vez se hacía más lento el paso seco de los cascos de un cabro. En un arranque, cruzó la calle y enfiló hacia la once avenida en dirección a La Merced. A veces el viento se apagaba y sólo oía su aliento, su corazón y el ruido de los cascos ahora sí innegable. En la esquina de la once y quinta, la mole se asomó dormida, los campanarios quietos como párpados cerrados. Miguel Ángel creía, esperaba angustiado, que la cercanía de Dios pudiera ahuyentar al animal (o lo que fuera) que lo seguía. Se deslizó sobre la quinta calle sin esperanzas, más despacio. No podía más. El viento seguía soplando y el frío era cada vez más intenso. Los cascos se oían más cerca. Al llegar al Callejón de Jesús, cruzó. Pensó que, por lo menos, era un camino que desembocaba en el altar del Señor. Había abandonado Sus caminos, le repetía su madre cada vez que lo reprendía, siempre que lloraba sobre su pecho, con un pañuelo en las manos, viéndolo desde abajo: "... por vida tuya... cambiá... dejá eso... mirá que nos vas a matar...". Pero Miguel Ángel no tenía nada por qué cambiar, ni nadie. Sobre todo eso: nadie. De repente recordó a Camila. Mientras se adentraba en el Callejón, el reloj de La Merced dio las dos de la mañana. La hora del asalto. No había para dónde huir. Fuera lo que fuera, tendría que enfrentarlo. De nuevo, se recostó en la pared y se fue deslizando poco a poco hasta quedar sentado en la banqueta. Volvió a ver y ahí estaba otra vez, implacable, con su halo de niebla rodeándolo. Esta vez lo vio enorme. No, no podía ser un perro. Las orejas eran largas y delgadas, y la cara... ¡Dios mío!... la cara era la de un murciélago gigante. Entre más lo miraba, menos sabía lo que era.

El viento cesó y la aparición no avanzó más, se quedó a cierta distancia. Pero la niebla empezó a moverse hacia él hasta que lo envolvió. Ahora el frío era sobrecogedor, como el aliento de un dios iracundo que sopla en las estepas nevadas, reclamando a sus hijos perdidos...

—¡¿Quién sos?! —preguntó Miguel Ángel como un último recurso de defensa frente a lo inevitable.

—¿Cómo? No lo puedo creer —contestó—. ¿Vos preguntando quién soy? ¿Vos, que has escrito mi leyenda, que te ensañaste describiendo con detalle el infierno de la caída de un "ángel"? ¿Vos, que no sos más que un Miguel "Ángel" caído?

–¡No, no puede ser que estés hablando! ¡Sos una fantasía! –exclamó estirando su brazo izquierdo tratando de separarse de la aparición.

–Sólo respondo a tus preguntas –contestó–. Calmate. Además, ¿no se supone que sos el maestro de la fantasía? ¿No te parece que tu sorpresa está completamente fuera de lugar?

–Sí… pero…

–Bueno, presentémonos. Acepto que seas el maestro de la fantasía, no tenés por qué darme explicaciones. A mí, en cambio, podés tomarme por el maestro de la realidad.

Miguel Ángel se quedó un momento callado. No podía dejar de ver aquellos ojos fulgurantes que lo atravesaban.

–¿Qué querés? ¿Por qué me seguís? –preguntó.

–Esas preguntas tendría que hacerlas yo –dijo–. Vos sos quien no tiene claro qué quiere, ni por qué me has invocado en tus obras. Sólo mirate. Sos un desastre, una piltrafa humana acelerando tu putrefacción. ¡Podredumbre! ¡Podredumbre!

–¿Querés decir que estás aquí porque yo te he llamado? –preguntó asombrado.

–Ni más ni menos. Yo respondo al llamado de los que sufren. Durante siglos he venido al mundo, no por los pecadores, sino por los que no saben lo que quieren, por los que dudan… Los ha habido y los hay de muchos tipos: los que no saben lo que ven, los que no saben qué, cuánto y para qué sirve lo que saben, los que no saben en qué creen, etcétera. ¿Cuál es tu caso?

Miguel Ángel estaba tan sorprendido por lo que le sucedía que no se había dado cuenta de que, al hablar, la aparición no movía la boca ni hacía gesto alguno. De pronto la vio, pero no ahí afuera, sino dentro de sí. Hablaba, eso era claro, pero dentro de él. Era como una voz interior, más profunda que aquella que manaba de ella y la expresaba. La voz de la aparición se iba hacia adentro, se depositaba como una huella de fuego en su mente, como una herida. ¿Era él? ¿Era otro dentro de él? ¿Era una lucha en su interior? ¿Quién era más fuerte? Si prevalecía el otro, ¿qué pasaría con él? ¿Sería el fin? ¿Y después?

–No lo sé –respondió.

–Esa es la única respuesta que no acepto –dijo–, porque ese saber sos vos mismo. No sigás eludiéndote. Yo no estoy aquí para tomar tu lugar, sino para darte uno, el que vos elijás.

–Tal vez tenés razón. Mi vida no tiene un sentido... no sé lo que quiero. O más bien, creo que no quiero algo, sino espero algo, a alguien... no sé.

– "Esperar", es una palabra interesante. Pero en tu caso lo que escucho es lo que no decís: creo que vos (des)esperás algo, a alguien. La espera es como el fuego, como el tiempo: su presencia está hecha de desvanecimiento. Así es mi hogar, ¿sabés? Allá todo arde, se consume, todo pasa y queda como memoria, nostalgia, dolor. Somos legión los que sabemos que esperar es desesperar.

–¡Jesús de la Merced!, quitame esta visión. ¡Perdoname lo mucho que te he quemado la canilla con el Negrito! ¡Pero ahora que estás cerca ayudame! –dijo Miguel Ángel negándose de nuevo a aceptar lo que veía.

–¿Volvemos al principio? –dijo la aparición. Bien, quizá la culpa es mía. Te voy a aclarar, vos no me estás viendo a mí. Esa es la diferencia entre vos y yo, que cuando digo "yo" quiero decir "nada", en cambio vos sí te referís a algo... y se trata de un monstruo que te destruye. Lo que estás viendo es el infierno. Nunca te lo imaginaste así, ¿verdad? Está hecho de detalles, del frenesí de lo particular. ¿Qué otra cosa entrega la espera si no los detalles? Interminables, inagotables, uno tras otro. Desesperación. Círculo dentro de círculos. Laberinto. Mi voz es el minotauro que te espera para ya no dejarte salir... para perderte... Si pudieras ver mi casa dentro de vos, el sórdido cuarto donde el minotauro colecciona tus cabezas, todos los inventos fallidos de tu imagen.

–¡Callate! –exclamó Miguel Ángel–. No quiero saber nada. ¡Dejame!

–¿Por qué esa violencia? ¿Por qué te molesta tanto lo que digo si es lo que mejor sabés? Ay Miguel Ángel, tenés qué recorrer mucho camino si querés ser alguien.

–¿Y quién te dijo cuáles son mis aspiraciones? –preguntó.

–¿Quién me lo podía decir más que vos, más que tu vida? Incluso te voy a decir una cosa: yo lo sé mejor que vos.

–¿Ah, sí? Entonces, contame –dijo Miguel Ángel con un dejo irónico que la sorpresa y el miedo no le habían permitido.

–No, por favor. No ironicés sobre cosas que ni siquiera sos capaz de entender. Te dije hace un momento que yo sé mejor que vos cuáles son tus aspiraciones y, sin embargo, yo no sé nada. Me está permitido contradecirme y no caer en contradicción. Pobrecitos humanos, su cárcel es la razón. Pero yo soy el redentor de los esclavos de la razón, vengo a devolverles el ansia, el cuerpo.

–No entiendo nada. ¿Qué tiene que ver eso con mi vida? –balbuceó.

–Yo sólo observo. Acordate que mi condena es la espera. Por eso le doy socorro y consuelo a los que esperan, mis semejantes, mis hermanos. Te he visto ir y venir, esconderte, anhelar, he sentido el tierno odio que te provoca tu padre. Y eso me ha indicado que sos mío.

–¿Sólo eso? –preguntó Miguel Ángel–. Mucha gente se esconde, anhela y todo lo que decís. ¿Por qué yo?

–Esperate. Dejame terminar la idea. Vos llevás una tormenta dentro, una ira contenida, es la vida secreta de la palabra. Tu goce privilegiado es dejarte poseer por ella para asemejarte a mí, para ser nadie y cualquiera al mismo tiempo. Vos podés darle expresión a todo lo que yo soy: la ternura del odio, el amor bisexual (el verdadero amor), la crueldad del acto caritativo… ¡la contradicción, la contradicción!… Límite de la razón, paraíso de la sombra.

–Sí, lo sé –asintió–. Estoy lleno de contradicciones. ¿Por qué me fue dado conocer otro mundo y, de la noche a la mañana, perderlo? He renunciado a entender nada. Mi vida es una mierda. Aquí en Guatemala sólo se puede vivir borracho.

Por fin Miguel Ángel hablaba de su deseo, de su vida truncada, de la cadena de frustraciones que lo sumía en la depresión más aguda que había vivido. La aparición lo vio un instante sin decir palabra, la mirada distante del cazador que ya sabe, antes de actuar, que la presa es suya y de nadie más.

—Te entiendo. Pero ya diste el primer paso importante: renunciar. La renuncia es el primer paso del que tiene la posibilidad de saber algo. Es un agujero, melancolía, tristeza de haber perdido las respuestas, las explicaciones, las soluciones, las certezas. Pero sólo desde el fondo de este abandono es posible preguntar, vagar en las cercanías de lo que es real y no perder nunca la esperanza de, algún día, poder tocarlo. Renunciaste a entender, te felicito. Y lo hago porque no hay nada que entender en este mundo.

—Sí, no entiendo nada de lo que me pasa. Mi papá es un cadáver viviente, y ya se empezó a pudrir en mí. Lo puedo sentir. Mi mamá... ella no sé... siempre está ahí... pero ahora...

—Yo sé. Se está convirtiendo en un alma en pena.

Hasta ahora, Miguel Ángel no había sentido el horror de forma tan intensa. En el rostro de la bestia se dibujó una mueca de perversidad, de burla, de impiedad infinita.

—¿Qué querés decir? —preguntó.

—Nada. Yo, que soy nada, nada puedo decir, ¿no te parece? Te lo acabo de mencionar y ya se te olvidó. Ése es un problema humano esencial. Oime, vos que te la llevás de artista. No pueden hacer más que hablar o escribir, encima todo se les olvida y después quieren recordar. Por eso el pasado les resulta más largo que la vida. Vos padecés de esto, confesalo.

—Creo que tenés razón —dijo Miguel Ángel bajando la cabeza. Es como si el tiempo se hubiera detenido para mí. ¿Qué sentido tiene que me haya ido a París, que haya escrito, si ahora estoy aquí, como suspendido? Ya no escribo, no puedo publicar y entre más quiero volver sé que es menos probable.

—¿Y si no hubieras vuelto o pudieras regresar, qué sentido le habrías dado o darías a tu vida?

—Ser escritor —contestó con plena convicción—. Eso haría y sé que eso hubiera hecho. Ya sería famoso. ¡Cuánto tiempo he perdido, por la chingada! A veces, cuando corrijo sin parar mi novela pienso que la estoy arruinando, y entonces lo dejo y me pongo a escribir otra cosa… ¡pero no puedo! Es la primera vez que lo acepto pero creo que he perdido mis habilidades. ¿Dónde está aquel flujo violento que me arrastró a escribir en Francia? ¡¿Dónde?!

—Te voy a decir una cosa y, por tu bien, creeme: nada se pierde del todo. Sólo hay distanciamiento, sinuosos caminos que no se sabe a dónde van. Pero todo conocimiento es reconocimiento y no hay encuentro que no sea reencuentro, por nuevo que te parezca. El don de la palabra te fue dado y no lo has perdido. ¡Qué poco te conocés! Ahora mismo está creciendo en vos y no te das cuenta que eso es lo que te desgarra la vida.

—Pero, ¿cómo puedo volver a escribir? —preguntó Miguel Ángel, ansioso, sin creerlo.

—No es cuestión de una formulita —dijo la aparición—. Algunas cosas tienen que pasar antes…

—¿Cómo qué? —interrumpió Miguel Ángel—. ¡Decime!

—Tu padre debe desaparecer y vos tenés que convertirte en uno —dijo, secamente.

—Pero… ¡no estoy preparado para eso!

—No seas hipócrita. Es lo que más deseás. Por eso me has llamado, para echarme la culpa y para que te diga lo que tenés que hacer una vez haya cumplido tu íntimo deseo.

—¿Y cómo va a pasar? —preguntó Miguel Ángel.

—De eso me encargo yo. Es mi problema. Tu padre está perdido y ya te dio toda tu herencia, aunque no te hayás dado cuenta todavía. De ahora en adelante, si me lo permitís, yo voy a administrar esa herencia con un solo fin: darte eso que esperás sin saber bien lo que es.

—Por lo menos deberías decirme algo…

—Vos esperás un don muy especial… el genio artístico. No hay ambición más grande que un lugar en la memoria, que una palabra que no deje de decir. No querés ser abogado, ni periodista, ni rico, ni ministro, ni siquiera un novelista reconocido en tu país. Vos querés ser un gran escritor, el mejor, el que llegue donde nadie ha llegado. Vos querés reconocimiento, fama y que los que te odian se traguen sus palabras.

Miguel Ángel se quedó en silencio un momento. ¿De dónde habían salido aquellas palabras? Pensó en París, en los años de la creación febril, de libertad, en los amigos que apreciaban su obra. Y lo vio tan cerca, como si ese tiempo nunca se hubiera interrumpido.

–…Pero no sólo es por mí… también es por mi gente, por Guatemala… –dijo.

–A mí no tenés por qué decirme esas cosas. No te voy a conceder tu deseo porque crea en lo que decís. Ni vos mismo lo creés. Te lo voy a dar si estás de acuerdo en lo que quiero de vos.

–¿Y qué es eso? –preguntó con cierto temor.

–Engreído –dijo la aparición–. Si no te lo digo no preguntás. Creés que te lo merecés todo. Acordate que yo vengo al mundo por los que dudan. Pero no para darles la certeza, sino para que hagan de la duda una forma de vida. Tendrás tu deseo… y seguirás dudando. Nadie entiende la condición humana mejor que yo. Creeme. Lo que te doy es la más alta aspiración de un mortal.

–Pero decime, ¿qué es lo que querés de mí? –preguntó Miguel Ángel, sin escuchar.

–Claro, tenés derecho a saber no sólo lo que te ofrezco sino también el precio. Pero de esto sólo te puedo dar indicios. ¿Te conformás con eso?

–Sí, lo que sea –contestó.

Bien, así me gusta. Empezamos a entendernos. Tu padre morirá pronto y tendrás que cambiar de vida, reformarte. Harás lo que la gente espera, pero sólo vos sabrás que es nuestro pacto. Te vas a casar y a tener hijos. No sé cuántos. Tu vida parecerá normal, adaptada. Tendrás que escribir dos libros que te voy a dictar y que te van a dar un prestigio sin precedente. En eso no vas a objetar nada ni a preguntar por qué. Es cosa mía. Lo demás es tu problema.

–¿Eso es todo?

–No, sólo es la primera parte.

–¿Qué? ¿Vas a pedirme el alma como dicen las leyendas? –preguntó angustiado.

–No, la tuya no me interesa. Ya es mía. Lo que quiero es más radical, es del orden del sacrificio y la ofrenda.

–¿Pero qué más puedo darte?

–Ingenuo, creés que vos me das tu vida. Ya alguien te entregó sin que te enteraras. Alguien a quien hice morir antes de morir. Ése fue su precio. El hombre es una criatura incorregible, egoísta, insaciable en su sed de sí mismo. Por eso sólo da lo que no tiene a quien no le interesa. Y eso es lo que llama amor.

–Pero decime –dijo Miguel Ángel desesperado–, ¿qué me vas a pedir?

–Vas a entrar en el mundo de los dones del amor, tierra de niebla, de pantanos donde soplan los vientos de la culpa, del rencor. Y allí crecerán tus hijos, bajo nuestra mirada, hasta que llegue el momento en que yo escoja uno y lo haga mío.

–¡Un hijo! No sé lo que es eso.

–Es ahí donde está el valor de ese acto, en dar sin conocer la magnitud de la ofrenda. Pero vos podés porque sos un hombre de fe.

–¡No, no! Entregar a un hijo… eso no tiene perdón –decía Miguel Ángel para sí mismo.

–¿Perdón? –preguntó la aparición–. Ustedes, los mortales, siempre están en las manos de otros. Pequeños irresponsables que hacen de su vida infinitos ensayos de salvación, como si existiera algo que salvar. Miguel Ángel, vos no existís, tu hijo tampoco lo hará. Lo que te ofrezco es disolverte en el lenguaje.

–¿Y mi hijo? ¿Qué le pasará a él?

–Él desaparecerá en tu gesto. Pero no creás que yo tengo cadenas con las que arrastro a los condenados en contra de su voluntad. Todos mis hijos son voluntarios confesos. Y tengo un plan para cada uno. Acordate que lo mío es el detalle, la diferencia. ¿Estás de acuerdo? ¿Sellamos el pacto?

Miguel Ángel no contestó inmediatamente. La madrugada estaba en calma. No se oía ni un alma. Pero su cabeza era un torbellino: la gloria literaria y la miseria del olvido y la mediocridad, ¿cuál era la salvación y cuál la condena? ¿No el mismo Dios había enviado en sacrificio a su propio Hijo? ¿No es amar dar prodigiosamente, por cada gota un torrente? ¿No seremos juzgados por eso? ¿No podría ser esta una prueba suprema de fe después de haber tocado el fondo del abismo?

—Acepto —dijo con calma y seguridad—. Pero tengo una pregunta: ¿cómo sabré reconocer a la que será mi esposa?

—Sólo recordá esto —contestó con una voz que más parecía un eco proveniente del fondo de la tierra—, que veniste a mí por Clemencia.

Miguel Ángel quedó callado sin comprender estas palabras. Pero no tuvo tiempo de reaccionar. La conversación había terminado. Los ojos de la aparición brillaron, por un instante, con una luz más intensa, como dos piedralumbres llenas del fuego de los siglos que ha consumido al hombre. Miguel Ángel se sintió detenido, suspendido en el tiempo, en la realidad, como si le hubieran tomado una foto a su alma. Quedó cegado por un momento y se tapó los ojos. Cuando volvió a abrirlos, se vio completamente solo en medio de la noche y el Callejón de Jesús.

6. Leyenda de la máscara de cristal

–¡No miren a la cámara! ¡No miren a la cámara! Caminen despacio... eso es... A ver... uno... dos... y... ¡tres! Ya está.

Rodrigo los había captado como siempre había querido: uno al lado del otro. Nada más y nada menos que los dos escritores más grandes de Guatemala, ambos exiliados, cada quien a su modo, reunidos en ese espacio estético que era la casa de Luis en Coyoacán, refugio de tanto chapín y santuario de peregrinaje literario. Difícilmente iba a haber otra oportunidad así. Miguel Ángel, su padre, enfermo, cansado, aspirante al Nobel de Literatura y fuerte candidato para el año siguiente, había aceptado la Embajada de Guatemala en Francia y estaba de paso en México en su camino a París, la vieja ciudad que le traía tantos recuerdos. Luis, por su parte, más joven, con un prestigio establecido en México de poeta y crítico de arte, era el anfitrión aquella noche; un sólido intelectual cuyos rasgos angulosos dejaron imaginar siempre la radicalidad neurótica de su pensamiento político. No era un secreto para Rodrigo la rivalidad entre los dos escritores. Una querella de toda la vida, desde los años veinte en París hasta aquella noche de octubre de 1966 bajo el cielo de Coyoacán.

Rodrigo seguía viviendo en México, pero su vuelta a Guatemala ya se preparaba. Durante aquellos años había desarrollado un vínculo entrañable con Luis y había dejado de ver a su padre.

El día era frío, el viento soplaba las copas abundantes de los árboles y jugaba con las hojas llevándolas en círculos, separándolas, volviendo a juntarlas, elevándolas, haciéndolas caer. Y nadie reparaba en aquellos juegos, en aquellas triquiñuelas del destino, en su exactitud milimétrica, en sus cursos inapelables. Así, todos habían ido llegando a través de esos vientos de octubre, de los colores ocres de los muros residenciales, de las anchas calles, para llamar a la puerta de Luis. Allí estaban Jesús Silva Herzog y su esposa Ester, Carlos Solórzano y su esposa Beatriz Caso y Rodrigo con la suya, Rosario Valenzuela, quienes habían llegado antes. Todo estaba dispuesto con la minuciosidad que acostumbraban Luis y Lya Kostakowski: los puestos en la mesa, las entradas, la especificidad geográfica y temporal de los vinos, el recorrido previo y posterior a la comida admirando las obras de arte del museo familiar.

Miguel Ángel, como siempre, se demoró. Él era el invitado de honor, el agasajado. Algunos tenían mucho tiempo de no verlo. Se esperaba una velada animada, bulliciosa de ingenio, de risa, de disparates, de evocaciones, una fiesta. El aperitivo y los tragos de entrada se habían servido en el jardín interior donde Rodrigo esperaría con la cámara, listo para disparar cuando Luis y Miguel Ángel hicieran su entrada triunfal.

–Quiero que vengás con tiempo –había dicho Luis–, así podremos platicar tranquilos de tantas cosas. No será más que una reunión muy íntima con algunos amigos que quieren despedirte.

Miguel Ángel ni siquiera preguntó quiénes eran. Su respuesta fue un tibio agradecimiento y la promesa de estar allí.

Cuando llegó, todos los invitados notaron su desgano. Su paso era lento y su mirada distraída. Venía del brazo de Luis con un traje claro de dos botones que disimulaba su gordura. Tenía algún tiempo de no ver a Rodrigo, pero no se sorprendió al verlo en aquella casa. Se abrazaron y después, fríamente, saludó a los viejos amigos.

La conversación se había interrumpido. Ahora había que volver a empezar, preguntar a Miguel Ángel por sus proyectos, qué pensaba del gobierno del licenciado Méndez Montenegro. Pero él evadía caer en el tema político. Había aceptado la Embajada porque quería volver sobre sus pasos, recordar sus primeros años de escritor, saber algo de Andrée. No le interesaba si el nuevo gobierno era la recuperación del proyecto revolucionario o no. "A estas alturas –pensaba a menudo– lo único que me interesa es el Nobel".

Pasaron quince minutos, media hora, y la plática decayó hasta casi extinguirse por la apatía y el hermetismo de Miguel Ángel. Y cuando Lya anunció desde el vano de la puerta que la comida estaba servida, Luis había empezado a recordar sus pláticas con Miguel Ángel en el antiguo club nocturno Casablanca, recordaba el silencio de Clemencia Amado, que lo acompañaba. Era 1944 y la Revolución había llevado de vuelta a Luis a Guatemala. Las reuniones se prolongaban y nadie se les unía porque consideraban quemado a Miguel Ángel por haber colaborado con Ubico.

Luis se levantó con su trago en la mano e instó a los invitados a pasar a la mesa. Se quedó el último mientras esperaba que cada quien encontrara su lugar previamente dispuesto. Recordaba imágenes, fragmentos de aquellas pláticas. Pero sobre todo volvían a él las advertencias de Miguel Ángel: "Vas a tener que irte de Guatemala... ¿Sabés que el coronel Augusto Morales Dardón es mi compadre?...

Ya cuando todos habían tomado sus lugares y se escuchaba el ruido de los cubiertos en los platos en medio del rumor desordenado de la plática, Luis hizo sonar la cucharita azucarera de plata contra la espigada copa de cristal de Bohemia para llamar la atención de todos al brindis oficial de la reunión.

–Quiero brindar por la amistad y la memoria que vencen al tiempo, que nos mantienen jóvenes; por lo que nos une y trasciende generaciones, nacionalidades, ideologías. Quiero brindar por la ocasión de tener entre nosotros a Miguel Ángel...

Pero los recuerdos del Casablanca lo seguían invadiendo: "Tendrás que irte a la mierda. Te lo aviso para que no te jodan. Recuperaremos el poder de los comunistas..."

Y el discurso seguía:

–También quiero brindar por Rodrigo, que nos acompaña y que pronto nos compartirá algo que considero de urgente necesidad y vital importancia.

Todos vieron a Miguel Ángel en aquel momento; pero él no quitó la mirada de la copa que tenía delante. Parecía como si el color del vino tinto le recordara las tardes de París en las mesas minúsculas de La Coupole.

–¡Salud! –rompió el silencio Luis.

Alzaron las copas y degustaron un tinto muy añejo de la región de Bordeaux.

"En el Casablanca –pensó Luis apurando el cuerpo exquisito de aquel vino al que estaba tan acostumbrado– tomábamos cerveza". Y, por un instante, vio el rostro joven de Miguel Ángel acercándose en señal de confidencia: "Recuperaremos el poder de los comunistas..." Pero aquella noche parecía tan distante, como si todo estuviera dicho entre ellos, o como si de alguna manera ya supiera el secreto que guardaba Rodrigo.

La botella de vino se puso a la mesa para iniciar la comida. Los comensales eran refinados pero sabían que los Cardoza no cometían errores. Lya conocía a Miguel Ángel y eso la tranquilizaba. Pero aquel día estaba nerviosa porque él no probaba bocado. Melindroso, revolvía con lentitud lo que le habían servido. Jesús y Carlos, mientras tanto, ya habían elogiado la comida, cosa que, a regañadientes, habían confirmado sus respectivas esposas. El clima era tenso. Luis y Miguel Ángel estaban enfrentados, cada quien en un extremo de la mesa. En el camino, a la derecha de su padre y a la izquierda del anfitrión, Rodrigo esperaba el momento propicio para intervenir.

–¿En qué trabajás ahora, Miguel Ángel? –preguntó Carlos.

–En un libro que vuelve al tema de la leyenda –contestó.

–¿Lo considerás como un recomienzo? *Leyendas de Guatemala* fue la invención de tu lenguaje –inquirió Carlos.

–Bueno, no he vuelto a *Leyendas de Guatemala*, sino a la leyenda. Y sí, tenés razón, fue el origen de mi lenguaje; pero ahora lo que me interesa es el origen del lenguaje.

–Lo que pasa –acotó Luis, queriendo definir las afirmaciones vacilantes de los interlocutores– es que el origen del lenguaje es la poesía.

–Sí –dijo, recostándose en la silla–, el problema es que decir "poesía" es decir nada. Creo que nunca voy a terminar de comprender esa tesis surrealista que dice que la poesía surge del sueño, de la experiencia onírica. Cuando escribí *Leyendas de Guatemala*, sueño y memoria eran lo mismo para mí. Creía que un relato debía recrear la experiencia que tenemos cuando soñamos, creía que si lograba eso tendría un cuento perfecto.

Luis había fruncido el ceño y apretado los labios. Siempre había ido a la zaga de Miguel Ángel. Y su estudio, su conciencia crítica no podían engañarlo: era así. Cada libro de Miguel Ángel, de *Leyendas de Guatemala* a *Clarivigilia Primaveral* había sido la revelación de una meta imposible, de un lenguaje privilegiado, de un llamado del cual tenía noticias, señales, figuras de frustración, pero que nunca había sido el suyo. Sin embargo —y en esto se solazaba—, Miguel Ángel nunca había sido un intelectual, un artista con conciencia social. Había pasado del racismo a la denuncia política y de ésta a un indigenismo imaginario para terminar de escritor itinerante promotor de sí mismo.

Desde su extremo central en la mesa, Luis entrecerró los ojos y una fina sonrisa empezó a dibujarse en sus labios: planeaba llevar la conversación a su terreno, allí donde Miguel Ángel era débil y Rodrigo debía manifestarse.

—Pero, ¿no creés que el sueño implícito en la leyenda es siempre colectivo, social y, por eso, no puede descansar en la memoria de un individuo? —preguntó Luis.

—Aquí el único crítico sos vos —dijo Miguel Ángel secamente.

—¿Qué significa eso? —preguntó Rodrigo viendo de un lado a otro.

—Luis y yo nos conocemos demasiado —aclaró Miguel Ángel— son años, décadas. Y ya sé que lo que viene es esa idea de Sartre de que la literatura cumple una función social, y que eso le es esencial... qué sé yo.

—Precisamente —intervino Carlos— yo lo veo clarísimo en el teatro, la obra debe llegar a la conciencia de las personas. Y no sólo en el teatro. Lo pongo de ejemplo porque es lo mío. Pero también en la novela. Tu trilogía bananera marcará un canon en la futura novela hispanoamericana: dar testimonio del oprobio, del abuso, hablar por los que no tienen voz y que el mundo conozca lo que sucede en nuestros países.

—Pero por lo que acaba de decir —interrumpió Luis— me parece que debemos entender que ha tomado distancia con respecto a esa idea de la literatura. ¿Estoy en lo cierto?

Miguel Ángel hizo una mueca de hastío. Sabía que no era ni el lugar ni la gente con quien debía discutir esos temas.

—No. No es así. La poesía del mito es una forma mucho más radical de dar testimonio. Y ahí no median ideas, teorías de la sociedad. Es la pura vida.

De pronto, mientras los escritores discutían, Rodrigo recordó la mañana en que sintió el abrazo de la soledad. Era 1962, el movimiento había sido aplastado y él estaba en la cárcel, casi el único que había sobrevivido del grupo de compañeros. Recordó que en medio de aquel aislamiento había sentido que su única compañía era la memoria de Rosario, que pronto daría a luz, y las palabras de su padre que chocaban contra las sucias paredes de aquel hoyo oscuro en el que lo habían metido. Rodrigo recordó que, en ese momento, fantasear se había convertido en una forma de huir, de buscarle un sentido a la lucha; se vio encuclillado entre los gusanos y las paredes húmedas, pensando o soñando con un personaje mítico, especie de Prometeo de la Revolución que vive una eterna agonía para salvar a su gente, que arde sin consumirse y lleva la pasión de su luz a quienes ya no tienen voluntad, una fiera agazapada, un resplandor en la noche de la selva, un jaguar en llamas.

La conversación seguía girando en torno a la función de la literatura en la sociedad. Rodrigo bajó los ojos al encontrarse con la mirada fija, intensa de Luis.

—Yo leí todo eso en su momento —dijo Miguel Ángel—. Pero no sé, vos Luis sos el teórico de las letras aquí.

Lya ofreció más vino a quienes estaban terminando sus copas. Luis, con toda la parsimonia de quien ha esperado estar bajo la mirada de todos, recogió la servilleta de sus rodillas, se secó delicadamente los finos labios y, mientras se tomaba su tiempo para hablar, odió a Miguel Ángel. Se conocían lo suficiente como para saber que esa última frase llevaba todo el veneno de quien se ha sentido siempre superior. "... vos Luis sos el teórico de las letras aquí..." Eso significaba "... vos sos el crítico y yo el escritor..."

—Todos saben como pienso —dijo, la vista baja y el ceño fruncido—. Y voy más allá: a Rodrigo le he dicho que la verdad, la conciencia auténtica surge de una preocupación social profunda, preocupación que debe llevarse hasta sus últimas consecuencias. La literatura no termina en el papel, en la lectura. Cuando un libro se cierra siempre se abre otro: el libro de la vida. Sí, ya sé que están pensando que son mis prejuicios cervantinos. Pero es la verdad. Las metáforas, las tramas e intrigas novelescas son, en última instancia, actos, decisiones de la vida concreta.

—¿Será por eso que en el Siglo de Oro le llamaban "embustes" a esas intrigas? —preguntó Miguel Ángel con una sonrisa casi imperceptible.

Algo se avecinaba. Las palabras de Luis llevaban una carga, un arma secreta, una bomba de tiempo con su reloj y su cuenta regresiva. Luis vio con gravedad a Rodrigo, como quien busca reafirmar su autoridad sobre un discípulo ingenuo, ávido de una independencia aparente. Pero, por un momento, fue sólo un instante, pensó si no hablaba de sí mismo, de su obra transida por la conciencia social como una fiebre que expresa la enfermedad crónica de la indigencia intelectual.

Por su parte, Rodrigo volvió a recordar los días aquellos en que, ya exiliado en México por la benevolencia de su padrino "el general", llegó la ansiada carta de su padre. Pudo ver con lujo de detalles la caligrafía de la firma, volvió a sentir la premura, el corazón latiéndole mientras recorría las líneas que hablaban del Inquisidor, del Cuy, de la nueva vida europea de su padre al lado de Blanca, aquella mujer que ocupaba un lugar que no le pertenecía. Estaba sellada en París y parecía escrita con alguna prisa. Recordó que sus ojos volaban sobre las fórmulas establecidas: "Quiero que me contés cómo están todos, Rosario y el pequeño Sandino..."; hasta llegar donde sintió que todo el mundo se le hundía: la fría despedida, el abismo que ahora los separaba y que, en la medida que el tiempo pasaba, parecía más infranqueable. Un rechazo más. Nada había cambiado desde la niñez, desde aquellas mañanas en que se levantaba temprano a esperar que viniera y pegaba la nariz al vidrio que daba a la calle con su traqueteo matutino mientras su mamá y el Cuyito dormían a pierna suelta.

Ahora Rodrigo observaba a Luis que había dejado de hablar.

—Sí —dijo repentinamente Jesús—, me imagino que van a pasar generaciones de escritores guatemaltecos antes de que logren liberarse del estilo poderoso de *El Señor Presidente* y *Hombres de Maíz*.

—Bueno —comentó Miguel Ángel—, eso sólo si yo mismo no logro superar mi propio estilo. A veces siento que es una cantera agotada, que me vuelvo repetitivo. Por eso mi vuelta a la leyenda, lo sé, va a ser mi última oportunidad.

—De lo que sí estamos seguros —dijo Carlos con una pose estudiada que incluía volver a ver a su esposa mientras hablaba sosteniendo la copa de vino a una altura prudencial— es que si algunos de estos años Estocolmo te toca con su varita mágica, será por ese estilo que resuena en nuestros oídos.

—Y en los nuestros... —comentó Beatriz, con una ironía sutil que no dejaba ver si se trataba de un elogio a Miguel Ángel o de un reproche a Carlos, su esposo, que ahora comía.

Miguel Ángel calló, no se sentía con ánimo de hacer más comentarios sobre un tema que ni él mismo veía claro: el significado de su obra, la permanencia, la fertilidad, de ese barroco de imágenes oníricas donde había caído muchas décadas atrás. Lya, por su parte, permanecía tensa, atenta a los gestos, los movimientos, las palabras de más, los adjetivos; su cuerpo delgado de belleza rusa no se movía, sólo sus ojos iban y venían entre los comensales y Luis como si hubiera estado evaluando la ejecución de un plan que avanzaba peligrosamente por los desfiladeros de las pasiones filiales, las envidias, los resentimientos enmascarados de admiración y elogio.

–Yo pienso –enfatizó Luis doctoralmente– que entre la generación que emerge y la nuestra hay una diferencia fundamental: la Revolución del '44: los diez años de primavera en el país de la eterna tiranía. Para nosotros, y vos tenés que acordarte de eso –siguió diciendo mientras señalaba con el dedo índice a Miguel Ángel–, la Revolución era un fenómeno europeo imposible de trasladar al mundo arcaico desprovisto de ideales que son nuestras sociedades mojigatas y corruptas. Pero la Revolución guatemalteca mostró que el sueño podía ser realidad. Y aunque el proyecto se frustró, la Revolución Cubana (las mayúsculas estuvieron incluidas en el énfasis fonético) renovó esos ideales en el nacimiento de la guerrilla.

Y las imágenes del Casablanca volvían a golpes en la mente de Luis: las risas, el show de fondo, pura revista mexicana de los años '40, los ruidos de las copas, el murmullo constante y las confidencias de Miguel Ángel: "Yo sé que todos esos pisados creen que estoy quemado, pero los que se van a joder son ellos. En Guatemala no hay revolución que valga; aquí alguien tiene que mandar. Son babosadas".

Miguel Ángel bajó la vista. De pronto levantó los ojos para ver la expresión de Rodrigo. El muchacho no sabía si Luis había terminado de hablar. No era la misma vez que escuchaba estos argumentos. Sabía de sobra que después venía la arenga apologética sobre los indios que había asimilado enfrentando sus ojos muy abiertos, su índice aleccionador, sus obsesiones de toda la vida: "Tú y tu padre viven para los indios de Guatemala; para ti es una realidad que vives con pasión y talento equiparables. No lo olvides. Lo suyo son las palabras, lo tuyo un recio batallar amoroso. Tú eres el David de Miguel Ángel; sólo que en su mitología el David es Gaspar Ilom..."

Y Rodrigo no sabía si lanzarse ya... pero no era el momento aún. Todavía no había dialogado con su padre. Las nubes de una tormenta se asomaban en el horizonte.

Luis sabía que si Miguel Ángel no contestaba era porque estaba cansado, aburrido; pero no porque concediera ante su interpretación de la historia de Guatemala. Nunca habían estado de acuerdo. Todavía se respetaban y se llamaban "amigos" porque la literatura mediaba; pero si no fuera por eso, habrían roto mucho tiempo antes.

—Y ese movimiento guerrillero —intervino de nuevo Jesús— es algo que puede fácilmente desequilibrar a un gobierno demócrata como el de Méndez Montenegro, ¿verdad?

—Esperemos —dijo Carlos— que respete el pensamiento de su hermano Mario y le dé una respuesta coherente a las demandas sociales de la guerrilla.

—Nosotros no tenemos esperanzas —aclaró Rodrigo (¿a quién se refería con ese "nosotros"? ¿A Luis y a él? ¿Al movimiento guerrillero? ¿a él y a los cubanos?). Se sintió en un territorio más propio y seguro—. Si ha llegado a la presidencia es porque la oligarquía se lo ha permitido, y en esos casos siempre hay un precio. No, en eso estamos claros: después del derrocamiento de Árbenz, de la intervención de la CIA, el único camino al poder es la lucha armada.

—Pensé —dijo Miguel Ángel pasando su gruesa mano por la orilla de la mesa— que ya no estabas en eso, que no te ibas a volver a exponer a algo tan peligroso.

La conversación se había centrado en ellos dos. Un asunto familiar. Nadie quiso intervenir sin esperar la reacción de Rodrigo. Luis ardía en deseos de intervenir, pero iba a ser un triunfo secreto más pleno si el discípulo enfrentaba a su padre en su nombre, privilegiando su pensamiento, por lo menos una vez en la vida, sobre Miguel Ángel.

—No veo por qué no deba estar vinculado al movimiento guerrillero —dijo Rodrigo con alguna vacilación en la voz que no sabía si era por el temor al padre o porque la espera prolongada para enfrentarlo hacía que las palabras se le agolparan en la mente y el ánimo confuso, violento. Miguel Ángel calló. Todos habían dejado de comer por un instante. Ése en el que debe intervenir el más aludido o el más ajeno.

—Bueno —dijo Jesús en tono conciliatorio— ciertamente se trata de una actividad muy riesgosa; pero también es muy noble el apasionamiento de los jóvenes de tu generación, Rodrigo.

–En Concuá –dijo Rodrigo mirando directamente a su padre y sin poner atención a las palabras vacías de Jesús– cometimos muchos errores estratégicos que ahora vamos a corregir.

–En Guatemala –dijo por fin Miguel Ángel– no cambia nada. Allí sólo hay dos salidas: el guaro y la literatura.

–¿En ese orden? –preguntó Carlos.

–Por supuesto –afirmó Miguel Ángel sin la más ínfima sombra de duda.

En ese momento, a pesar de la gravedad de la situación y de su grado de intromisión voluntaria, rencorosa, manipuladora, Luis no pudo evitar que volvieran los recuerdos del Casablanca. "Y son las dos de la mañana, tu mujer se fue hace rato y se va a enojar conmigo si no llegás" –recordó sus propias palabras casi al mismo tiempo que ejecutaba sus últimos acordes la orquesta tropical traída directamente de Veracruz. "No te preocupés por eso. Vamos, te acompaño afuera" –había contestado Miguel Ángel, de nuevo en su recuerdo. Los dos se levantaron, la figura grande y gruesa y la menuda y raquítica. Miguel Ángel era un viejo conocido que pagaba cuotas mensuales vencidas en el Casablanca. Luis recordó que atravesaron el lugar lentamente. La enorme galera estaba casi vacía: pequeños grupos de hombres recostados en el bar, parejas escondidas en las esquinas a donde no llegaba la luz que iluminaba el escenario, y melancólicos meseros que recogían el desorden desaforado de los clientes. Recordó que salieron a la puerta. La doce calle estaba desierta, los comercios incipientes y los bufetes de abogados estaban cerrados a piedra y lodo. Fue una noche particularmente fría. Miguel Ángel encendió un cigarrillo y consciente de que no se iban a demorar mucho, así como de que tal vez iba a pasar mucho tiempo antes de volver a encontrarse a Luis, quiso resumir su mensaje de oposición a esos vientos populacheros de cambio que soplaban desde el derrocamiento de Ubico. Recordó que le dijo: "Veniste en balde, las aguas alcanzarán pronto su nivel. Aquí no cambia nada. Ya te lo he dicho: en Guatemala sólo se puede vivir bien a verga, no metiéndose en nada y haciéndose el baboso". "No estoy de acuerdo –había respondido Luis, ya molesto que tocaran su fibra sensible–, la Revolución es un hecho y hay que hacer todo lo posible para arrancar el poder de las manos de la oligarquía, de los tiranos serviles, de los curas". "¿Y qué –preguntó Miguel Ángel, incrédulo–, vas a crear una nueva oligarquía sólo que con diferente ideología?" Luis podía recordar cada palabra. No era la primera vez que reproducía este diálogo. Tal vez algún día se sentiría con ánimo de contar estas historias. Pero él, poeta, no podría escribir una auténtica narración. Sería casi una novela. Volvió a escuchar ese "no" categórico que le había devuelto a Miguel Ángel: "No. Hay que abolir cualquier vestigio de mentalidad colonialista. Éste es un país de explotación oligárquica bendecida por los frailes y gobernada por masones liberales". Parecía como si no hubieran pasado esos veinticinco años que ahora lo separaban de aquella conversación. Recordó a Miguel Ángel dando un jalón profundo a su cigarro y la brasa que se encendía en la fría noche de noviembre. No hubo punto de contacto. El humo pasaba por encima de la cabeza de Luis que, frente al silencio momentáneo de Miguel Ángel, había recobrado los aires doctorales, los galardones morales de la Revolución y, sobre todo, el aire triunfalista de quien ha esperado una vida por su revancha. Y con la seguridad que le dan sus convicciones políticas, respondió: "No deberías defender a la tiranía. Bajo su sombra te has convertido en un periodista... del aire... que reparte flores de pascua cuando habla del régimen. Aquí nos jugamos el futuro. Mirá que te lo digo yo que vivo fuera. Vos vivís aquí y además... tenés hijos...". Miguel Ángel esbozó una sonrisa mientras sacaba el humo por la nariz y veía cómo él mismo apagaba la colilla con su pie.

—Bueno —quiso mediar Lya, que había notado que Luis estaba distraído pensando a saber en qué–, hay muchas maneras de ser revolucionario. Y las novelas de Miguel Ángel son afrentas directas al poder.

—Precisamente —dijo Luis, en un acorde de perfecta armonía con su mujer–, ése es el punto. No sólo hay formas diversas de hacer la Revolución, sino también diferentes niveles de intervención. Vos has escrito la novela más explosiva de

América Latina con un interés que, obviamente, trasciende la esfera estrictamente literaria. Y además es claro que el germen de toda acción heroica es un mito.

—Sí —dijo Rodrigo con toda la ingenuidad del hijo que, por fin, ha creído encontrar la fórmula para llamar la atención perdida de su padre—, Luis lo dijo al principio y creo que éste es el momento de anunciarlo, de decírtelo a vos papá. Su voz temblaba. Miguel Ángel lo vio fijamente.

—He decidido volver a la lucha armada. Me voy a incorporar a las FAR en el occidente del país. Pero esta vez no será igual porque ya no seré el mismo. Desde este momento aquí con ustedes, y cuando toque suelo guatemalteco, ya no seré más Rodrigo Asturias, llámenme comandante Gaspar Ilom. Por fin papá —sus ojos se llenaban de lágrimas— con la ayuda de Luis encontré la forma de conciliar mi admiración por vos y mi pasión por la Revolución. Imaginate... ¡encarnar a tu mejor personaje! ¿No te parece increíble?

Miguel Ángel estaba frío, como quien descubre con asombro el juego al que lo han llevado sin darse cuenta.

—No —dijo con un convencimiento que salía de dentro y moviendo la cabeza negativamente—, te equivocaste totalmente. Me parece ridículo. La literatura no se puede representar. Para eso es literatura. No podés concebir tu vida como si fuera casi una novela.

El silencio fue general. Miguel Ángel se puso de pie. Tras él, Rodrigo, los anfitriones y, por último los amigos.

De nuevo, Lya salió al rescate:

—¿No quieren pasar a la sala para tomar un brandy? —preguntó.

—Esa es una excelente idea —dijo Carlos—, yo me apunto. Y ustedes —dijo, dirigiéndose a los hombres— deberían hacer lo mismo. ¿Qué les parece?

Caminaron a la sala. Las mujeres por delante. Al llegar, los ventanales todavía abiertos de par en par les revelaron que se avecinaba una tormenta. El viento soplaba más fuerte y el cielo se iluminaba con lejanos relámpagos que dejaban en el firmamento sus retumbos apagados, perezosos.

–Qué raro que vaya a llover en esta época del año –comentó Rosario.

–Que no te extrañe –dijo Miguel Ángel acercándose a la ventana y viendo hacia el cielo–, en estos tiempos todo es posible.

Y no pudo evitar recordar a Monsieur Mohamed en los Pasajes diciéndoles cosas terribles del futuro de Rodrigo, ni la aparición, allá en el Callejón de Jesús, pidiéndole un hijo que él escogería.

Miguel Ángel sintió frío y vio todo más claro, las piezas del rompecabezas empezaron a cobrar sentido en su mente cansada.

7. Amada tropical

El 20 de Marzo de 1946, un Packard negro avanzaba lentamente sobre la avenida en medio del tráfico del mediodía. Por fin se detuvo frente al amplio edificio oficial de grandes ventanales, bajo la sombra ondeante de la bandera tricolor.

Miguel Ángel se asomó a la ventana y vio hacia arriba con aire de ansiedad.

—¿Es aquí? —preguntó.

—Claro —contestó el conductor. Pánuco 63, la sede del Fondo de Cultura Económica.

Miguel Ángel bajó del auto. Había llegado media hora antes para no dejar nada en manos del azar. Hoy era el gran día por el que había esperado catorce años. Pero él ya no era el mismo de su último viaje a México. Había engordado, ya no llevaba barba y tenía una frente amplia que le daba un aspecto solemne. Habían pasado casi diez años desde su encuentro en el Callejón de Jesús y algunas cosas habían cambiado de acuerdo con la profecía. Ahora intentaba volver a dedicarse de lleno a la escritura y empezaba a obsesionarse por publicar.

Ahí estaba, vistiendo un traje oscuro pasado de moda, frente al edificio de la gran editorial mexicana. La oportunidad de una vida.

—Vuelva por mí en una hora —indicó al conductor.

Se dio media vuelta y empezó a subir las gradas en medio de hombres y mujeres que se cruzaban en su camino. Tal vez éste es el camino de la fama y la gloria literaria —pensó. Cruzó la puerta y entró en un espacio grande, resonante, dominado por la foto en alto, retocada, del general de división don Manuel Ávila Camacho, el señor presidente.

Al fondo, vio la figura menuda de la señorita en la cabina de información y caminó hacia ella sobre el piso de mármol lustrado.

—Buenos días —dijo—. Soy el licenciado Miguel Ángel Asturias y tengo una cita con el director.

—Suba al segundo nivel, primera oficina a la izquierda —contestó.

Miguel Ángel vio hacia arriba el graderío con su ancho pasamanos y las columnas de dos pisos de altura. Empezó a subir en medio de los afiches de las nuevas publicaciones: "La cultura es libertad", "Los desafíos de la postguerra", "La Revolución a la luz de las Ciencias Sociales", "Filosofía alemana contemporánea".

Al llegar, se asomó al umbral y vio una lujosa, enorme, vacía sala de espera del despacho del director general.

—¿En qué puedo servirle? —tintineó una voz desde dentro.

—Tengo una cita con don Daniel —dijo.

—¿El licenciado Asturias de la Embajada?

—El mismo.

—Ha madrugado. Faltan unos minutos. ¿Tendría la amabilidad de esperar? Siéntese, por favor.

Miguel Ángel se sentó frente a una mesa llena de revistas publicitarias de los libros del FCE: "Clásicos alemanes", "Wenceslao Roces, traductor de Hegel", "Un esfuerzo pionero: José Gaos traduce la gran obra de la filosofía de la existencia El Ser y el Tiempo". Tomó una y empezó a hojearla. Pasaba las páginas sin reparar en los títulos, las fotos. Poco a poco se fue aislando: la secretaria frente a él, los pasos en el corredor, los teléfonos sonando, todo empezó a alejarse. El recuerdo cada vez más hondo, más cerca del momento de su vuelta a Guatemala con la novela bajo el brazo. No era placentero recuperar esas imágenes. Sentía como si hubiera perdido algo, como si esos años de marginación en Guatemala hubieran sido el lento despojo del gusto por vivir. Ahora estaba en México, con cuarenta y seis años, y tenía que empezar de nuevo.

Vino a su memoria la reunión que sus padres prepararon cuando regresó de París en 1932. "Será una cosa íntima —le dijo doña María—, sólo la familia". Los invitados fueron llegando poco a poco. Todos eran viejos conocidos. Había abrazos, risas, súbitos recuerdos. De pronto –recordó– vio a una mujer muy blanca de pelo negro, tímida, que le llamó la atención porque había en su mirada una sombra de tragedia, de tristeza prematura. Era como tenerla delante de nuevo, allí, detrás de todos, esperando el último turno porque no era de la familia. La amada tropical, ni fiel ni helada, pasajera llama, con su figura espigada, su boca pequeña y sus ojos negros, grandes, taciturnos.

Doña María, que estaba en todo, apareció de repente, cogió del brazo a la desconocida y la llevó hasta donde él se encontraba. "A ella no la conocés más que por mis cartas –dijo. Es Clemencita Amado, la viuda de tu primo". Miguel Ángel sintió, cómo olvidarlo, una fina mano entre la suya, dato sensible de la mirada serena que lo envolvió por unos segundos. "Vieras –agregó doña María–, ya la vas a conocer, tuvieron una nenita linda".

Miguel Ángel no había dicho palabra, su silencio de pronto se llenó del recuerdo de aquella noche en la Faculté de Pharmacie donde había visto por primera vez a Andrée. Sintió temor. Atracción también. Estaba confundido.

–¿Licenciado Asturias? –dijo la secretaria interrumpiendo de golpe sus recuerdos–, el señor director ya vino y me dice que atenderá unas llamadas antes de recibirlo. ¿Gusta esperar unos minutos más?

–Por supuesto, no tenga pena –contestó.

Su corazón empezó a latir más fuerte. El momento había llegado. Dejó la revista sobre la mesa y, mientras se preparaba a entrar, volvían imágenes incoherentes, absurdas: la sala de la casona de sus padres, la pared, el agujero que había estado ahí durante años, el cuadro que trajo de París. Era mucha la espera que estaba detrás de aquel momento. Ésta tenía que ser la hora del resarcimiento. El dolor y la desesperanza debían tener algún sentido. *Tohil* era su mejor esfuerzo, el más ambicioso. Conocía cada palabra de memoria, había revisado mil veces el ritmo de cada frase, se había sumergido por completo en el deterioro progresivo de sus personajes. Todos, allá en Guatemala, la elogiaban y creían que iba a ser una bomba, un escándalo el día que se publicara.

Sonó el teléfono y la señorita dijo:

–¿Mande usted señor licenciado? Sí... sí. No se preocupe. En seguida licenciado.

Se levantó y abrió la pesada puerta de caoba del despacho con su libreta en la mano. Pasaban los segundos, los minutos. De pronto la puerta se abrió de nuevo:

–Puede pasar señor Asturias.

Miguel Ángel caminó como un autómata. Toda su atención estaba en don Daniel Cosío Villegas, el director del FCE. Un amigo se lo había presentado, y había aprovechado su calidad de funcionario de la embajada guatemalteca para comprometer a don Daniel a leer *Tohil*.

Cuando sintió ya estaba caminando dentro del despacho. Lo primero que vio fue a don Daniel sentado, revisando el libro que le había entregado semanas antes.

–Miguel Ángel, ¿cómo está? –dijo, levantándose y caminando hacia él. Siéntese, por favor. ¿Quiere algo de tomar? ¿Un café?

–Gracias, un café está bien.

–Señorita, dos cafés por favor. Vaya, vaya –dijo don Daniel dando unas palmadas en la espalda de Miguel Ángel–, por fin volvemos a vernos. Quiero disculparme por hacerlo esperar, pero, parece mentira, en este cargo se llena uno de compromisos sociales y oficiales. Tuve que robar tiempo aquí y allá para leer su novela. Pero antes, cuénteme, ¿hay noticias de Guatemala? ¿Cómo va la Revolución?

–Va muy bien –dijo Miguel Ángel–. El presidente Arévalo es un hombre extraordinario. En pocos meses ha hecho en Guatemala lo que no se había hecho en años.

–Sí, hemos oído muchas cosas alentadoras del nuevo gobierno. Usted sabe, a nosotros, que tenemos un gobierno revolucionario muy consolidado e identificado con los más humildes, nos interesa tener de vecinos a gobiernos afines.

–Por supuesto –apoyó Miguel Ángel–, de ahora en adelante las cosas serán muy distintas entre nuestros países.

Guatemala va a modernizarse rápidamente y, en eso, la relación con México es de vital importancia.

–Claro, claro. Pero mejor hablemos de su novela. No es la primera vez que publica un libro, según me han contado. Su *Leyendas de Guatemala* con prólogo de Valéry es un antecedente de peso. Aquí es poco conocido, pero eso se debe a que nuestra relación es más directa con España.

–Sí, ya me he enterado de la labor que están realizando con los exiliados. Además yo publiqué eso hace mucho tiempo. En realidad, lo considero un paso hacia el largo proceso de escritura de *Tohil*.

–No me lo va a creer, pero me leí completita su novela.

–¿Y qué le pareció? –preguntó Miguel Ángel, ansioso.

–Bueno, déjeme decirle que la considero una obra paradójica. Por un lado, se trata de una novela histórica, y por otro, el lenguaje, el estilo, es novedoso. La tradición literaria histórica, en Latino América, tiene un estilo muy ortodoxo. Sí, ya sé que me va a decir que no aparecen personajes históricos reales. De acuerdo. Pero de todos modos, la ficción nos remite a la historia de cualquiera de nuestros países. Imagínese, yo no podía dejar de pensar en el largo período porfirista.

–Sí, me lo imagino –dijo Miguel Ángel dubitativo, tanteando el curso de la conversación.

–La diferencia es el estilo. Para serle sincero, no conozco nada igual –agregó don Daniel. Bueno, que conste que no soy un literato como Alfonso, nuestro amigo. Pero sí soy un lector ávido y conozco algunas cosas de lo que se hace ahora.

–Tiene razón. Pero viera que mi esfuerzo no fue más que tratar de poner por escrito la forma en que hablamos los guatemaltecos.

–De cualquier manera es una obra muy original, intensa. Es una pena que nuestra política editorial esté alejada de la nueva literatura. No me cabe duda de que obras como la suya forman parte de esa rebelión espiritual que define el momento de América, que en ellas está la voz original de nuestro continente. Lo he dicho muchas veces, pero se lo repito a usted: me da horror pensar en cuánta luz se pierde cuando se deja de publicar lo que hoy se produce.

Miguel Ángel, de pronto, se sintió en el vacío. Sus ojos se abrieron y no supo qué decir. Rogó por dentro que no fuera un rechazo definitivo, que don Daniel, el todopoderoso director, lo considerara una excepción. A fin de cuentas no era sólo un escritor, sino también un diplomático del nuevo gobierno de la Revolución. Pero esta débil esperanza no evitó que sintiera rencor, que odiara a don Daniel, su pelo castaño, su semblante español, su traje Oxford con chaleco y su corbata de mariposa.

Después de un silencio, don Daniel agregó:

—Me temo, Miguel Ángel, que no vamos a poder publicar este su señor presidente. Acá, en la casa editora oficial, las directrices nos vienen de los nuevos tiempos, usted sabe, como editorial no podemos estar al margen de una política integral. El señor licenciado don Miguel Alemán ya nos hizo una visita y confirmó la línea social que llevamos.

Estas palabras golpearon a Miguel Ángel. Sabía ya que no le publicaría su libro, pero don Daniel había dicho algo que resolvía el último problema de la novela: el título.

—¿Es decir que no están publicando literatura? —preguntó.

—No exactamente. Estamos reeditando algunas cosas. Pero sí queremos movernos hacia las obras clásicas de las ciencias sociales: historia, sociología, filosofía, antropología, etc. En castellano tenemos décadas de atraso. Y en España, con los falangistas, no hay esperanza de impulsar una política cultural abierta. Es nuestro momento.

—Bueno —dijo Miguel Ángel—, de todos modos muchas gracias. Le agradezco la atención y el tiempo que dedicó a mi libro.

—No, hombre, faltaba más —dijo don Daniel, levantándose. Le aconsejo que toque la puerta de editoriales pequeñas, alguna que esté empezando quizá. Su novela tiene un valor incuestionable. Más de alguno estará feliz de publicársela.

Se abrazaron. Don Daniel lo acompañó hasta la puerta, le mandó muchos saludos al Embajador y sus últimas palabras fueron de aliento a la Revolución.

Miguel Ángel cruzó, pensativo, la sala de espera. Buscaba en las bolsas de su saco algo con qué escribir. Encontró su pluma justo cuando llegaba a las primeras gradas, y allí mismo, mientras bajaba, escribió en el reverso del manuscrito que don Daniel le había devuelto: *El Señor Presidente*. "Así debe llamarse" –pensó.

Al llegar al primer piso, el chofer salió a su encuentro.

–Don Miguel Ángel, si me espera un momento, voy a traer el auto en seguida.

Casi no lo escuchó. Había empezado a sentirse deprimido y quería estar solo, deambular sin rumbo.

–No, gracias. Mejor regrese a la Embajada. Quiero caminar por la ciudad. Lo veré más tarde –contestó.

Un nuevo rechazo. ¿Hasta cuándo tenía que esperar? ¿Qué debía hacer? Se le derrumbaba la esperanza de que salir de Guatemala, de la presencia de su madre, sería el camino de vuelta a la creación. Cada vez más, París se convertía en un mito en su memoria. Imposible volver a los amigos, a Andrée, a la soledad irresponsable de tardes enteras en La Coupole o en su apartamento escribiendo, pensando. Imposible volver a la facilidad, a la flecha poética de aquellos años de leyendas y fantasmagorías paternas. Sí, eso había sido ese manuscrito de catorce años que llevaba consigo: un desafío, una revuelta del mendigo contra la autoridad del padre. ¿Y todo para qué? Para nada. ¿Por qué había seguido construyendo al monstruo y a sus víctimas indefensas?, ¿para demostrar que el poder no tiene más origen que la mentira?

Nada era igual. Ni México. Aquella ciudad ordenada que había conocido en los veintes, de gente elegante, donde todos se conocían, había desaparecido. Ahora se veía de todo, las calles eran caóticas, los rostros angustiados.

Pero, en aquel momento, a Miguel Ángel le gustó el anonimato de la gran ciudad. Decidió caminar despacio, buscar un lugar donde comer. No quería volver ni a la Embajada ni a su casa. Deseó que lo buscaran y que no pudieran encontrarlo. ¿Era posible no estar, desaparecer? Quería pasar inadvertido, huir, irse a un mundo desconocido donde los rostros no fueran memoria del dolor, buscarse un empleo humilde y empezar sólo consigo, sin responsabilidades, sin que nadie esperara nada de él. Durante años había querido escapar y lo había probado todo: el trabajo, los amigos, el trago, el matrimonio, la infidelidad. Había reanudado la escritura y se sumergía sin remedio en una pesadilla desconocida, en un lenguaje nuevo que lo reclamaba, más fuerte que él. Escribir no era ya un gozo, era una tortura pretenciosa. Y estos intentos fallidos de escape le habían granjeado resentimientos, enemigos, envidias. Por eso hoy quería volver al inicio, estar en paz con la gente, con su gente. ¿Era posible una vuelta al silencio?

Caminó algunas cuadras. Por fin encontró un pequeño restaurante con bar, a la sombra de unos árboles con enormes raíces que habían roto el cemento de la acera. Cuánta costumbre tenía Miguel Ángel de entrar en aquellos lugares y perder la noción de la hora, el día, la vida. Pero hoy no. Hoy quería detenerse un momento y pensar en lo que había hecho, lo que había dejado de hacer. Al entrar lo recibió un mesero con una amabilidad servil, muy mexicana:

—Pase adelante, señor. Bienvenido al Calypso. Estamos a sus órdenes.

Al cruzar la puerta recordó de golpe los bares de París, también con extraños nombres, a los que entraba a buscar a Andrée noche tras noche. Al fondo, la barra con su enorme espejo entregaba la imagen invertida de los hombres y las mujeres. Para Miguel Ángel, ver aquello era lo mismo que encontrar un refugio. Por un instante, el de la llegada, la magia del olvido. Y aquella tarde, eso era lo que buscaba.

La barra, sus bancas giratorias tenían una atracción natural para él. Mientras caminaba entre las mesas advirtió, con resignación, que el dinero no le alcanzaba para comer. Se sentó y pidió un tequila. Recordó que con Arturo, en París, bromeaban diciendo que sentarse a beber en la barra era lo mismo que escribir: observar el reverso de los hombres de espaldas al mundo.

Se vio en el espejo. El rostro del fracaso. Casi un exiliado que no lograba editar una novela escrita más de una década atrás. Recorrió también su rostro en el recuerdo, las figuraciones de la espera. Vio su cansancio, su hastío. ¿Qué había hecho de su vida en los últimos diez años? Nada menos que lo que se había negado a hacer en la juventud: casarse, tener una familia, trabajar y ser productivo. Sí, tal vez el único acierto de todo ese tiempo había sido el *Diario del Aire*. Pero a él no le servía haberse convertido en el periodista más original y comentado de Guatemala. Era más un triunfo de doña María que quería verlo sentar cabeza aunque no fuera en la profesión de don Ernesto. Para él no había sido más que un éxito que llevaba con el escepticismo de la bohemia porque lo que quería hacer de veras era escribir y ser famoso. Pero la Guatemalita de Ubico era una cárcel y una mordaza.

Buscando en su memoria hecha de jirones, de imágenes violentas, recordó lo que había hablado con aquella diabólica aparición. Y pensó que sólo se había cumplido la peor parte, la que le tocaba a él; pero la otra, el pago, la gloria literaria, seguía demorándose. Su padre había muerto casi de la tristeza de haberlo perdido a él. Se había convertido en padre no una, sino dos veces, y lo había hecho siguiendo todas las instrucciones: Clemencia era su mujer. Nada le había importado con tal que el pacto se cumpliera.

Durante años se había esforzado por no pensar en esa imagen que lo perseguía dondequiera que estaba: don Ernesto, delgadísimo, agonizando con la boca entreabierta como un náufrago en un mar de sábanas que se lo consumían. Los reproches de su madre por la forma en que vivía, por la parranda y, sobre todo, por la mujer que había elegido: "¿Esperaste tanto para casarte con esa mujer que ya tiene una hija? Vos te merecés otra cosa. Te vas a acordar de mis palabras, vas a sufrir mucho y ya no voy a estar para consolarte. Ernesto se fue con esa angustia. Enderezá el camino, ya no sos un niño".

Pero Clemencia tenía algo, su condición de viuda tal vez, de joven mujer con la experiencia que no tenían las típicas casaderas, mojigatas cautivas, como el país, bajo la vigilancia del padre. Él venía de París y, sobre todo, de Andrée. Guatemala se le hacía un lugar imposible para el amor, o el lugar del amor imposible. Conocía perfectamente las fiestas de familia donde se presentaba a las solteras ansiosas, manipuladoras; recordaba los encuentros parroquiales de jóvenes católicos, las hermandades procesionales que funcionaban como las modernas agencias matrimoniales. Al volver, Miguel Ángel no tenía esperanzas; pero Clemencia era distinta, ella le mostró que detrás de las máscaras del recato y la pureza hay una pasajera llama en jaula de sudor hecha raíces... ferrocarril de trinos en las sienes bajo sombras de túneles rizados...

El día que la vio ahí, en la sala de su casa, en 1932, supo que ella lo ayudaría a sentirse diferente en esa Guatemala que él odiaba, a la que había vuelto por la fuerza. Él ya no quería seguir sujeto a la ridícula visión de la vida que sus padres tenían, la mentalidad de esa generación que había crecido con la Revolución Liberal y había conocido las privaciones de la dictadura. Su memoria estaba llena de frases como éstas: "no hay más autoridad que la del padre, pero la madre es el centro del hogar"; "el hombre es de la calle y la mujer de la casa"; "la mujer debe ser virgen y casarse con su primer novio"; "el hombre es fiel aunque sea infiel"; y sobre todo, "las parejas no se separan nunca" ...y al final de sus vidas –agregaba Miguel Ángel–, la madre, que ha sido protegida, cuida del viejo que corta la grama del jardín trasero. No, esto era insoportable. Él quería tener otro estilo de vida. Allá, en París, era fácil decirlo e incluso vivir de otra forma; pero en Guatemala, viviendo en la casa de sus padres, ¿cómo hacerlo una realidad sin romper con su mundo, sin traicionar a su familia? Se rió de sí mismo frente a aquel espejo al recordar que, cuando sus padres llegaron a París por los exámenes médicos de don Ernesto, él tuvo que cambiar de vida y portase bien para que ellos no supieran de sus nuevos hábitos y aficiones.

Por un instante no se reconoció en el espejo. Los recuerdos de París eran, la mayoría de veces, inquietantes. Pero había algunos que le devolvían la tranquilidad. Buscó en su memoria algo de eso y se acordó que había sabido de la existencia de Clemencia por su madre, que había llegado a su vida en esas palabras que siempre lo han alcanzado no importa dónde esté. "Ah, y casi se me olvidaba –recordó hasta la caligrafía– tu primo, aquél que te caía mal, se casa. Clemencia se llama ella, Clemencia Amado. No sé si te acordás, pero es hija de don Jorge Amado, un antiguo conocido de la familia. Es preciosa".

En aquellos años veinte ni se imaginaba que aquella mujer que no era más que una vaga noticia de la chismografía familiar, iba a tener una presencia tan profunda en su vida. Pero no sólo fue una vez que doña María le contó de la nueva pareja. Las noticias siguieron llegando: la íntima despedida de soltero que le habían hecho en casa al sobrino, los preparativos de la boda, los chismes sobre el pasado de la familia Amado, la ceremonia religiosa. Así fue como Miguel Ángel supo que, según decía doña María que decían por ahí, don Jorge era un viejo verde que había hecho sufrir mucho a su familia. Había quienes aseguraban que tenía otra mujer con hijos y todo, y que su esposa lo sabía, la pobre. Y los amigos cercanos, que se enteraban de todos los detalles, pronosticaban que don Jorge iba a pagar con Clemencia, su hija, esos flirteos y aventuras.

Cuando la conoció en su casa el día de su vuelta, Miguel Ángel recordó de golpe estas historias, pero vio a una mujer serena, a una joven golpeada por la pérdida repentina de su matrimonio. El padre siempre lejos, el esposo muerto. Los hombres representaban tragedia en su vida. Él sería diferente, el que la rescataría del infortunio, el que le devolvería todo lo que la vida le había quitado.

Pero Miguel Ángel no vivía aprisa, dejaba que las cosas llegaran en su momento. En París se había impuesto el tiempo, lento y solitario, del autodescubrimiento. Al volver a Guatemala, inmerso de nuevo en las redes de autoridad de siempre, había encontrado un pasado detenido, indiferente a su metamorfosis. Los años pasaron y la estrechez del ambiente lo llevó del fracaso del matutino *Éxito*, a la colaboración voluntaria con el periódico oficialista. Nada extraño para él que era un hombre habituado a una exclusiva coherencia interna, que no veía o no quería ver las contradicciones entre su pensamiento y sus actos.

1936. Estalla la guerra civil española. La pacífica sociedad guatemalteca se conmociona ante las masacres, las tierras arrasadas de la violencia en masa. Y Miguel Ángel, que había conocido la extraordinaria creatividad de la Europa de los años veinte, se conmociona aún más. Pero al mismo tiempo que tomaba partido por los republicanos colaboraba con Ubico.

Mientras tanto, los engranajes de la familia hacían su trabajo inexorable. Doña María veía que don Ernesto se apagaba y que Miguel Ángel no sentaba cabeza. "Casate m'hijo. Yo sé lo que te digo. Necesitás una mujer que te cuide. Yo no soy eterna" –le aconsejaba. Y también le reprochaba: "Cuando tengás hijos vas a ver lo duro que es. Sólo entonces me vas a entender. Uno cree que siempre van a hacer caso; pero llega un momento en que son ajenos y hacen lo que quieren".

Llegó 1939, el año de la profecía. En unos meses, Clemencia llegó a su vida, su padre murió y nació el primero de sus hijos. Todo contra corriente. La mujer incorrecta, el amor ciego de párpado cerrado ... sepulcro tibio con encajes de aire; la muerte del padre como un último, definitivo reproche sin respuesta posible que forma el techo y las palomas vuelan sin salida; y el hijo que llegaba en líquido sosiego ... navegando en el calor azul de los rosales, como una realidad innegable en un momento de confusión.

Y ahora, casi diez años después, en un México irreconocible, frente a aquel espejo, ni su padre ni su hijo estaban en su mente, ahora pensaba en Clemencia como una carga, como un lastre que le impedía realizar su carrera literaria. Pero, a diferencia de aquella época, ahora comprendía que la había elegido para decirle a todos que él no quería ser igual a ellos. "En el fondo la utilizaste" –se reprochó. Quería dejar claro que después de París, después de convertirse en escritor, y sobre todo, después de Andrée, ya no podía vivir de acuerdo con ciertos valores. Casarse con una viuda, dedicarse al periodismo y parrandear seguido serían gestos inconfundibles, formas de cobrar antiguas cuentas familiares.

Pero diez años atrás no se puso a pensar en eso. Su impulso salvador era la máscara de la revancha. Por eso no supo quién llegaba a su vida. Y ahora, en un exilio inesperado, después de años de pleitos y desconfianzas, Miguel Ángel, que no hallaba cómo salir del infierno del alcohol, estaba a punto de romper la última de las barreras, de darle a doña María la última de las decepciones: el divorcio. Ahora tenía una idea de quién era Clemencia Amado. La aparición se la había mencionado sólo como la que iba a ser madre de sus hijos y, a juzgar por el nombre, pensó que además iba a ser un bálsamo a las frustraciones de la vida provinciana. Pero no. Debió haber imaginado que el Cadejo no podía prometer paraíso alguno. Clemencia era una mujer difícil, rebelde, que llevaba un dolor, un rencor profundo que la volvía agresiva, hiriente. Miguel Ángel no había conocido el resentimiento, la rabia de una mujer. Y ella le había mostrado una parte de él que no conocía. Clemencia era capaz de sacar al peor Miguel Ángel que había en su interior. No se reconocía cuando respondía, herido, a sus palabras, sus burlas, sus faltas de respeto. Ella lo había llevado a límites insospechados, como el profundo placer de pegarle en el momento más agudo de una discusión. Y no había sido una vez. Ya en Guatemala, cuando ella insistía en andar con él y se la llevaba al Casablanca a conspirar con coroneles y generales, a hablar con Luis Cardoza, la relación había invadido territorios sombríos. Los pleitos ya habían alcanzado dimensiones trágicas. Si Miguel Ángel la había escogido como un instrumento de escándalo social, había acertado más de lo que él mismo pudo haber imaginado. Clemencia se había convertido en el centro de su atención cotidiana. Había desplazado a la creación literaria y al mismo periodismo. La escritura era ahora una actividad solitaria, obscura, anónima, distinta a todo lo que había hecho antes. Las *Leyendas* y la novela se habían concebido enteras desde un inicio. Pero ahora trabajaba como en trance, por partes, logrando redactar fragmentos incoherentes en su trama. Ahora sólo podía seguir el ritmo de las palabras, como si estuviera hablando una lengua nueva que nunca nadie más podría volver a hablar. Le salía de adentro como emerge un sueño sin pies ni cabeza. ¿Era esto lo que le había dicho la aparición? ¿Era éste el dictado del

esos parajes sórdidos antes de llegar al hogar? Era como una condena, como un castigo divino, de ésos que se repiten para siempre y hacen del tiempo un retorno eterno al asombro, a la ignorancia del inicio. Era como oír el aleteo de las alas que traían la tortura del destino: el ave de carroña que viene a devorar sus vísceras, lo que le es más propio. Indefenso, heroico, atado a la roca del vicio, a la vista de todos. Miguel Ángel sólo había jugado con la literatura. Ahora estaba conociendo su verdadero rostro: el sin sentido del mito. Pero debía pagar un precio. Debía vaciarse, acecharse, renunciar a los proyectos, las ideas, debía abandonarse a la tortura visceral del aislamiento, a la soledad de una vida rota y un incierto futuro. Debía aprender que escribir no tiene fin alguno, que es recomenzar una y otra vez, desde la nada, frente a un mundo hecho de pedazos de gente, de historias inconclusas que no van a ningún lado.

El aire fresco de la tarde acarició su rostro. Caminó una cuadra y cayó en la cuenta de que había permanecido en los alrededores del FCE. Recordó la labia política de don Daniel y sintió el impulso de alejarse de aquel sector. Vio a media cuadra una parada del tranvía y caminó hasta ella. Al llegar se unió a un pequeño grupo de personas que esperaban también. Había obreros, jóvenes madres que volvían a casa con sus niños, mujeres solas, trabajadoras. Gente silenciosa, taciturna, de rasgos indígenas, hombres y mujeres sumisos, de ropas raídas.

El tranvía se acercó, pesado, redondo, con sus chispas en el cable y su quejido de ballena. Miguel Ángel dejó que la gente se adelantara a subir. Era más alto que la mayoría y, tal vez por eso, tenía costumbre de quedarse atrás. Por fin llegó su turno. Subió, pagó y caminó hasta el fondo buscando un lugar. Al salir del Calypso, la luz de la tarde, las manos del viento, los rostros ajenos, habían distraído su atención. Se había olvidado de sí mismo y ahora quería ver, contemplar el movimiento, la sangre en las calles, el día apagándose y las personas volviendo en medio de sombras. Encontró uno de los últimos asientos y cayó, con todo su peso, sobre él. Los

ojos entrecerrados, el pelo escaso despeinado, el traje arrugado y *El Señor Presidente* en las rodillas. El aire que entraba por
las ventanas traía olores y palabras y recuerdos, historias de los
que hablaban a su alrededor.

El tranvía se detuvo en su siguiente parada. Miguel
Ángel ya se había acoplado a su ritmo lento, sigiloso, a la voz
del piloto que cantaba los nombres de las calles. Subieron
grupos de adolescentes con sus uniformes escolares. Jugaban,
reían, hablaban un lenguaje incomprensible. La gente empezó a quedarse de pie. Una y otra calle. Siempre más los que
abordaban que los que, para bajar, debían abrirse paso. Ahora
era más interesante lo que se veía por la ventana que lo que
pasaba adentro. Casi sin darse cuenta, Miguel Ángel, en medio de las voces, las risas, el ruido de los autos, percibió el sonido largo, agudo de una sirena. Cada vez más intenso, más
cercano. Los vehículos se detenían, la gente, desconcertada,
veía a todos lados, el caos crecía. Pero el tranvía seguía su curso sujeto entre rieles a la tierra y al cable en el cielo. Los pasa-
jeros se angustiaban cada vez más y gritaban al chofer que
detuviera el tranvía; pero seguía avanzando y hasta parecía
que tomaba más velocidad. La sirena ya era ensordecedora y,
de pronto, en medio de los gritos y la desesperación, lo que
todos esperaban, temían oír: el rechinar inútil de unas llan-
tas, el impacto, los vidrios y, por fin, la quietud. Fue un instante. Casi nada. Poco a poco, los jóvenes primero, empezaron a moverse entre los incipientes lamentos y algunos hierros
retorcidos. Había piernas, brazos rotos, rostros ensangrentados. Miguel Ángel estaba en el suelo del tranvía, tenía sangre
en la frente porque al momento del impacto se había aferrado a su manuscrito. Intentó levantarse, pero mover aquel
cuerpo bofo, castigado durante años, no era fácil. Afuera, algunos voluntarios intentaban abrir las puertas del tranvía, se
metían por las ventanas para iniciar labores de rescate. Los
más pequeños y flexibles empezaron a salir. La gente lloraba,
se quejaba y la calle, en un instante, se había paralizado por el
terror. Miguel Ángel no sabía cuánto tiempo había pasado,
pero tuvo la impresión de que al poco tiempo se oyeron de

nuevo no una, sino varias sirenas llegando desde distintas direcciones. Con dificultad y ayuda, había logrado salir. Los primeros paramédicos lo atendieron entre los muchos heridos y lo dejaron sentado a la orilla de la calle. Pero, como si hubiera caído en un abismo sin poder evitarlo, Miguel Ángel perdió el conocimiento abrazado a sus papeles. El silencio, el olvido, la lejanía.

Pasaron unos minutos. En estas condiciones nadie podía ser un punto de especial atención. Atendían las emergencias. De pronto, al paso de la prisa y la presión, una enfermera reparó en el hombre de traje que se había desmayado. Temiendo una cosa peor, ella y otra se acercaron a él.

—Hay que reanimarlo. Tiene que verlo un médico —dijo la enfermera hincada a su lado.

—Sí —dijo la otra—, que se vaya al hospital en la próxima ambulancia que salga.

Miguel Ángel empezó a reaccionar, temeroso, confundido, en medio de aquella escena. De repente sintió miedo, mucho miedo, y se aferró a la enfermera que lo atendía. Le pidió ayuda, que no lo dejara solo. Se sentía vulnerable, desamparado entre tanta gente extraña. De pronto no supo dónde estaba y, por un segundo, temió haber perdido su manuscrito. Se sintió desnudo, reducido a nada.

—No se preocupe, cálmese, enseguida será trasladado a un hospital. ¿Puede incorporarse? ¡Por favor, que alguien me ayude! —gritó la enfermera.

Miguel Ángel se levantó despacio, con dolor. Caminó, apoyado en ella, hasta las puertas abiertas de una ambulancia. Al entrar se sintió en otro mundo, rescatado.

La Emergencia del hospital era tan caótica como el lugar de donde venía. Lo recibió un joven médico indiferente, con aire de aburrido en medio de aquel escenario del dolor humano.

—¿Tiene documentos de identificación? —preguntó.

Sin contestar, Miguel Ángel metió su mano en el bolsillo de pecho y le dio su pasaporte.

—¡Un diplomático! ¿Y qué hacía usted en ese tranvía?

—Iba de vuelta a mi casa.

—Ya me contaron que fue un tremendo accidente —dijo el médico mientras le escudriñaba los ojos con una lucecita. ¿Le duele la cabeza?

—No. Sólo me siento aturdido.

—Todo parece estar normal. Si se siente bien, creo que no será necesario que se quede.

—Sí, tengo que reanudar el camino.

—¿Quiere que avisemos a su embajada?

—No, gracias. Prefiero que nadie se entere por ahora.

—Por lo menos deje que llamemos un taxi para que lo lleve a su casa.

—Gracias, eso sí se lo voy a agradecer. ¿Usted tiene mis papeles, los que me quitaron al entrar? —preguntó de pronto.

—No. Antes de salir tendrá que firmar algunos papeles. La señorita lo llevará a esa oficina. Allí le darán sus cosas.

Miguel Ángel caminó inseguro por los largos pasillos de paredes carcomidas y colores pálidos. La enfermera caminaba a su lado. Al llegar a una puerta con el letrero "Administración", la abrió para que él pasara y se adelantó para hablar con un hombre calvo, de anteojos y traje gris.

—El licenciado Asturias, de la Embajada guatemalteca, ingresó hoy por la tarde con algunas contusiones. Lo atendió el médico de turno y acaba de darle de alta.

—Siéntese, por favor —dijo el empleado viéndole el vendaje en la cabeza.

Miguel Ángel estaba irreconocible: le habían quitado la corbata y las cintas de los zapatos, llevaba arremangadas las mangas de la camisa blanca y el saco en el brazo. Con el vendaje y el pelo revuelto, parecía un mendigo bastante más viejo de lo que realmente era.

—¿Ya se siente mejor?

—Sí, gracias. El médico me dijo que usted tiene los papeles que traía conmigo. ¿Podría dármelos? Es un documento muy importante para mí.

—Sí, sí. No se preocupe. Aquí los tengo a buen resguardo. Sólo lo voy a molestar unos minutos más. Necesito que firme estos papeles. No es nada. Se trata de la constancia que debemos archivar de su ingreso y salida.

—Disculpe licenciado —dijo la enfermera que seguía parada al lado de Miguel Ángel—, perdone que interrumpa, pero el doctor pensó que sería bueno ir a dejar al licenciado Asturias a su casa.

—Por supuesto. Dígale a la secretaria que llame un taxi enseguida.

Mientras tanto, Miguel Ángel había firmado y ya estaba revisando el maltrecho manuscrito de *El Señor Presidente*.

—Gracias —dijo el funcionario. ¿Está completo su documento?

—Sí. Un poco sucio, pero eso no importa.

—¿Algún informe confidencial?

—De algún modo. Pero sólo en un sentido personal. Es una novela que intento publicar.

—¿Novela? Un diplomático escritor. Bueno, no debería sorprenderme. Según entiendo, algunos escritores mexicanos son o han sido diplomáticos. ¿En Guatemala es frecuente eso?

—No. Allá la escritura está más vinculada al exilio que a la diplomacia.

—Bueno, pero de todos modos tiene que ver con los viajes, con ver el mundo, ¿no cree?

—Con el peregrinaje diría yo. En mi caso empecé a escribir durante un largo viaje de juventud. Y ahora que estoy en México intento retomarlo.

—¿Y por qué lo abandonó? ¿Logró publicar algo por lo menos?

—Es una larga historia que empieza hace un poco más de veinte años. Yo era muy joven y mis padres querían que hiciera estudios en Europa. Primero fui a Londres pero sentí que aquello no tenía nada que ver conmigo. Por azar conocí París y fue un amor a primera vista. El ambiente que se vivía, la gente. Imagínese, eran los años veinte. No se puede explicar. Es de esas cosas que hay que vivir para saber de qué se está hablando. Total que me quedé viviendo casi diez años. Durante ese tiempo descubrí la literatura. Escribía todo el tiempo, lo compartía con los amigos, me desvelaba. También tuve que sortear muchos peligros que me alejaban de mi vocación: la bohemia, las mujeres, el mismo ocio. Pero logré publicar un libro de cuentos que tuvo bastante aceptación.

—¿Y qué pasó, si las cosas iban bien?

—Vino el malestar previo a la guerra y todo cambió. Allá y aquí. Escasez, miedo, violencia. Los artistas comenzaron a esconderse, a dedicarse a otras cosas. Y los latinos, poco a poco, fuimos regresando. Mis padres, por ejemplo, ya no pudieron ayudarme y tuve que abandonar aquello.

—¿Y qué hizo a su vuelta?

—Seguí escribiendo cositas menores. Una fantomima por aquí, unos poemitas por allá. Nada del otro mundo. Mi energía la encaucé en el periodismo. Después, por inercia, creo, fui a caer en la política. Al poco tiempo vino la Revolución como una gran tormenta y, ahora, aquí estoy de diplomático. Esa es mi odisea.

—Espero que su estancia en nuestro país sea provechosa para sus proyectos.

—Ya lo creo. Yo le tengo mucho cariño a México. Mi peregrinaje no ha terminado, quiero volver a la literatura, mi hogar, donde dejé el ombligo. Y México es un ambiente propicio.

—Perdón licenciado —interrumpió la secretaria—, el taxi que pidió ya está en la puerta.

—Muchas gracias —contestó. Lo acompaño —dijo, dirigiéndose a Miguel Ángel. Lamento mucho lo que ocurrió hoy. El tráfico es un problema cada vez más grande. No sé qué va a pasar. Tendrá que colapsar si no hacen algo, creo. La verdad es que uno sale a la calle sin saber qué le depara el destino.

Caminaron por los pasillos ruinosos de techos altos. Llegaron a la puerta y Miguel Ángel volvió a agradecer toda la ayuda. Había anochecido y la ciudad tenía ahora un aspecto diferente.

El taxista esperaba con la puerta abierta.

–¿A dónde lo llevo, señor? –preguntó.

Y Miguel Ángel, que no quiso viajar en el asiento trasero, respondió:

–Tomemos el rumbo del Panteón de San Fernando.

El viaje fue tranquilo, sin sobresaltos, al ritmo lento del tráfico vespertino que vuelve a casa. Miguel Ángel y su chofer conversaron sobre el accidente que había tenido, lo que México había cambiado en los últimos años, y las elecciones inminentes. Cuando ya se acercaban al Panteón, Miguel Ángel de nuevo sintió deseos de caminar. Ya no hacía calor y las calles invitaban a una fresca caminata que, además, le ayudaría a no llegar tan temprano a su casa.

–¿Puede dejarme acá? Quiero caminar hasta mi apartamento.

–Pero, ¿se siente bien? En el hospital me dijeron que lo llevara hasta su casa.

–No se preocupe, estoy bien. Es más, creo que necesito caminar un poco para relajarme y que me pase el susto.

–Como usted diga, señor. ¿Aquí?

Miguel Ángel bajó y, de inmediato, se sintió liberado. El accidente había interrumpido su deseo de estar solo para pensar en tantas cosas, en el significado del fracaso, de las dudas sobre su talento, sobre Clemencia. Las calles de México eran propicias para ello, anchas, llenas de gente amable y desconocida. Caminó despacio, el saco en un brazo y *El Señor Presidente* en el otro. En una ciudad de muchos mendigos, charamileros y marginados, nadie reparaba en su aspecto.

A unas cuadras de su casa había un cementerio. Miguel Ángel, que pasaba enfrente todos los días camino del trabajo, no había reparado en su amplitud, en sus árboles serenos. Pero cuando pasó frente a la enorme puerta de hierro forjado, un cortejo fúnebre interrumpió su paso. Dudó un momento, pero al final decidió entrar y vagar por las calles, los jardines, viendo lápidas, inscripciones, despedidas, declaraciones de amor, citas en la eternidad de hijos, madres, amantes. Quería perderse un rato, encontrar historias que le iluminaran la propia. Pero nada de esto era consciente, su paso vacilaba en cada encrucijada, en cada panteón. De pronto, no muy lejos, vio a un grupo de gente, todos de negro, en plena ceremonia funeraria. Eran los que se habían cruzado a su paso unos minutos antes. Miguel Ángel no reprimió el impulso de acercarse y escuchar. Poco a poco empezó a distinguir las palabras de los discursos, los sollozos. Cuando ya estuvo a una distancia suficiente para poder oír sin acercarse demasiado, la historia del muerto fue desplegándose llena de sombras y lagunas que Miguel Ángel intentaba completar con su imaginación. Se trataba de un hombre maduro que había muerto trágicamente. Allí estaban la viuda, las hijas, aferradas a los que parecían ser sus esposos, y un hombre de mediana edad que, seguramente, era el hijo hombre, a quien se dirigían los discursos cortos, retóricos, de amigos y familiares. De pronto, Miguel Ángel se quedó de una pieza. No lo podía creer. Por un momento pensó en sus delirios alcohólicos, pero ahora no, ahora estaba sobrio y no había excusa. El muerto se llamaba Ernesto...

—Yo sé que me estás oyendo —dijo un hombre claramente ebrio—, y quiero decirte, decirlo aquí frente a todos, que te fallé, que nunca te escuché y que siempre hice mi voluntad. Perdóname Ernesto... perdóname... quisiera que me respondieras y no tener que esperar en balde, en el silencio. Pero yo sé que estás aquí, que nos estás viendo y nos quieres a todos...

Como ráfagas, Miguel Ángel vio imágenes de don Ernesto, su padre. Algunas de ellas no las había recordado en años: en el despacho, detrás de su escritorio; con su madre en la tienda del Barrio de Candelaria; en Salamá, cuando se alejaba diciendo adiós después de dejarlo en la escuela; dormido en el sillón de la sala esperando la muerte.

—No vengo aquí más que a dejar testimonio de mi dolor, mi arrepentimiento. Siempre quisiste lo mejor para nosotros. Pero cuando uno es joven no escucha... y hay que esperar años, hay que esperar el momento en que ya no hay remedio, para saber, para darse cuenta. Ernesto —dijo el hombre—, óyeme donde quiera que estés, nuestra separación es temporal, yo sé que nos volveremos a ver, no sé dónde ni cuándo, pero estoy seguro, y entonces te diré todo lo que no te dije cuando estabas aquí.

Las imágenes seguían viniendo, y ahora no sólo los rostros, los gestos, sino también algunas palabras: "Ya me contó tu mamá que te olvidaste de la carrera y vivís en París...", "Pudiste tener el mejor bufete de Guatemala y paraste en periodista", "Dejalo María, él ya sabe quién es esa mujer". "¿Nunca vas a dejar de consentirlo, María? Ya es un hombre este jodido".

Ahora estaba en el uso de la palabra otro, uno que parecía un antiguo amigo:

—Yo sólo quiero hacer eco de las palabras anteriores. La vida es injusta, vaya si no lo es. Y sobre todo con quienes menos se lo merecen, con aquellos que más hacen por sus semejantes, los que tienen una presencia más fuerte cuando ya no están entre nosotros. Ernesto fue uno de ellos. Comprensivo, generoso, paciente; pero al mismo tiempo lúcido, firme, fiel a sus convicciones, incondicional con los suyos. Tu vida fue un ejemplo y nosotros no estuvimos a la altura. Permíteme que aquí, en este momento y en nombre de todos, lo reconozca.

Y Miguel Ángel volvió a ver, como salido de entre los muertos, a su padre sonriendo y extendiéndole los brazos el día de su vuelta. Lo vio sentado a la mesa, desayunando su huevo tibio y su taza de café, mientras contaba a doña María que cerraría el bufete. Creyó volver por un instante al ambiente cargado de aquel dormitorio donde don Ernesto agonizó durante días, donde se hablaba bajo y se lloraba quedito y ya todo era inútil.

—Pero no quiero que esto sea sólo un vano lamento. Creo, pienso, estoy seguro de que hablo por todos cuando digo que haremos lo que a cada quien toque para resarcir nuestros errores. Somos quienes forjaremos tu memoria, quienes, con nuestros actos, vamos a levantar los monumentos que harán perenne tu recuerdo. Es una deuda que pagaremos para que nuestros hijos tengan noticias de ti, para que no se te olvide y vivas largamente.

Miguel Ángel no pudo contener las lágrimas. Era un llanto íntimo, profundo, que había conocido muy pocas veces en su vida. La ceremonia religiosa del sepelio ya se había iniciado cuando decidió buscar la salida. No podía más. Había entrado para distraer su atención, y se había encontrado al fantasma del padre que vuelve y reclama una cuenta pendiente, que enuncia el discurso de lo imposible. ¿Cómo satisfacer a un muerto con los pobres medios de los hombres?

"¿Qué querés de mí? ¿Qué puedo hacer?" –le preguntaba a su padre mientras secaba sus lágrimas y caminaba hacia la puerta. Miguel Ángel sabía, como escritor que era, que cuando un hombre, sea como hijo, como amante, o como hermano, busca complacer a un muerto, ha emprendido ya el camino de la tragedia. Y sentía que se despeñaba por ese desfiladero, que era inevitable y que algo grave era inminente en su vida.

Salió por la misma puerta por la que había entrado. El frío se había acentuado. Se detuvo un instante para ponerse el saco y subirse las solapas. Casi un reflejo que le quedaba de las madrugadas frías que había pasado en las calles del centro de Guatemala. Caminó por la ancha acera encorvándose contra el viento, con los brazos cruzados sobre su pecho y aferrado a su manuscrito. A medida que se acercaba a su casa, empezó a ver caras conocidas: vecinos que llegaban a sus hogares, amigas que hablaban en las puertas, niños que jugaban en la calle. Y aunque él era muy conocido por extranjero y por algunos escándalos sonados, nadie lo reconoció. Apenas lo miraban con alguna indiferencia. Habían, eso sí, algunos que eran más cercanos. Como Eugenio, el pobre viejo que conoció el día de la mudanza y que vivía en la barraca de un terreno baldío con sus perros callejeros. Le había ayudado a cargar los muebles, los libros. Desde entonces, cuando se ofrecía, le lustraba los zapatos, o le hacía mandados, y Miguel Ángel le regalaba sus centavos.

Esa tarde, cuando pasaba frente al terreno donde Eugenio vivía, Miguel Ángel lo vio venir por la calle empujando su carreta y rodeado de dos o tres perros. Sus miradas se cruzaron, y cuando Miguel Ángel se encaminó hacia él, de pronto, los perros empezaron a ladrar, a gruñirle, a pelarle los dientes. Eugenio les gritó que no lo atacaran.

—Perdone señor, estos chingados perros atacan cuando uno menos se lo espera.

De inmediato, Miguel Ángel se dio cuenta de que no lo había reconocido.

—¿Son suyos?

—Sí, los he ido adoptando a medida que fueron llegando.

—Vive aquí, ¿no?

—Así es, pero ¿cómo lo supo?

—No sé, lo supuse. Es un terreno grande para un lugar tan céntrico.

—Sí, no más es temporal. Como todo. Cuando me echen ya veré a dónde me voy con mis hijitos —dijo con una sonrisa y viendo a los perros.

Miguel Ángel vio hacia dentro del terreno. Había un grupo de niños que jugaban al fútbol. No pasó mucho tiempo antes de que reconociera a Rodrigo, que jugaba, y al Cuy, sentado a la orilla del pequeño campo.

—¿Y esos niños? ¿Deja que jueguen en su terreno?

—No, me pagan para cuidar a estos chamacos. Ahí están entretenidos y seguros.

—¿Le pagan? ¿Es una especie de guardería?

—Bueno, más o menos. Son hijos de viejas que trabajan, que salen, o que reciben visitas... usted sabe...

Pero Miguel Ángel no sabía. Clemencia no le había comentado que pagaba para que le cuidaran a Rodri y al Cuy.

—¡Papa! —gritó Rodrigo corriendo hacia él. ¿Qué estás haciendo aquí a esta hora?

—¡Usted es don Miguel Ángel, el guatemalteco! —dijo Eugenio viéndolo con asombro. No lo reconocí.

—¿Qué te pasó? ¿Estás golpeado? —preguntó Rodrigo.

—Es una larga historia. Ya te la voy a contar. ¿Y vos? ¿Qué estás haciendo aquí con tu hermano?

—Mi mamá a veces nos manda para acá cuando viene aquel señor, tu amigo, el que anda uniformado. Pero es más bonito cuando se van porque nos quedamos solos en la casa —explicó.

–Con su permiso, señor –dijo Eugenio, mientras empujaba su carreta–, yo tengo que hacer.

–O sea que, ahorita, tu mamá está en la casa con él –indagó, tenso.

Rodrigo asintió sin contestar.

–¿Solos?

–Creo que sí.

Miguel Ángel levantó la vista, vio hacia el fondo de la avenida y respiró hondo.

–¿Qué pasa? –preguntó el Cuyito.

–Nada –contestó–, no es nada.

8. Gaspar Ilom

Se detuvo a la orilla y levantó la mano en señal de "alto".

–Este río no tiene un curso conocido– pensó Rodrigo que caminaba al frente de su gente.

Eran nueve. Número trágico: el mismo que el de aquella vez cuando murieron casi todos menos él.

–¿Qué pasa?– preguntó Efraín acercándose.

–Nada– contestó Rodrigo casi sin advertir su presencia–. Éste es el río que marcó Rolando en el mapa.

–Bueno, entonces ya dimos el primer paso. Ahora debemos caminar río arriba, ¿verdad? – preguntó Efraín.

–Sí, pero eso será hasta mañana. No podemos adelantarnos a la cita.

Rodrigo parecía ausente. Todo el día había caminado solo, callado, a cierta distancia del grupo. Efraín lo había advertido desde el principio. Se conocían muy bien. Cuatro años de coincidir con frecuencia en operaciones esporádicas y de mucha discusión y planificación, eran suficientes para que Efraín supiera que hoy había que dejarlo tranquilo, abandonado a sus pensamientos.

Y la verdad es que esto pasaba de vez en cuando. Rodrigo se angustiaba por el tiempo. Casi quince años de lucha ya era una demora larga para el proyecto revolucionario. Nada parecido a los compañeros de la Sierra Maestra. Ellos no dejaron que las aguas se estancaran. Los ideales se mantuvieron puros y esa fue su fuerza. Pero aquí, la historia había sido mucho más prosaica: la pobreza, la indiferencia, las divisiones internas, los intereses personales, todo se había confabulado para hacerlo imposible. Tal vez ahora, con la nueva estrategia adaptada a los tiempos y a la cultura, las cosas iban a cambiar.

Pero Rodrigo se deprimía porque siempre había que

recomenzar, ya no recordaba cuántas veces había vuelto al punto de partida. Y volver a empezar implicaba nuevas humillaciones, concesiones, actos de fe. Al día siguiente iniciarían su marcha río arriba con una misión muy concreta, pero sin conocer el objetivo, el plan maestro. "Como estas aguas –pensó Rodrigo al detenerse a la orilla–que no conocen su destino, sólo que hay que avanzar y que hay un final". Después de todas las pruebas de lealtad que había dado, debía dar siempre una más. Esta vez era caminar a ciegas, alcanzar un punto estratégico, organizar el trabajo en unas horas y esperar. No tenía salida. Había que confiar y apoyar cualquier cosa. Pero la supuesta bondad del proyecto no dejaba de hacerlo sentir humillado. ¿Cómo era posible que después de todo el trabajo, el compromiso, Rolando lo mantuviera compartimentalizado? ¿Por qué la duda?

Las sombras empezaron a hacerse cada vez más grandes, deformadas, como gigantes caídos a la par de un río que los consolaba con su murmullo. La luz se debilitaba. Rodrigo conocía bien el sentimiento de la invasión de la oscuridad; pero de esta precaria vida era lo que más le gustaba porque lo hacía sentir seguro. En cambio, el calor del día, la humedad de la selva lo habían desesperado siempre. La noche era un refugio, lo había sido desde la infancia, como ahora que los muchachos terminaban de acampar y discutían cómo organizaría los turnos de vigilancia. Una semana de rodear poblados, caseríos, de caminar abriendo brecha en el monte para evitar emboscadas, de esperar pacientemente el momento para hablar con la gente, era ya un tiempo de tensión, de emoción contenida. Los muchachos estaban cansados y había que pedirles más.

"Si supiera en qué consiste la operación, haría una mejor elección de la gente" – pensaba Rodrigo recostándose en su mochila y encendiendo un cigarrillo.

Pero no, eso le estaba vedado. Debía tomar distancia y concentrarse sólo en su misión. Al fin y al cabo, cuando surgía una discusión entre los muchachos, Efraín salía al rescate. Lo querían mucho. Por eso su palabra traía la paz. Pero Rodrigo sabía que debía acercarse más a su tropa. Efraín no iba a estar ahí siempre. Rolando y, sobre todo, Mario pensaban que ellos no podían andar juntos todo el tiempo. Efraín, más temprano que tarde, debía hacerse cargo de un frente. Pero ahora podía contar con él y eso lo tranquilizaba porque el futuro dependía, en buena medida, de la operación que se acercaba. Sí, seguro que iban a llegar los Jefes. ¿De dónde? No lo sabía. Sólo esperaba que pudieran hacer su camino por el lodo, los claros de la selva, los barrancos de esta nueva área. Todos estaban adaptándose. Los que habían sobrevivido en la Sierra tanto como los de la ciudad. Tal vez esta operación (independientemente de su resultado) iba a ser un punto crucial para el grupo recién formado: asignación de nuevos roles, nuevas misiones, quizá otra estructura jerárquica. Hasta ahora todos estaban bien; pero, ¿cuántos habrán muerto en una, dos, tres semanas?

Efraín había esperado un momento prudencial. Además, ya había sondeado lo que los muchachos esperaban de Rodrigo, ése que se hacía bolas con los turnos y que, por lo mismo, a veces, había llegado a ser percibido como injusto, caprichoso. Pero Efraín sabía lo que tenía que hacer.

—Vos mandás. Nadie sabe mejor a quién le toca el turno hoy en la noche —sentenció Rodrigo.

Era el momento de intentar un acercamiento, de saber qué le preocupaba o deprimía. Aunque nadie lo aceptara en los diferentes grupos, Rodrigo gozaba de una aureola, de un halo que lo distinguía del resto. Un sentimiento no confesado lo mantenía al margen, a cierta distancia. Quizá el fantasma de su padre, el reciente premio, sus relaciones en México con los artistas e intelectuales más dominantes. Nadie podía saber exactamente qué era. Menos Efraín, con su origen indígena y su condición baja y precaria. Pero le intrigaba el futuro de todos y sabía que Rodrigo iba a ser siempre una pieza determinante.

Efraín permanecía de pie, a su lado, como esperando que Rodrigo le permitiera entrar en su mundo.

—Sea lo que sea, lo que va a pasar mañana es importante —dijo Rodrigo rompiendo bruscamente la tensión del silencio, la violencia de las jerarquías.

—¿Por qué decís eso? —preguntó Efraín que se disponía a sentarse suponiendo que la charla iba a llegar más allá.

—No sé —dijo Rodrigo—, sólo pensaba que, si es como me lo imagino, los hechos históricos pueden anticiparse, planificarse. Y no sólo simples hechos, sino la historia misma. Si no fuera por eso, hace rato que hubiera renunciado a esta vida.

Efraín lo odiaba, detestaba estas actitudes de Rodrigo que no perdía oportunidad de marcar las diferencias. Sentía que, en realidad, le estaba diciendo: "¿Cómo querés hablar conmigo si ni siquiera podés entender mis profundas preocupaciones?" Era cierto, no lo entendía. Pero, ¿por qué no se lo decía abiertamente? ¿Por qué tenía que humillarlo? Y una vez más, Efraín dominaba su odio, negociaba consigo mismo y tendía, como la noche, un velo que cubría la rabia, el dolor. Respiró profundamente y, bajando la mirada, preguntó:

—Mañana va a haber mucho qué hacer, ¿verdad?

—Sí, nuestra misión es complicada —explicó Rodrigo—. Pero vos sos bueno en eso.

—¿Bueno? —preguntó Efraín vislumbrando una posibilidad de reprocharle la superioridad—. Lo que pasa es que yo soy parte del pueblo. O sea, es más fácil cuando lo reconocen a uno.

Rodrigo no quiso ahondar en el tema. Era preferible mantener el misterio de sí mismo y no entrar en un tema que rechazaba.

—Si querés revisamos lo que hay que hacer mañana —sugirió.

—Sí, hagámoslo, hay que dormir lo mejor posible.

Rodrigo se sentó lentamente, tomó su mochila y sacó de nuevo el mapa que le había entregado un campesino, correo de Rolando. Mientras lo extendía, Rodrigo pensó que el uso de ese correo significaba que Rolando y su gente, al menos, en ese punto, habían seguido el mismo rumbo. Tal vez, a esta hora, ellos ya estarían en el escenario de la operación, abriendo el camino de la historia, moviendo los hilos. Pero se suponía que no era bueno imaginar lo que podía pasar.

Una vez abierto, el mapa revelaba una región plana, atravesada por un río, que estaba encerrada en un círculo rojo. En él podían verse claramente cuatro puntos amarillos que representaban pequeños poblados ixiles. De esos puntos salían flechas apuntando todos a un mismo punto que no era precisamente un poblado más y que se encontraba a la orilla del río.

Con una mano alumbrando y con la otra sosteniendo una esquina del mapa, Efraín se dispuso a recibir instrucciones.

–Yo sé que conocés bien esta área –dijo Rodrigo–. Quiero que mañana te adelantés. Por lo menos salí a las cuatro, una hora antes que nosotros. Llevate a alguien, el que querrás. Llevate también el mapa. Nosotros vamos a caminar despacio, con mucho sigilo. Rolando no quiere que pase algo no planificado. Hacia las diez y media vamos a estar a unos quinientos metros del punto de reunión. Allí nos vamos a detener a esperar. Mientras tanto, vos ya habrás pasado por los tres primeros caseríos y estarás en el último. Es muy sencillo. Sólo quiero que les digás que, a las once y media, todos los hombres estén en mi punto. Dejá a tu acompañante en el tercer poblado para que camine con la gente, y vos hacés lo mismo con la del último.

Efraín había escuchado en silencio, con atención, sin ver los ojos de Rodrigo. No había dificultad alguna con la misión. Sólo una cosa le preocupaba: tener que llevar a la gente a presenciar algo de lo que no tenía idea. Rodrigo, Rolando y Mario no terminaban de entender que la gente podía interpretar las cosas de una forma insospechada. Y el que iba a tener que pagar el costo era él. La gente no le confiaría más si algo malo pasaba. Pero no había más salida que esperar que fuera un acto favorable a ellos. Por unos segundos pensó que no podía ser un interrogatorio o, peor aún, alguna ejecución de comisionados, informantes o agentes del ejército, porque prácticamente no había suficiente presencia militar en esa región como para ya haber creado alguna estructura de inteligencia. Eso lo tranquilizó. Tenía que ser otra cosa. Tal vez algún mitin. Pero en este caso, ¿por qué moverlos y precisamente a ese punto?

—Está demás decírtelo —interrumpió Rodrigo sus conjeturas—, es clave que te asegurés que vaya la gente más importante de las comunidades. Eso me mandaron a decir.

—Sí, no te preocupés —contestó Efraín distraídamente.

Los muchachos no hacían más bulla. El de turno ya estaba en su puesto. La mirada de Efraín atravesó la oscuridad y pasó por encima de la gente dormida. Allí estaban, confiando en su palabra, sus ideas, en vivir unas horas más.

Rodrigo dejó el mapa en el suelo, acomodó su mochila de nuevo y volvió a recostarse.

—¿Te contaban cuentos cuando eras chiquito? —preguntó Rodrigo con una sonrisa en los labios.

—Sí, todos los viejos lo hacían —dijo Efraín.

Sin quitar los ojos de las estrellas, Rodrigo siguió:

—Es que mi papá, cuando estaba, también lo hacía. A nosotros nos gustaba porque cuando tenía sus tragos se ponía muy poético. Le brotaban las palabras y le volaba la fantasía. Pero era muy de vez en cuando. Casi nunca lo veíamos. Nuestra rutina del colegio y sus parrandas con cuates no coincidían.

Efraín se acordó de su propio padre y tuvo una impresión de la diferencia que lo separaba de Rodrigo. Un escritor famoso, abogado y amigo de militares y dictadores, y un campesino analfabeta que nunca conoció la capital condenado a morir trabajando en el corte de café o algodón. Dos mundos aparte. La misma diferencia que nutría al proyecto revolucionario.

—Ahora que lo pienso —continuó Rodrigo—, hay un abismo entre los cuentos que él nos contaba y lo que algunos años después leí en sus libros publicados. Cuando nos contaba las historias era casi un juego sin importancia. Pero cuando los leí fue una revelación. No podía creer que quien me había contado y quien había escrito lo que leía fueran la misma persona. En los textos había una fuerza que nunca había percibido en sus apariciones por casa, palabras mágicas. Eso me cambió la vida.

Efraín pensó de nuevo en el suyo. Recordó que empezó a conocerlo cuando decidió llevárselo al campo para que le ayudara: la madrugada, el trabajo agotador durante la mañana, la visita del caporal siempre llena de reclamos, humillaciones, insultos; el almuerzo juntos sentados en el suelo, en silencio; de nuevo el trabajo y, al final, la tarea de leña que ambos traían de regreso sobre sus espaldas.

Hubo un intervalo en que ambos callaron. El viento movía esporádicamente las copas de los árboles y por sus rostros atravesaban caprichosas sombras proyectadas por la luna. De pronto, Rodrigo preguntó:

—¿Sabes que mi papá está cumpliendo un año de muerto?

—Sí —contestó Efraín—, algo mencionó Mario hace tiempo. Pero vos estabas aquí en la selva, ¿verdad?

—No sé dónde he estado desde ese día.

Rodrigo no sabía lo que decía. Efraín pensó que hablaba consigo mismo. Y de alguna forma era cierto. Innumerables veces se había preguntado, torturándose, qué los había separado, se imaginaba entrando a la clínica de Madrid donde Blanca y Miguel sostenían sendas manos del moribundo, fantaseaba con el último adiós en Père-Lachaise en medio de los intelectuales, se reprochaba haber llevado la rebeldía hasta el día mismo de su muerte. Pero ahí estaba, un año después, en plena selva, durmiendo a la orilla de un río que no sabía a dónde iba, en una misión que no conocía.

La madrugada pareció llegar más rápido que otras. El sueño fue muy ligero, interrumpido mil veces por el cambio de turno, los movimientos de los compañeros, los ruidos de la selva. Rodrigo estaba muy inquieto. Le había costado mucho dormirse pensando en la misión, en su padre, en el resentimiento sordo, tan indígena, de Efraín. Pero sí recordaba haber vuelto a tener aquel sueño que lo perseguía desde que habían empezado los días de la montaña y la selva. A veces pasaba largos períodos sin siquiera soñar; pero, de pronto, volvían las imágenes. Y éstas siempre eran las mismas. Aquella noche, al lado del río, lo habían visitado de nuevo: se veía entrando, de unos doce o trece años en una casa vacía. Estaba de traje obscuro pero sin corbata, con los cuellos blancos sobre la solapa. El pelo muy corto y envaselinado como lo peinaba su madre para las ocasiones importantes. Mientras caminaba, tenía un sentimiento de extrañeza porque no conocía el lugar. Pero por alguna razón oculta sabía que era la vieja casa de su padre en el Barrio de La Parroquia. Las habitaciones altas y de grandes ventanales estaban completamente vacías. Pero él se encontraba allí acudiendo a una cita. Atravesaba algunos cuartos, el patio interior, pasaba frente al comedor redondo, a un cuarto oscuro y llegaba a una puerta cerrada. Sabía que allí adentro lo esperaban. Veía su propia mano de niño regordete extenderse hacia el picaporte y abrir. En el centro de aquel espacio, sentado en un cómodo sillón (que era el único mueble que había visto en toda la casa), estaba su padre. Sostenía un libro cerrado, muy grueso, sobre sus piernas. A su lado, impávido, vestido exactamente igual a él estaba su hermano Miguel. Lo miraban fijamente por unos instantes e, inmediatamente, se disponían a ver el libro. Mientras él caminaba hacia ellos, miraba cómo su padre pasaba las hojas lentamente y cómo Miguel observaba por encima de su hombro izquierdo. Sentía una gran curiosidad por el contenido de aquel libro. Y al llegar se daba cuenta de que era un album de fotos de todo lo que iba a ser su vida en la clandestinidad. Rápidas imágenes se sucedían: la batalla de Concuá, los rostros de los muertos, la huída, la captura, los interrogatorios, la cárcel, el padrino, México, la selva, las ciudades del exilio. Y esta creciente secuencia se interrumpía de pronto cuando la fuerte luz de una fotografía captaba aquel tierno momento en que el gran escritor, en pose de foto de estudio, veía un inocente libro con sus dos prometedores vástagos. La luz instantánea de la cámara anticuada despertaba a Rodrigo siempre que el sueño se repetía. Nunca podía saber quién tomaba aquella foto. Tampoco podía entender por qué, en el sueño, no le sorprendía ver su futuro lleno de violencia y quimeras rotas.

Ya Efraín andaba rondando por el campamento desde

hacía un rato. Las tres y media de la madrugada.

–Ya estamos listos, Rodrigo –informó Efraín–. Nos veremos más tarde. Suerte.

Rodrigo apenas respondió con un movimiento de cabeza. Pero ya no se pudo dormir. La oscuridad era cerrada aún. Las estrellas comenzaban a desvanecerse, parecía como si la fresca brisa matutina las borrara. La gente dormía profundamente. "Pobres –pensó Rodrigo– es lo único que hacen bien porque no comemos, pasamos meses sin mujeres, sin licor y ya no podemos volvernos atrás".

Este sacrificio debía servir para algo. Era el momento de tomar decisiones. Sintió que no podía pasar la vida como segundo de otro, siendo quien era. Después de esta operación iba a exigir un lugar al lado de Rolando y Mario, ni más ni menos. Era evidente que la organización había sido desmantelada, que estaba quebrada internamente, que Pablo y César iban a seguir insistiendo en el fracaso del foquismo, en los injustos ajusticiamientos. El FARO (Fuerzas Armadas Rebeldes de Occidente) o se renovaba o iba a desaparecer definitivamente. "Pero, ¿se podrá reestructurar todo sin destruirlo?" –se preguntaba Rodrigo cuando ya empezaba a disolverse la oscuridad.

No había quedado más jefe que él. Ordenó al vigilante que durmiera al menos una hora mientras ellos levantaban el campamento. No había más instrucciones, cada quien sabía exactamente lo que tenía que hacer. El silencio de las primeras labores del día era hoy más tenso que de costumbre. Mientras daba la hora de empezar a caminar, unos revisaban las armas, otros estaban inquietos queriendo adelantarse. Pero Rodrigo fue muy claro:

–Está bueno que revisen sus armas, quién quita y las vamos a necesitar para sobrevivir; pero nadie sale antes que yo, todos van a caminar a mi ritmo, como yo diga y no quiero sorpresas de ningún tipo, ¿estamos?

Los muchachos asintieron. Rodrigo encendió el primer cigarrillo del día y todos supieron, de inmediato, que esa era la medida: cuando lo terminara, empezarían a caminar.

Con el estilo que ya conocían, Rodrigo lanzó la colilla

todavía encendida al río, se ajustó el sombrero de petate y, lentamente, empezó a caminar río arriba al tiempo que decía: "Bueno, vámonos".

Su cuerpo grande y flácido se movía con parsimonia, como si supiera con exactitud el ritmo del paso para llegar justo a tiempo a la famosa cita a ciegas.

"Esto es como aquellas notas de periódico: 'Busco señorita soltera, entre treinta y treinta y cinco años, seria, responsable, que ame a los animales...'" –pensaba Raphael y se reía en secreto. Ahora que no estaba Efraín él era el segundo de abordo. Marchaba atrás de Rodrigo, a unos tres metros de distancia, aferrado a su arma automática. Hombre de pocas palabras, de carácter muy fuerte y determinaciones inclaudicables. Jamás desaprovechaba oportunidad para demostrar su compromiso con la causa. Raphael era un fanático de la idea de que la Revolución había que sembrarla, hacerla germinar en el corazón de la gente, en el seno de los pobres, como la única posibilidad de liberación. "Pero son siglos de dominación –teorizaba de cuando en cuando– y la gente ni siquiera es capaz de reconocer al enemigo".

A las siete treinta, dos horas y media después de haber salido, Rodrigo hizo la primera parada. Unos minutos para comer algunas tortillas y seguir. Raphael reunió a los muchachos y se encargó de medirles el tiempo. Rodrigo permanecía aparte, pensativo. Todavía estaba fresco, pero el sol ya empezaba a calentar.

Efraín ya había pasado por el primer poblado y llegaba al segundo. La gente lo conocía, lo recibían amigablemente. Él les explicaba que ahora se dedicaba a hacer algo por ellos, que debían confiar pero también colaborar. Buscaba a los principales, los reunía, les decía que a las once y media todos sin falta en el casco de la finca, frente a la casa patronal... Sí, ahí donde iban a cobrar semana a semana. Que era cosa importante, que después debían contarlo tal y como lo habían visto. La gente, humildísima, decía que sí, que ahí estarían sin falta. "¿Para qué nos quiere el patrón?" –preguntaban algunos. Y Efraín se indignaba, volvía a explicar desde el principio, mirándolos a los ojos, tratando de hacerlos ver el sentido de su lucha. Pero el tiempo estaba contado. Veía su reloj en medio de la arenga. Las ocho y media. Debemos seguir. Allí, hoy mismo, comprenderán todo, sólo tienen que ir.

Rolando, Mario y ocho compañeros más, habían llegado en dos pequeñas lanchas a las seis en punto de la mañana. Ya había algún movimiento de gente alrededor de la casa. Con mucho sigilo habían arrastrado las lanchas a la pequeña playa que estaba a unos metros de la casa y las habían cubierto con ramas. Rolando, al frente de su gente, oculto en el guamil, observó con sus binoculares el movimiento durante algunos minutos. Sin dejar de ver hacia la casa, ordenó que todos tomaran sus posiciones. Tres caminaron río abajo y los otros tres río arriba. El plan era rodear el escenario. Los dos restantes se quedaron con Mario y Rolando: era el comando de asalto. Nadie sabía qué podía tener este Tigre en su casa para defenderse. La inteligencia había informado que no era gran cosa. Pero sólo Dios sabe. Había que ser precavidos. Las horas pasaban rápidamente porque la tensión era grande. Sólo había que esperar. Ya todos sabían muy bien la forma y el momento de su intervención. Los que rodeaban la casa informarían de cualquier anomalía y mantendrían aislada la escena. "Que nadie entre excepto las columnas de gente que va a traer Rodrigo" –había sentenciado Rolando. Ellos observarían y elegirían el momento propicio, entre once y once y media, para hacer la acometida final.

–¿Qué hora es? –preguntó Mario por enésima vez.

–Las diez en punto –dijo Rolando fríamente.

Rodrigo había continuado su camino y, poco a poco, aminoraba el paso calculando un encuentro seguro con la gente y una intervención exacta a la hora de la hora. El calor aumentaba, húmedo como es a mitad del año. De cuando en cuando, Rodrigo se quitaba el sombrero y secaba el abundante sudor. Raphael, como siempre, caminaba atrás, seguro de sí, convencido, comprometido con la causa, tenso, como un guardián celoso del espíritu de la lucha.

De pronto, Rodrigo detuvo su camino. Todos pararon atrás de él, en silencio. Miró a su alrededor con la lentitud de la pose, se sabía visto por la tropa. Volteó y llamó a Raphael.

—Ya llegamos —dijo—. Allí está la casa. No quiero arriesgarme a que nos vean. Vamos a internarnos unos metros en la selva para tener más espacio.

—Pero no hemos visto al vigilante del grupo de Rolando —inquirió Raphael.

—Ni tenemos que verlo por ahora —contestó Rodrigo—. Eso será cuando ya estemos todos y cuando yo diga.

Raphael se hizo cargo de la gente. Se apostaron a unos doscientos metros del río viendo hacia la casa, esperando.

Efraín ya había llegado al último poblado y hablaba con la gente. Aquí no había citas, tenía que llevárselos él mismo. Pero todo estaba calculado. De las cuatro, esta era la comunidad más cercana al casco de la finca y al punto de reunión. Los demás ya vendrían cerca. La gente conocía el lugar muy bien.

Efraín vio su reloj. Once menos cuarto.

—Tenemos el tiempo justo. ¿Cuántos somos? —preguntó antes de salir.

Nadie contestó. "Bueno —pensó—, serán unos veinticinco hombres".

Hicieron dos columnas y empezaron a caminar. Había algunos viejos; pero la mayoría eran jóvenes avejentados: botas de hule, pantalones remendados, de colores mezclados, indefinibles; las camisas de manga corta abiertas por el calor; sombreros de petate, morral y el machete bajo el brazo. No hablaban, sólo caminaban detrás de Efraín y, de vez en cuando, se oía los filazos de algún machete que chapeaba ramas, guamil crecido.

Mario volvió a preguntar por la hora. Rolando murmuró: "las once y cuarto". Y añadió: "creo que ya no vas a tener que volver a preguntar, vamos a comenzar ahora". Era el momento ideal, todo estaba tranquilo y no se había presentado ningún contratiempo que los obligara a reajustar el plan operativo.

—Sabés bien lo que tenés que hacer, ¿verdad? —preguntó Rolando–. Todo va a salir bien, no tengás miedo. Agarren a ese pisado, lo llevan al frente de la casa y nos esperan, ¿ok?

–Sí, vamos –repuso Mario, que no estaba en condiciones de hacer comentarios.

La gente empezó a llegar al campamento improvisado de Rodrigo. Al principio temerosos, pero pronto recobraban la confianza porque se conocían. Muchos eran familiares, amigos, o habían trabajado juntos en la costa, o allí en la finca de Luis. Rodrigo no quería un mitin ahí, en ese momento. Les hablaba en la medida que iban llegando. "Estamos aquí para presenciar algo que queremos que recuerden para siempre. Pero vamos a esperar un momento porque tienen que venir más –les decía. Y los hombres seguían llegando como palomas que se congregan en un instante alrededor de un turista que no tiene idea de dónde está parado.

Ahí estaba Rodrigo, grande, gordo, más blanco y más alto que todos, dueño del tiempo y, según él, de la atención de la gente. Su mirada de ceño fruncido se extendía por encima de todos esos sombreros. No parecía mirar a un lugar sino al futuro, al porvenir que estaba por darles una sorpresa. Sólo esporádicamente quitaba sus ojos de la trascendencia para ver su reloj: las once y media.

Había llegado el momento. Mario y un compañero irían a capturar al administrador de la finca; mientras Rolando y el otro muchacho irían a la casa para agarrar al patrón, Luis Arenas Barrera, el famoso y temido Tigre de Ixcán.

El administrador, tranquilamente, fumaba un cigarro y se bajaba de un elegante cuarto de milla que, todos los días, lo llevaba a hacer su primera visita a los potreros. A sus espaldas, casi imperceptiblemente, dos hombres se deslizaban desde el guamil que cuadraba el casco de la finca. Cuando ya estaban lo suficientemente cerca, el muchacho levantó el fusil y con la culata descargó un poderoso y sólido golpe en la espalda del administrador que se desplomó inmediatamente de rodillas. Mario le levantó la cabeza del pelo y su compañero remató con un nuevo culatazo en el rostro. El hombre cayó al suelo boca abajo y semiinconsciente. Le amarraron las manos a la espalda y le cruzaron una cuerda en la boca para que no gritara.

Mientras tanto, Rolando y su acompañante habían ido a la parte trasera de la casa. Tenían información precisa de la disposición interna y de dónde solía mantenerse el patrón. A esa hora debía estar en su escritorio, en una esquina de la sala, donde hacía sus cuentas y llevaba el papeleo de la finca. Entraron por el otro extremo para evitar que los escuchara. Cuidadosamente desclavaron una esquina del cedazo de la ventana trasera más grande. El muchacho entró antes. Rolando le pasó las armas y entró el segundo. Caminaron muy despacio a la puerta del cuarto donde pensaban encontrarlo. No había un alma en toda la casa a esa hora, tal y como se los había asegurado su informante interna. La puerta estaba abierta. Sentado al escritorio, de espaldas a ellos, en mangas de camisa y pantalón vaquero, estaba Luis. Ahí, encorvado sobre unos papeles, no le pareció a Rolando la fiera que se suponía que era.

Efraín llegó el último, cuando Rodrigo empezaba a preocuparse. Sus ojos ya no se perdían en el amanecer de un tiempo nuevo, sino que estaban clavados en el reloj. Las doce menos veinte. Ya no tenían por qué esperar. Todos sabían que llegaban a ver y oír algo. Rodrigo dio sus últimas instrucciones. Entrarían en tres columnas: por los dos flancos y por la parte trasera de la casa, para juntarse en ese amplio espacio abierto entre la casa y el río. Caminaron rápido y cruzaron los puestos de vigilancia que habían sido dispuestos. Reinaba el silencio. A veces se escuchaba el ruido de las gallinas o el resoplar de algún caballo.

Rolando se paró en el centro del umbral de la puerta. Su compañero había entrado y apuntaba a Luis desde la derecha.

—Levantate hijo de la gran puta —dijo Rolando y sintió algo que nunca había sentido en su vida.

Luis se volvió, petrificado, con la pluma todavía en la mano. Vio a Rolando en el centro de la puerta, apuntándole, como si estuviera enmarcado. Una imagen que nunca hubiera olvidado si le hubiesen permitido recordar. Levantó las manos y, ya de pie, preguntó:

—¿Quiénes son ustedes?

—Venimos a ajusticiarte. Y vamos a quitarnos los pasamontañas para que nos conozcás. Pero ahora vamos a salir allá afuera.

Cuando la puerta principal de la casa se abrió y Luis apareció amordazado y con las manos atadas atrás, ya estaba todo el mundo allí, esperando.

En el centro, junto a dos jóvenes y simétricos almendros, estaban Rodrigo, Mario y Efraín. A cierta distancia, más cerca de la gente, estaba Raphael. Y, atado al árbol, con el rostro y la camisa manchados de sangre, podía verse al caporal.

El compañero de Rolando llevaba a Luis de la camisa. Rolando caminaba atrás. Sin decir una palabra, ataron a Luis al otro almendro y tomaron cierta distancia. Los cerca de sesenta invitados ni siquiera murmuraban. Ya allí, en ese lugar privilegiado, cruzados por las miradas de campesinos y víctimas, lentamente, con la mano izquierda y casi al mismo tiempo, Rolando y su compañero se quitaron las pasamontañas.

Rodrigo, Efraín y Raphael estaban tan sorprendidos como la gente. Se trataba de un ajusticiamiento, un acto que la jerga revolucionaria llamaba de justicia social.

Rolando se dirigió a la gente. No era bueno que se imaginaran lo que no era. Él les diría cuál era el sentido de aquella operación.

—Todos ustedes han trabajado para estos dos hombres.

Le costaba levantar la voz, pero el esfuerzo hacía más dramática su entonación. Ellos son sus enemigos —siguió diciendo—. Por culpa de estos, ustedes han sido, son y seguirán siendo pobres. Nosotros somos el Ejército Guerrillero de los Pobres (EGP), una organización militar que queremos devolverles la tierra, la libertad. Pero necesitamos que sepan que estos explotadores son sus enemigos y que deben unirse a nuestra lucha. Debemos crear un frente común en los caseríos, las aldeas, los pueblos y las ciudades. Hoy vamos a acabar con estos hijos de puta y va a ser sólo el principio de una guerra que va a cambiar todo.

Hubo un instante de silencio. Rolando y su compañero montaron sus armas automáticas y el silencio se hizo aún más (in)tenso. Voltearon hacia sus víctimas. El administrador había bajado la mirada y murmuraba algo inentendible. Luis abría desmesuradamente los ojos y gesticulaba tratando de decir algo. Los dos guerrilleros levantaron sus armas y descargaron una ráfaga relampagueante sobre cada uno. El ruido interrumpió por un segundo el murmullo del río: lo único que siguió su curso mientras el humo de las ráfagas se elevaba por encima de los árboles. Los almendros dejaron caer algunas hojas amarillas. Los cuerpos habían desplomado su peso sobre las ataduras. La sangre brotaba espesa, cálida, casi negra. El compañero de Mario se acercó a las víctimas con una escuadra montada en la mano derecha. Sin decir palabra, puso el cañón en la sien del administrador, primero, y de Luis después. Los disparos fueron secos, sordos, conmovieron de arriba abajo a los cuerpos ensangrentados. Todos quedaron quietos por un momento. Sólo se oía a esas ciegas aguas río abajo. Efraín tuvo la sensación de que iban contando lo sucedido, con nombres y apellidos, que era imposible acallarlas, que mientras hubiera verano e invierno, el río los acusaría eternamente.

–Que nadie los toque –rompió el silencio Rolando–. Los vamos a dejar ahí como un mensaje de nuestra lucha, de lo que le espera a quien quiera esclavizar a los pobres. Para eso hemos cruzado las arenas de estas tierras bajas, para demostrar que no hay barrera que nos detenga, que no hay tigre que nos asuste.

Los hombres de Rodrigo fueron a hablar con la gente. Les dijeron que divulgaran exactamente lo que habían visto y oído, que volvieran a sus poblados. "Pronto pasaremos visitándolos –dijeron– y entonces comenzaremos a organizarnos".

Debían abandonar el lugar cuanto antes, sólo quedarían los cuerpos a la sombra mutante de los almendros frondosos. Hubo una improvisada reunión de jefes. Rolando, Mario y Rodrigo se pusieron de acuerdo: caminarían río abajo, hacia el sur, buscando la montaña, ese mágico lugar donde debía echar raíces y florecer la guerra popular, ese Olimpo de los nuevos dioses de la Revolución.

Formaron una sola columna y redoblaron el ritmo. Volvieron sobre todos y cada uno de sus pasos. Rodrigo pensaba que si por la mañana no sabía qué pasaría, ahora menos. Pero sentía que un capítulo de su vida se había cerrado y estaba en el umbral de un destino nuevo. Veía la figura delgada de Rolando delante de él y se alegraba. Sí, estar con ellos era la única forma de aplacar el asedio de Pablo. Pensaba que, a pesar de lo que acababan de hacer, compartía más la visión que Rolando tenía de la Revolución. Recordaba esporádicamente a los dos ajusticiados, uno junto al otro, sostenidos por el silencio erguido, protector, de los almendros, y se imaginaba dos nuevas organizaciones creciendo juntas, simétricas pero autónomas, igualmente frondosas, dando frutos desde la tierra, profundamente enraizadas. No había remedio, FARO debía desaparecer poco a poco y convertirse en una nueva organización popular, del pueblo.

La noche los alcanzó cuando ya se habían adentrado bastante en la selva. El rumor del río se había desvanecido. En el curso de los próximos días, imperceptiblemente, la planicie empezaría a elevarse. Sería el ascenso a los cerros, donde habita la niebla, de donde vendría el designio de un tiempo nuevo que ya estaba contado.

Pasaje

... los pasajes y las galerías han sido mi patria secreta desde siempre.

Julio Cortázar, *El otro cielo*

9. Luz para ciegos

Entrevista aparecida en el suplemento dominical de *Le Monde*, febrero de 1953, bajo el título "Conversación con Miguel Ángel Asturias", por Francis de Miomandre.

"No estar, ése es el ideal"

El año recién pasado marca el retorno de Miguel Ángel Asturias a Francia. Su novela El Señor Presidente, *en su versión francesa, ha recibido el Premio Internacional del Club del Libro Francés. Para la mayoría de lectores, el autor guatemalteco se dio a conocer con esta novela; sin embargo, su relación con nuestro país se inició tres décadas atrás. En esta entrevista el mismo Asturias reconstruye los avatares de ese viejo vínculo y nos proporciona las claves de una comprensión de su actividad creativa. Sin más preámbulo, he aquí lo que conversamos en uno de los altos salones de la Bibliothéque Nationale.*

•

Para empezar, cuéntanos un poco de tu vida. Entiendo que te has vuelto un diplomático...
Es una larga historia. Pero tienes razón, el gobierno de la Revolución me envió a México primero. Después volví a Guatemala y estuve allí casi un año. En 1947 me destinaron a Buenos Aires y eso fue lo mejor que me pudo haber pasado en ese momento.

Recuperé mi labor de novelista y reconstruí mi vida personal. Ahora me han cambiado a la embajada en Francia y también ha sido providencial. Tú sabes, esto significa volver a mis inicios, a la ciudad donde descubrí no solo la escritura sino también a mi país.

Han pasado casi treinta años desde tu primera venida a París, ¿podrías contarnos algo de esos inicios de tu ya

larga relación con la cultura francesa?

Tu pregunta abarca casi toda mi vida. Y lo digo en sentido estricto: Francia es una madre para mí. Y como madre, al principio, representó el objeto de un deseo absoluto. Tal vez para los lectores franceses es difícil imaginar Guatemala. En aquel tiempo yo tenía veinticinco años y ya era abogado. No tenía más qué hacer en un mundo dominado por la voluntad de un solo hombre, en una casa vigilada por los padres y con un destino preestablecido. A los diecisiete años, unos meses antes de graduarme de bachiller, había tenido una visión fantasmagórica de Rubén Darío en un hotel de la ciudad. Ya en aquellos tempranos años tenía la inquietud literaria, y Rubén representaba al héroe intelectual que había conocido el mundo y poseía toda la sutileza del cosmopolitismo parisino. Desde aquel momento mi vida tuvo un objetivo secreto: convertirme en escritor. Pero esto, en América Latina, significa venir a París, quedarse, pasar hambre, frío, soledad, aguaceros y olvido. Soñaba con la vida bohemia y los cafés literarios. De hecho, llevaba una vida bastante parecida, la del estudiante universitario irresponsable que cree que lo sabe todo y opta, sin saberlo, por un intelectualismo anárquico, iconoclasta. Nada me gustaba, la inconformidad crecía en mí como una enfermedad. Así que a la primera oportunidad viajé a Europa. Primero a Londres, pero no me dijo nada ni su gente ni su lengua. Después a París y fue incluso más de lo que esperaba.

¿Te refieres a tu descubrimiento de la América precolombina con el profesor Raynaud?

Así es. Nunca me imaginé que aquí, tan lejos, iba a encontrar un interés y un conocimiento tan grande por esa Guatemala profunda que yo había vivido en Salamá cuando niño. Raynaud me abrió un universo, me señaló un objeto de reflexión que es, sencillamente, inagotable. Hace tres años publiqué una novela que contiene todo lo que he rumiado durante décadas sobre el tema indígena. Se llama *Hombres de Maíz* y es, creo, lo más importante que he escrito hasta ahora. Pero fíjate, cosa curiosa, aquí en París no sólo descubrí Guatemala, sino también América Latina. Mis amigos de entonces eran todos artistas de Venezuela, Cuba, México, Argentina, Chile. Viviendo allá nunca los habría conocido. Y visto ahora, con la distancia del tiempo, pareciera como que ya éramos artistas consumados. Nada de eso. Estábamos perplejos, cada día descubríamos algo de Europa y de nosotros mismos. Vivíamos soñando, añorando, imaginando, componiendo nuestros países. En nuestra mesa de La Coupole se hablaba del indio guatemalteco, de la sabana venezolana, de la pampa, de la sierra. Y al mismo tiempo andábamos al acecho de los monstruos sagrados de la vanguardia. Recuerdo especialmente una tarde fría de otoño en que Arturo (Uslar Pietri) y yo, como dos perfectos metecos, habíamos deambulado sin rumbo por la orilla del Sena viendo libros, muchachas, nos habíamos quedado acodados en algún puente viendo pasar el río, sin decir palabra, levantando la vista de cuando en cuando para ver los palacios y las cúpulas obscuras, hasta que se nos hizo de noche. Llegamos al Kilométre Zéro. Imagínate, cuando uno llega allí, ¿para dónde agarra? [Risas]. En eso, Arturo me dijo que estábamos muy cerca de una librería de moda en aquella época: "Shakespeare & Co." Me llevó y empezamos a recorrer esos pequeños callejones llenos de libros. De pronto, del otro lado de la estantería, en un hueco entre los libros, vimos a un hombre delgado, de facciones muy finas, que se acercaba mucho un volumen a sus gruesos anteojos redondos para leer el título. "¡Mira —me dijo Arturo, dándome un codazo–, es Joyce!". Desde luego, no nos atrevimos a perturbar la soledad libresca del gran escritor.

¿Qué estabas escribiendo en esos años y cómo influyeron todas estas nuevas experiencias?

Bueno, esa pregunta es para un crítico. Te puedo hablar de mi experiencia. Como tú bien sabes, vine a París sólo con dos cosas bajo el brazo: los relatos míticos de mi infancia y un cuento inconcluso, mal escrito que se llamaba "Los mendigos políticos". Allá en Guatemala me esforzaba por darle forma a una crítica de la situación política. Pero aquí, la nostalgia y la distancia hicieron más urgente la recuperación de la memoria mítica. Abandoné el relato que había empezado y me dediqué a darle rienda suelta a una fiebre que, al final, se paró llamando *Leyendas de Guatemala*. Y es que en esa época había fascinación por lo folklórico, lo exótico, lo remoto de todas partes: África, Asia, y también por los pueblos indígenas de América. Ese fue mi punto de arranque. Me daba risa pensar que nadie me iba a creer que casi sin conocer la idea de la "escritura automática", yo había escrito las *Leyendas* como si hubiera estado tomando un dictado vaya a saber de quién. Pero para mí eso no era vanguardia, sino memoria.

¿Escribías al mismo tiempo *El Señor Presidente*?

Sí. Pero éste fue un trabajo más deliberado. Las *Leyendas* se escribieron solas (creo que de otra forma no me habría atrevido a llamarlas "leyendas"). La novela me dio más dolores de cabeza. Yo estaba acostumbrado al realismo francés, al español, a la idea de que una gran novela debe tener ambiciones totalizantes. Pero no lograba darle unidad a este tema. Hice muchas pruebas, la reescribí no sé cuántas veces, me acercaba a los detalles, tomaba distancia para ver el cuerpo completo y nada me satisfacía. Sólo era un montón de retazos mal cosidos. Los críticos dirán que lo hice bajo la influencia y el convencimiento de los movimientos vanguardistas. Pero no fue así. Eso es lo que me va a salvar. Pero en ese momento pensaba que no servía. Imagínate, quince años de chinearla de aquí para allá, revisando, repitiendo, queriendo publicarla y también quemarla.

¿En algún momento te sentiste satisfecho? ¿Te atreviste a publicarla siendo todavía presa de esa inconformidad?

Te voy a confesar algo que nadie sabe. Mi regreso a Guatemala estuvo envuelto en un halo de magia. Yo había salido en 1924 y volví en 1932. ¿Nunca has sentido que el tiempo es una auténtica ficción, que no existe, que su paso no es sino una ilusión de la que, en cualquier instante, despiertas? Pues eso mismo sentí al volver. También le debo a Francia la disociación de mi persona: desde entonces me sentí ciudadano de dos mundos opuestos: uno abierto, nocturno, el otro cerrado, diurno. Tú no tienes la experiencia, y por eso no te puedes imaginar la diferencia que hay entre una noche bulliciosa de Montparnasse hablando de libros hasta el amanecer, y escuchar desde la cama el silbato de un policía que cruza la noche y la calle vacías. Sí, ya nunca fui el mismo. Me sentía fragmentado, dividido, y comprendí que la novela no podía ser distinta a eso. Debía quedar así, desgarbada, mal cosida como yo, llena de impulsos vanos, precipitada en su lógica trágica. Así que, contestando a tu pregunta, digamos que sí hubo un momento en que, por decirlo así, me satisfizo mi insatisfacción.

Háblanos un poco de esos años en tu país.

Es doloroso…

Sí, ya lo imagino. Perdona. Mejor cambiemos de tema.

No, por favor. No te preocupes. Al contrario, creo que me hace bien hablar de ese período. Alrededor de 1930 la cosa empezó a cambiar. Perdimos la tranquilidad, la estabilidad. Los latinoamericanos lo sentimos más porque procedíamos de universos quietos donde cualquier cambio es sospechoso. Pero a todos nos alcanzó la depresión, la escasez y, sobre todo, la inseguridad, la angustia de que, en cualquier momento, la situación puede cambiar. Uno a uno fuimos volviendo a nuestros países. Cabizbajos, con una sombra en el rostro: la huella de un sueño roto. Yo fui uno de los últimos. Un día de tantos me dije, "esto no puede seguir así, ya es hora de volver". Y una tarde del mes de septiembre de 1932 volví a ver de nuevo la vieja casona de la Avenida Central. Sí … [Pausa], aunque estuviera tan lejos de la capital mundial del arte, esa tarde comprendí por qué esa siempre fue la "Avenida Central". Mira, cuando uno vuelve a su país pequeño de una gran ciudad como París, primero hay desaliento, pero rápido te llenas de entusiasmo y piensas en todas las cosas que hay por hacer. Toqué las puertas de *El Imparcial* pero la empresa privada estaba en el suelo. La única empresa floreciente era la dictadura, por eso fui a parar al Liberal Progresista y después montamos el *Diario del Aire*. No sé, todo fue como una inercia inconsciente. No puedo decir que no sabía que estaba sirviendo a Ubico, pero ¿qué podía hacer? Mi escape fue la parranda, los amigos y, sobre todo, mi novela que, en esas circunstancias, se volvió secreta.

Pero de acuerdo con lo que sabemos por las fechas que cierran tu novela, para esa época ya estaba terminada. ¿En qué consistió tu trabajo en ella entre finales de 1932 y 1946, el año de su publicación en México?

Tienes razón. El texto estaba terminado. Eso significa que no le hice cambios sustanciales, o sea, agregar capítulos, cambiar el final, modificar drásticamente la función narrativa de algún personaje. Nada de eso. Fue más que todo un trabajo a nivel de la palabra. Un trabajo obsesivo, angustioso. Una especie de espejo de lo que vivía de vuelta en un mundo cerrado donde cualquier cosa que dices o piensas es vigilado, ponderado. Imagínate, antes de venir a París yo había sido un estudiante políticamente activo. Había apoyado y acompañado el derrocamiento de Estrada Cabrera, y cuando vuelvo me encuentro con otro igual o peor. Empecé a comprender que las palabras no describen progresos, evoluciones, no demuestran nada. Entendí que el pensamiento se mueve, más bien, en círculos, que el hombre es lo que es porque es incapaz de librarse de la magia de la palabra, del mito. Pero esto no lo pensé así como te lo estoy diciendo. Fue muy sufrido. Yo era presa de un profundo desaliento. Y en el fondo de la depresión uno se vuelve un gran escéptico. Así que me dediqué a limpiar mi novela de cualquier convicción, de ingenuidades, de ideas políticas o sociales. Quería que fuera lo más cercana posible al hombre de carne y hueso, a ése que ve la verdad al margen de ilusiones racionales y la experimenta como una pesadilla sin salida. ¿No te parece que eso es lo que *El Señor Presidente* transmite? Ese sentimiento de que nada cambia, de que detrás de un dictador viene otro, de no creer en nada.

Pero entiendo que ahora tu país vive un ambiente político revolucionario y democrático, después de los caudillos que tú has inmortalizado.

Así es, pero la amenaza permanece. Te confieso que, al principio, no fui muy entusiasta de esta Revolución; pero a distancia, porque he vivido entre México y Buenos Aires, he visto que las cosas caminan y que se está tratando de satisfacer muchas demandas populares esenciales: salud pública, organización laboral, educación. Esa circunstancia es la que me llevó primero a la Argentina y me trae ahora a Francia.

Bien, dejemos la política y volvamos a la literatura. Háblanos un poco de *Hombres de Maíz*. ¿Tiene algún vínculo con *El Señor Presidente*? ¿Cómo debemos leerla a la luz de lo que ya conocemos?

Bueno, yo creo que el vínculo es el que atraviesa todo lo que he escrito menos lo que hago ahora. Hablo del lenguaje. Pero no de algo abstracto, sino de lo más común que te puedas imaginar. Todo lo que se habla y se ha hablado al lado mío se instala en mí como un eco. Escribo de oído. Cuando "creo" un personaje lo que hago se parece mucho a afinar una cuerda: lo hago hablar y luego escucho lo que dijo. Si suena lo dejo y sigo en el mismo tono. Si desafina, borro y corrijo hasta que queda bien. Pero no me preocupa qué está diciendo, sino cómo suena. Ahora bien, *Hombres de Maíz* va un paso más allá. Yo lo llamaría un relato cerrado. Es decir, una narración que no tiene más objeto que sí misma, que renuncia a la anécdota, incluso a la trama. Es una pura escritura automática que busca ... no sé ... llamémosla "la cosa indígena". Pero no es un concepto, ni una visión del mundo, sino un ritmo, un latido, un murmullo que no entiendo ni quiero entender. Esto es importante: *Hombres de Maíz* no ha sido escrito para ser comprendido. El que se acerque a ella con esa intención está perdido.

¿Cómo llegaron a ti esas voces?

A este respecto hay dos cosas importantes. Una fue mi estancia en Salamá (un pueblito del norte de Guatemala) cuando tenía entre cinco y ocho años, y otra toda la gente campesina que pernoctaba en la amplia casa de mis padres en la Capital cuando iban en su camino a vender sus mercancías. Yo pasaba horas con ellos en un patio grande con unos árboles que todavía están ahí. Contaban historias, cantaban y yo permanecía callado, oyendo. Si me preguntas de qué hablaban no te sé decir. Pero si me pides que haga que un personaje hable como ellos, lo escribo inmediatamente. Yo sé que si algo ha significado escribir para mí, ha sido transponer estas voces, estas formas de hablar sobre todo en los diálogos.

Bueno, si lo que has hecho hasta ahora es "oído", ¿cómo podríamos llamar a lo que haces ahora?

Ésa es una buena pregunta. Mira que yo mismo he tenido ese problema cuando me siento a la máquina y tengo que callar esas voces. No tengo una respuesta definitiva, pero sí he empezado a caminar en ese sentido. Escribir ficciones, creo yo, es pensar de alguna manera. Y

digo "de alguna manera" porque no se trata de argumentos ni de silogismos ni nada por el estilo. El pensamiento del escritor no puede desligarse de la sensibilidad, no puede darle expresión a nada que no vibre en él. He querido llevar a su máxima expresión lo escuchado. Y ahora que quiero dejar un testimonio, lo único que puede salvarme de la politiquería es darle expresión a la mirada. No sé si lo voy a lograr.

Déjame seguir la analogía: si lo "oído" busca un origen, algo que está en un pasado que no puede fecharse, ¿qué busca la "mirada"?

Creo que es válida tu analogía. No lo he pensado, pero tu pregunta me remite a la intención que me mueve ahora cuando me siento a escribir. Está claro que *Leyendas, El Señor Presidente* e incluso *Hombres de Maíz* se remiten a un pasado, a lo que he oído, a las formas de hablar de la gente desde tiempos que no he vivido. Ahora bien, cuando dejo testimonio me relaciono más con el presente. Pero se trata de un presente inconcluso, que abre la pregunta por su destino. Tal vez lo que la mirada busca es el futuro, pero no un futuro imaginado, sino el futuro como salida…

¿A dónde?

No lo sé. Quiero decir que no propongo utopías porque no creo en el progreso, en la evolución. No creo que el papel del hombre en la historia sea "mejorar", "superarse". Veo a la historia más bien como un laberinto donde el hombre no tiene más preocupación que la "salida". Pero ni siquiera sabe qué hay allá afuera. Tal vez un laberinto más grande, o un abismo. De acuerdo con esta sensación de la historia el futuro se experimenta como salida.

Esta concepción de la historia te separa radicalmente de muchos de tus contemporáneos que son seguidores del marxismo soviético, ¿no es así?

Por supuesto. Yo no puedo pensar así porque eso el ideal.

equivaldría a abandonar la sensibilidad y pondría una idea en mis motivaciones estéticas. Lo único que quiero es escribir, buscar un relato absoluto.

¿Te parece que no lo has escrito?

No. Y creo que aunque lo haga nunca lo sabré.

¿No es esta idea del "relato absoluto" un resabio surrealista?

Tal vez, yo lo pienso más como la recuperación de la memoria. ¿De quién? No lo sé. Y creo que no es posible dilucidarlo. Encontrar un sujeto detrás de la memoria es matarla como tal.

¿Significa eso que buscas desaparecer como autor?

Exacto. Como decimos en Guatemala: "diste en el clavo". No sé cómo vas a traducir esto. [Risas] Pero sí, tienes razón. Lo he buscado siempre. Pienso que en *Hombres de Maíz* es donde mejor lo he logrado. No estar, ése es

•

La entrevista había durado casi dos horas. Mientras tanto, Rodrigo se había entretenido viendo revistas, caminando sin rumbo entre las mesas, las filas de libros, viendo la calle desde las amplias ventanas. Ahora su padre se despedía del viejo amigo y lo llamaba.

—Don Rodrigo, venga a despedirse de Francis.

—Parlez-vous français? Un peu? Bon, à bientôt! Rodrigo. Miguel Ángel —siguió diciendo Francis—, voy a trabajar en la traducción de la entrevista y te llamo para que la revises, ¿te parece?

—Por supuesto. Espero tu llamada.

Al fin se habían quedado solos.

—El plan es el siguiente —dijo Miguel Ángel sentándose en una silla y poniendo su mano en el hombro de Rodrigo—: primero te enseño los lugares que prefería para leer y escribir, y luego salimos por los Passages para que conozcás ese otro París. ¿Qué decís?

Rodrigo asintió sin levantar la vista y sin decir palabra. Pensaba que había venido para acompañarlo a donde él quisiera. ¿No se había dado cuenta de que se ponía en sus manos para que lo iniciara? Nunca les había puesto demasiada atención. Pero de los tres, a él era a quien más le había afectado la ausencia de su padre. Miguel y su mamá lo habían tomado en una estrecha alianza llena de justificaciones y reproches. En cambio él estaba solo. No hubo día que no se pensara a sí mismo como el único que era fiel a su papá, que estaba destinado a heredarlo, a continuarlo sin saber cómo. Cinco largos años de espera, de añoranza, de soñar despierto con los lugares donde su padre andaba, de los viajes y las personas que conocía. Hasta que un día que era igual a los demás llegó el premio a la solidaridad silenciosa, su padre quería llevárselo de viaje, a París, para que lo acompañara a tomar posesión de su nuevo cargo diplomático. Parecía mentira. Por fin conocería ese lugar que había hecho de su padre lo que era, que rivalizaba con su madre porque era su verdadero primer amor. Sin explicárselo, Rodrigo sabía que ese viaje marcaría su vida.

—Bien —continuó Miguel Ángel—, venite por aquí. Te voy a enseñar el lugar donde hay más documentación sobre los indígenas de Guatemala.

Caminaron en silencio adentrándose en el enorme

edificio. Cruzaron los salones dedicados a las ciencias, llenos de retratos y bustos blancos, fríos, de los grandes científicos de Francia. Pasaron por la sala Labrouste donde tantas horas había pasado Miguel Ángel leyendo, escribiendo, esperando a Andrée, por los sombríos recintos de la filosofía, justo a la par de los documentos originales de los filósofos del Racionalismo y la Ilustración. Nada menos que las glorias de la Enciclopedia y la Revolución. Y como estos héroes intelectuales fueron también literatos, sin darse cuenta, de pronto, ya estaban en el medio de la enorme colección de literatura francesa.

—No te detengás —aconsejó Miguel Ángel—, seguime que yo sé a dónde te llevo.

Por fin, después de cruzar un umbral donde se leía: "Paso restringido. Área de investigación", llegaron a un salón repleto de archivos. Miguel Ángel había obtenido el permiso para visitar el lugar.

—Primera Estación —dijo—: éste es el lugar donde trabajé con el profesor Raynaud. Recordó de pronto que hablaba con un niño y sólo pensó para sí que en ese lugar había recibido una condena: de ahí en adelante su vida estaría dedicada a la búsqueda de la Patria. Más bien debería decirte —continuó—: aquí fue donde descubrí a la verdadera Guatemala. ¿Ves?, allí están los códices, las diferentes versiones de los libros sagrados, los estudios que muchos sabios han ido acumulando durante años de años. Aunque parezca mentira, aquí hay un lugar para nosotros. Ahorita tal vez no te des cuenta de la importancia de lo que te estoy diciendo, pero con el tiempo vas a recordarte de este momento y vas a entender. Aquí está Guatemala, lo que estás viendo dice quiénes somos. ¿Te recordás de las cartas donde te contaba del libro que escribía? ¿Te acordás de aquellas historias que te contaba y que juntos titulamos: "Las aventuras de Gaspar Ilom"? Sí, esas que me ayudabas a escribir dándome ideas. No te imaginás lo que me reí cuando me escribiste: "Me gustan tus cuentos papa. Juguemos a que yo era Gaspar Ilom y te decía lo que me pasaba y cómo me sentía". Pues todo eso tiene su origen entre estas cuatro paredes, donde descubrí lo importante que es buscar nuestros orígenes.

–¿Aquí escribiste tus novelas, papa? –preguntó Rodrigo sin dejar de ver a su alrededor.

–No. Aquí sólo aprendí de qué tenía que escribir. Imaginate, vine a caer en un lugar donde me pidieron que escribiera en español el *Popol Vuh*. Tuve que meterme en la mentalidad indígena. Vaya si este lugar no me trae muchos recuerdos. Mejor vámonos, ya me estoy poniendo triste.

–¿Ahora a dónde?

–Vos seguime. Te voy a llevar al lugar donde pasé muchas tardes recordando los cuentos que me contaba mi mamá.

Salieron de aquel archivo y se dirigieron a un salón donde están las "Literaturas de la América Latina". Caminaron por el laberinto de libros hasta llegar a una mesa apartada, que daba a una ventana.

–¡Es increíble! –dijo Miguel Ángel. Está igualita… ésta es mirá m'hijo. Aquí escribí *Leyendas*… Segunda Estación… Sí –pensó Miguel Ángel–, aquí empecé a sentir el peso de mi cruz, nunca imaginé lo difícil que sería negarme para vislumbrar un lenguaje, la lucha con las palabras, la ambigüedad, la ausencia de certeza…

–¿Qué es una "leyenda" papa? –preguntó Rodrigo sentándose a la mesa.

–Es la historia fantástica del héroe de un pueblo. Un cuento que pasa de generación en generación y modela la forma de ser de las gentes –contestó.

–¿Tú eres una leyenda de Guatemala, papa?

–No. Te estoy diciendo que esas historias y sus protagonistas son fantásticos, o sea que nunca han existido.

–¿Y yo, algún día podré ser una leyenda? –preguntó de nuevo.

–No. Vos sos real igual que yo.

–Pero siempre me has dicho que tengo el nombre de un héroe de la literatura.

–Sí, pero sólo es un nombre.

–Papa, ¿por qué no me pusiste Miguel Ángel? Al Cuy le fuiste a poner tu nombre. ¿Por qué?

–Bueno, ¿estás poniendo atención a lo que te estoy contando o qué? Mejor vamos caminando que no nos va a alcanzar el día.

Volvieron sobre sus pasos. En silencio. Cruzaron las amplias puertas del edificio y salieron a la Rue de la Banque. De nuevo el ritmo de la ciudad.

–¿Sentís el contraste? –preguntó Miguel Ángel. ¿No te parece que allá adentro era otro mundo y aquí estamos de vuelta a lo de siempre?

–No, ¿por qué? –dijo Rodrigo, extrañado.

–Era mi experiencia. Lo que quiero es que sigás la secuencia de nuestro recorrido. Tercera Estación: la calle, el mundo. Y Miguel Ángel pensó que no podía compartir con Rodrigo los avatares, el cansancio de muerte, la desesperación del oficio de escribir, pensó en las innumerables veces que cayó, recordó el desaliento de sentir que llevaba la carga de su Patria y fracasar en la expresión.

Se encaminaron por la Rue Vivianne, buscando la entrada a los Passages. Al llegar, Miguel Ángel se detuvo un momento. Rodrigo lo veía sin atreverse a preguntar nada. Parecía como si no estuviera viendo lo que tenían delante. Como si, para sus ojos, el tiempo hubiera regresado y en lugar de las personas que pasaban distraídas, se estuvieran moviendo, lentas, las figuras del pasado.

–Cuarta Estación –dijo sin quitar la vista del oleaje de la memoria. Las imágenes se mezclaban con pensamientos sueltos, repentinos. Recordó que los Passages le parecían la entrada a un gigantesco útero, un lugar alejado de las inclemencias de la intemperie, seguro, aparte. Pensó cuán cierto era lo que acababa de decir a Francis, París es como una madre. Éste es el único lugar del mundo donde se sale a otro adentro –siguió diciendo.

–¿Qué es eso? –preguntó Rodrigo.

–Se llaman "Los Pasajes" y son una serie de calles de la ciudad que están cubiertas por un techo de vidrio. Como el Pasaje Rubio, ¿te acordás?

–¿Y qué hacías aquí?

–Bueno, vos ya viviste conmigo un tiempo. Acordate

que escribir es un trabajo agotador. Yo pasaba muchas horas en la Biblioteca, y para descansar salía a vagar a este mundo apartado. A veces sólo tomaba café o me sentaba en una mesa a ver pasar gente. Otras veces quedaba de juntarme con algún amigo.

—¿Sólo eso?

—Bueno, algún día comprenderás lo que te estoy diciendo. Cuando uno vive solo, lejos de su país, lo que se hace no es tan importante como lo que se piensa, lo que se añora, recuerda, los castillos en el aire que se construyen. Si algún día te toca, vos también harás los tuyos. Pero venite, caminemos, te voy a enseñar...

De pronto, Miguel Ángel se dio cuenta de que Rodrigo veía algo distinto a lo que él señalaba. La primera vez que miramos algo está vacío, es nada —pensaba. En cambio, para él, volver sobre las mismas vitrinas, los mismos restaurantes, las mismas puertas que nunca se abrieron, las mismas encrucijadas del camino, era algo tan lleno de significado que no podía comunicarlo.

—Quinta Estación —dijo dirigiéndose a las mesas de un pequeño café—: éste era uno de mis lugares favoritos. Aquí venía para esconderme, para estar solo. Hay momentos de profundo desaliento, y cuando estás así no querés hablar con nadie. La escritura, la soledad, son crueles. Pero yo tenía un amigo, Arturo, que me ayudaba a llevar mi cruz. Él era el único a quien yo le contaba mis cosas. ¡Dios mío, cuántas horas pasamos aquí hablando de tirar la toalla, de volver, de no volver jamás...! ¡Si estas mesas hablaran!

—¿Te ayudaba a escribir, papa? —preguntó Rodrigo.

—En cierto sentido, sí. Creo que si no hubiera sido por él lo hubiera mandado todo a la mierda. Juntos descubrimos que lo que hacíamos era original y que valía la pena seguir haciéndolo. Además nos contábamos todo, de nuestros países, de nuestras vidas. Un gran amigo, todavía nos escribimos. Algún día te lo presentaré.

—Papa, ¿me comprás algo? Tengo hambre —interrumpió Rodrigo.

—Bien me dijo Maco que eras de buen diente —comentó. ¿Sabés qué? Mejor te voy a llevar a un restaurante que queda cerca y aprovecho para contarte más cosas. Aquí no nos van a servir un almuerzo. Venite.

Caminaron despacio, distraídos, viendo a todos lados, uno descubriendo, el otro recordando. Ya habían olvidado que se encontraban en un interior de París. La luz del mediodía entraba de lleno por los vidrios del techo y Miguel Ángel no podía creer que era el mismo sol, el mismo Pasaje, las mismas paredes; pero que la gente ya no era la misma, que él ya no era el de antes.

–Éste es el lugar –dijo deteniéndose. ¿Te gusta?

–Sí. ¿Y qué me vas a contar aquí?

Esta es la Sexta Estación. Sentémonos. Al café que te enseñé llegaba cuando estaba triste. Pero aquí venía cuando estaba contento. Todavía estás muy chiquito para entender estas cosas, pero de todos modos te lo voy a contar. Aquí había una mesera que me gustaba. La primera vez que la vi me quedé con la boca abierta. Era preciosa. Yo atravesaba una época de casi absoluta soledad y ella me devolvió al mundo. Vos sabés, en país extranjero uno nunca se integra. Y sobre todo aquí, donde cualquiera que no hable bien y sea moreno ya le dicen *métèque*. Nos conocimos porque yo volví al día siguiente y el otro y así, necio, hasta que me reconoció y nos hicimos amigos.

Miguel Ángel pensó que debía dejar el relato hasta allí. El resto no lo entendería. Mientras comían y comentaban el viaje, las impresiones de Rodrigo, Miguel Ángel recordó la suave voz de Christine, su primera amiga francesa. Pensó que tal vez ella era más importante de lo que había imaginado porque lo había mirado, se había fijado en él. Antes no tenía un rostro, se sentía desfigurado, irreconocible, pero ella había detenido sus ojos en él, le había devuelto el rostro.

La sobremesa se prolongó en una conversación que volvió a Guatemala, a la familia, al tiempo perdido en México. Miguel Ángel había pensado muchas veces que le debía una disculpa a sus hijos. Pero ahora que tenía delante a Rodrigo no podía decir palabra; y lo que es peor aún, ni él mismo conocía los motivos de sus actos. ¿Qué había hecho insostenible su relación con Clemencia? ¿Por qué la había abandonado? ¿Por su madre? ¿Porque ella se lo había exigido? De pronto, con espanto, Miguel Ángel recordó la antigua foto con su madre previa al viaje, y le cruzó la mente que era como una foto de bodas.

—¿No vamos a seguir caminando? —preguntó Rodrigo sacando a su padre del aislamiento—. Estás ido. ¿Dónde vamos ahora?

—Tenés razón. Hay que apurarse porque debemos llegar al otro lado.

—¿Qué hay del otro lado?

—El futuro. Ya verás. Bueno, te contaba que aquí conocí a mi amiga Christine. Pues bien, a mí no me sobraba el dinero, así que no podía comer aquí muy seguido. Por eso la mayoría de las veces la esperaba por estos pasillos, leyendo, fumando. Séptima Estación. Aquí me mezclaba con la gente. El interés por ella me hacía sentir común y corriente, desprendido, caído del trono del artista. De vez en cuando se escapaba un segundo y me venía a decir que la esperara porque debía cubrir a una compañera enferma.

—¿Te aburrías esperando?

—En realidad no. Con el tiempo empecé a conocer personas de su círculo. A veces, mientras esperaba, pasaba alguna o algunas de sus amigas y me invitaban a un café para hacer tiempo.

—¿Dónde?

—A diferentes lugares, pero por lo general íbamos allá… —dijo Miguel Ángel señalando un pequeño café del otro lado del pasillo—. Octava Estación. No te imaginás las historias que me contaban. Me enteré de sus vidas y milagros. Lo peor es que me volví su consejero, querían que les dijera qué hacer con sus vidas. Me compadecían por mi soledad, por lo lejos que vivía de mi país. Y yo les decía que no se entristecieran por mí, sino por sus propios problemas. En realidad eso era lo que querían oír estas piadosas mujeres. Me adoraban… Sin sentir, Miguel Ángel pasó de sus palabras a sus pensamientos. Recordó que había roto con Christine porque tuvo una aventura con una de sus amigas. Había caído vilmente. Imposible evitarlo. Imposible contarle a Rodrigo que la Novena Estación estaba muy cerca, el pequeño apartamento donde le había hecho el amor con el hambre de una búsqueda sin objeto.

–Sigamos caminando. Te quiero enseñar la Décima Estación.

–¿Y la Novena?

–Ésa te la cuento otro día. No seas curioso. Miguel Ángel hizo una pausa y siguió diciendo: cuando seas grande vas a entender que en la vida se cae muchas veces y que, de alguna manera, siempre es la misma prolongada caída que al final acaba con uno.

–¿Y dónde está la Décima?

–Eso te quería decir, no es un lugar específico. Es este camino a la salida. Que yo recuerde, nunca salí a la calle por la entrada, allá donde empezamos, más bien atravesaba los Passages para llegar a la Rue des Poissonniers. Y no sé, pero andar por estos caminos secretos lo sentía como un rito de purificación. Me sentía liviano… –y pensó: "casi desnudo, como si en el trayecto hubiera ido despojándome de mis vestiduras"–. Hay cosas que sólo se sienten una vez en la vida, m'hijo. Aquí me tocó sentir una libertad que nunca he vuelto a experimentar igual. Me sentía desprendido, suelto, como si no era yo el que se atrevía a hacer tantas cosas, el que escribía lo que escribía.

–¿Y te sentías triste por tus papás? –preguntó Rodrigo.

–Sí y no. Claro que me hacían falta, sobre todo al principio; pero al mismo tiempo disfrutaba mi libertad. No me lo creía. Algún día lo sentirás. Es algo así como librarse de una carga. Por fin llevás la cruz a su destino final. Ya no tenés que seguir cargándola. Al contrario, de ahí en adelante será ella la que te va a sostener a vos. Es como una renuncia. ¿Entendés?

–¿Le dijiste a tus papás que ya no te escribieran?

–No. No es una renuncia a cosas que tenés, sino a lo que has sido, a lo que te han obligado. Probás la vida, te das cuenta de que ella te pertenece y que hay que vivirla.

—¿Eso que se ve al final es la salida? —preguntó Rodrigo, distraído.

—Así es. Esa será nuestra Undécima Estación. Es otro mundo. Esa puerta significa tantas cosas para mí. Ahora no lo podés ni imaginar. Pero quiero que guardés el recuerdo de este día, del recorrido que hemos hecho. Yo sé que le vas a encontrar un significado cuando seas grande.

—¿Por qué papa? Para mí sólo es una puerta —comentó extrañado.

—Ahora lo vas a ver. Desde hace mucho tiempo, allá afuera, hay personas que adivinan el futuro. Gitanos. Como esos que se roban a los niños en los cuentos de tu abuela. Por supuesto que yo no creo en eso. Pero en ese juego me di cuenta de que ser escritor, para mí, no era cuestión de una decisión, sino un destino, o sea que no podía hacer otra cosa. "La escritura —pensó— fue ese lugar definitivo donde dejé mi cruz, y donde fui clavado en ella sin remedio, despojado de mis vestiduras, con todo el dolor de la renuncia a cuestas. Ahí he estado clavado desde entonces buscando el origen, mi patria, donde he querido ser todos los guatemaltecos, encomendar mi espíritu a la palabra para que todos vuelvan a la vida por ella, en ella".

Habían llegado a la puerta y Miguel Ángel todavía no lo notaba.

—¿Ésta es la calle que decías?

—Perdoná. Me distraje. Sí, ésta es.

—¿En qué estabas pensando?

—En una tarde que vine por Christine y le conté lo mal, lo confundido que me sentía. Me escuchó hasta el final y me dijo: "Yo sé de alguien que te va a quitar todas esas dudas". Me tomó del brazo y me trajo a este lugar. Caminamos entre la gente y llegamos al puesto de una mujer de faldas largas y pañuelo en la cabeza. Por allá. Duodécima Estación. Me tiró las cartas y me dijo: "Tu destino está fijado. Vas a lograr lo que quieres, pero pagarás un precio altísimo. Perderás la vida y seguirás viviendo. No te angusties más. Nada puedes hacer".

—¡Te recordás de todo! —comentó Rodrigo.

—Durante años quise olvidarlo, pero no pude. Esas palabras quedaron grabadas en mi memoria.

—¿Y por qué querías olvidarlo?

—No sé. Me daba miedo. Lo sentía más como maldición que como visión de mi futuro. Fue como una muerte. Allí supe que no podría escoger, que sería escritor quisiera o no.

—¿Crées que eso es malo?

—¿Qué es malo?

—Que te digan tu futuro.

—No. Sólo es un juego.

—¿Puedo ir con uno de ellos? Quiero saber qué me va a pasar.

—Bueno, pero con una condición…

—¿Cuál?

—Que no lo tomés en serio.

Mientras buscaban un lugar al azar, Miguel Ángel recordó lo cerca que vivía Christine, las horas que había pasado en su pequeño apartamento contándole sus tribulaciones, los tiernos momentos en que ella lo consolaba en su regazo intentando que aceptara su destino de escritor. "Décimo Tercera Estación —pensó—: la piedad de su abrazo, el silencio de su amor sosteniendo al cadáver inerte del que nunca volvería a ser".

—Mirá, me dieron esto —dijo Rodrigo extendiéndole una tarjeta azul.

"Cabinet de Voyance du PROFESSEUR MOHAMED —leyó Miguel Ángel con una sonrisa—: Grand voyant, guérisseur, efficace, garantie et sérieux! […] Dans sa famille la voyance vient de la nuit du temps, qu'il vous voit clairement comme dans un miroir. Il vous aide à résoudre tous vos problèmes, même désespérés d'Amour. Retour rapide de l'être aimé. Protection contre mauvais esprits. Pour vos soucis d'argent. Examens. Permis de conduire. Emplois. Jeux d'hasard. Impuissance sexuelle. Problèmes de justice. Obésité. Avenir assuré…"

—¿Quién te dio esta babosada? —preguntó Miguel Ángel riéndose.

—Una muchacha que pasó. Ni cuenta te diste.

—Es el 131 de esta misma calle. No está lejos.

Los recibió el mismo Professeur Mohamed en persona.

—Me imagino, señor —preguntó a Miguel Ángel—, que no es la primera vez.

—No venimos por mí, sino por mi hijo —contestó.

Se sentaron frente a una pequeña mesa iluminada por una lámpara que descendía exactamente en el centro.

—¿Palma de la mano, cartas, café, cigarro…? —preguntó el profesor.

—¡Cartas! —contestó Rodrigo después de la traducción—. Igual que mi papá.

El profesor Mohamed revolvió el mazo con gran destreza durante unos segundos. Al final desplegó un perfecto abanico frente a ellos.

—Escoge una.

La manita gruesa y temblorosa de Rodrigo se detuvo un segundo, suspendida en el aire, antes de tomarla del centro del abanico.

—Para empezar vamos a definir tu personalidad —dijo el profesor echándose hacia atrás en su silla con la carta en la mano—. Eres un idealista, buscas la pureza. Llevas una nostalgia a cuestas, un deseo imposible. Eso te convierte en un solitario, alguien incomprendido que hace de ello un estilo de vida. Eres arrogante, desdeñoso, distante con aire de superioridad, hombre de pocos amigos y actos elocuentes. Concibes la vida como una misión de tus ideales, como un compromiso. Místico de una causa. Mides a las personas con un único criterio fijo e inflexible.

—¿Y el futuro? —dijo Rodrigo volteando a ver a su padre.

— Et l'avenir? —tradujo Miguel Ángel automáticamente.

—Esa es la segunda parte. Déjenme echar una cuantas cartas —contestó. De nuevo, en silencio, padre e hijo vieron al profesor Mohamed disponer del azar significativo del mazo. De pronto, sólo para sí, el profesor empezó a murmurar mientras escogía las cartas que iba poniendo sobre la mesa—.

Veo soledad, mucha vida interior. Sufrirás por una persona que quieres mucho pero que no está en tus manos ayudar. Sentirás que a ella nunca se le hizo justicia. Toda tu vida está ligada a la justicia, a lo que consideras justo. Son cadenas, infinitos enredos sin principio ni fin. Estás en medio, paralizado. Te veo también en un desierto, absolutamente solo, rodeado de repetición, monotonía, de lo mismo y lo otro. Aquí hay dolor, frustración, una larga espera por algo que te recompense de todo.

Mientras traducía, Miguel Ángel veía los ojos de Rodrigo, abiertos, receptivos, ingenuos aún, sin entender las palabras del profesor. Dudaba, no sabía si traducir todo, modificarlo, cortar la sesión y salir de allí. Total –pensaba–, sólo es un juego.

–No vendrá… –siguió diciendo el profesor–, no vendrá la recompensa… estás solo mientras te hacen una pregunta, pero te quedas pensativo, sin contestar… después de largas ausencias… persecución… Lágrimas. En tu camino hay lágrimas, soledad, tiempos violen…

Miguel Ángel interrumpió su traducción. El profesor Mohamed calló levantando la vista de la mesa. Rodrigo veía a uno y a otro.

–¿Qué pasa? –preguntó.

–Nada. Ya es un poco tarde y todavía tenemos cosas que hacer –contestó Miguel Ángel mientras pagaba al profesor.

Al salir notaron el ambiente más animado. Todavía era tiempo de hacer algo.

–¿Por qué ya no terminamos? –preguntó Rodrigo.

–Ya era suficiente. Te dije que esto no hay que tomarlo en serio, y ya se le estaba pasando la mano al adivino ese.

–¿Y ahora? ¿Qué vamos a hacer?

–Todavía nos falta una estación.

–¡Dos!

–No, sólo una. La penúltima no te la puedo contar. Mejor si nos apuramos.

–¿A dónde vamos?

–Te quiero llevar a un lugar para darte una misión.

Quise que me acompañaras a París porque ya estás grandecito, ya tenés edad para entender ciertas cosas. Por ejemplo que esta ciudad significa mucho para mí y quisiera estar ligado a ella incluso después de muerto. Yo quiero ser enterrado en París. No lejos de aquí hay un cementerio donde están muchos artistas de todas épocas y países que, como yo, fueron hechizados por esta ciudad. Es un Olimpo, ¿entendés? Se llama Père-Lachaise. Quiero que conozcás porque cuando me muera, vos vas a ser el encargado de que se cumpla mi voluntad. No importa dónde esté. Quiero que me entierren allí.

Caminaban en silencio. Rodrigo no entendía el significado de estas palabras.

—¿Y esa es nuestra última estación? —preguntó.

—Sí. La Décimo Cuarta. El lugar de mi sepultura.

—¿Y también allí ibas cuando vivías aquí?

—Sí. Iba mucho a Père-Lachaise —contestó. No sé, la soledad te hace desarrollar manías. Iba a ver las tumbas de los escritores que leía. Caminaba sin rumbo y de pronto me encontraba alguna tumba que ni imaginaba. Llegaba a soñar, a fantasear mi propia tumba, mi lugar en el Olimpo.

—¿Y a qué vamos a ir si todavía no te has muerto?

—Sólo a ver el lugar. Tal vez no lo entendés ahora, pero, creeme, lo vas a entender. Un hombre busca siempre no morir, y la única manera de lograrlo es conquistar un lugar en la memoria de la gente.

Bajaron en silencio las gradas del Métro Parisien para esperar el tren en dirección a Jaurès. Allí cambiarían hacia su destino final: el Cementerio de Père-Lachaise. Mientras el tren llegaba, Rodrigo se quedó absorto viendo las ventanas que se sucedían rápidamente.

—¿En qué pensás? —preguntó Miguel Ángel.

—En lo que dijo el adivino de mi vida.

—Olvidate de eso, ya te dije que son mentiras.

—Pero… habló de lágrimas, de sufrimiento… Me da miedo.

—Mirá, nadie puede ver el futuro. De lo que te hablan no es de la vida real, de la tuya, sino de posibilidades que ellos se inventan.

Callaron. El tren había empezado a caminar. La estación quedaba atrás. Movimiento lento, suave, inexorable. Sin sentir, el mundo exterior desapareció y se internaron, juntos, en el camino subterráneo que los llevaría a la última "Estación".

Segunda parte

What is man but a little soul holding up a corpse?

MALCOM LOWRY, *Under the volcano*

10. Mujer con ojos de jengibre

1. Los Cuentos del Cuyito

De nuevo Guatemala. Guatemala de-vuelta. Eran los años del nacimiento de un nuevo orden internacional. ¿Y Guatemala, su Guatemalita de la Asunción? Ahora era Guatemala de la Revolución. Sí, en los últimos quince años había vuelto dos veces, y las dos por obligación. Guatemala era como un castigo. En ambas ocasiones había dejado a su mujer y había vuelto a su mamá. De Andrée (amiga, amiga, mi mejor amiga) a doña María (levadura santa), y de Clemencia (amada tropical) a doña María (nido paloma) otra vez. Pero ahora, después de dos tormentosos años mexicanos, había secuelas, consecuencias con nombres y apellidos y ocho y seis años, Rodri y el Cuy, quienes, además, se habían quedado allá, en aquel apartamento donde sólo Dios sabe qué pasaba, qué veían, los pobrecitos.

La Navidad de 1946 había sido, quizá, el momento más triste de su vida, el fondo de una crisis que lo había destruido. El alcohol, el desamor y el anonimato, sobre todo el anonimato. *El Señor Presidente* se había publicado en la edición insignificante de una obscura editorial, pagada en un acto de misericordia por Jorge, su primo. El proyecto incipiente de la carrera diplomática se había desplomado y debía volver a esperar la venia presidencial para retomarlo. El ambiente estaba plagado de enemigos que veían en él a un oportunista con suerte y no a un excombatiente consecuente. Desde su trinchera de siempre, la casa paterna, veía la vuelta triunfante de los héroes del exilio. Y doña María le sonreía, lo acogía en sus brazos, le besaba la frente y, de nuevo, lo veía comenzar. El hijo grande, de quien se esperaba el mundo, ahí estaba de nuevo, lleno de deudas, de fracasos, de sinsabores y amarguras. El hijo pródigo que volvía después del despilfarro. Marco Antonio, mientras tanto, el otro, el estable y normal buen hijo, tenía una vida hecha, se había casado bien, con Mamateco, una buena mujer, y heredaba, por derecho propio, el negocio, las costumbres tradicionales de la casa. Miguel Ángel nunca vio tan claras las consecuencias de la trasgresión.

1947 se iniciaba en soledad, desde cero. Lo único que le quedaba era la memoria. Una inmediata, y otra profunda, lejana. La inmediata eran los muchachos allá solos, a merced del caos. Y la profunda era el seno materno, su propia infancia. Si Rodrigo había sido siempre el hijo predilecto, ¿cómo explicar que ahora, frente a la máquina, semana tras semana, le escribiera los cuentos sólo al Cuyito? Los dos eran Migueles y él, el padre, desde la impotencia de la distancia, quería regalarle su infancia, quería que fuera él, y que el niño, por su parte, le devolviera la inocencia que el dolor reclamaba. Meses de espera, de búsqueda del tiempo perdido. Ahora había vuelto a Guatemala no como la primera vez, ahora quería volver a su Guatemala, al auténtico origen, a la raíz del mito.

Pero la memoria, ese país detrás de la niebla, los bosques, agonía del árbol sin raíces..., raíz entre la sombra, era una mezcla de los días de la infancia tan felices, aquellos del amor, y la naturaleza, los campos abiertos sin caminos. Las palabras, los sonidos, los seres y las historias de aquel mundo empezaron a volver: las palomas, los pericos, los zopes, el canto de las ranas y los clarineros. Y cada línea que escribía, cada palabra de cada carta que le enviaba a los niños prometiendo que iría a rescatarlos, buscaba regalar su propia felicidad infantil y, al mismo tiempo, reclamar el paraíso perdido de la inocencia.

En tan corto tiempo como tres meses de soledad, de distancia, Miguel Ángel indaga las profundidades de su vida desde la nostalgia por la inocencia. Mientras tanto, llegaba un momento crucial de su vida: la audiencia presidencial que lo enviaría a la Argentina.

El viaje a México en busca de sus hijos y el nombramiento diplomático en Buenos Aires, fueron casi simultáneos. El presidente ya había oído de las tribulaciones del escritor allá y no estaba dispuesto a permitir que volviera a Guatemala y a la prensa nacional. Las intimidades de la vida del escritor eran un secreto a voces y Arévalo supo que su retorno era por fuerza mayor. Necesitaba darle la oportunidad de que, por fin, se convirtiera en un escritor famoso y no abandonarlo a una suerte que hubiera hecho de él un resentido periodista, reaccionario, aliado de la oligarquía.

La casa de los Asturias vivía días de transición. El vacío que había dejado Miguel Ángel con su partida a México y su comportamiento, poco a poco, fue haciendo de la familia de Marco Antonio la base de la casa. Doña María, viuda de diez años, se había incorporado a las rutinas del nuevo hombre de la casa, quien se había hecho cargo de las pertenencias, del negocio. Ése es el ambiente al que Miguel Ángel lleva a vivir a sus hijos hacia mediados de 1947 mientras espera qué va a ser de su nuevo oficio diplomático.

Su vida, más pacífica ahora, se estancaba entre la compasión y los rumores de amigos y vecinos. Por su parte, Miguel Ángel se dedicaba a activar los pocos contactos que le quedaban en una nueva sociedad súbitamente arrebatada por ideales de igualdad y justicia social. Intentaba, también, darle forma a algunos relatos dispersos llenos de nuevos personajes más parecidos a la leyenda que a la novela política que acababa de publicar. Se levantaba muy temprano, a eso de las cinco, escribía durante dos o tres horas, desayunaba, leía el periódico y el resto del día lo dedicaba a citas esporádicas y a su familia. Así pasó la segunda mitad de aquel año.

Una mañana de enero de 1948, como salido de uno de sus relatos, se presentó a su puerta un mensajero presidencial. El presidente Arévalo quería verlo. La vida volvió a su mirada, la entrada al cielo es una sonrisa le había escrito al Cuyito. Feliz, esperanzado, preparó sus baterías para aquel encuentro crucial.

El día llegó. Muchas veces, antes y después de la Revolución, Miguel Ángel había pisado las salas de espera del despacho presidencial, como diplomático, como periodista, como estudiante rebelde, hasta con Cara de Ángel. Llegó temprano, elegante; iban a hablar entre intelectuales.

Arévalo no lo hizo esperar. Le dio toda la importancia que él esperaba, que generaba rencores entre los allegados, los fieles revolucionarios que aburrían y desesperaban al presidente, que no lo dejaban ni a sol ni a sombra. Allí estaba el Ministro, Enrique Muñoz Meany, esperándolo, sonriente, sentado frente a Arévalo.

—Pasá adelante, Miguel Ángel —dijo Enrique.

—Buenos días —contestó—, Enrique, señor presidente.

—Decime Juan José. En esta brega somos compañeros del mismo esfuerzo. Siéntense, por favor.

—Quiero agradecerles el tiempo que se toman para atenderme —dijo Miguel Ángel todavía ceremonioso y sin saber de cierto de qué iba la reunión.

—No, hombre, faltaba más —dijo Enrique—, al contrario, ya pasó casi un año desde tu regreso de México y hasta ahora podemos platicar.

—Sí —terció el presidente—, teníamos pendiente esta reunión; pero —dijo viendo con complicidad a Enrique—, te lo adelantamos, valió la pena esperar.

Miguel Ángel vio aquel rostro blanco, ancho, sonriente, como listo para la foto que saldrá en los diarios, y se imaginó que lo quería para algún cargo en el Despacho.

—Ya lo hice por escrito —dijo—, pero ahora que los tengo delante aprovecho para agradecerles la confianza y disculparme por las circunstancias en que se dio mi renuncia. Meros asuntos personales, pero ineludibles.

—Ni hablar —dijo Enrique—, estamos muy satisfechos con tu labor allá. Y por eso no queríamos precipitar tu nombramiento a cualquier otro lugar, sino esperar hasta que se diera la oportunidad adecuada.

—Soy todo oídos.

—Pues es muy simple —continuó el ministro—, resulta que está vacante el cargo de ministro consejero en la Argentina. Lo confirmamos hace poco y ahora ya es un hecho.

Miguel Ángel vio a sus dos interlocutores sin decir palabra.

—Allá está de embajador Roberto —siguió Enrique—,

¿lo conocés? Roberto Arzú.

–Sí, sí, claro –contestó, todavía aturdido por la noticia.

–Mirá –dijo el presidente–, tú tienes que ir a la Argentina. Es el país en el que está tu porvenir, por muy adelantado en lo tocante a escritores, publicaciones y editoriales.

Miguel Ángel vio el cielo abierto. No quería meterse en política ni seguir perdiendo el tiempo. Ahora sólo tenía un objetivo: escribir y publicar.

–Acepto –dijo sin dudar–, gracias por pensar en mí para ese cargo. De hecho conozco a algunos escritores que viven por allá y creo que sí será más fácil publicar las cosas que tengo escritas.

–Pues me alegra mucho tu decisión –dijo el presidente. Acordate que yo viví allá y conozco bien el ambiente intelectual. Es otro mundo. Además, mucha gente de las universidades me conoce y creo que te van a recibir muy bien. Eso sin contar que, según creo, un distanciamiento de Guatemala y tus problemas no te vendría nada mal. Disculpá si me inmiscuyo en tu vida.

–No, no te preocupés. Al contrario, te agradezco la atención que has puesto en mi caso particular. A vos también Quique. No se van a arrepentir, voy a realizar un buen trabajo diplomático en Buenos Aires.

–Pero contanos –dijo el presidente–, ¿lograste hacer algo en México?

–Bueno, algo –contestó bajando la vista. La verdad es que muy poco. Publiqué un par de cuentos nuevos y una novela que tenía escrita desde que volví de París hace más de diez años.

–Eso no es poco –comentó Enrique, que empezaba a aburrirse.

–Lo que pasa –aclaró Miguel Ángel– es que se trata de unas revistas y de una editorial que no son muy conocidas. En México las editoriales importantes sólo están publicando libros con contenido social declarado. Y mi novela lo tiene, pero en su opinión habla de etapas históricas que ellos ya han superado. Me refiero a las dictaduras.

–¿Ah, sí? –comentó el presidente con una sonrisa iró-nica. Bueno, pero te aseguro que en la Argentina es diferen-te. Hay muchos editores y no hay tanto control del gobierno.

–En cuanto a tu nuevo cargo –dijo el ministro cam-biando el rumbo de la conversación–, prefiero no darte ins-trucciones concretas. Roberto está realizando una buena labor y será él quien te ponga al tanto de los objetivos de nuestra misión. Eso sí, Guatemala debe tomar el liderazgo revolucio-nario de América Latina, convertirse en un ejemplo para los demás países.

–¿Cuándo debo partir? Necesito por lo menos unos días para arreglar mis cosas.

–Cuanto antes. Hoy firmamos tu nombramiento y Roberto ya te está esperando. ¿Cuánto creés que te lleva pre-parar tu viaje?

–No sé. Tal vez una semana.

–Bueno, entonces en ocho días. Pasá hablando con mi secretaria, decile que ya nos pusimos de acuerdo y la fecha en que te gustaría viajar.

El presidente Arévalo se puso de pie.

–Enhorabuena Miguel Ángel. Me alegro que sigás co-laborando con nosotros. Mantente en contacto y espero que esta aventura nos traiga muchas satisfacciones a todos.

–Gracias Juan José. Sabrán de mí en cuanto llegue allá y me instale.

Se despidieron. Miguel Ángel salió del despacho y cruzó los corredores hasta la puerta del Ministerio de Relacio-nes Exteriores.

Cuando salió era mediodía y soplaba un aire frío, de fin de año. Caminó hasta la esquina de la séptima avenida y cruzó buscando La Merced. Al fin y al cabo estaba en el cami-no de su casa. Muchos años antes había seguido el mismo sendero en busca de auxilio. Ahora quería dar gracias, pasar visitando al Señor y pedirle que esto no fuera un espejismo, que de verdad lo sacara del callejón en que estaba.

2. Nuevos Aires

Río de Janeiro, 19 de diciembre de 1949

Mi adorada Blanca:

No me preguntes por qué, pero ahora, lejos de ti, me siento en el ánimo de contarte las cosas que sabes a medias de mi vida, mis sentimientos.

El camino ha sido largo, acongojado. No voy a repetir lo que ya sabes. Sólo déjame decir que ese amargo peregrinar (sí, soy rezador y cachureco, babosita) culminó con mi viaje a Buenos Aires con parada obligada en la casa de mi amigo Pablo, siempre tan Neruda. Con sus vinos, sus pipas, sus mares de palabras contra rocas resonantes, sus mujeres inalcanzables en las proas de sus barcos. Fueron pocos días inolvidables de exploración, de amistad sin interrupciones. Después vino de nuevo la soledad, el camino solitario que parecía nunca terminar.

Al principio estaba desorientado. Creía estar en México aún y quise seguir con mi bohemia inveterada. Te preguntarás por qué destruía mi vida de esa manera. No sé. Sólo te confieso que me sentía culpable. Siempre me he sentido culpable frente a las personas que quiero. Como si nunca estuviera a la altura de lo que esperan de mí. El amor filial es cruel, insaciable, lleno de reproches y cuentas pendientes. Desde niño tuve esta angustia; pero en los últimos años fue más grave. Sobre todo al principio de mi estadía en Buenos Aires, cuando dejé solos a mis hijos y a mi madre enferma. ¡Mi madre! La siempresente, la que estuvo ahí desde antes del inicio... y me inventó. Imagínate mi pena al recibir el correo, al oír el teléfono en las madrugadas. Cuando la llamada llegó me quedé sin palabras. Era Marco Antonio, mi hermano: "Miguel Ángel —dijo con un tono que conozco bien—, ella descansó. La acompañamos hasta el final". Mi mirada quedó fija en un punto del aire. Los segundos pasaban y, con ellos, toda mi vida, sus caricias, sus miradas, su figura pequeña siempre ahí cuidando mis pasos. "¿Estás ahí? —siguió— Preguntó por vos en sus últimos momentos y le dijimos que estabas bien, que habías llamado para saber de ella. Sonrió y cerró sus ojos. Yo sostenía su mano. Poco a poco fue perdiendo fuerza. Puro pajarito se apagó". Marco Antonio lloraba. Podía oírlo en su respiración, sus palabras entrecortadas. Yo no. Yo sentí como si me hubieran quitado el suelo. De pronto todo quedó en silencio, la sombra de su pelo le quedó a la noche. No recuerdo qué le dije. Colgué y me quedé sólo con miles de recuerdos. Me perdí en la madrugada y hasta que amaneció, hasta que la vida volvió a la ciudad, lloré, lloré mucho, desde el fondo de la impotencia, de la culpa. Lloré de rabia por mi vida plagada de errores y olvidos y egoísmos.

En esas semanas me sentí un extraño a la gente, a los vivos. Pero la amistad obra milagros. Nora y Oliverio se preocupaban mucho por mí, y su fiesta de aniversario era una oportunidad para que yo me distrajera. Benditos sean. Allí te encontré y nació en mí el sereno amor del hombre que sabe lo que quiere, a quién quiere y por qué quiere, en el entendido de que lo sabe, no por conocimiento, sino por intuición, por adivinación de que ese ser al cual llama "suyo", es su doble, su gualicho, su otro yo. Y al amor, aunque no te guste, une mi corazón una inmensa gratitud por ti, por tu generosidad sin límites. Déjame que lo confiese así aunque no lo vuelva a repetir. Amor, gratitud con la vida, alegría de saberte conmigo para el resto de mis años, que pocos o muchos a tu lado me serán leves. Lo sabes, pero de todos modos te lo digo: te quiere tu

Miguel Ángel

Guatemala, 31 de diciembre de 1949

Blanca, mi bienamada:

He recibido todas tus cartitas. Tu adorable letra de andadito de mosca que paradójicamente teje de hilos muy finos su propia cárcel. En amor siempre somos el insecto que se teje su telaraña para vivir aprisionado. Tus letras me hacen mucho bien, pues vieras que, como es lógico, me desperté un poco al llegar. Después de Buenos Aires, con sus 6 millones de habitantes, una capitalita de 300 mil es un espacio vacío. Luego que como se puede decir yo hallé mi casa, mi madre, he tenido que amoldarme provisionalmente, mientras vienes tú y nos arreglamos definitivamente.

Mira lo que he escrito: "mi casa, mi madre", como si fueran lo mismo. Pero de algún modo sí lo son. Fui a verla al cementerio general. Cal y canto. Canto del viento en los sauces llorones que se inclinan sobre las tumbas... Ahí estaba su nombre en alto, como escrito en el firmamento. Lloré y oré. Le pedí perdón mil veces por mi vida. Pero también le di gracias por ti. Le conté todo como si hubiera estado sentado a sus pies en la sala de la casa: "Fíjese mama –le dije–, yo estaba absorto viendo la colección de arte precolombino de Oliverio, en medio de una fiesta llena de cultos comensales, cuando oigo la voz de una muchachita que me dice: 'Asturias, usted es un hombre vivo, está aquí, frente a mí en esta ciudad y yo no lo sabía'. Fue providencial. Fue usted quien me la mandó del cielo. Esa noche me enamoré de ella porque, como en un cuento de hadas, sentí que me había esperado toda su vida". Ya no recuerdo mi monólogo, pero sí sé que le conté todo el bien que has traído a mi vida. Que paulatinamente, ahora sí para siempre, estoy dejando de beber, que me animas a escribir y a publicar, que cuidas de mí y, por supuesto, que pensamos casarnos, que queremos venir a vivir a Guatemala, a esta casa que fue suya y que lo seguirá siendo por ser tuya.

Yo sueño con tu venida, por muchas cosas, porque, con sacrificio de tus quereres de allá, colmarás tus ambiciones en el sentido de amar y ser plenamente correspondida, porque yo ahora te quiero tanto, que casi puedo emplear el anticuado te idolatro.

Si te fuera dable medir el amor que te profeso dirías, psicoanalíticamente, que se trata de que en ti he polarizado el amor que antes sentía por mi mamá, y puede ser esta la explicación aunque para qué buscar explicaciones racionales a lo que es entrañable. Tan entrañable que, a tu lado, he nacido de nuevo. Mujer de ojos de jengibre que me llevaste de los negros días afilados a la "blanca" frontera del paraíso. Contigo mi memoria ha vuelto a liberar los caudales despeinados de la leyenda.

Espero recibir más cartitas, como dicen, de tu puño y letra. No dejes pasar mucho tiempo. Son mi alimento y provisión. Feliz año mi amor. Te mando un abrazo y un largo beso. Tuyo,

Miguel Ángel

Guatemala, 1 de enero de 1950

Mi Blanca querida:

¿Cómo amaneció mi mujercita? Apenas han pasado 24 horas y ya estoy frente a la máquina postponiendo todo para escribirte. Hubiera querido pasar contigo el año nuevo para saludar mi nueva vida justo a la mitad del siglo. La mejor mitad es, lo presiento, la que se avecina.

Como siempre, las calles amanecieron desiertas, sucias, callejones donde corre el eco de cohetes perdidos, sontos, mientras Guatemala duerme en espera de un futuro que se demora sin término. Mucho pienso en ti en esta soledad provinciana. Y me pregunto, sobre todo, si tú te habituarás a este silencio cristalino de Guatemala, a este mundo desplomado, comparado a tu capital, a este ambiente aldeano. Debes prepararte a todo: al tedio, a la nostalgia, incluso a la desesperanza. Lo que consuela es la reflexión de que todos los extranjeros llegados aquí, aunque entrañan sus tierras, ya no se van. Será el gran gualicho maya. Si es así no tengo pena, porque más engualichada que mi gualicho chulo no hay en el globo ni en Marte.

Anoche, durante la cena, platiqué con mi hermano como no lo hacía en años. Le hablé mucho de ti. Le hizo gracia la escena del Teatro Municipal cuando, abrazándote y besándote, le gritaba a Alberti y su mujer: '¡Rafael, María Teresa, me ha aceptado!' Se alegró de que yo esté feliz, de que haya encontrado en ti el gusto por la vida que había perdido. Después fuimos a la casa de mi tía Lita y tuve una sensación extraña: por un momento sentí que estaba hablando con mi mamá. Era ella: sus gestos, su figura, su manera de verme y aconsejarme.

Te cuento que estoy encantado con mis hijos. Son todos unos señoritos por su porte, su afecto cuidadoso para conmigo, hasta ahora no he tenido que llamarles la atención en nada. Rodrigo, como adivinarás, se puso a leer *La isla del tesoro* que le regalaste, y en un día se leyó 60 páginas, un libro chiquito, y luego me comentó. Los niños tienen un gran don de adivinación y percepción. Sobre todo él, Rodrigo, está tan atento a lo que hago y digo que hasta me da miedo. Estamos preparándoles para que salgan de vacaciones al campo, porque a fines de enero entrarán nuevamente al colegio. No puedes medir, amor, el gusto empozado que siento de estar con ellos. Sólo me haces falta tú, para completar la dicha mía y de ellos. Tu amor está sanando nuestras vidas. Te querrán, te querrán tanto como yo, como una madre bienhechora.

Me has devuelto la fuerza que tuve al inicio. Siento que perdí tanto tiempo... y ardo en deseos de retomar mi carrera y colmar con creces a los que nunca me abandonaron, a los que necesitaron de mí y sufrieron mi pena honda y desamparada, a Guatemala, sencilla y sumisa. Quiero que mi obra sea también un testimonio de su despertar, de lo que hemos dejado atrás para que nunca se repita. Estoy tomando notas para una nueva novela. Será vasta para abarcar nuestra devastada historia inmediata. Será realista porque ya terminaron los tiempos violentos en duermevela. Será el lenguaje auroral de un nuevo país en busca de su destino. Te quiere tu,

Miguel Ángel

Guatemala, 29 de enero de 1950

Mi Blanquita adorada:

Tu cable, contestación al mío, me devolvió el corazón al pecho. Estaba alarmadísimo, porque tengo, por lo menos, 20 días con hoy de no saber nada de ti. Tu cable, como te digo, me calmó. No puedes imaginarte cuánto te quiero y cómo me sentí de roído por el dolor más interior del hombre, el sentirse huérfano de amor, al no saber nada de mi gualichito chulo. Creía todo lo peor. Que estabas enferma, que estabas disgustada, que te tenían cercada para que no te llegaran mis cartas, que tal vez habías variado de modo de pensar y de querer... En fin, mundo que tu cable, gracias a Dios, vino a borrar ... un mundo de negruras... No te imaginas lo que es haber conocido el infierno y sentirte en peligro de caer en él otra vez. No le conté a nadie de mi angustia. Entre las vacaciones de mis hijos y las visitas esporádicas de amigos, pasé estos días pensando en ti, creyendo que ya te había perdido, como he perdido ya a todas las mujeres de mi vida.

Hay cosas que se aprenden, que se van comprendiendo sólo con los años. Yo fui un muchacho voluntarioso, despreocupado, a quien no le afectaba lo que pasaba a su alrededor. Sí, debo aceptarlo, fui un poco egoísta. Pero ahora, después de estos años en que me tocó tan duro, me he sensibilizado, ahora me hallo solícito, caritativo, propenso al llanto, mendicante de amor, temeroso de la orfandad. Se han agudizado mis complejos. Esto nunca te lo he dicho, pero te lo has de imaginar. Las mujeres siempre han estado fuera de mi alcance, allá lejos, como en otro mundo. Y sí, lo acepto, siempre lo he sabido, en buena medida es porque soy muy feo, desagradable a la vista como es un monolito de piedra de esos que hacían mis antepasados.

La noche de este domingo que pasé íntegro en mi casa, me interné en mis papeles, estuve en el palpable aire de mi infancia y juventud que siento prolongarse (con sólo tu ilusión sostengo el cielo), te la dedico a ti, a conversar con mi cosita querendona, alegadora, y a recordar, de paso, sin saber por qué, aquella nuestra primera noche de farra y cabaret de piano llorón con una canción paraguaya, nuestra huída y tu incomodidad frente a mi deseo torpe y desamparado. Ahí supe que serías mi compañera, mi musa, mi sostén. Como mi madre que siempre me quiso con un amor confiado y nunca me abandonó.

Pero, el pulso de mis venas dice, repite, martilla: Blanca vendrá, vendrá, vendrá, vendrá... sí vendrás, amor, yo iré por ti, yo te buscaré en Buenos Aires, viviremos allá unos meses, pero luego vendremos a que vivas esta sabrosura de clima, de esta tierra que tiene privilegio divino, donde sobre las casas el cielo juega como un niño cambiando siempre el cuadro con las variantes de sus formas y colores de nubes. Ya no tengo dudas y el tiempo apremia, cuando vuelva quiero que te cases conmigo, buscaremos algún notario amigo y así, sin pensar, haciendo a un lado la razón y abrazando el destino, quiero que unamos nuestras vidas para siempre.

Sería bueno que, discretamente, buscaras algún apartamento que podamos rentar para empezar. Por mi parte, espero dejar todo arreglado para que, pasados unos meses, volvamos a instalarnos definitivamente. Te mando muchos besos.

Miguel Ángel

Guatemala, 8 de febrero de 1950

Mi adorara Blanca:

Veo que has empezado a repartir los *Hombres de Maíz* conforme la lista que te mandé. Eres una formidable propagandista, una embrujadora correntina, mañosa y dulce, con más gracia que toda Sevilla junta... ¡olé! Gracias amor, con una ayuda así pronto seré el novelista más conocido de Hispanoamérica.

Te cuento que unos amigos me invitaron a quedarme con ellos en Tiquisate y Bananera para que conociera las plantaciones de banana. Esto ha sido de vital importancia para la novela de que te hablé. Encontré personajes que están tan vivos, que no puedo dejar de incluirlos en esta especie de reportaje que estoy empezando a armar con puras intuiciones. A mi regreso a la capital me sentí tan poseído por la idea que pasé buena parte de la noche escribiendo un borrador que llamé "El huracán". Al día siguiente me encontré con Rogelio Sinán, que está de paso, lo leyó y me dijo que era un magnífico principio de novela. Ya no hay vuelta de hoja, he descubierto un nuevo método de escribir novelas. Es como si, por fin, hubiera cobrado conciencia de la realidad de Guatemala, de cuáles son sus verdaderos problemas. Ahora que veo publicados *Hombres de Maíz* y *Sien de alondra*, siento como si se hubiera cerrado una etapa de mi vida, como si hubiera dejado atrás una forma irresponsable de escribir. Si el escritor tiene una ética, ésta consiste en el compromiso social. *El Señor Presidente*, a pesar de que su tema es la política, no tiene ese compromiso. Menos aún las leyendas y los libros que buscan lo guatemalteco en los mitos y las tradiciones. Sí mi amor, he cambiado, he renacido por ti, pero también para mi país desgarrado por la injusticia. Es una conversión, como la de un Pablo, habiendo sido antes un Saulo que mantuvo sus ojos cerrados ante la realidad... De aquí en adelante haré de cada libro una confesión personal. Quiero ser el novelista revolucionario de la Revolución, quiero captar el destino del hombre en el campo de Guatemala, mostrar, por ejemplo, cómo en las cercanías de la metrópoli empobrecen los pequeños campesinos, cómo pierden su sostén y en los barrios sórdidos de miseria se extinguen sus vidas como las brasas de carbón. Y así, finalmente, deben migrar desde la meseta del altiplano hasta las plantaciones de la costa tropical, donde pronto enferman, mueren o vegetan, tísicos, sifilíticos o alcohólicos. Acertaste, he vuelto a mis fuentes francesas: leo mucho Hugo y más Zola. Y te puedo asegurar una cosa: con esto voy a dejar una marca en la literatura guatemalteca, voy a imponer la medida de lo literario. Quien no siga las directrices de la denuncia sociológica será un paria, un irresponsable, un marginado.

Y a propósito de los escritores de mi país, te cuento que un grupo nuevo llamado Saker-ti me está preparando un homenaje. Ya me amenazaron.

Todavía no quiero cantar victoria, pero he estado visitando a algunos políticos porque creo que antes de volver a Guatemala sería bueno reactivar mis contactos europeos. Si puedo lograr que me envíen a París, ambos, tú y yo, volveremos a nuestros antiguos fueros. ¿Qué te parece la idea? Necesito que me lo comentes porque sin ti no soy capaz de nada. Mi vida pende de ti. Mi obra está en tus manos. Tuyo,

Miguel Ángel

3. Los diablos terrígenos

—¿Oíste? —preguntó Blanca levantándose de repente. ¡Están tocando a la puerta a estas horas!

—¿Qué pasa? —preguntó Miguel Ángel, apenas despierto, mientras intentaba mover su enorme cuerpo.

—Que están tocando, ¿no oís? Iré a abrir.

—No, dejá, yo voy a ir —sentenció ya sentado a la orilla de la cama y buscando sus pantuflas sin mucho éxito. Por fin logró incorporarse, ponerse su bata y cruzar su dormitorio, la sala, hasta llegar a la puerta. Cuando abrió su sorpresa fue grande: había policías y efectivos del ejército custodiando la puerta, los vehículos y los alrededores del lugar.

—Buenas noches señores, ¿en qué puedo servirles? —dijo Miguel Ángel sin salir de su asombro.

—Buenas noches. ¿El señor Miguel Ángel Asturias? —preguntó un hombre joven y elegante.

—Así es —contestó ya temeroso.

—Somos del Ministerio del Interior y venimos a hacer efectiva una orden de captura en su contra. Tendrá que acompañarnos.

–¿Bajo qué cargos? –preguntó Miguel Ángel recordando de golpe que alguna vez había sido abogado.

–Conspiración socialista –dijo el joven secamente.

Blanca había llegado unos segundos antes y, muy angustiada, presenciaba la insólita escena. Por fin, sin poder contenerse más, preguntó:

–¿Ustedes saben con quién están hablando? Esto tiene que ser un gravísimo error que les va a pesar mucho. Miguel Ángel ha sido diplomático de su país y es uno de los intelectuales más importantes del Continente. ¿Quién los ha enviado? Con ustedes no queremos hablar, sino con sus superiores.

–Calmate Blanca –dijo Miguel Ángel abrazándola en actitud protectora. Vamos a hacer lo que los señores quieren. Sólo te pido que llames a algún abogado amigo y le digas que voy camino del centro de detención, que lo espero allá. ¿Puedo cambiarme? Estaré listo en unos minutos –preguntó al joven burócrata.

–Por supuesto. Aquí lo esperamos.

Cuando salió, Miguel Ángel no lo podía creer. ¿Por qué habían desplegado semejante aparato de seguridad para capturar a un hombre inofensivo como era él? Viajaban en un auto escoltado por uno y seguido por otros dos. El joven, que iba en la parte delantera del auto, le hizo recordar a Miguel Ángel sus años de empleado de juzgado y, aunque no quería aceptarlo, sintió simpatía por él.

–Quiero agradecerle –dijo, para romper la tensión de la forma violenta en que habían ido a sacarlo de su casa– que no me hayan esposado.

–No es nada –contestó. La experiencia enseña que no todos los capturados son iguales. Según entiendo, usted es alguien sospechoso por actividades políticas. No es lo mismo que un delincuente peligroso.

¿Y entonces por qué este despliegue de seguridad?

–Es una costumbre con los presos que se considera importantes. Usted sabe, ahora que cayó el gobierno de Frondizi, el presidente Guido quiere saber exactamente dónde pueden estar los focos de inestabilidad política. Usted no es el único sospechoso, hay muchos otros intelectuales que están siendo investigados.

Miguel Ángel calló. No necesitaba saber más. Los autos viajaban a gran velocidad y, por primera vez, Miguel Ángel vio la calle vacía, las luces que pasaban rápidamente por la ventana, la bruma de la madrugada gravitando como el resplandor frío de las luces altas, inconmovibles, de las anchas avenidas. La cabeza le daba vueltas. Sin orden, sin saber por qué pensó muchas cosas, vino a su mente la Conferencia de Montevideo, las cartas de Rodrigo, su viaje a Cuba, su condición de exiliado itinerante, la Conferencia de OEA en Caracas.

El viaje no duró mucho. En unos minutos estaban delante del edificio de la prisión preventiva. Al bajar, Miguel Ángel sintió el frío de la madrugada. Caminó entre todos aquellos guardias. Atravesó salas de espera, oficinas apagadas, pasillos mal iluminados, hasta llegar al despacho de un hombre sonriente, jerarca de la policía federal.

—Buenas noches señor Asturias —dijo—, quiero que me acompañe a la sala de interrogatorios. Allí tendremos que hacer tiempo para que lleguen los funcionarios del Ministerio que quieren hacerle algunas preguntas.

—¿De qué se me acusa? —preguntó Miguel Ángel.

—Todavía de nada. No queremos que se alarme. Hasta donde sé, las personas que vendrán sólo quieren hablar con usted.

Caminaron por más pasillos obscuros y puertas cerradas. Al llegar a una puerta sin rótulo ni nada distintivo, el policía se adelantó, abrió y extendió su brazo invitando a Miguel Ángel a que entrara. No había más que una mesa y algunas sillas regadas en desorden por la habitación.

—Pase adelante —dijo—, siéntese y espere un momento. Pronto estaremos con usted.

Miguel Ángel entró y, mientras caminaba hacia la mesa, la puerta se cerró a sus espaldas. Por la pequeña ventana con cedazo que daba al pasillo vio el perfil del guardia que se había quedado cuidando. Se sintió completamente solo. Los pasos del policía federal se alejaban por el pasillo. Por fin, una puerta se abrió y se volvió a cerrar. De pronto, el silencio fue completo. Sus manos estaban frías y su corazón, hasta entonces se dio cuenta, latía con fuerza.

Pasaron diez, quince, veinte minutos. La angustia crecía. De repente, casi imperceptiblemente, oyó voces, pasos lejanos. Poco a poco el vocerío humano se fue acercando cada vez más. "Son cuatro o cinco" –se dijo Miguel Ángel. "Que sea lo que Dios quiera" –pensó mientras se santiguaba.

Tres hombres se detuvieron junto a la puerta y cruzaron algunas palabras con el guardia. Entraron. No dijeron buenas noches ni nada. Sus rostros eran graves, largos, angulosos, llenos de sombras. Dos se sentaron y el otro se quedó de pie, junto a la puerta. Eran cerca de las tres de la mañana. Miguel Ángel se acodó en la mesa, ansioso de saber qué le deparaban los siguientes minutos.

—Somos del Ministerio del Interior y queremos que responda algunas preguntas –dijo el que se había sentado frente a él.

—Lo que ustedes digan –añadió Miguel Ángel mientras veía que el otro, sentado a su izquierda, tomaba nota de todo.

—Queremos, para empezar, que nos cuente qué ha hecho en los últimos años, cuál es su relación con nuestro país. Cuéntenos un poco de usted.

—Bueno –dijo Miguel Ángel–, vine a Buenos Aires en enero de 1949 como ministro consejero de la Embajada de Guatemala y me familiaricé mucho con las altas personalidades del régimen peronista. Pero sobre todo con los escritores y el ambiente cultural de aquellos días. En 1952, el nuevo gobierno de mi país me trasladó a la embajada en París. Allí estuve siete meses más o menos y luego me nombraron embajador en El Salvador, el país vecino. Cuando el gobierno cayó en 1954 renuncié y me vine a vivir a Buenos Aires por dos razones. Uno, porque mi esposa, Blanca Mora y Araujo, es argentina; y dos, porque soy un autor que publica en la editorial Losada que tiene su sede aquí.

–Estamos hablando, si no me equivoco, que tiene casi ocho años de vivir en Argentina sin más actividad que su trabajo literario, ¿es así?

–Así es.

–¿Cómo explica entonces sus visitas a Cuba y, sobre todo, su participación en la Conferencia de Montevideo, más conocida como "de los pueblos"?

–Bueno –contestó–, fue una invitación que nos hicieron a algunos de los que habíamos estado en Punta del Este.

–Pero usted no fue sólo un simple invitado, usted presidió esa conferencia escandalosa.

–Sí, es cierto, pero en todo caso –dijo, recuperando de algún lado lo que aún le quedaba de abogado– eso fue en otro país. En ningún momento transgredí mi condición de asilado político aquí en Argentina.

–¡Esas son pavadas! Todos sabemos que el socialismo es internacional y que lo dicho aquí repercute allá. Durante los últimos años usted ha sido un agente del comunismo. Sabemos de sus vínculos con Ernesto Guevara, con su madre acá en Buenos Aires, con Casa de las Américas. Conocemos, además, la actividad de su hijo allá en Centro América.

–¿Qué quieren que les diga? Todo eso es cierto; pero no soy agente de ningún movimiento político. Yo estoy muy agradecido con la Argentina y lo último que haría sería desestabilizar su vida política.

–Estamos muy preocupados –dijo el hombre poniéndose de pie y caminando alrededor de la mesa–, por su creciente colaboración con las actividades de apoyo a la Revolución Cubana y a todos los movimientos latinoamericanos relacionados con esa causa. El nuevo gobierno no quiere que se instalen en nuestro país ideologías que nada tienen que ver con la idiosincrasia del argentino. Usted –nos hemos informado– es un intelectual muy respetado en nuestro medio y sus acciones tienen consecuencias.

–Tienen que entender –dijo Miguel Ángel recostándose en la silla– yo colaboré con un gobierno revolucionario en mi país y...

—Sí —lo interrumpió—, ya sabemos que a pesar de que colaboraba con el gobierno anterior se ha servido de estas nuevas corrientes para hacerse un lugar en el mundo de las letras que antes no tenía. Pero eso es una cosa, y participar en conferencias subversivas como la de Montevideo, es otra muy diferente.

El hombre dejó de caminar, hizo una señal a sus compañeros y dijo:

—Espere un momento.

Salieron. Sus pasos se alejaron y Miguel Ángel pensó que iban a la oficina del policía federal que lo había recibido. Pasaron algunos minutos. Miguel Ángel pensaba en lo peor. Se angustiaba por no saber nada de su abogado. Creía que iba a quedar preso, que podían obligarlo a decir nombres, fechas, lugares de reunión. Pasó por su cabeza que incluso podían torturarlo.

La puerta se abrió de repente. Entraron sólo dos: el que lo había interrogado y el que tomaba notas. El primero tomó una silla, la llevó hasta donde estaba Miguel Ángel, le dio vuelta y se sentó en ella a horcajadas con sus brazos sobre el respaldo.

—Mire Asturias —dijo en un tono al mismo tiempo amistoso y amenazante—, sabemos que legalmente usted no ha transgredido ninguna norma, sabemos que no podemos acusarlo de nada. Pero queremos que sepa que los días de Perón y Frondizi han quedado muy atrás, que estamos construyendo una nueva sociedad, sana, progresista, apegada a las tradiciones, y que sus actividades en nada ayudan a ese proyecto. Pensamos que usted le ha dado a la Argentina todo lo que podía y viceversa. No lo necesitamos. Estaríamos muy complacidos, por su bien y por el nuestro, que buscara nuevos horizontes en países con gobiernos más afines a sus ideas. ¿Está claro?

—Sí —contestó clavando la mirada en el suelo—, está muy claro.

—Qué bien, sabíamos que usted es un hombre inteligente y comprensivo. Así es mucho mejor. Está de más advertirle que vigilamos todos sus movimientos. Tómese su tiempo. Arregle sus cosas y, en un tiempo prudencial, abandone nuestro país.

–No se preocupen, lo haré en cuanto esté listo –dijo mientras miraba a sus interlocutores con ojos interrogantes–, ¿puedo irme?

–No. Nos han informado que hay alguien más que quiere verle.

–Pero, ¿qué más quieren? Creo que hemos llegado a un acuerdo, ¿no es así?

–Sí. Me parece que es de oficio. Se trata de un asesor del presidente Guido. Le llaman "El Inquisidor". Y estará por llegar. Nosotros nos despedimos. Gracias por su colaboración Asturias, que tenga suerte –dijo el hombre y dio una palmada en el hombro de Miguel Ángel.

Salieron, las voces se mezclaban con las risas y se alejaban. De nuevo se había quedado solo en aquella habitación mal iluminada y que cada vez estaba más fría. El silencio volvió a reinar. Miguel Ángel tuvo la impresión de que ya ni el guardia estaba en la puerta. Como si el edificio estuviera vacío y lo hubieran dejado solo en un laberinto desconocido, obscuro, sórdido. Se levantó para estirar las piernas, vio por la ventana de la puerta, pero no se atrevió a abrir. Volvió a la silla. Le quedaba pequeña a su enorme humanidad. La incomodidad era creciente. Por ese entonces, Miguel Ángel era ya un hombre enfermo que necesitaba ciertos cuidados. ¿Qué más le podían preguntar si ya había cedido en todo lo que buscaban? ¿Quién era este "Inquisidor" sin nombre que llegaba sólo para hacerle algunas preguntas? ¿Sería éste el que iba a preguntar las cosas concretas? ¿Tendrían preparada alguna sorpresa relacionada con su prestigio, su hijo?

Pasaron veinte minutos. Fue entonces cuando Miguel Ángel empezó a sentir que las cosas cambiaban en el ambiente. La luz se había debilitado, el frío era insoportable y el silencio era sobrenatural. No se oía nada, ni vehículos, ni voces, ni pasos. Por un momento se imaginó en una tumba, en un recinto preparado para la espera de algo oscuro, innombrable, algo que al mismo tiempo era inminente y que anulaba su voluntad. Sólo en una ocasión había sentido aquella sensación, pero eso estaba en el pasado, en esos días negros de alcohol y abandono. Es más, ahora, visto a la distancia, parecía algo que no había sucedido en realidad, producto del delirio etílico, algo que nada tenía que ver con su conversión a la buena vida y a las causas justas.

Miguel Ángel empezó a temblar... las mandíbulas, la boca del estómago. Tenía que unir las manos con fuerza para intentar controlarse. De pronto escuchó unos pasos lentos. Pero no eran como los que ya había oído. Éstos se oían como provenientes del subsuelo, como si fuera el corazón de la tierra que latía justo debajo de su silla. Pasos lentos, tranquilos, inexorables. Se subió las solapas, cruzó los brazos y no quitaba los ojos de la ventana. Algo reclamaba su atención con fuerza. Una sombra cruzó la ventana. ¿O había sido sólo una ilusión? La puerta se abrió. Miguel Ángel estaba rígido en la silla. Un hombre alto, delgado, vestido de negro, con sombrero y unas manos muy blancas y finas, cruzó el umbral. No se veía bien. Se había quedado parado junto a la puerta unos segundos sin decir palabra.

—¿Usted es "El Inquisidor"?

—Así es —contestó mientras cogía una silla y se sentaba del otro lado de la mesa.

—Ya contesté un interrogatorio —dijo Miguel Ángel queriendo descubrir el rostro detrás de la sombra—. No sé qué más pueda conceder.

—¿Ah, sí? ¿Y cuál fue el acuerdo?

—Que saldré de la Argentina cuanto antes.

—Eso es algo que no me interesa.

—Pero si ellos ya estuvieron de acuerdo, qué más...

—Lo mío —interrumpió "El Inquisidor" — son las personas reales, no las máscaras. Yo se los dije, les advertí que no había que hacer tanto escándalo, que ibas a plegarte de inmediato a lo que te pidieran.

Miguel Ángel extrañó el trato. Al fin y al cabo, según él, nunca se habían visto y no tenía por qué tratarlo con tanta familiaridad. Pero no estaba en condiciones de imponer nada.

—Entonces, ¿qué quiere de mí? Yo no he estado vinculado a la revolución armada. Mis amigos son todos intelectuales.

—¿Y eso los hace inofensivos?

—No, lo que quiero decir es que ya no les puedo servir de mucho. Ustedes conocen todos mis pasos y a la gente que frecuento.

—Ah, eso sí. Yo conozco cada uno de tus pasos.

—¿A qué se refiere?... me dijeron que usted era un funcionario... y que le decían...

—"El Inquisidor". Sí. Yo tengo muchos nombres porque soy Legión. Deberías saberlo.

Miguel Ángel quedó perplejo. No sabía si era un juego o una ilusión. Lo que sí era cierto es que nadie sabía del encuentro que había tenido, años atrás, con una aparición en el Callejón de Jesús.

—No puede ser...

—¿Por qué no? ¿Porque ahora sos un respetable y sobrio escritor comprometido?

—No... bueno... es cierto que aquella vez yo estaba engasado y...

—¿Y eso modifica lo que podés percibir? ¿Me lo decís vos, el gran fundador del realismo mágico?

—Durante todos estos años —dijo Miguel Ángel resignado— he intentado olvidar nuestro encuentro, he buscado razones para creer que sólo fue un delirio.

—¿Y qué lograste?

—Cuando no pienso en eso, sobre todo al lado de Blanca, he sido feliz. Pero cuando lo recuerdo y pienso en las coincidencias...

—¡Blanca! La famosa Blanca. ¿Vos creés que tu madre te la mandó del cielo, verdad?

—¡No te metás con eso!

—Calmate. Mirá que lo más absurdo que hay es la violencia. El mal, el auténtico mal, es de otro orden. Yo sólo quiero aclararte las cosas para que no te engañés. Imaginate, a tus años, viviendo un engaño de amor. No seas ridículo.

—No es por eso, es que te estás metiendo con la memoria de mi madre.

—No te fijaste lo que te dije de ella en aquél callejón.

Estabas tan ocupado de vos mismo... Te dije que ella estaba perdida. Ya te había dado todo lo que podía. A esas alturas, sólo te hacía daño. Había que sustituirla. Blanca fue el relevo (y el disfraz) perfecto.

—Pero si sólo bien ha traído a mi vida. La mujer que mi madre siempre quiso para mí.

—Tu madre no quiso ninguna mujer que no fuera ella. Eso es elemental. Por favor. A ella sólo le debés una cosa: la sed de palabras. Tenés que revisar tu Fausto. Creés que las mujeres salvan y eso no es así.

—¿Cómo es entonces?

—Sólo son útiles. Los hombres igual. Vos también sacaste a Blanca de su fracaso con el Capitán Esquivel. Hubieras oído lo feliz que estaba tu suegra cuando apareciste en escena. Me divertí tanto con las ilusiones que se hicieron: ¡ella te admiraba!, ¡y vos la amabas! Pero volviendo a lo que ella te ayudó, ¿cómo creés que ibas a escribir el libro que ya te dicté, donde está en clave toda tu infancia, tus miedos, tus frustraciones, tu rabia, ese libro del que sólo tenías pedazos, así como estaba tu vida? Había que reconstruirte para que fueras capaz de terminar esa obra. A ella te la envié yo.

—No digás barbaridades. Fijate lo que decís.

—El que no se fija o no quiere fijarse sos vos. No nos engañemos. Blanca es ambiciosa y vos... bueno, la pareja perfecta.

—¡A qué veniste, decime!

—¿Por qué esa agresividad, si yo sólo te ayudo en lo que más querés? A nada te obligué. Hoy vengo de visita para recordarte algunas cosas y contarte otras.

—¿De qué se trata?

—Tu vida corre peligro. Lo sabés. Curate porque todavía tenés pendiente una deuda. Te falta un libro. En él hablarás de mí todo el tiempo, de mis rostros, pero sobre todo de lo que más me interesa: de mi asedio. Esta década disfrutala. Por ella has trabajado toda tu vida. Ahora te están echando de este país. Que te importe un bledo. Ahora mismo, justo en el momento de tu salida, te darán un premio importante, de esos que te hacen feliz. Seguí con tu farsa política porque, sin ella, la cumbre peligra.

–No es ninguna farsa. Yo...

–"Yo", siempre "yo". ¿No has aprendido que eso no es nada? Dejame terminar. Falta algo. Tu hijo. Él está viviendo un momento crucial y a la vez triste de su vida. Pronto cruzará algunas fronteras sin retorno. Le haré una visita, pero él nunca se enterará. Llegaré con uno de mis disfraces favoritos: la enajenación mental.

–Él es un hombre íntegro, comprometido, inocente –dijo, impotente, Miguel Ángel–.

–Dejalo a mi cuidado. Vos estás terminando tu camino. Él comienza.

"El Inquisidor" se levantó, con calma puso la silla en su sitio. Miguel Ángel volvió a ver sus manos pálidas.

–Me voy –dijo–. Estás en la dirección correcta. No te desvíes.

"El Inquisidor" levantó el rostro y esbozó una tenue sonrisa. Como la otra vez, Miguel Ángel estaba exhausto. Pero al ver ese gesto se le crisparon los nervios porque, por un instante, creyó ver la cara de su padre. Quiso decir algo, pero el hombre ya salía por la puerta, sumido de nuevo en el corazón de las tinieblas.

Al quedarse solo, Miguel Ángel sintió frío, un frío que le calaba los huesos. Se levantó y se sintió mojado. Vio sus pantalones, la silla, y se dio cuenta de que se había orinado.

11. Clarivigilia primaveral

Primer día

Cuando recuerdo ese momento me asombro de estar vivo. Estábamos eufóricos por haber cumplido el plan a cabalidad. Pero nunca nos imaginamos el peligro que corríamos. El ejército desató una persecución feroz que destruyó la unión del grupo, y estuvo a punto de acabar con nuestras vidas. Caminábamos montaña arriba sin que nos importara la lluvia, el cambio de clima y paisaje, hasta que pasamos por aquel caserío. La mujer estaba muerta de miedo. Habían pasado preguntando por nosotros. Que no se fueran a atrever a escondernos –habían dicho–, que estaban montando una red de informantes y que sólo era cosa de tiempo. El marido no sabía quiénes eran ni de dónde venían. "Se alejaron en la selva –nos contó–, no seguían los caminos normales, dijeron que volverían".

Allí mismo hicimos una reunión de emergencia y decidimos romper la columna. Rolando fue tajante.

–Mario y César se quedan conmigo –dijo viéndome fijamente–, y vos Rodrigo vas a cruzar la frontera para llegar al D.F.

De nuevo sentí que no me consideraban parte del grupo. Ellos se iban juntos y a mí me enviaban solo, a mi suerte, a entrevistarme con los organizadores de un congreso en La Habana.

–Todavía somos débiles y necesitamos todos los apoyos –dijo Mario–. Aquí hay que actuar, pero es necesario mantener una voz de denuncia en el extranjero.

–Sí –agregó César–, es paradójico, pero nuestros mejores amigos están fuera.

–En las últimas semanas nos avisaron de un congreso que va a ser en La Habana –dijo Rolando–. Pensamos que es una buena oportunidad para iniciar un brazo diplomático de nuestro movimiento.

Dije que sí. El momento no era para discutir las querellas del grupo. Efraín, Raphael y yo deberemos separarnos mañana de madrugada. Tendremos que abandonar la ascensión y desviarnos a la derecha para bordear la falda de la montaña. Según me dijeron, ya fueron hechas las coordinaciones del caso. Mis muchachos me acompañarán hasta la frontera, allí me estará esperando gente de la diócesis de Chiapas y me llevarán a un lugar seguro para el descanso y la confidencia. Allí también sabré quién será mi contacto en el D.F. para viajar a La Habana y empezar una nueva forma, tal vez más efectiva, de hacer la Revolución. Efraín y Raphael tendrán que volver para comandar nuestro pequeño grupo. Por fin se realizará el deseo fijo de Efraín. Yo no estaré en el campo de batalla y él tomará todas las decisiones sin recibir órdenes de nadie. Pero no debo pensar en esas cosas. Ahora tengo que concentrarme en mi ponencia para el Congreso. Mario tiene razón, es una oportunidad única para hacernos un espacio en el exterior. Mi vida cambiará, pero esencialmente seguiré siendo el mismo: un soldado de la causa revolucionaria, igual a cualquiera de mis compañeros. Esa es nuestra fortaleza, nuestra base, la unidad en los ideales, la igualdad, la sencillez, la claridad de pensamiento. Mi ponencia debe reflejar esa condición maravillosa del movimiento guerrillero. No es casualidad que la dialéctica sea nada más y nada menos que la "Teoría de la concatenación universal". No hay azar. Todo lo explica la razón. No puede haber otro futuro más que la dictadura del proletariado. Y en nuestro movimiento se ve ya un atisbo de ese mundo racional: la unidad sin clases ni jerarquías de los compañeros.

Primera noche

Los días están llenos de planes y lógicas infalibles. Pero las noches son mías. Es inútil, nada puedes hacer. Ya te he llevado de la mano hasta la enorme puerta cerrada de la casa de tus abuelos, como a un niño que se abandona y a quien ni siquiera se pregunta dónde está. Hemos entrado (yo atrás, hablándote al oído), hemos recorrido los salones, los corredores altos, vacíos. Te he llevado hasta esa habitación donde tu padre y Miguel te esperan con el álbum fotográfico de tus hazañas. ¿No me lo vas a agradecer? Siempre quisiste que tu padre te pusiera atención y allí te lo entregué pasando hoja por hoja todas tus batallas, la selva, los mitines, tu perfil, tu estatura sobresaliendo de la tropa indígena; allí estaba a tu merced viendo tu conquista disfrazada de revolución. No lo niegues, te dio mucho placer ese pequeño regalo. Sí, sí, yo sé que piensas que te lo mereces. Y es cierto. Buenos esfuerzos de reconocimiento te ha costado. Pero aún allí, respirando en su oído, podías sentir su reproche y entonces la foto que cristaliza ese conflicto que te angustia. Te he visitado en la selva para recordarte la infancia. Nunca sabes cuándo llegaré ni a dónde te voy a llevar, el destino. Me deslizo por tus párpados y ya no puedes hacer nada. Te vuelves una mirada prisionera de sus objetos, de sus pasos involuntarios. Pero aún así me niegas, no quieres oír hablar de mí porque te pierdes a ti mismo. Te muestro que no eres lo que eres, que eres otro, por ejemplo cuando te ves como un creyente en la unidad, en los ideales que te identifican, que te han dado un rostro que todos reconocen. Pero aquí dentro es otra cosa, aquí todo eso no es más que lo que crees que eres y lo miras desde fuera como un traje colgado en tu armario, inerte, vacío de ti, sin vida, y te pregunto si es lo mismo cuando te lo pones. Aquí no lo necesitas y te parece natural porque no eres tú. A veces eres el niño que se asoma a los paisajes de tu ideología, que se sorprende debajo de la sombra paterna, al lado de Miguel cada vez más lejos, y no comprendes nada. Otras veces eres alguien que crees haber recuperado y que no tiene ninguno de tus ideales. Lo sigues y piensas que es un tú más verdadero que el traje del armario. Te gusta ver su libertad y piensas que alcanzarlo te hará igualmente libre, como en algún momento recuerdas haber sido. Pero él siempre está más allá, despreocupado, viendo tu servidumbre expectante. Y a veces también experimentas co-

última, sin volver a ver atrás, rodeado de fotógrafos y hablando con otros hombres igualmente importantes y poderosos. No has visto tu cara, pero sabes que eres tú. Te alejas en dirección al umbral donde hay un comité de recepción. Y tú corres desde la acera de enfrente para confirmar que no es otro, y luchas con los reporteros abriéndote paso y gritas tu propio nombre. El ruido de la multitud ahoga tu voz; pero de alguna manera, en el silencio del estruendo ajeno, oyes tu propio llamado y volteas para verte, desesperado, esperando reconocimiento, pero no es tu rostro sino el de tu padre, indiferente como siempre, sin tiempo para ti, sin más obsequio que una fría sonrisa. Y te sorprende ver que es él quien es dueño de la fama, de la atención, y que aún habiéndolo visto sigues sintiendo que eres tú el que es iluminado por las fotos, el que es interrogado, el que puede entrar a esos lugares sin preocuparse de limitación alguna. Finalmente cruza el umbral de ese mundo que nunca has visto y sólo imaginas, y desaparece de tu vista. Sabes que no te consiento más, que no te dejo ir más allá. Así que te tomo del brazo para que no sigas mientras los reporteros y fotógrafos vuelven, bajan las gradas hasta la acera, pasan a nuestro lado sin mirarnos, hablando de ti con la cara de tu padre. No se imaginan siquiera que allí te tienen, que eres tú. Eso sólo lo sabemos tú y yo. Y en la noche fría, llena de luces, detienen taxis, toman el tranvía, o simplemente caminan calle abajo convencidos de que él se ha ido. Vuelvo a verte y tus ojos siguen clavados a ese umbral infranqueable que te separa de tu deseo, de él, de ti mismo, pero ya no hay nada. Aguardo un momento porque no quiero interrumpirte. Poco a poco recoges tu mirada. Ya no hay nadie, se han disuelto en la vida de la noche y estás solo. Te has quedado el último, como siempre. La calle desierta de pronto te da miedo. Piensas que no tienes a dónde ir, que tu único refugio es la acera de enfrente. Fue allí donde viste tu espalda por primera vez. Recuerdas y sientes el impulso de volver. Yo lo apruebo y te suelto, te observo, te sigo los pasos ahora lentos que se mueven hacia la sombra de la espera de que, otra vez, vuelvan el movimiento, el bullicio, los reporteros, los fotógrafos, y al fin salgas y tal vez, ahora sí, tengas el rostro correcto, el tuyo.

Tercer día

Caminamos todo el día hasta llegar a nuestro destino. Sin la guía de Efraín, este viaje hubiera durado, por lo menos, el doble. Nos hizo tomar todos los atajos, cruzamos ríos, bajamos barrancos, tomamos pequeños senderos apenas perceptibles, seguimos señales en los troncos, sin detenernos, sin hablar, con un objetivo fijo: cruzar la frontera y acudir a la cita preestablecida antes del anochecer.

Llegué exhausto una hora después de lo acordado. Nunca había sentido tanto la forma en que el tiempo puede alargarse por los caminos. Sentía que nunca llegaríamos, que caminábamos en círculos. Las tierras bajas son arduas. La selva se vuelve sobre sí misma y en ese ensimismamiento devora como un laberinto sin lógica aparente. Pero las amplias sonrisas de nuestros amigos fueron un bálsamo. La angustia de la persecución había terminado. Ahora sólo debía dejarme llevar por ellos y preparar mi discurso.

Nuestro encuentro fue muy emotivo. Recuerdo sus rostros iluminados por la alegría en medio de las sombras de la tarde. No nos conocíamos más que a través de los informes de nuestros correos. Sólo nombres que seguramente no eran los verdaderos. Tal vez por eso el júbilo, porque esperamos todo de quien no conocemos. Estaba a punto de descubrir una sorpresa que aquellos jóvenes me habían preparado. Sentí que no sólo era el inicio de mi viaje a La Habana, sino el comienzo de una nueva vida. Todo era distinto, la gente, la agenda, el proyecto. Sentí que aquello era más coherente y racional que lo que dejaba atrás

—Comandante Gaspar Ilom, sabemos de su lucha y estamos para servirle —dijo uno de ellos en un saludo casi militar. Fue la primera vez que alguien me llamó "Comandante". No puedo decir qué sentí. Sólo que, de inmediato, en el silencio que siguió a aquellas palabras bautismales, se me vino la imagen de mi padre inclinado sobre una mesa, escribiendo. Sé que no tiene sentido, pero eso fue lo que pensé.

—Gracias muchachos —contesté— Déjense de formalidades, cuéntenme quién es quién. Por un instante cruzaron sus miradas y pensé que no habían previsto que tendrían que presentarse.

—Bueno —dijo quien me había dado la bienvenida—, yo soy Marcos, ex jesuita. Ahora colaboro con la diócesis de Chiapas haciendo investigación antropológica y, por supuesto, trabajo de base. Allá está Manuel, profesor universitario y miembro activo del Partido Comunista; él es quien te llevará al D.F. y hará tus contactos. Y tenemos una sorpresa para ti...

Todos volteamos la vista hacia la selva. Hubo un momento de suspenso. Yo no sabía si era una broma. Entonces, se escucharon unos pasos entre el follaje y apareció un hombre alto, sonriente, rubio. Por un instante dudé, pero casi de inmediato supe de quién se trataba.

—¡Svetozar! —grité, incrédulo—. ¡Qué gran alegría verte de nuevo!

—Supe que venías en camino y no resistí la tentación de venir a darte la bienvenida —me dijo con una amplia sonrisa—. ¿Cómo has estado? Tenemos mucho de qué hablar.

Nos abrazamos. El resto de los muchachos me dieron la bienvenida y me hicieron sentir seguro, reconfortado. Viajamos en un antiguo Jeep convertible hasta un pequeño caserío donde me habían preparado una comida con la gente del lugar. A medida que nos acercábamos aumentaba el bullicio, y lo que de lejos no era más que un resplandor rompiendo la noche, poco a poco se convirtió en las luces de un grupo de casitas construidas alrededor de una especie de plaza.

—¿Ves? —dijo Svetozar con una sonrisa de satisfacción—. Este es el futuro de los pueblos pobres: comunidades donde no exista el egoísmo, donde hayan sido superados los antagonismos sociales. Es el plan piloto de un enorme proyecto financiado por la Europa del Este.

Lo recuerdo como un sueño hecho realidad: la camaradería, la tranquilidad de sentirse a salvo, el acuerdo tácito en nuestras convicciones más radicales y profundas, la convivencia con la comunidad. No sé, se respiraba algo especial en la selva mexicana. La noche se había adueñado de todo el dominio sensitivo. Estaba agitado, confundido por lo que dejaba en Guatemala, ¿hasta cuándo sabría quiénes habían sobrevivido a la persecución? Hablé horas con Svetozar. Nos pusimos al tanto de nuestras vidas. Le conté de mis temores, de mi incertidumbre. Me dijo que no tuviera pena, que ya había una red internacional de denuncia del imperialismo. Me insinuó lo que sólo unos meses después fue claro para mí: que era el momento par pasar a la lucha diplomática, que mis visitas a Guatemala debían ser esporádicas, cortas, sólo para informarme y abastecer a los muchachos en la medida de lo posible. Ahora, en esta nueva actividad nos veríamos mucho más y podríamos colaborar de cerca.

Estuve de acuerdo, pero aún así no pude dormir, así que ya bien entrada la madrugada salí a ver la luna, las estrellas y a fumar un par de cigarrillos. Allí estaba sentado cuando llegó Marcos a hacerme compañía.

—No tengas pena —dijo—, no voy a preguntarte en qué piensas. En unas horas saldrás para el D.F. y dentro de poco estarás en La Habana. Se te abrirá un mundo allá. A ti y a tu movimiento.

—Sí, eso espero —murmuré.

—No te apures —dijo con gran confianza en sí mismo, viendo hacia el cielo estrellado y mientras se llevaba el cigarrillo a la boca—. Allá te darás cuenta de que no estamos solos, de que no hay luchas privadas, sólo una gran Revolución Universal.

Y todavía recuerdo las figuras de humo que salían de su boca mientras filosofaba, como palabras que se lleva el viento.

Tercera noche

No puedes detenerte, tienes que seguir corriendo. La selva se abre a tu paso, dócil, pero no sabes si te reserva de pronto lo inesperado. ¿De qué huyes? ¿Hacia dónde? Mi mirada te sigue implacable, sin perder detalle alguno, registrando tu jadeo, tus ojos desorbitados que quieren ver lo que no pueden, más de lo que está ahí, y terminan viendo al vacío como si algo mortal fuera a mostrarse de la nada. No sabes dónde está tu enemigo, quién es. No sabes nada: si te espera o te pisa los talones, si va dentro de ti o no lo conoces aún. Me da risa verte caer y ver que te levantas como un niño en pánico sin saber cuál es el juego ni quién ha impuesto las reglas. Lo único que sabes (sólo cuando yo te lo recuerdo) es que eres nadie sin tu máscara de cristal hecha para cubrir, uno a uno, todos tus temores. Estás solo. Mientras corres volviendo a ver yo te sugiero en un susurro que los demás también huyen, cada quien por su lado y con una preocupación fija: salvar la vida. Aquí no hay más que la muerte inminente. Yo sólo soy el coreógrafo que conoce los secretos de tu escenario. Sí, tengo que saber todo de ti. También ese nombre que no estás seguro si acabas de oír y que te hace volver muchos años hasta los ecos de la infancia. Nunca fuiste un niño mimado, lo sé, pobrecito, a mí me consta que apenas te ponían atención. Y quizá por ello sólo imaginas que te llaman, pero en realidad nadie se acuerda de ti. Sigues corriendo y ahora sospechas que vas solo, que es tu miedo el que te persigue y no hay nadie detrás de ti. Te detienes y pronto lo único que oyes es tu propia respiración. La selva escucha. El silencio cálido se llena de gritos de espera y premonición. Pero el tiempo pasa y nada se mueve. La selva calla. Es un momento de perplejidad. Así son los sueños, lo sabes bien. No tienen principio pero te lo imaginas, no tienen final y es lo que más quieres conocer. Eso es lo que yo hago: recordarte que no hay principio ni final, que lo que supones es tu problema. Y en medio de aquel silencio piensas en tus amigos, Rolando, Mario, Efraín. Presientes con tristeza que, como tú, cada quien tomó su camino en la huida sin pensar en los demás. Recuerdas por un instante que no habrá manera de urdir reencuentros porque no hay acuerdos ni lugares comunes más que en el discurso. Inútil gritar sus nombres. Jamás responderían. Tú también ahora sólo escuchas, esperando. Nada. Te sientes más seguro y empiezas a buscar con la mirada. De pronto (esas cosas que no se entienden), un viento huracanado empieza a azotar la selva. Pero no es una tormenta real. Juntos vemos que el viento arranca los árboles, se lleva la maleza y nosotros seguimos allí como si nada nos afectara. Poco a poco, en el centro de un estruendo apocalíptico, vemos que la selva desaparece. En unos minutos estamos solos en medio del desierto. La angustia se desvanece. Nada nos rodea más que suaves, apacibles colinas de arena rendidas al sol de la hora sin sombra. La soledad del desierto es el horizonte de la tentación. Nadie te acompaña. Pero, a pesar de todo, seguirás luchando.

Cuarto día

De nuevo la madrugada. Poco a poco, la sombra se desvanece y las cosas empiezan a surgir. Los colores, las formas, los rostros. Los anhelos se renuevan y los proyectos se echan a andar. Lo que queda atrás siempre es la noche con su misterio, el recuerdo insondable.

Se reunió todo el grupo para despedirme. Allí estaba Marcos con su pipa y su saludo fraterno. Y, por supuesto, allí estaba también Svetozar. Me dijo que pronto nos veríamos, que pasaría por La Habana y que volvería al D.F. antes de viajar a París. Y me conminó: "Y si coincidimos, vamos a comer con Luis. ¿Qué te parece?". Le dije que sí, que allá nos veríamos, y que ahora iba a necesitar más de él, que yo no creía en la Providencia, pero que algo así nos había juntado de nuevo.

Durante las primeras horas de viaje tuve la sensación de que el futuro iba a ser un largo amanecer, que el día no volvería a interrumpirse otra vez. Manuel iba en silencio. Parecía conocer cada detalle del camino, lo que había detrás de las curvas y quiénes nos esperaban en cada parada. La verdad, nos detuvimos sólo dos veces. Debíamos llegar al D.F. en veinticuatro horas. Me explicaron que iríamos en bus para cumplir con los horarios. Además, así tendríamos tiempo para que me informara sobre el resto de mi viaje. Pero eso fue rápido. Hablamos de todo. Hacia media mañana ya nos habíamos contado nuestras vidas. Yo había narrado la cacería del Tigre, la persecución y la carrera hasta la frontera. Manuel me había explicado su cobertura de catedrático, su labor de enlace e informante. Pero también había hablado de los problemas internos, de las diferencias de opinión entre trabajadores, dirigentes, campesinos, ideólogos de la izquierda mexicana. Y poco a poco la dialéctica de la lucha de clases se fue convirtiendo en las intimidades de la vida personal. Yo hablé de mi padre y de mi infancia, del México de los años cuarenta. Descubrimos muchas cosas en común porque Manuel también había crecido en el D.F. por aquellos años. Me contó que conocía y admiraba la obra de mi papá, que comprendía mi destino revolucionario y que luchaba para forjarse una vocación social en el mundo de una revolución pervertida. Todo había comenzado diez años atrás en la facultad de humanidades de la UNAM. Un amor de juventud.

—Sí –dijo– siempre hay una mujer de por medio en toda conversión. Mi vida no tenía un rumbo hasta que la conocí a ella, a su mundo. Quería salvarla de las privaciones, convertirme en un descanso, un bálsamo de sus penas. De su mano me adentré en un México postergado, silenciado, sin esperanzas. Y cobré conciencia, por primera vez, de la necesidad de justicia. No sé, todo eso era paradójico. ¿Te acuerdas del cine Alameda? –preguntó. Allí la llevaba para que pensara, tal vez, que a mi lado ese mundo de fantasía era más posible. Su príncipe azul, eso quería ser. Lo que no sabía entonces es que sólo en los cuentos el relato termina cuando el príncipe se casa. Pero esta historia apenas comenzaba cuando decidimos ir con un juez sin haberle dicho una palabra a nuestros padres.

—Qué bien hicieron –interrumpí–. Si algo puedo asegurarte es que, para ser libre, hay que mandar a la mierda a los padres. Me detuve unos segundos y me sorprendió lo que acababa de decir sin pensar. Manuel notó mi confusión y no supo qué decir. Me imagino que él pensaba que entre mi padre y yo había un acuerdo perfecto.

–Sí –siguió diciendo–, rompí con mis padres por algún tiempo. Pero ahora todo ha vuelto al principio. Regresé a mi casa cuando mi vieja me dejó. Se llevó a los chamacos. Las cosas ahora ya no son iguales. Me siento en el aire, como si no tuviera un lugar. Por eso me gusta esta chamba, voy de un lugar a otro, no soy de aquí ni de allá –bromeó–. Pero nos hemos salido del tema –agregó–. Todo empezó cuando te explicaba las contradicciones internas que tenemos.

–Sí –contesté–, creo que es algo que debo tomar en cuenta para mi intervención en el congreso.

–De eso no hay duda –aseguró–, es lo que va a darte credibilidad ante todos. Sin contradicciones no hay revolución, sin revolución no hay progreso, y sin progreso no hay historia. Así de simple, hermano. No hay mucho donde perderse aunque nuestros lazos sentimentales se hagan mierda y toda nuestra vida se convierta en un largo y aburrido error. No nos comprenden, carnal. Para eso tendrán que pasar años, tal vez generaciones. Somos profetas de la libertad, ¡visionarios!

Para cuando entramos en el D.F. habíamos comido, dormido, leído y resuelto el mundo. Puebla la vimos desde el bus.

–La antesala de la ciudad más grande del mundo –le dije a Manuel.

–No –contestó–. Para eso falta.

De pronto, anunciado por su olor, empezamos a atravesar un vasto territorio cubierto por gigantescos volcanes de basura sobrevolados por numerosos zopilotes y poblados por cientos, miles de personas buscando comida, escogiendo desechos.

–¿Ves? –dijo Manuel–, esto es la antesala, sus vísceras.

Era una visión apocalíptica. Recordé algunos films de ciencia–ficción donde el mundo futuro es visto como un orden perfecto, donde todos los problemas han sido resueltos. Un mundo feliz. Y sentí que en Latinoamérica, nuestra visión del futuro es muy diferente: el reino de la desesperanza, un mundo devastado donde la vida humana se reduce a recoger la basura del día sin conocer si hay otra cosa más allá del desierto de chatarra y podredumbre. Porque, como alguien dijo por ahí, el basurero crece.

–Aquí nos separamos, hermano –dijo Manuel cuando llegamos a la terminal–. María Isabel será tu contacto en el aeropuerto, volará contigo a La Habana. Ah, y no te preocupes por tus nuevos documentos. Los infiltrados del PC en la burocracia estatal te consiguieron lo que necesitarás para llegar a Cuba. Nos abrazamos y nos deseamos suerte.

Cuarta noche

Los pasillos son altos y desolados, fríos y resonantes. Caminas junto a tu padre y hermano y lo único que escuchas es el eco de los pasos lentos, dubitativos, momentos de silencio y de nuevo los pasos que se alejan. Es un museo gigantesco, lleno de grandes pinturas y estatuas, imágenes de otros tiempos. Nadie los acompaña más que yo que voy contando la historia del camino, del rastro absorto de tu mirada que se desliza de un cuadro a otro y no puede evitar vislumbrar la vigilia del tiempo en los retratos que te ven. Te retrasas. Siempre lo mismo. El más gordo, el marginal. Y ellos te esperan y desesperan. "Apurate, no tenemos todo el día, después te explico". Debes renunciar a lo que quisieras seguir viendo y te unes a ellos. Miguel no sabe lo que ve ni le interesa, te consuelas. Lo ves caminar indiferente, viendo el reloj a cada rato, la cara cada vez más larga, a punto de irse a la cafetería. Tu padre, mientras tanto, el ceño fruncido. A saber en qué pensará. Tal vez en sus años parisinos, en sus amigos famosos. Lo comprende todo, piensas, incluso lo que ni siquiera imaginas. Lo ves de lejos como si no pudieras acercarte porque un halo lo rodea: las musas. Estará gestándose una idea genial en su mente. Mejor no hablarle. Pero tú quieres que él se dé cuenta de que todo esto algo te dice. Sí, yo sé. En el fondo quieres decirle que él es tu modelo, que vea con simpatía que tú caminas sobre sus pasos. Pero él sigue viendo los cuadros y sólo te habla para llamarte como si le hicieras estorbo. ¿Por qué me trajo acá si mi presencia lo perturba? No lo sabes. Como en la vida: simplemente estás ahí sin noticias de procedencia ni destino, y sólo te queda seguir sin entender motivos, sin advertir consecuencias. Y caminas detrás del viejo; pero ahí estoy yo siempre para tumbarte el castillo de naipes. Por mí sabes del rumbo de las cosas y de la angustia que de pronto te alcanza y te pone sus manos frías en la espalda. Tienes obligaciones. ¿Qué estás haciendo aquí? Debes salir pronto, despertar del sueño estético que ha hecho de tu padre un revolucionario de papel. Allá afuera, donde hace calor, en medio del estruendo de la vida, donde no puedes oír tus pasos porque te embiste el llanto de auxilio; allá afuera donde la gente se muere de hambre, de violencia, de olvido; allí mero te están esperando los compañeros. Pero tu padre se interpone. Apenas escuchas su voz perezosa que los llama al pie de una pintura que ve como quien contempla una aparición del pasado. "Beardsley —les dice—. Ésta es una de las imágenes de mis años europeos". Y tú ves hacia arriba la perversa delgadez de Salomé sosteniendo la cabeza del profeta San Juan Bautista. Se borra el contexto, quedas solo frente a la pintura del encuentro con el deseo siempre insatisfecho. No tienes noción del tiempo. Vuelves a ver porque tu padre te llama desde otra sala. Son segundos. Ves la pintura por última vez, antes de acudir al llamado, pero ya no es igual. Lentamente, Salomé mueve su brazo hacia fuera del cuadro y saca la cabeza del profeta. Pero ya no es la cabeza de Juan Bautista, sino la de Rolando. Ves sus ojos blancos y su boca entreabierta, y sigues el camino inexorable de la sangre que cae y salpica tu pantalón blanco de un rojo intenso, cálido aún.

Quinto día

"Mexicana de Aviación anuncia su vuelo con destino a la ciudad de La Habana", resonó en el salón donde esperaba no sólo mi avión, sino también a María Isabel, mi contacto. Ahí estaba yo, en medio de cientos de personas, cada uno su propia historia, con una maleta en la mano y unas cuantas hojas con las ideas centrales de la dialéctica de la lucha de clases para abrir el campo de una nueva batalla. María Isabel se demoraba. Por fin, al filo de la tercera llamada apareció, más joven y bella de lo que había imaginado. Abordamos porque el tiempo apremiaba, y mientras el avión se movía lento para tomar la pista de despegue, empezó a preguntarme sobre nuestras actividades. Conocía muchos nombres y hechos, clandestinamente había estado algunas veces en Guatemala y, a diferencia de Manuel, se interesaba mucho en que hiciéramos una revolución a todo nivel. Ya cuando volábamos a velocidad de crucero y a treinta mil pies de altura, me hablaba de los contactos en el Congreso de la Internacional, de los cubanos, por supuesto; pero sobre todo de los españoles, los franceses, los rusos y todos los que podrían legitimar nuestra guerrilla. Yo no me había convencido por completo tal vez porque mi salida había sido muy intempestiva y no tuve tiempo de reflexionar.

—Así es —afirmaba María Isabel—, la Revolución no es sólo un problema de acciones directas, sino también indirectas. La opinión internacional es tan importante como el proselitismo interno para sumar correligionarios a la lucha. Y todo esto es un sedimento que nada tiene que ver con disparar una bala.

—Sí —contestaba yo—, hasta ahora ha sido una lucha muy privada; pero veo gente nuestra muy vinculada al Vietnam, Rolando por ejemplo, que están convencidos de que las masas juegan un papel decisivo en la consecución de los cambios. Yo tengo mis dudas. Más bien pienso que el poder hay que tomarlo por asalto debilitando las fortalezas económicas y militares de la oligarquía.

—Con el tiempo —pronosticó María Isabel— van a tener que hacer un solo frente porque no hay más que una Revolución. No puede obviarse las leyes universales de la dialéctica. Un cambio cualitativo depende siempre de un cambio cuantitativo, no hay para dónde. El análisis de la materia lo demuestra.

Ya no la seguía en sus argumentos. Quizá por la distancia que me separaba ya de Guatemala y por la larga soledad que me esperaba, había empezado a fantasear con sus ojos, su boca, su cuerpo, su apasionada rebeldía, su intelectualidad de pelo largo y devoción absoluta. "Dios mío —me decía—, y pensar que tendremos que despedirnos cuando todo esto acabe".

El piloto informó que el avión había empezado a descender, y era decididamente cierto.

Quinta noche

Ella está allá, lejos. Sólo ves su silueta de contornos difusos, el traje blanco que se mueve con el viento igual que el reflejo de su pelo largo y rubio. Quieres creer que te espera, pero en realidad sabes que no porque yo te traigo noticia de la distancia y es mucha, días, semanas, meses, años, desiertos y tormentas, silencios y palabras. Sin embargo ves claramente y te parece que una luz la atraviesa, una luz que viene de más allá. Sabes quién es pero nunca has visto sus ojos, la escuchas sin verla y es inconfundible, la tocas con la mano extendida en el vacío y no puede ser otra. Ella es una medida en tu vida. Antes y después de conocerla, antes y después de perderla, y antes y después de recuperarla. Eso sí es exacto y no la estadística o la matemática. La medida de tu deseo, de tu angustia, de tu incertidumbre, desierto por el que caminas sin encontrar orillas, sólo espejismos: bellas palmeras mecidas por suaves vientos, inclinadas sobre aguas prístinas, profundas, salvíficas, como esbeltas mujeres desnudas y sus sombras de agua perfectas. Tu vida no sería la misma sin ella. Tú no serías el mismo porque no podrías de pronto hablar con ése (el que ahora la ve y no puede alcanzarla) que tiene el privilegio de llamarse "su" Rodrigo. Sí, te complace la idea del descanso en su regazo, la entrega entera al poder inmenso de su belleza irreal. Casi sientes que te peina con sus dedos, la dulce guardia de un ángel que te pierde entre sus brazos. Pero ella nada conoce de ti, deambula por tus ojos que no saben si la ven o la imaginan, recorre los anchos parajes prometidos donde no hay direcciones ni memorias de acceso, donde el mismo viento que te empuja borra tus huellas y ya no hay antes ni después. Caminante, te digo, no se hace camino al andar, porque si lo haces es que quieres volver, y ella, lo sabes, desalienta todo retorno posible, quema las únicas naves y camina delante de ti sin notar tu presencia que no es sino anhelo puro, desamparo. Ella te adentra en un país ignoto, tierra de nadie que no abarcas con la vista, páramo desierto, alucinación. Sabes que no recordarás ni una imagen cuando ella haya desaparecido detrás de una duna y llegues angustiado y exhausto a su cima y no la encuentres. Ahí estaré sentado esperándote y te diré que aquí nada cambia, que en realidad todo es igual a sí mismo, que el viento del desierto se lleva la voluntad, derriba y arrastra sus obras. Te preguntaré de otro modo por enésima vez qué pretendes, qué quieres edificar. Iluso, te llevaré, si quieres, a ver las ruinas de tus obras y las ciudades devastadas de los que creyeron en los cambios del progreso. Pero no vas a querer. No importa. Yo espero porque sé que más tarde que temprano podrás ver. Ahora te dejo para que la luz te recoja por la mañana y te devuelva la ilusión de la vigilia.

Sexto día

Este congreso es más grande de lo que imaginé. Cuando llegamos nos presentaron a los delegados de la Europa Oriental. Después conocí a los africanos y a los asiáticos. Por supuesto, ahí estaban también los centroeuropeos y los rusos. María Isabel parecía conocer a todo el mundo, se desenvolvía como en familia. De su mano empecé a darme a conocer. Rápido me reconocían: "Ah, tú eres el hijo del Premio Nobel". Y yo tenía que decir que sí, pero me repetía con rabia que un día tendrían que conocerme por mi actividad política.

María Isabel me miraba con una sonrisa distante, y cuando caminábamos en busca de otro personaje clave para conocerlo me decía: "paciencia, Rodrigo, aquí también se aplica la ley de la negación de la negación. No tienes que renegar de él, la dialéctica no admite que lo nuevo destruya lo viejo, sino que conserva todo lo mejor que había en ello. Y no

sólo lo conserva, sino que lo transforma y eleva a un grado
más alto".

Esas palabras me tranquilizaron; pero también pensé
que en su boca no eran más que abstracciones, palabras vacías. Nadie puede sospechar mi plan: superaré a mi padre sin
escribir una sola línea, sin ganar más premios que mi libertad
y la de mi gente. Lo mío es más importante porque es práctico. La historia está llena de ejemplos donde primero se dan
las batallas y los heroísmos y después viene la obra maestra
que les da vida en el diálogo histórico de los hombres. Esta
será la primera vez que la versión literaria le da vida al héroe.
Pero no me importa, ya sé que estoy destinado a ser el (H)ijo,
la encarnación profetizada por el espíritu santo de la *Sien de
alondra*. ¡Comandante Gaspar Ilom! No se me olvida cómo
sonó allá en Chiapas en boca del joven ex jesuita. Sentí que
era otro, libre del que siempre he sido, con un carácter hecho
y una vida trazada. Mi padre creó el mito, pero es decisión
mía encarnarlo. Nada puede interponerse. Y éste puede ser el
inicio de mi reconocimiento aquí, en medio de este mundo
que profetiza la Revolución. Somos los protagonistas de la
caída del capitalismo, de la muerte de la oligarquía, del fin de
las tiranías arbitrarias.

—Deja de pensar en eso —dijo María Isabel—, al fin y al
cabo los motivos personales poco importan. Sólo hay una lucha, recuérdalo. Ahora quiero que te conozca el responsable
de la organización.

Me tomó del brazo y me condujo a un círculo de personas que parecían sólo recibir precisas instrucciones de un
hombre moreno, alto, relativamente joven.

—Nacho —le dijo—, te quiero presentar a Rodrigo. Es el
combatiente guatemalteco que nos recomendó Rolando. El
Jefe lo sabe todo. Él mismo los ayudó a salir desde la selva y
llegar hasta aquí.

Hubo unos segundos de silencio y Nacho me vio fijamente, serio, desde sus anteojos redondos que me recordaron
a Trotski.

—Bienvenido —dijo— y extendió su mano.

—La guerrilla guatemalteca y sus amigos mexicanos —continuó María Isabel— pensamos que deberían tener la oportunidad de darse a conocer y procurarse apoyo.

—Hoy, imposible —repuso—. Pero mañana cerca del mediodía... a las once podría darles media hora de discurso y quince minutos para preguntas. ¿Están de acuerdo?

María Isabel me vio esperando que respondiera. Noté que con su mirada me decía que no podía hacer más por mí. Sin decir palabra, comprendí que tenía razón y, además, se lo agradecí.

—Por supuesto —contesté—. Quiero compartir un texto que escribí en estos días. Es muy corto. Una sencilla crónica de los hechos más relevantes.

—Perfecto —dijo Nacho mientras estrechaba la mano de un hombre delgado, con el pelo largo y un espeso bigote, que fumaba sin parar y hablaba efusivamente haciendo ademanes.

—Ya va a ser la hora de tu intervención —dijo Nacho—. Pero antes quiero que conozcas a dos amigos: María Isabel, de México, y Rodrigo, de Guatemala, hijo de Miguel Ángel Asturias.

Y mientras ya estrechábamos la mano de este hombre, Nacho se volvió a nosotros y dijo:

—El señor Régis Debray.

Increíble. He visto cientos de fotos de él y no pude reconocerlo en aquel momento, justo cuando se disponía a hablar de su primera novela.

Sexta noche

Todo en silencio, todavía oscuro. Abres los ojos y sabes que eres el primero en despertar. No te atreves a moverte por miedo a despertarlos. Tu mamá, en la otra cama, duerme como si nada. Sólo tú y yo sabemos la tormenta que atraviesa, abandonada, sacando la faena, la pobrecita. Y a la par tuya, Miguel, olvidado de todo, el chiquito que no se da cuenta de nada, el Cuy, consentido y medio. Pero hoy puede ser el día de tu revancha. Eso es lo que te ha quitado el sueño: la sorpresa de lo que nadie espera más que tú. La inquietud te gana y aún a riesgo de despertarlos empiezas a moverte lentamente. Te cuesta trabajo hacerlo con tino. Ves tu ropa doblada sobre el sofá donde miras televisión con Miguel todas las tardes, buscas tus zapatos bajo la cama, recoges la ropa y vas al baño a vestirte. Pero cuando atraviesas el umbral, del otro lado, apareces ya vestido y peinado delante del pequeño escritorio donde muchas veces viste a tu padre escribiendo, a veces de mal humor, sin tiempo para ti ni para nadie, peleando con las palabras. Pero hoy no hay un alma. Ves la silla y piensas que ahora no es más que el lugar donde haces tus tareas y él no está más, recuerdas que se ha ido y no hay vuelta de hoja. Te gustaría que estuviera allí y llamar su atención, pero ahora sólo quedan las cartas que traen y llevan esperanzas cada vez que vienen. No sabes por qué, pero estás seguro que hoy viene una. Piensas, en la soledad, que no sólo debe venir, sino debe ser para ti. Qué decepción cuando tu mamá abría esas cartas y empezaba a leer: "Miguelito", "Miguelito, amor", "Miguelito chulo", y la que más te dolió, "Miguelitío, mi Cuy". Ya era la cuarta y apenas te había mencionado. Hasta había escrito: "El cuento, es sólo para ti..." Recuerdas, en la oscuridad, que tu mamá detuvo un instante la lectura, quizá arrepentida de no haberse callado esa parte. Tú habías bajado la cabeza y ya no escuchaste nada de la rabia que crecía con cada palabra, con cada giro del lenguaje tan propio de tu papá, de su escritura donde venía cifrado ese cariño que nunca te dio como quisiste. Siempre había alguien más. Pero ahora no va a ser así, estás allí solo esperando la mañana y la figura del cartero en la puerta. La luz empieza a llenar la habitación, como si la claridad surgiera dentro, lenta, empiezas a sentir el calor que viene con el rumor creciente de los autos, bocinas lejanas, esporádicas. Notas, con extrañeza, que nadie se mueve en tu casa. Temes por un momento estar solito en el mundo. Me preguntas con los ojos y me encojo de hombros. "Tú sabrás, Rodrigo, tú sabrás", te digo. Te acercas a la ventana pero no la abres. Mueves una esquina de la cortina y acercas tu cara al vidrio que se

rostro tenso de Luis reprochando a mi padre)..." Pasaron tantas cosas por mi mente durante aquellos minutos. Imágenes del pasado, rostros, palabras, mientras las miradas atentas registraban mis gestos, mis silencios. Trataba de asirme a la estructura de las leyes de la dialéctica y poco a poco me fui dando cuenta que improvisaba. Pero no era yo, la voz poética de la revolución hablaba por mí. Me lancé sobre mi voz para denunciar la injusticia, caminé sobre los andamios de mi grito como el maya alfarero que mi padre sembró en mi corazón, caminé al encuentro del dolor de mi pueblo sin tolerar el crepúsculo en mi boca, me acompañaba emocionado el sacrificio de ser hombre. Hablé de los compañeros, de los cálices amargos, de los coroneles que tenemos que arrancar(los) de raíces, colgar(los) en un árbol de rocío agudo, violento de cóleras de pueblo. Pedí el apoyo, la solidaridad para caminar con Guatemala, para subir las letras del alfabeto hasta la A, para ajusticiar a los traidores, esos que conocerán la muerte de la muerte hasta la muerte. Y allí, al calor de los aplausos y frente a figuras revolucionarias de leyenda, terminé diciendo que el ideal de mi vida es llegar con mi pueblo al final y decir: creíamos en el hombre y la vida, y la vida y el hombre jamás nos defraudaron.

Séptima noche

De vez en cuando decido traerte aquí para que no olvides la angustia. Te lo mereces. Esta es una historia de dos ciudades porque así has vivido, entre Guatemala y otro lugar, siempre una gran ciudad donde disfrutas de tu exilio. Ya no recuerdas cuántas veces te he traído. Detestas este lugar a la vez tan familiar y tan ajeno. Estamos en tu colegio, es mediodía y sales a la décima avenida con el ánimo de caminar. Ves hacia el centro, la hondonada del Estadio, y allá lejos, en la cumbre, se asoman imponentes los edificios altos de otra ciudad, iluminados como si empezara a caer la noche, con sus taxis y sus hoteles de lujo. Recuerdas que ya sólo estarás unas horas, que el tiempo se acaba y que hay muchas cosas que no conoces. Te diriges allá pero a mitad del camino entras en una librería donde sabes que encontrarás lo que buscas. Ves la literatura y buscas los libros de tu padre, la filosofía, la historia, la política. Te detienes en los poetas porque sientes que allí encontrarás lo tuyo, tu voz. Pero están a punto de cerrar y te sacan aunque los ruegas. Sales a la calle y no sabes qué hacer. Entonces te tomo del brazo y te señalo dos enormes edificios juntos. De inmediato recuerdas tu adolescencia al ver aquel lujoso hotel atravesado por el metro en lo alto del lobby. Pero no tenemos tiempo que perder y te digo que esta vez debes ir más allá de ese downtown visible. Bordeamos a pie el gran edificio para ver qué hay detrás. Caminamos entre los carros, la gente apresurada con sus abrigos y portafolios; pero sin darnos cuenta nos internamos en las calles del Barrio de La Merced, en aquellas calles que caminabas de la mano de tu padre el Jueves Santo. El cucurucho y su hijo. ¿Cuándo se va a emborrachar y va a dejarte a merced de su olvido, de su sueño absoluto en las bancas de los parques? Te ves a ti mismo perdido en el tumulto de la procesión. No sabes dónde estás. Y yo te pregunto: ¿en qué patria vamos a caminar?

dictadura. Sólo nosotros dos sabíamos que era mentira. Pero los patojos crecieron viendo en su padre a una víctima. Y eso le afectó mucho a Miguel Ángel. Por eso cuando entró a la universidad se volvió tan amigo de esos bolos atrevidos que se burlan de todo el mundo. Ya no podía pararlo, padre. Aquí se lo mandé muchas veces. Venía, pero a la fuerza. Cada vez fue peor. Ernesto guardaba la esperanza de que todo ese relajo sólo fuera una cosa de jóvenes y que pronto asumiría su papel de sustituto. "No te preocupés María —me decía— ya se le va a pasar y entonces hablaremos de hombre a hombre, y él entenderá que a un presidente no se le puede decir que no, que la alternativa es perderlo todo". Nosotros lo hicimos por su bien, padre, usted mismo comprendió que todavía no era momento para que lo supiera. Pero dejamos pasar el tiempo y esta es la hora que me vengo a enterar de que lo supo antes de su viaje. Con razón se quedaba largos ratos viendo las fotos de la sala, como quien se ve y no se reconoce. Yo pensaba que iba a pedirme una para llevársela, pero nunca lo hizo. Parece mentira, pero cuando supe de su viaje me puse feliz. Ernesto lo notó pero no me dijo nada. No hacía falta. Ambos necesitábamos tiempo. Ernesto vio el cielo abierto. "Cuando vuelva se lo diremos —dijo—. Ya no le importará, vendrá ávido de tomar el bufete y de meterse en política. Te aseguro que se aburrirá con nuestro cuento". Pero no es así, padre, tal y como yo temí durante años. Maco va y viene y no me dice nada. Me imagino que Miguel Ángel no le contó. Ernesto está furioso, dice que es un malagradecido, que si no hubiera sido así nunca hubiera podido vivir tantos años en París de haraganote. Yo le suplico, le pido que no lo castigue, que le dé tiempo de recapacitar, de entender que todo lo hicimos por su bien. Si él quiere seguir allá y escribir cositas que lo deje, le digo que no lo presione, que solito va a volver y va a reconocer lo que hemos hecho por él. ¿Qué piensa, padre? ¿Hacemos bien? Póngame una penitencia, muchos rosarios para que El Negrito nos devuelva a Miguel Ángel, así sanito como se fue a esas tierras viejas y llenas de pendencia y vicio. Usted me entiende, padre, no lo hago por mí, al fin y al cabo una está acostum-

voluntad de no plegarme sino seguir siendo de una pieza, fiel a mis ideas revolucionarias. Y todavía vine y rehice mi vida sobre las viejas bases. Pero con la Revolución se cambiaron los papeles, yo recuperé mi mundo, mi familia, mi carrera, y él se volvió un judío errante, viajando de aquí para allá, perdió a Clemencia y a sus dos hijos, y paró rogando a los cancilleres de turno para tener un hueso y no verse obligado a volver a enfrentar nuestras miradas de reproche. Cuando tomamos posesión me acordé de él y le dije a Julio César que lo pusiéramos de Embajador en Francia. No se lo merecía, pero yo sé perdonar y siempre he puesto a los demás antes que a mí mismo. Mi mujer puede confirmarles esto [Carcajadas]. Después le perdí la huella. Usted sabe, con tantas ocupaciones aquí, sirviendo al pueblo de Guatemala en graves asuntos de Estado... no tuve tiempo de mantenerme en contacto. Pero sí supimos del Premio Lenin y sabíamos que lo habían nominado para el Nobel. Ahora que se lo dieron, recibimos la noticia con mucho regocijo en nombre del pueblo. Hice un espacio en mi agenda y lo llamé a la Embajada para felicitarlo. Me contestó Blanquita, que no cabía. Cuando lo tuve al teléfono lo felicité. Estoy seguro que se acordó de todo lo que acabo de contarle. Lo oí en su voz temblorosa. Es una pena, parece que es cierto lo que dicen, que está muy enfermo. Imagínese, cabal ahora que le vino la gloria. Son las penas que ha pasado, porque somos de una edad y yo estoy muy bien, gracias a Dios. Pero bueno, no es momento de pensar en cosas tristes. Déjeme terminar de contarle para que complete su nota. Julio César me concedió el honor y el privilegio ("ya que son viejos amigos" –dijo) de invitarlo a una visita oficial después de la ceremonia de Estocolmo. "Miguel Ángel –le dije–, te esperamos en Diciembre, vení a Guatemala unos días, así nos comemos un tamal y te podemos felicitar personalmente". Contestó que sí, que vendría a pasar la Noche Buena. ¿Cómo dice? ¿Un mensaje a los guatemaltecos con ocasión del premio? Bueno, sólo recordarles que esto no sólo es un premio a un hombre, sino a todo un pueblo en recompensa por su abnegación, paciencia y estoicismo. Es importante que pensemos en el significado que esto tiene para todos. Mañana es una buena oportunidad, el día de muertos, la fiesta más típica de la familia chapina.

Mario Payeras [Enero, 1969. Residencia Universitaria, Leipzig, República Democrática Alemana]

Yo soy el que mejor lo ha entendido, incluso más que el mismo Rodrigo. Durante años ha sido el modelo a imitar. Recuerdo aquella visita que le hicimos en París. Queríamos que supiera lo mucho que nos inspiraba su palabra, que lo usábamos como una vía poética de acceso al mundo indígena. Porque eso es el mundo maya, un universo poético donde no privan las exigencias egoístas del pensamiento occidental. Ése será mi camino. He llegado al convencimiento de que ser poeta es lo mismo que ser guerrillero. Vos sabés, Carlos, la idea antigua del guerrero-poeta. Y al revés también, si uno es guerrillero, en alguna medida tiene una actitud estética, una respuesta artística a la vulgaridad del mundo burgués. Gaspar Ilom era un ideal para mí. Me introduje poco a poco, con asombro, a las claves vitales de los indios guatemaltecos, a su entorno natural, a su universo simbólico lleno de fantasía onírica. Y como en el descenso dantesco, a cada paso, en cada página, Miguel Ángel Asturias era mi guía. El me enseñó los caminos, a leer las estrellas, los rostros milenarios, herméticos, me mostró que lo que hay que aprender está lejos de estas aulas en las que llevo ya más de cinco años. Debo abrazar la vida, lo cual no significa abandonar el pensamiento. Sé que tendré que renunciar a muchas cosas, pero es bueno porque también el corazón revolucionario puede pervertirse, intoxicarse de hábitos burgueses disfrazados. No quiero ser un ex-combatiente, comandante a control remoto; más bien quiero ser un exestudiante, exviajero itinerante de las ideas, exembajador de lo que no entiende, quiero ser un guerrero-poeta. Por eso respeto y aprecio tanto a Miguel Ángel, porque él me ha señalado la cantera de la poesía, la posibilidad de una épica de la revolución, y también a Luis Cardoza, mi maestro de siempre, mi luz al final del túnel. Ellos me han dado los problemas, los motivos de la meditación: el mundo indígena, el marxismo y, sobre todo, la dimensión estética como el lugar propio de la reflexión. Hay que "sentir" para pensar, comprometerse (mojarse los calzones, como dicen), actuar, cambiar el mundo. El proceso pensante no puede agotarse en el juicio, hay que dar el salto al acto, única vía de acceso al progreso y la libertad. Me uniré a ellos, en la ciudad o la Sierra de las Minas, tal vez me enfermaré, huiré o caeré preso; pero sé que sólo así seré libre, más que mis detractores y más incluso que mis maestros. Cuando hablamos en París con Miguel Ángel, Julio Pinto y yo nos dimos cuenta de que se sentía ajeno a la lucha revolucionaria. Bueno, nadie es perfecto. Además, su biografía está pendiente. Al volver a Leipzig dudé mucho en enviarle o no mi novela. Por fin me decidí a hacerlo. Pasaron días, semanas, meses. Y al fin unas líneas que me devolvieron la vida: "literatura comprometida que no desmerece la belleza y profundidad poética. Sigue adelante". Era todo lo que necesitaba, una bendición. Allá seré "Benedicto", el guerrero-poeta. Vos te quedás estudiando y también puedo ver tus motivos. Espero que podás ver los míos. Adiós Carlos, tal vez algún día nos volvamos a ver. Sólo quiero pedirte un favor: yo ya le escribí y me imagino que estará enterado de mi decisión, pero de todos modos, cuando lo veás, decile a José Manuel que, como tantos otros (aunque por motivos enteramente personales), decidí abandonar los estudios y enrolarme en las filas del movimiento guerrillero. Y, además, no se te olvide aclararle que, con esto, le doy expresión a la esencia más profunda del pensamiento marxista: en lugar de comprender el mundo hay que transformarlo. Aunque, no creás, a veces me pregunto: ¿y cómo vas a transformar lo que no conocés? Pero eso no se lo digás.

Pablo «Manzana» Monsanto [13 de noviembre de 1975, Parque Colón, Ciudad de Guatemala]

Sí, yo también lo conocí. Era ineludible. No te podías llamar revolucionario si no le quemabas incienso y tomabas sus novelas como el texto sagrado de la denuncia. Me daba náusea. ¿A cuenta de qué se había convertido en el paladín de la Revolución, si se había vendido a Ubico? Y lo peor era que Rodrigo usara eso como una ventaja dentro del grupo. Pero aquí son babosadas, aquí los méritos son militares porque luchamos contra soldados, no contra intelectuales. Cobardes. Se fueron a refundir a esa tierra de nadie de Ixcán como si fuera posible sacar algo del olvido y del abandono. La Revolución no es una utopía social. Ya sabemos qué es lo que Guatemala necesita, no hay que soñar con que la gente tenga algo que decir. Yo les dije que no, que se metían en camisa de once varas. Pero no me hicieron caso, mataron al Tigre y después no sabían que hacer. A ver si en *Hombres de Maíz* encontraron la solución. Se desarticularon. Mario y Rolando lograron pasar el temporal en algún refugio subterráneo. César fue el más sensato, creo que volverá a mí. Y Rodrigo se fue. Es mejor así, que ni se asome. Allá podrá librar su guerra de papel.

Tiene razón, nos salimos del tema. Fue en el D.F., allí lo vi por primera vez. Era una conferencia sobre su obra indígena. Estaba todo el mundo. Desde Luis oficiando en el centro de la mesa, pasando por Tito Monterroso y los poetas de la Generación del '40, Otto Raúl González y Carlos Illescas, hasta profesores, estudiantes universitarios y colados exiliados como yo. Iba en camino a París porque el gobierno de Méndez Montenegro lo había nombrado embajador en Francia. Se le veía mal, enfermo, agotado; pero ahí estaba luciendo su perfil maya y hablando (el único autorizado, según él) de la esencia del pueblo guatemalteco, como un profeta de los designios de una mitología re-inventada. Fue ahí, en medio de una lluvia de elogios, que decidí que no me tragaría esa basura. Una revolución no se hace con palabritas ni con imposturas. Una novela no cambia el mundo; es más, podría no existir. El hombre no va a dejar de ser lo que es por un relato. Los sueños no son más que eso: sueños. El hombre depende de su praxis política. La libertad sólo se logra actuando.

Cuando la conferencia terminó, Rodrigo corrió a donde estábamos un grupo de jóvenes revolucionarios. Me tomó del brazo, "vení —dijo—, así te lo presento". Estreché su mano grande, gruesa, reseca, mano de viejito, y lo vi como quien contempla algo ajeno, incomprensible. Lo vi con pena. Este hombre ya no tiene oportunidad –pensé. Ya hizo todo lo que tenía que hacer y no sirve para nada. Y todavía algunos quieren convertirlo en el estandarte de nuestra lucha. Me niego, más bien hay que salir de él. Matemos a Miguel Ángel Asturias.

Augusto «Tito» Monterroso [marzo de 1982, atrio de la iglesia de Coyoacán, México, D.F.]

A mí pregúnteme sobre temas literarios, la política es algo que nunca he comprendido. Entiendo su interés en mi opinión; pero lamento contarle que no tengo mucho que decir del Golpe de Estado del recién pasado día siete. Hay que saber que un Golpe de Estado, en Guatemala, no es precisamente un acto revolucionario. Hay un derrocamiento, es cierto, pero siempre hemos sabido que sólo se trata de un "relevo" en el poder, como lo han llamado los militares. Sí, me enteré inmediatamente (algunos amigos se creen en la obligación de enterarme de lo que pasa en Guatemala, como si, secretamente, supieran que esos hechos van a dar origen a alguna fábula y, cuando esté publicada podrán decir: "yo le di esa idea"); pero fíjese que en estos casos me gusta dejar que el tiempo pase y, al cabo de los años, descubrir que ese hecho del que ya nadie se acuerda, dio origen a una novela, cuento, ya no digamos a una leyenda o, por lo menos, a una serie de chistes de esos ingeniosos y que no se pueden contar en público. Ha pasado muy pocas veces; pero hay una que es realmente notable. De eso sí que tengo algunas cosas que decir y que me he callado durante años. Se lo cuento pero con una condición: usted se responsabiliza de la redacción. Nunca he confiado en mi discurso oral. Si se pudiera corregir, volver atrás, borrar las palabras que hemos dicho y después nos asedian, tal vez sí. Pero no se puede. Bueno, se lo voy a decir así, de entrada, y después lo platicamos: pienso que, en Latinoamérica, la política sólo ha tenido una consecuencia interesante: ha inspirado algunas magníficas novelas de dictadores. No me pregunte por qué aquí ha pasado eso. Creo que no se puede descubrir las causas, sólo se puede inventarlas. No sé por qué hemos privilegiado ese tema, si en todo el mundo civilizado (esta palabra por favor escríbala entre comillas) ha habido y aún hay dictadores. Pero bueno, lo que quiero contarle es que ese fue el tema de la novela que, después de años de avatares y rechazos, le dio fama internacional a Miguel Ángel Asturias, usted sabe, nuestro Premio Nobel. Y digo "años de avatares" porque si usted lee al final de la novela las fechas de su escritura, sorprende ver que le tomó una década terminarla. Pero yo siempre he pensado (imaginándolo medio dormido en un café parisino) que no fueron diez años de trabajos, sino de interrupciones. Es más, ¿por qué creerle? Podría haber inventado todo eso, ¿no cree? Lo cierto es que volvió a Guatemala a principios de los años treinta y pasó allí toda la dictadura de Ubico. Hasta en 1946 pudo publicar su novela aquí. Pero eso no significó gran cosa. Fue hasta el año siguiente que saltó a la fama. A esto le he dado mil vueltas queriendo averiguar cómo es posible, siendo nadie, de pronto, convertirse en una figura. Y sólo encuentro una respuesta por demás anecdótica: cuando llegó a Buenos Aires como diplomático dejó el trago, se casó por segunda vez y llevó su *Señor Presidente* a la editorial Losada. No sé, parece un sueño o un maleficio, como cruzar un umbral que comunica con otro mundo. Sí, tiene razón, *Leyendas de Guatemala* ya se había publicado y además con prólogo de Paul Valéry; pero no se compara con esto. Así fue como empezaron los últimos veinticinco años de su vida, llenos de premios y reconocimiento. Pero también fueron años tristes, creo. Bueno, me refiero a que después de publicar ese extraordinario libro de relatos que es *Hombres de Maíz*, sus amigos europeos lo suponían maya, un personaje salido de sus historias de tiempos inmemoriales. Y en verdad no lo era; pero vio que promovía mejor su éxito literario si representaba ese papel. Y empezó a fotografiarse de perfil y, tal vez, a creerse un poco que todo eso era cierto, hasta que dos décadas después ya nadie lo cuestionaba ni recordaba su periodismo servil, y en medio de este clima de feliz ingenuidad le dieron el

enfático, algo así como "Una muestra más de apertura democrática", algo que fortalezca mi imagen de símbolo, estandarte
de la unidad nacional. El beneficio es todo para nosotros. A
él, en cambio, lo enterraremos en vida, se volverá eterno funcionario de la embajada y abandonará cualquier intento des-
estabilizador con sus amigos coroneles. Te lo digo a vos, pero
por la naturaleza de la Revolución tenemos que quedar bien
con los intelectuales. Así que lo anunciaremos en Gabinete
Político hasta que me lo hayás confirmado. Eso déjalo de mi
cuenta: será discreto pero elocuente, nadie podrá objetar ni
palabra. Con ésta y otras acciones similares, mis enemigos verán caerse en pedazos su actividad golpista. Vos sabés que tenemos buenos amigos en el ejército, gente que defenderá el
proyecto hasta el final. Bueno, sí, es cierto, tiene un costo;
pero (cuidado que las paredes oyen) eso es "confidencial".
[Risas]

Gerald Martin [noviembre de 1992, segundo piso de la Hilman Library, Pittsburg, PA, USA]

Yo soy sólo un estudioso de la obra de Miguel Ángel
Asturias, quizá el más grande escritor del siglo XX. Anécdotas
personales, en consecuencia, son muy pocas las que puedo
contarle. Vale decir que lo conocí a él y a su esposa en Londres, en 1967, viví dos meses con su familia en Guatemala en
1969, y volví a verlo en París en 1970, el año que se encontró
con Rodrigo, su hijo, por última vez. La muerte del escritor,
en 1974, nos cerró a los editores de esta colección la privilegiada oportunidad de aprovechar los recuerdos personales del
escritor en la preparación de las ediciones. [Aquí sería bueno,
cuando edite esto, que agregue una nota a pie de página acla-
rando que me refiero a las ediciones críticas de la Colección
Archivos] Yo regresé a París en abril de 1974 y pasé una semana en casa de Asturias, para examinar sus archivos y hablar
con él a su regreso de Madrid sobre la evolución de *Hombres
de Maíz* y su relación con la biografía del escritor. Pero Asturias no pudo salir de Madrid por causa de la enfermedad que
terminaría con su vida en la capital española algunas semanas

después, y ya no nos vimos más. Desde entonces, a falta de su testimonio vivo, nos quedan los documentos: entrevistas, cartas, escritos varios y, por supuesto, las obras creativas. Hace unos meses terminé un ensayo que considero exhaustivo. Se trata de una investigación genética sobre *Hombres de Maíz*. Al principio me metí en el período 1933-1949, que es el capítulo más triste de la vida de este gran escritor a quien tanto admiré y admiro. Después me di cuenta de que en ese libro maravilloso está cifrada toda su vida, desde su infancia hasta el momento de su redacción. Pero usted no quiere oír una historia tan larga. Léalo. Usted sólo quiere saber de la época en que se separa de su mujer y vuelve a Guatemala. Pues bien, ésa fue la época en que escribió cinco cuentos a sus hijos en unas cartas. No me lo va a creer, pero allí, cifrada en ese pequeño bestiario infantil, se encuentra una reflexión honda sobre su pasado y su condición familiar. ¿Tiene paciencia de que le explique? Bien, ponga atención.

Tan temprano como el veintitrés de enero, unos días después de su regreso a Guatemala, escribe a su Duendecito la historia de un palomín que, pidiendo hermanito, confunde huevo con limón, y cuando encuentra en el nido a un periquito cree que nació del limón. Sin darse cuenta, Miguel Ángel se acusa frente a la inocencia invencible del Cuy de ser diferente. En la familia él ha sido, es y será el muchachito de cáscara amarga, el indeseado, el que los gitanos abandonaron en la puerta, el recogido. Él es el que nació de un limón, periquito, curioso porque habla, porque repite lo que oye. "Éste es tu papá, m'hijito", parece que le dice al Cuyito.

Nueve días después, conmovido por haber oído que Miguelito le decía por teléfono: "Toy ben", agradece a Dios y lo anima a que se apure en el colegio para que le pueda escribir. Como si le dijera: "Acordate que soy verde, perico, sólo tengo palabras. Escribime, que nadie hable por vos". Esa semana le manda un cuento que, ni más ni menos, es un autorretrato familiar. Después de un incendio en el bosque, un periquito descubre los únicos restos del siniestro: los frutos en alto de los aguacatales. Por verdes, los ve sus iguales y, curioso, quiere saber qué son. El padre le advierte que todavía no es tiempo. Pero un temblor de tierra bota uno y su madre, jugando, le hace creer que el aguacate habla y no quiere dejarse conocer. El periquito, enfurecido, picotea y picotea y, por fin, da con la pepita y con el dolor. Vuela al nido a que la madre lo consuele y se oye la letanía del padre: "Corazón redondo tiene el aguacate y el mundo también, y ¡ay del que los pica, como yo sé quién...!". Ésta es la historia de Miguel Ángel. De nuevo, le cuenta a su hijo que él no ha sido sino el pichón que vuela fuera del nido y prueba el mundo y éste le devuelve dolor y amargura, con la madre que lo consuela y el padre que le advierte. Y el cuento incluye una clara evidencia autobiográfica: el "temblor de tierra", el terremoto del diecisiete que significó tanto en su despertar a la vida, que le abrió los ojos al mundo (en la clave del cuento debería decirse: que le puso el aguacate delante), el pasaje definitivo a la condena de la conciencia. Muchos años después, exactamente dos antes de morir, en conversación con Günter Lorenz, dirá: "En mi vida causa una ruptura el terremoto... Entonces escribí mi primera poesía, un canto de despedida a Guatemala. El terremoto produce una sociedad totalmente distinta, sin relación con la anterior". Pero al Cuy le hablaba desde dentro de la familia y le estaba contando la forma en que se despidió de la infancia. Ahora es él quien le advierte a su hijo que el mundo es duro, sobre todo si uno es distinto.

Pasan dos semanas y vuelve a escribirle a su Miguelito chulo, sin distinguir entre sueño y realidad, que lo ve, que lo tienta y que se acerca el tiempo en que lo tendrá en sus brazos. Ahora los protagonistas ya no son pericos, los diferentes, sino zopilotes, la plebe, los que son iguales todos. Y así como el anterior fue un autorretrato de juventud, éste es una bella, chapinísima metáfora de la condición humana. Una delegación de zopilotes le pide a Dios que los haga blancos. Les es concedido, pero tiene graves consecuencias: accidentes de vuelo a la luz del día. Piden ser negros de nuevo para poder volar al sol. Y Dios, que sabe lo que hace, les dice que sí, pero de ahí en adelante sentencia que sus hijos, al nacer, serán blancos para que los padres se recuerden de su error. Miguel Ángel le habla a su hijo de la vida. Vivir significa perder un tesoro, el paraíso de la inocencia que sólo vuelve como nostalgia cuando el hijo, todavía blanco, le recuerda a los padres que Dios no quiere que aspiren a lo que no son.

Llega marzo y el día cinco confiesa estar absorbido por el cuento de la semana. Como siempre, le escribe a Miguel, pero esta vez le dedica el cuento con exclusividad: una ranita, hija de una viuda, va al mercado a comprarse una maquinita de hablar y vuelve a casa con un loro: "... maquinita de hablar con cuerda de corazón". También su madre era viuda ahora y él había retomado la escritura no ya como un juego, sino como destino trágico. Miguel Ángel advierte a su hijo retomando el tema del loro y es como si le dijera: "Hablo, sí, soy distinto por la palabra, pero es una forma de vida cuya esencia es la vida".

Finalmente, quince días después, el veinte de marzo, y saliendo al paso de un pleito entre sus hijos ("totorequitos") por la dedicatoria del cuento anterior, culmina su periplo autobiográfico describiendo los sumos y altas aspiraciones de una familia de clarineros que quieren casar a su hija con el ave superior. Consultan a un búho y éste les da las señas del Nubarrón. El Nubarrón los manda con el trueno, y el trueno con el relámpago. Cada vez más alto, más poderoso el posible consorte. Y cuando el último suelta la centella y un árbol se viene al suelo, Clarirosa Azulmar, que así se llamaba la niña, se halla frente a frente al ave más fuerte, Clarín Clarinero, su igual. Casi se trata de una moraleja de la serie de relatos infantiles. "Miguelito —le dice entre líneas al Cuy— la más alta aspiración de la vida es un encuentro contigo mismo, el autoconocimiento".

¿Qué le parece? Increíble, ¿no? Es fascinante descubrir, como un arqueólogo brocha en mano, todas las capas de metáforas, imaginación, digresiones obsesivas, etcétera, que cubren el cuerpo de una vida tan llena de penas y tribulaciones como la de Asturias.

Andrée Brossut [octubre de 1974, Supermarché du sexe, 276 Rue des Pyrénées, París]

Me parece maravilloso que quieran contar su vida (ensayo biográfico, dicen ahora). Pero cuando se hace eso casi siempre se trata de historias oficiales donde se exalta la figura del artista. Y lo que yo puedo contarle no creo que sea muy apropiado. Bueno, a fin de cuentas es su responsabilidad, usted juzgará. Yo no sé nada de su país. Miguel Ángel y algunos otros amigos de aquella época son todo lo que conocí de Guatemala. Cuando le dieron el Premio y se publicó que aquí en París había vivido y escrito algunas de sus obras, aparecía como un héroe latinoamericano que había conquistado la gran ciudad. Pero lo que yo recuerdo es muy diferente. Era un grupo de jóvenes tímidos, pobres, con un acento tremendo, que no sabían muy bien por qué permanecían aquí añorando sus países. Miguel Ángel trabajaba para un diario con un nombre ridículo porque es lo único que un diario no puede ser: El Imparcial. Pasaba todo el día escribiendo la novela sobre un dictador de su país, y en la tarde iba a los cafés a hablar interminablemente con sus amigos sudamericanos. Nunca me acerqué al grupo. Usted sabe, los prejuicios machistas lo impidieron. Al único que conocí fue a Arturo, el venezolano. Él también me rechazaba, pero era íntimo de Miguel Ángel y, me imagino, se sentía más inclinado a comprenderlo y a mediar en nuestra relación; sobre todo después de que yo le revelé a Miguel Ángel mi secreto. Usted me ve ahora y sí, lo entiendo, le cuesta trabajo creerme; pero yo no era esto que soy ahora, era muy popular y tenía un atractivo que, por lo menos, no pasaba desapercibido. Me daba mucha risa. Los hombres que conocía por primera vez intentaban seducirme delante de sus esposas, novias, amantes, qué sé yo. Y es que nadie se atreve a decir estas cosas, pero a estas alturas ya nada tengo que perder. Usted es mujer y me comprenderá. Lo que pasa es que, en el fondo, todos los hombres son homosexuales. No sé en su país, pero decir esto aquí en París ya no tiene ninguna novedad. Después del psicoanálisis y el existencialismo ya nada nos sorprende. Y que conste que al decirlo no repito un discurso intelectual, lo digo desde mi larga vida llena de puertas cerradas y miradas de acusación. Mi relación con Miguel Ángel fue prueba de eso. Imagínese, con quien menos me imaginaba. Yo conocía a muchos hombres que buscaban mi compañía, pero en casi todos encontré una profunda perversidad. Querían utilizarme. Como se dice, yo no existía, sólo era un instrumento. Pero con él todo fue diferente. Ya sabrá usted que nos conocimos a través de Francis de Miomandre. Él nos presentó. Francis… lo recuerdo con mucho cariño… él me comprendía, sólo quería verme feliz. Nunca me juzgaba y yo le contaba todo, era mi confidente, mi paño de lágrimas, nunca me dejó cuando lo necesité. Creo que le gustaba, siempre lo intuí; pero de una forma muy especial, como se desea a una hermana: sin reconocerlo, buscando intermediarios, sustitutos. Por eso cuando Miguel Ángel apareció todo cobró sentido: Francis me lo entregaba justo como él no podía ser: ingenuo, romántico, protector, en fin, todo lo que una espera desde niña, ¿no es cierto? [Risas] Sí, tiene razón, yo no fui una niña todo el tiempo, lo descubrí cuando tenía quince, más o menos. Fue frente al espejo, miraba mis ojos, mi pelo corto, y recordaba lo que decían los grandes, cómo me parecía a mi madre, y era verdad. Ahora somos la misma persona. Pero usted no vino a que le contara mi vida, sino para que le hablara de él. ¿Ya entrevistó a Arturo? Él podría contarle cuanto lloré en esos días que creía haber perdido a Miguel Ángel. Pobrecito. Yo estaba triste, deprimida, pero él estaba confundido… profundamente… no entendía nada, no quería entender. Yo lo buscaba todo el tiempo, fiel, quería que supiera que yo era real y no una pesadilla, quería que no tuviera salida. Una siempre es más de una persona para los demás; pero la gente escoge uno, el que le conviene. El problema es cuando uno cree que sabe lo que escoge, y en verdad escoge otra cosa. Eso le pasó a Miguel Ángel. Nunca me culparé suficiente de haber permitido que la relación llegara a donde llegó. Pero no había otra salida. Inconscientemente quería asegurarme que cuando supiera lo que realmente soy no pudiera negar lo que había sentido aunque sintiera asco de sí mismo. Y así fue. Su sufrimiento me decía lo intenso que había sido el placer. Su angustia me hizo evidente que no podría olvidarme. Le dije a Arturo que lo dejara, que a mí me interesaba que volviera si él quería. Y así fue. A las pocas semanas empezó a volver, ahí estaba de nuevo su figura ensimismada esperando por mí. Yo me apuraba y cuando salía ahí estaba, como reprochándose no resistir la tentación. Yo entendía su miedo y le perdonaba todo. Dejé que hablara, que se contradijera, que me odiara y me echara la culpa de todo. Mi amor fue invencible durante esos meses en que me contó en largas horas de insomnio lo que sentía. Recuerdo perfectamente esos ojos de asombro y súplica que no podían saber a quién estaban viendo. Y ahí estaba yo, noche a noche, toda oídos, tomando su mano mientras le mostraba la dualidad, la ambigüedad de mi ser. Bromeando le decía: "deberías sentirte dichoso de que te quiera no una, sino dos personas". No, no se lo voy a contar. Sólo le voy a decir que —como dicen en español— si las bancas del Parc Monceau hablaran... ¿No teme que su trabajo se convierta en chismografía? Sólo le voy a contar que nada volvió a ser igual entre nosotros. Ya no teníamos máscaras. Al principio no sabía cómo tratarme; pero con paciencia, ternura y todo el amor que sentía por él, logré que lo superara al menos cuando estaba conmigo. Después empezó a hablar de su regreso. No sabíamos exactamente qué significaba eso: olvidar, o cerrar los ojos, la memoria a lo que habíamos descubierto juntos, perder lo que llevábamos en las manos. Pobre Miguel Ángel, sé que conmigo vivió un pequeño infierno. Sí, nos hemos vuelto a ver. Él siempre ha estado pendiente de mí durante todos estos años. Jamás me reprochó nada de mi vida. Pena le daba que yo tenía que moverme a ambientes más sórdidos por mi edad y porque ahora todo es diferente. ¿Cómo? Por supuesto que me siento mujer. Y eso desde aquella época. Bueno, tal vez no más que las que nacen mujeres, como usted; pero por lo menos igual. Imagínese, una se ve obligada a hacer cosas que las mujeres rechazan por principios morales o religiosos, yo qué sé. Y no saben de lo que se pierden. [Risas]

Arturo Uslar Pietri [abril de 1987, residencia personal, Caracas, Venezuela]

Aquellos años marcaron nuestras vidas. Claro que conocí a Miguel Ángel de cerca. Y más que eso: fui un testigo del nacimiento de *El Señor Presidente*. Pero contar esa historia no es hablar sólo de nuestra relación, sino del ambiente, del clima tan especial que era aquel París. Ahora los jóvenes como usted lo leen en los libros, en las reseñas históricas; pero nosotros, de alguna manera, fuimos parte de aquello. Todavía resonaba en el ambiente el impacto de la compañía de Diaghilev, era imposible sustraerse a la eclosión del surrealismo. Con la niebla vespertina, iluminada por esas lámparas de boulevard que sólo hay en París, uno a uno, los de siempre, Alejo, Miguel Ángel y Rafael Alberti en alguna época, caíamos a la terraza de La Coupole. A veces, en la mesa vecina, veíamos a Picasso, o a Utrillo. Pero no me malentienda, esto es lo superficial, lo que no es más que anécdota. Cuando digo que aquello era único me refiero a que ese París era lo que englobaba los mundos particulares que cada uno de nosotros llevaba sobre las espaldas, y los hacía accesibles a la palabra, posibles a la imaginación. París convertía esos mundos en dones de la memoria. Ahí estaba yo con mis lanzas coloradas de sangre galopando el infinito llano venezolano en busca de no sé qué origen de quién. Aún ahora, cuarenta años después, no me pregunte. También estaba Alejo, usted ya debe saber, con sus pasos perdidos y sus sinfonías y conciertos barrocos llenando de palabras nuestros silencios y esperas. Pero el más asiduo era Miguel Ángel, el más misterioso. Alejo y yo teníamos fiebre de historia, queríamos reescribirla, llevarla al nivel del mito. Pero Miguel Ángel no. Cuando decíamos historia él entendía leyenda, cuando mencionábamos a los personajes del pasado él veía fantasmas. Alucinado detrás de una sonrisa. Sí, eso era. Figura lenta, silenciosa en la acera de Montparnasse, memoria febril en la mesa habitual del Falstaff. Su pensamiento brotaba de una fuente que no le pertenecía, que estaba más allá de él, confusa, contradictoria, donde lo indígena, que lo consagró al final, no era más que frases sueltas, llamados incomprendidos de autenticidad y compromiso. Pero el relato que se hilaba en aquel flujo indeterminado era su otra mitad: su mundo mestizo, con indios, conquistadores, frailes, ensalmos, brujos mágicos, leyendas y vírgenes indefensas que había que salvar aún a riesgo de todo. Y vaya si no me consta que Miguel Ángel arriesgó todo por el fantasma de una virgen (esto póngalo entre comillas) que lo hizo recorrer las noches frías como un alma en pena de esas de sus leyendas. Tremenda crisis la que atravesó. Sólo yo lo sabía y le guardé el secreto entre los contertulios que no perdonaban una. Después ya no habló de eso y yo no quise hacer preguntas. Siempre creí que aquella experiencia era parte de sus demonios culturales. Miguel Ángel, como muchos de nosotros, odiaba el machismo y era machista, aborrecía el poder pero lo admiraba. Esa capacidad de encarnar contradicciones es lo que, pienso, representa su *Señor Presidente*: frío y cursi, ignorante e ilustrado, magnánimo y cruel, hijo devoto y violador de vírgenes, humilde e inaccesible, asesino impío y amante de la poesía modernista, etc.; usted puede agregar más que yo. Figura de condensación, pivote de una espiral de círculos concéntricos que no sólo abarca toda una sociedad, sino la hilvana y le da su sentido de asfixia y desesperación: el primer círculo es el de la confianza, el de los que viven envueltos en el aliento enrarecido de la bestia; el segundo es el de la ambición que no se diferencia de la pasión, la lujuria y la impotencia; el tercero es el de la delación y las venganzas secretas, anónimas; y así, el de la admiración; el de la envidia; el del odio; el del aislamiento; el del anonimato, el del olvido. Nadie escapa a estos círculos de telaraña que reflejan, multiplican la imagen del dictador en cada uno de sus súbditos. Imagínese nosotros, sus críticos feroces, todos somos al mismo tiempo escritor y periodista, escritor y diplomático, escritor y político, ¿puede haber cosas más opuestas? Somos iguales a él: caballeros demediados negándonos constantemente en lo íntimo. Ahora lo veo claro, pero en aquellos años sólo lo intuía. Sí, perdone la digresión. Yo sé que su investigación es literaria. Pero a eso iba precisamente. Déjeme resolver el tema hablando un poco de mí. Co-

cio se fue a vivir a Cuba– vino con la noticia: teníamos que
auxiliar a Gaspar si lograba llegar con vida a la frontera. Una
operación militar había tenido consecuencias inesperadas.
Llegamos al sitio de reunión muy a tiempo, pero se demoraba. De pronto apareció con sus compañeros. Estaba exhausto.
Pasó esa noche en nuestro campamento y compartimos algunas horas de insomnio. Recuerdo que tuvo un encuentro muy
emotivo con Svetozar, antiguo amigo y colaborador de la causa revolucionaria. Estaba completamente desorientado, no tenía una idea del futuro. Nosotros sabíamos que el mundo indígena no era parte de su estrategia y por eso no quise
preguntar sobre la influencia de su padre. Percibí un conflicto. En realidad nos parecía una contradicción que se hiciera
llamar Gaspar Ilom y que no fuera afín a la revolución rural.
Especialmente para mí que me había iniciado en la Compañía de Jesús en tiempos de Arrupe. Época de grandes cambios: los jóvenes no queríamos más metafísica ni teología. Así
había diseñado San Ignacio la formación, nos decían los viejos. Y nosotros creíamos que había que ser fiel a su espíritu y
no a sus decisiones coyunturales. Había un acuerdo tácito entre las nuevas generaciones: no más abogados, filósofos y teó-
logos, en su lugar debía haber sociólogos, antropólogos y po-
liticólogos. Lo mío fue la antropología. Cada vez se hizo más
claro para mí que, cualquiera que fuera la estrategia, la revolución tenía que pasar por la etnia. Sí, así es. Por eso leíamos a
Asturias. Buscábamos en sus novelas un conocimiento del
pensamiento Maya. El Premio Nobel lo avalaba para ser el
portavoz del mundo indígena. Trabajábamos incansablemen-
te en la base concientizando a la gente, acercándonos a ellos
para, al fin, ganar su confianza. Dios mío, cuántas horas de
discusiones, de planificación, cuántas semanas, meses luchando entre *El evangelio* y *El capital* en aquella pequeña casa, ya
legendaria entre nosotros, en la zona cinco de la Ciudad de
Guatemala. Éramos muchos, íbamos y veníamos. Quién se
iba a imaginar lo que se hacía en aquella comunidad: curas y
novicios mexicanos, gringos, españoles, centroamericanos,
construyendo las bases de una filosofía de la realidad históri-

ca, para decirlo en el lenguaje de Ellacu. Y en este contexto
cada vez se debilitaba más la figura de Asturias. Sus novelas
delirantes me parecían artificiales, resultado de una impostura
que buscaba saldar la deuda de *El Problema Social del Indio*.
El problema se volvió moral, suyo y sin ser indio. Durante un
tiempo estuve sin rumbo. De pronto, caí en la cuenta que allí
estaba la otra mitología, mucho más clara y cercana a los problemas de la gente de carne y hueso: *El evangelio*, o para ser
más exactos, la teología (de la liberación) del Nuevo Testa-
mento. No había vuelta de hoja, nunca volveríamos a equivo-
car el camino aunque tuviéramos que enfrentar al mismísimo
Vaticano.

Esa es la historia. Habré vuelto a ver a Gaspar alguna
vez en un congreso o encuentro. No recuerdo. Nunca volví a
leer a Miguel Ángel Asturias y dudo mucho que alguien lo
haga todavía. Salvo algún latinoamericano perdido que coma
de eso en cualquier State University gringa. ¿Cómo? ¡Ah, no!.
El Señor Presidente sí lo seguirá leyendo la gente. Según mi
humilde opinión, es lo único que va a quedar.

Miguel Ángel Asturias, hijo [Diciembre de 1996, clínica psicoanalítica, Callao y Corrientes, Buenos Aires]

Cada vez viene menos gente a entrevistarme. Yo sé
que él se ha convertido en un Premio Nobel más. En aquellos
años fueron los periodistas quienes me visitaban: del *Le Monde*, el *ABC*, el *Excelsior, La Nación*. Poco a poco dejaron de
venir y quedaron sólo los críticos literarios y los estudiantes.
Ahora es muy raro que alguien se interese en lo que yo tengo
que contar. ¿Que qué es eso? Bueno, podría resumirlo en una
frase: mi padre me dio su nombre. Sí, yo sé que es obvio; pero
quiere decir algo más. Yo sé que vos me entendés mejor que
nadie, ¿no es cierto? Yo recuerdo a mi viejo como la persona
más tierna de este mundo. Es cierto lo que todo Guatemala
dice, que era medio bohemio y eso significaba que lo veíamos
poco. Pero lo que nadie sabe es que cuando estaba con nosotros o cuando nos escribía era muy cariñoso. Cuando vivíamos en México y él ya se había ido de la casa, recibíamos un

cuento por semana. Era maravilloso. Si Rodrigo estuviera aquí… Yo sé que a él esto le molestaba porque los cuentos casi todos eran para mí. Cosas de niños. Pero ahora que menciono a mi hermano debo reconocer que está ligado sin remedio a la memoria de mi viejo. Es más, yo no tuve uno, sino dos padres. Tal vez si él no nos hubiera abandonado, Rodrigo no se hubiera sentido en la necesidad de substituirlo. Pensaba por él, decía lo que él hubiera dicho, lo justificaba, era como el gran sacerdote del culto al padre ausente. Pobre mi hermano, esperaba una recompensa que nunca llegó. Toda su vida es un diálogo con mi viejo, diálogo de sordos que nunca escucharon lo que el otro decía. Yo estuve en medio al principio. No sé, pero cuando uno es niño no está consciente de muchas cosas. Yo me creía el favorito de papá, el que llevaba su nombre, el que, sin buscarlo, se llevaba los cuentos, las caricias, los mejores regalos. Pero en la adolescencia me di cuenta de que la cosa era más complicada: durante todos esos años no había sido más que un mediador entre ellos. Yo estaba en medio pero ellos podían verse a través de mí. ¿Cómo se entiende que me enviara cuentos si apenas sabía leer y, además, agregaba que ojalá pronto lo hiciera, así como Rodri? Tardé en darme cuenta pero al fin lo pude ver: nada de eso era para mí. Y Rodrigo se ponía triste y se hundía en su propósito de merecer más lo que sabía nunca le iba a llegar. Bueno, eso lo sé porque siempre percibí que él estaba lleno de rencor, que tenía una cuenta pendiente con el viejo. Para decirlo en los términos que he aprendido de vos, cada uno era parte crucial del deseo del otro. Por eso Rodrigo se esforzaba por ser el heredero de su pensamiento, de su genio incluso; pero cobraba la cuenta interpretándolo en la clave revolucionaria que mi padre detestaba. En esas cosas pensaba cuando sostenía la mano de papá en aquella clínica de Madrid donde murió. Apenas abrió los ojos unas cuantas veces mientras respiraba con esa mascarilla horrible que quería arrancarle cuando me decía: "Rodrigo, qué bueno que veniste". Quería decirle "estás ciego, ¿no ves que soy yo, el Cuy?". En su delirio agónico, mi mano no era la mía sino la de mi hermano. Sentí rabia, ganas de encararlo

viejo personaje de quien nadie ha oído algo en años. Sobre todo ahora que está llevando al extremo su obsesión por el poder. Según me he enterado, está de precandidato presidencial. Mi padre murió y Rodrigo no tiene quien lo escriba. Perdona, no pude resistirme. De todos modos no importa porque aquí puedo decir lo que quiero. Es el mejor momento de mi rutina porque vos me dejás contar. Y sólo contando podré olvidar que soy Miguel Ángel Asturias.

Miguel Ángel Vásquez [Noviembre de 1995, Colonia El Milagro, Ciudad de Guatemala]

¡Claro! No sólo lo conocí personalmente, fue mi amigo y mentor. "Poeta por los cuatro costados" me llamó la última vez que estuvo en Guatemala, reconociendo mi inveterada vena de inspiración poética que siempre ha desbordado con su pasión las níveas páginas que enfrento con la pluma en ristre. Fue en la época del oprobio, de la despótica bota de Jorge Ubico que Miguel Ángel y yo cruzamos los caminos de nuestros destinos literarios. Feliz acontecimiento aquel que tantos momentos maravillosos de creación artística y solaz esparcimiento nos deparó. Recuerdo a los amigos inseparables: Francisco Soler y Pérez, Alfonso Alvarado, Antonio Chajón Chúa, Otto Bianchi, Carlos Samayoa Chinchilla, Federico Mora, y tantas otras preclaras mentes de aquellos tiempos áureos de las letras chapinas. Y todo giraba alrededor de Miguel Ángel, nuestro futuro Premio Nobel, cuya vida se movía al ritmo de las lentas cadencias de la rutina: de la TGW al Vianccini y al Salón Ciros, después seguíamos la parranda en el Salón Granada y terminábamos cenando en La Selecta alrededor de la una de la mañana. Había tragos, para qué le voy a mentir. Pero no se trataba de la típica borrachera sin pies ni cabeza. Nosotros celebrábamos rituales dignos de Baco. Algún dios nos visitaba porque, de lo contrario, ¿cómo podría explicarse tal derroche de metáforas, símiles, imágenes, que noche a noche brotaban de nuestros pechos encendidos en lírico ardimiento? Había derroche de talento, magia verbal, regalos, dones de hadas de la lira, nuestras auténticas amantes. Por ahí andan muchos que dicen haber sido amigos y discípulos. La verdad es que, aunque usted no lo crea, Miguel Ángel era de pocos amigos. Eso sí, buenos, poetas casi todos. Yo me contaba entre los privilegiados: su único verdadero discípulo de aquel tiempo. Él me hizo poeta, él me enseñó a dialogar con las musas, con él conocí los tesoros celestes de la palabra arrebatada a la inspiración. Dichoso de mí a quien llamaba poeta el gran maestro de maestros. Ahora veo hacia atrás en lontananza y contemplo con orgullo una obra hecha, forjada en el yunque de Vulcano, verso a verso, humildemente, ladrillo sobre ladrillo, sin aspirar a las alturas imposibles reservadas para los ungidos en el Olimpo.

Ahora las cosas ya no son como antes, los jóvenes ya no aprecian la belleza como un valor en sí mismo, ya nadie quiere saber de nobles vidas entregadas a la épica del espíritu, de quijotes de pluma en mano y serenata furtiva a la luz de la luna. Pero no importa, el arte podrá ser incomprendido, de cualquier modo los mortales siempre necesitan de él, y ahí estaremos nosotros prestos a llevar a todos el mensaje de Afrodita: vates idealistas, caballeros de otra época, bohemios incorregibles. Tal vez por todo esto, en algunos aspectos, la figura de Miguel Ángel es incomprendida por las nuevas generaciones. Lo he notado cuando, itinerante, recorro las escuelas públicas de nuestro país leyendo mis poemas de inspiración cívica. Los jovencitos tienen ideas equivocadas como que es autor de una obra (*El Señor Presidente*), o que era un alcohólico por aquello de que "en Guatemala sólo se puede vivir borracho". Yo les hago ver su error, les digo que el Gran Lengua es la voz del pueblo indígena, que no despreciaba Guatemala, que si fue periodista del sátrapa Ubico y diplomático de la Revolución fue porque comprendía la situación mejor que nadie y sólo buscaba las condiciones para poder escribir, para encontrar el camino a la eternidad: la memoria de su pueblo. Miguel Ángel no tenía la visión corta del político o del hombre de objetivos prácticos, él veía más allá. Y esa tierra prometida son los Cerros de Ilom que canta en sus leyendas y que nos señalan el lugar mítico del definitivo encuentro con nosotros mismos.

Miguel Ángel Asturias es Guatemala. Y a ella (la más bella) la llevamos todos dentro como una herida y su propio bálsamo.

Quiero felicitarla. Ya no es común que alguien a su edad piense que un verdadero poeta tiene algo que decir. Y no sólo la felicito, se lo agradezco. Por fin verán la luz mis pensamientos, mi testimonio de una amistad privilegiada con el hijo predilecto de Guatemala, orgullo latinoamericano y auténtico príncipe de las letras.

Juan Sisay [Viernes 21 de abril de 1989, casa de habitación, Santiago Atitlán]

Primero fue el viento. Es lo que me viene a la cabeza cuando usted me menciona su nombre. Un aire re cabrón que no llegó como jugando, que no me sacudió los pantalones tierrosos, sino el alma. Yo no tenía idea de lo que eso era cuando recibí la invitación de Miguel Ángel aquí en mi pueblo. París en invierno, Dios me libre de esos climas del demonio.

Ya nos habíamos conocido años atrás. No me pregunte fechas porque no se me quedan. Pero en uno de sus viajes, cuando ya era personaje, vino a visitar todas estas aldeas, una por una. Venía con un séquito y le gustaba tomarse fotos con nosotros. Le gustaba que salieran los ranchitos, los chirises mocosos, que vistiéramos los trajes típicos, que vinieran los ancianos de la Cofradía. Y él en medio, con su sonrisa triste y su panza por delante. La gente no lo conocía, y cuando yo tenía que explicarles de quién se trataba, me quebraba la cabeza para que entendieran. Les decía es un diplomático, un hombre famoso, un político, un hombre de letras, de palabras, de papeles, un embajador del mundo maya. Y ellos se veían entre sí y asentían como si no les quedara duda, y el alcalde proponía declararlo hijo predilecto y ponerle *tzut*. ¿El qué?, preguntaba él. Y yo le decía el "tzute", el pañuelo de la cabeza, para que entendiera. Y nos reíamos porque él decía que le sonaba a "shute".

Pero allá en París la cosa no fue tan bonita. Miguel Ángel me había dicho no te vayas a olvidar de llevar tu traje. Y yo, de puro zonzo, que le hice caso. Lo que no me dijo fue que estos calzones de Santiago no aguantan el frío de allá. Entonces le dije que me prestara algo con qué taparme y él me dijo ¡no hombre!, ¿cómo te vas a poner un abrigo que te tape tu vestido? No jodás, si aquí vas a andar chineado, no vas a tener que andar cargando tus tanates. Sí dijo Juan Baboso y dejé mis pinturas en la Embajada y salí a temblar por esas calles llenas de gente y árboles y edificiotes todos iguales.

Sí, por lo menos eso sí lo hizo. Organizó una exposición de mis pinturas en un palacio amarillo que me dijeron que era la Casa de América Latina. Grande, helado, con puertas verdes y adornitos dorados. Bailaban mis pinturas en semejantes salones, mis paisajitos celestes rodeados de esas cortinas rojas y esos candelabros gigantes. No sé. El curador saltaba de contento, decía que el contraste no podía ser mejor y que mis pinturas eran como ventanas a la naturaleza, al pasado, al monte. Y me abrazaba y me daba las gracias por devolver no sé qué al mundillo artístico europeo.

Miguel Ángel se lució aquella tarde. Cuando el chofer nos dejó en la puerta y bajamos, me tomó del brazo y me dijo agarrate porque esto va a estar bueno. Y entramos. Los aplausos, las fotos, las miradas curiosas. Un montón de curiosos amables, con sus tragos en las manos, me veían de pies a cabeza y felicitaban a Miguel Ángel y le decían que sin él nada así hubiera sido posible, que nada igual se había visto en aquel palacio amarillo de grandes salones vacíos. Vinieron los discursos y las felicitaciones, los agradecimientos. Por fin fue mi turno. Me paré en el centro, en medio de aquel silencio y dije gracias, gracias al embajador, gracias a todos ustedes que se interesan por mis pinturas. Dije que pintar no era más que un hábito secreto, que mi verdadero trabajo era vender cosas en la costa, lo que fuera, que mis pinturas reflejaban lo que había visto desde niño, mi familia, mis montañas, mi lago, que yo no sabía de política ni podía explicar qué pasaba en Guatemala. En eso Miguel Ángel me interrumpió, me apretó el brazo y me dijo gracias Juanito, tus palabras nos han conmovido a todos, no sólo a los chapines, a los latinos que bregamos con los monstruos de la historia, sino también a los franceses, amigos todos que se han solidarizado con nuestra lucha, con nuestra causa. Respiró hondo, abrió los brazos como si fuera a decir "podéis ir en paz" y remató diciendo las palabras sobran, allí están las pinturas, allí están las imágenes de la voz primigenia del pueblo maya. Los invito a un cóctel para que podamos apreciar el genio de este hombre del pueblo.

Los franceses estaban muy interesados, me abordaban para preguntarme si conocía la historia de la pintura prerrenacentista, si sabía de la controversia que había generado Marco Polo al volver de la China con pinturas sin perspectiva ni conocimiento anatómico. Me decían que mi exposición era un hecho parecido, que marcaría la historia de la pintura occidental, que Marco Polo, además de comerciante, también había sido embajador, como Miguel Ángel, que Europa buscaba con denuedo una forma de volver a los orígenes de la pintura, que ahí radicaba la importancia capital de mi exposición. Yo no sabía qué decir. Miguel Ángel me había llevado al Museo de Arte Moderno y a otras galerías y los artistas me explicaban cosas que ni ellos entendían.

Y también había chapines, pintores, creo, que no dijeron nada, que hablaban en secreto, que se reían sin que nadie oyera el chiste, de esos, me dijo Miguel Ángel, que allá en Guate soñaban con París y al fin se habían animado a venir a probar suerte, de esos que me tocan la puerta a las cuatro de la mañana y me dejan un lienzo para que lo venda y les dé unos francos. Fue así como salió la plática, mientras los veíamos de lejos que se reían cada vez que se acercaban a mis paisajitos celestes. Fue así como me dijo no andés cargando tanto tanate, como cuando bajás a la costa a vender tus cosas, dejame tus pinturas aquí, que las tuyas sí se van a vender, estoy seguro. Si no mirá cómo deliran estos francesitos. No te preocupés, seguí tu viaje tranquilo, que quedan en buenas manos.

Sí, dijo Juan "Baboso". Le dejé casi todas. Sólo me llevé las que iba a exponer en Alemania y las que le iba a regalar a su santidad el papa Paulo VI. Mis primeros lienzos que decoraban las paredes de la Acción Católica se quedaron allá, en las Europas. Fue la voluntad de Dios. Por lo menos allá sí las aprecian aunque yo no entienda por qué. Ellos son sinceros. De eso estoy seguro.

¿Qué? Ah, sí, Su Santidad fue muy bueno. Me llevaron al Vaticano. El embajador guatemalteco me fue regañando todo el camino porque decía que no iba vestido como Dios manda, que qué era eso de llevar esos trapos de cucaracha, esa ropa tierrosa de indito. Me dio pena, me disculpé mucho con él. Pero recordé que Miguel Ángel, allá en París, me había dicho lo contrario. Me confundieron. No sabía qué pensar. Pero Su Santidad ni siquiera lo mencionó. Me recuerdo como si fuera ayer. Cuando lo vi de lejos, de un blanco que parecía transparente, sentado en una silla dorada, me entró una gran tranquilidad. Sentí como si fuera mi papá, alguien de mi familia que me recibía después de muchos años de extravío y penurias. Besé su anillo y me dijo que me sentara, me preguntó por Guatemala, por mi pueblo, por mi gente. Le dije que había mucho evangélico, que nos perseguían. Me consoló, me dijo que faltaba mucho por hacer, que había que trabajar por la Iglesia, que ahora que volviera tenía que comprometerme. Entonces, sin hacer bulla, se acercaron unos padres con una caja abierta. Su Santidad se paró, tomó una medalla de oro que venía dentro y me la colgó diciendo que me imponía la Orden de Santiago Apóstol, que ahora, como él, yo también debía seguir mi apostolado.

Sí, desde entonces me hicieron presidente de la Acción Católica. Tenía razón, hay mucho qué hacer. Nos reunimos casi todos los días para platicar cosas del pueblo, de la Cofradía, para recibir cursos. Por eso, con mucha pena, vamos a tener que terminar aquí su entrevista. Apenas tengo tiempo para llegar a la reunión de hoy. Ellos dicen que sin mí no empiezan, que yo recibí el apostolado. Dicen que ahora ya no pinto los paisajes de este mundo, sino los del otro.

Arturo Arias [Octubre de 1999, Golden Gate Park, San Francisco de California, Estados Unidos de Norteamérica]
Decidite. Al final, ¿sobre quién es la entrevista? Sí, sí, entiendo que los lectores necesiten una introducción sobre

una cuarta lectura: la mía. ¿Para qué seguir atado a esa tradición que nunca lo entendió? Ahora tenemos los mecanismos de una hermenéutica confiable: la crítica cultural que surge en el llamado "postestructuralismo". ¿Sabés de lo que hablo? ¿Tienen alguna idea allá de estas teorías nuevas? Sí, más o menos. Hablo de Foucault, Derrida, Luce Irigaray. Son quienes nos permiten una lectura desmitificadora, oblicua, de problemas inexplorados en sus obras (como la sexualidad), que revela los efectos de la globalización en el despliegue de la identidad del sujeto étnico, marginal, cuando el poder cultural se reorganiza en relaciones sociopolíticas descentradas y multideterminadas. [Risas] Sí, tenés razón. Esto está muy elevado. Bueno, para mí es imposible decirlo de otro modo. Tal vez vos podrás adaptarlo cuando lo pasés en limpio. Pero sí es importante decir que, a la luz de estas nuevas corrientes de pensamiento, Asturias se nos aparece como un ser contradictorio: democrático y conservador, rebelde e inhibido, que llena de palabras el vacío de una falta sexual. ¿Qué nos importa su vida si lo único que queda es el carnaval de su palabra donde se revela la abyección y la huella del poder? Tal vez allá en Guatemala todavía están manejando la idea de una biografía hecha de anécdotas de la vida "real". Yo les recomiendo que abandonen esa postura. La única biografía posible es la intelectual. Además, es la única manera de desentrañar lo no escrito de los textos, de leer entrelíneas el discurso del poder. Hay un universo oculto por descubrir en las obras centrales de Asturias: la bisexualidad de la Mulata, por ejemplo, o el contraste entre su conservadurismo católico y el derroche de virtuosismo lingüístico entendido como la única forma radical de transgresión: la ruptura de las reglas del discurso. ¿De qué otra manera puede entenderse su reacción frente a la intervención de la CIA en el '54? Asturias nos propone con su lenguaje febril una imagen del desfase entre la racionalidad del proyecto revolucionario y la irracionalidad reaccionaria de la Contrarrevolución. Es la distancia entre la metáfora mítica de *Hombres de Maíz* y la metonimia incontrolada de *Mulata de Tal*; es la diferencia entre la noble leyenda de Gaspar Ilom y la figura infernal de la Mulata. ¿Verdad que es una visión que no tiene nada que ver con la que se ha tenido durante años? Sí, yo sé que muy poca gente entiende estas ideas y que pasará algún tiempo antes de que mi lectura sea incorporada al cuerpo crítico. Por eso me aferro a mi exilio voluntario. Una persona como yo no tiene un lugar allá en Guatemala. Soy un exiliado no porque me persigan físicamente, sino porque no me entienden. Soy un outsider natural que incluso aquí en California lucha por hacer un espacio para sus ideas, que sueña con restablecer la racionalidad modernizante de la Revolución, que se niega a vivir en medio de la incertidumbre del desarraigo heredado después de las bombas. ¿Es demasiado pedir, para un artista como yo, aspirar a un mínimo de razón?

13. Mío Cid Rodrigo

La vida como novela. Ése debería ser el título de este documento que no logro escribir.

Empecé a reunir los datos treinta años atrás, en casa de ese gran poeta que fue Luis Cardoza y Aragón, que en paz descanse. Yo tenía alrededor de veinte años y él, Rodrigo, algunos más. Por supuesto que en aquel momento ni pensaba en escribir una biografía de mi amigo Rodrigo Asturias (¿o debería llamarlo "Gaspar Ilom"?). La idea me la dio él hace unos meses, cuando la firma de la paz en Guatemala ya era un proceso irreversible.

Un día de verano, revisando papeles en mi pequeño apartamento parisino, vi con asombro cuánto material había acumulado sobre la guerrilla centroamericana. No hace falta aclarar que, a pesar de ser de Macedonia, tengo profundos vínculos con Guatemala. Esto sucedió en la víspera de un viaje a mi tierra en medio de los sangrientos conflictos con los albaneses.

Al ver aquellas cajas de papeles pensé que ahora tendría el tiempo para hacer algo con eso. Me senté en el suelo y, sin ningún criterio previo, me puse a darle un orden intuitivo al material: los exiliados en México, los documentos cubanos: la muerte del Che, el retorno de Debray, la guerra en Angola, y todas las revoluciones latinoamericanas, desde la primera guerrilla guatemalteca hasta la revuelta zapatista, pasando por la revolución sandinista y la guerra en El Salvador. En todos esos eventos había estado. Y de todos tenía amplia documentación: fotos, entrevistas, notas periodísticas, informes confidenciales (ahora desclasificados), programas de radio, y hasta guiones documentales para la televisión europea.

Desde aquel bello encuentro en Chiapas, Rodrigo y yo hemos tenido una relación interrumpida pero constante.

Nos hemos visto en congresos, muchas veces hemos coincidi-do en México, en La Habana, en Madrid, en París. Tanta vida de por medio. Recuerdo el día que se vio con su padre por última vez. Pasé a recogerlo y estaba contrariado. Temía que no volverían a verse y el encuentro había sido un fracaso. Lleno de reproches, silencios, prejuicios, qué sé yo.

La última vez que le hablé fue hace unos meses. Él me había llamado para decirme que viajara a Guatemala, que ahora me necesitaba para otros menesteres. "La firma de la paz es un hecho —me dijo—, los gringos la quieren. Eso significa que se viene otra etapa. La guerra es insostenible, imposible de financiar. Pronto tendremos que pasar a la vida política. La guerrilla se empieza a organizar como partido. Comprenderás que no quiero tirar por la borda todo lo que hemos hecho. Quiero postular mi candidatura en las primeras elecciones en que participemos. Te imaginarás que la batalla más dura es la interna. Te necesito, hermano. ¿Quién más puede hacerme una imagen? No podés decirme que no".

Por supuesto, le dije que sí; pero le conté que antes debía ir a mi tierra. "Cuando esté de vuelta en París —le dije—, te llamo". Estuvo de acuerdo.

Partí hacia Macedonia unos días después. Llamé a mi madre para decirle que dejara de mi cuenta lo de la casa. Habíamos salido poco antes de que la guerra terminara y ahora, cincuenta años después, con el muro de Berlín en el suelo, yo volvía para ver qué había quedado de la casa de los abuelos.

El viaje fue un descenso a los infiernos. De París, a Munich, Viena, Budapest, Belgrado y, finalmente, Skopje. Un viaje al oriente, al tercer mundo, a esos lugares, como tantos que conocí en Latinoamérica, donde no hay más que gente expectante, donde el tiempo pasa lento, como si no tocara a las cosas, a la gente. En Skopje me bajé y tuve que contratar un microbús para que me llevara a mi pueblo, al lugar donde nací porque mi padre me abandonó. El camino fue largo y accidentado: precipicios, puestos de registro de grupos armados sin control alguno. Por fin llegué y me sorprendió no recordar nada, no reconocer el paisaje. Las indicaciones de mi madre eran precisas. Caminé por pequeñas callejuelas de piedra, entre casas derruidas y gente que salía a la puerta a ver al extranjero. Y aunque el mapa era explícito, pensé que era mejor si preguntaba y pedía orientación. La gente fue amable con cierto recelo; empezaron a reconocer no mi persona, sino la historia de mi familia. Sí, mis abuelos habían muerto hacía mucho tiempo, y la casa... bueno, "ahí está lo que queda —me decían–, vaya y entérese por sí mismo..." Seguí caminando dos cuadras más, según el mapa de mi madre, una pequeña colina y, desde ahí, contra un cielo azul obscuro, al caer la tarde, vi una ruina llena de agujeros, sin techo en el segundo piso, los vidrios todos rotos y las puertas quebradas, remendadas con láminas, con pedazos de trapo y cartón. Me acerqué con sigilo, como quien se acerca a una tumba. Entré y no había vestigio de vida. La casa estaba vacía. Allí no había gente, ni muebles, ni recuerdos para mí. Mil veces me había contado mi madre cómo era el pequeño cuarto del segundo nivel donde había nacido, con sus muebles antiguos, su cama con cabecera de hierro y sus baúles tallados a mano. Subí por aquellas gradas desdentadas, llegué al hall, crucé el corredor y abrí la puerta del fondo. Ése era el cuarto. Me detuve en el centro y vi a mi alrededor: dos paredes caídas y las otras partidas a la mitad. Un balcón al vacío. Un espacio sin techo, como mi vida. No quedaba nada. Me acerqué a la orilla y vi el sol que caía. Pensé que tenía unos minutos para sacar mi cámara, buscar los mejores ángulos y fotografiar cuanto pudiera aquel ocaso.

Nada me detuvo en Macedonia. Semanas después, ya de vuelta en París, pude ver con claridad lo que, durante años, llené con fantasías propias y recuerdos de mi madre: en mi vida, el pasado es un vacío, un lugar saqueado, en ruinas, una historia en pedazos imposibles de reunir. Hasta ese momento, había pertenecido a Macedonia por nacimiento y por imaginación. Pero en realidad yo era un francés que había pasado la mitad de mi vida en el Tercer Mundo por razones ideológicas. Y ahora, en los noventas, cuando todo se había venido abajo, ¿qué quedaba de mí, suspendido entre un origen imaginado y una utopía desvanecida, robada? ¿Qué quedaba de mi vida, fuego fatuo, ensoñación dispersa en geografías exóticas?

Estos pensamientos, supongo, no lo sé, me hicieron recordar a Rodrigo, mi amigo el comandante. Dejé pasar un tiempo y al cabo de unos días volví sobre mis archivos, el testimonio de mi errar del vacío al vacío, del recuerdo imaginado al proyecto perdido. Recordé que con aquel material debía crear una imagen, un rostro para ser visto, una vida para ser ad–mirada. Y mientras veía aquellos documentos, de repente, vi a Rodrigo como a un hermano. No había cobrado conciencia de lo parecidas que eran nuestras vidas. Él también se enfrentaba a un vacío, sólo que no estaba en su pasado, sino en su futuro y en el afán –de todos, no sólo suyo– de convertir la ficción en vida. Sentí que ése era el drama del revolucionario de izquierda: una vida incompleta, mitad real, mitad fantástica. Pero pensé de inmediato que, con él, nos quedaba al menos una esperanza: el juego político que, por fin, en ese rincón del mundo que es Guatemala, haría realidad el sueño.

No esperé a que Rodrigo me llamara. Me comuniqué con él para pedirle tiempo. Le dije que lo primero era darle un orden al material. Un orden donde debe asomarse el perfil biográfico. Estuvo de acuerdo, me dio un plazo fatal: seis meses, y me dejó en completa libertad. Tomé su actitud como un acto de confianza plena. Mi problema era –y sigue siendo– que soy yo el que no confía en mí. ¿Y cómo voy a confiar si no puedo hacer más que recoger los pedazos que aún quedan de mí?

De una forma tentativa, arreglé los documentos en cuatro etapas ordenadas cronológicamente:

a) De 1965 a 1970, preparación;
b) De 1970 a 1978, formación de una identidad guerrera;
c) De 1978 a 1986, comandancia mítica; y
d) De 1986 a 1996, transición: de la guerra a la paz política.

Terminé esta labor una tarde, cerca de las siete. Estaba exhausto. Decidí salir. Tomé el metro y, sin pensar, me bajé en el Panteón. Caminé al azar algunas cuadras y, minutos después, estaba delante de las vitrinas de libros del Boulevard Saint Michel. Inconscientemente, supongo, buscaba alguna ayuda. ¿Cómo relatar una vida? ¿Cuáles son las historias que hacen de la experiencia una vida? ¿Cuál es el tiempo de un relato biográfico? ¿Qué relación guarda este problema con la gran tradición francesa de la novela de formación, la famosa Éducation Sentimentale? ¿Cómo hacer para no convertir el relato en una precaria interpretación de algunos hechos escogidos al azar? Y sobre todo, ¿cómo hacer para que, al final, el relato cumpla la función de identificación entre el lector y el proyecto de la izquierda?

Pasé algunas horas en Gibert Jeune escudriñando títulos de ciencia política, historia, biografía, teoría literaria, pero sentía que allí no encontraría lo que buscaba. En realidad no sabía con claridad qué era eso. Hojeé las *Vidas paralelas*, de Plutarco, las ediciones críticas de Suetonio y Tácito, las biografías de Napoleón y otros grandes hombres de la historia. Finalmente llegué a las novelas. Stendhal, Flaubert, Dumas. Con aquellos libros en las manos sentí, tal como sus autores lo pensaron, que el registro histórico es insuficiente cuando lo que se busca es convertir en leyenda escrita lo que ya ha sido leyenda en la vida real. Pero, ¿qué es eso de "vida real"? ¿Quién puede responder a una pregunta como ésa? Recordé la cena donde conocí a Rodrigo, las largas discusiones con los dirigentes cubanos pensando cómo investir a Rodrigo de una identidad guerrillera. Casi pude ver el rostro iluminado de Haydée Santamaría cuando se le ocurrió la idea de darle el nombre del héroe de una de las novelas de su padre. En ese momento no me di cuenta, pero ahí en la librería fue claro para mí que habíamos decidido que la leyenda precediera a Rodrigo. No fue él quien creó la leyenda con su vida y hazañas, sino tuvo que vivirla de acuerdo a lo que su padre había escrito. Si yo lograba escribir una historia de su vida como Gaspar Ilom, ¿qué quedaría de Rodrigo, atrapado entre dos leyendas, la de *Hombres de Maíz* y la de mi relato? Era obvio, no podía seguir los modelos de los autores que habían convertido en leyenda una vida sin antecedentes bibliográficos. Sólo había un modelo que me daba la posibilidad de ir de la leyenda a la leyenda: *El ingenioso hidalgo don Quijote de la Mancha.*

Aquella noche, cerca de las doce, volví a mi apartamento con dos versiones del Quijote, la edición crítica francesa y una edición española corriente. Mi español es muy precario como para pretender basarme sólo en el original español del siglo diecisiete. Además, no me interesaba el detalle, sino las grandes líneas de la estructura, el lento proceso de transformación de un personaje en su sombra.

Los primeros días de trabajo los dediqué a tratar de adoptar una postura ideológica. Era un hecho que tanto Rodrigo como yo buscábamos una justificación de su vida. Y el esfuerzo de escribir estas páginas era para no dejar la historia de la izquierda guatemalteca en manos de quienes nunca se han identificado con los ideales de la lucha armada. Una lucha que se había iniciado a raíz del derrocamiento de aquel hombre sombrío que nos acompañó en casa de Luis Cardoza. Sí, mientras leía papeles al azar intentando familiarizarme con ellos, descubrir la lengua oculta detrás de sus palabras, pensé que la vida de Rodrigo no había sido más que la búsqueda de un tiempo perdido, el reclamo de un proyecto que se convirtió en utopía clandestina. También su vida "real" estaba atrapada entre dos leyendas: los míticos diez años de primavera y el sueño de una revolución socialista que cada vez se volvía más lejana. Ahora ese sueño se había roto y ahí estaba yo, en París, en medio de un montón de papeles, intentando decir quién era Rodrigo «Gaspar Ilom» Asturias.

Si voy a ser estricto, tengo que decir que conocí a Rodrigo como Rodrigo cuando aún no volvía a su país. Pero a raíz de ese momento las cosas cambiaron. Durante las décadas de los setentas y ochentas, tendría que hablar de Gaspar Ilom, alias Rodrigo Asturias. En esos años desaparece la persona "real" y surge la encarnación de uno de los personajes más entrañables de Miguel Ángel, su padre.

Mi vida me impedía cobrar conciencia del peso de la presencia del padre en la experiencia de Rodrigo. Y lo digo porque yo no tuve padre, nunca le conocí, fue siempre una historia que termina en la desesperación, en la angustia de no saber qué fue de él. Mi madre y yo sólo nos teníamos el uno al otro. Y, en medio, esa historia que fue mi padre. No tuvimos nunca una tumba, ni siquiera el registro burocrático de un nombre en un monumento al soldado desconocido. Por eso me costó años poder ver que Rodrigo y yo somos muy distintos en eso. En su vida la figura determinante fue ese escritor itinerante, comprometido con su propio proyecto, que pocas veces estuvo en casa y que no le dio la atención que él demandaba. De cara a este hecho tenía dos posibilidades de enfoque.

La primera era construir una historia de liberación, una auténtica educación sentimental donde el héroe es héroe porque logra consolidar su individualidad a fuerza de vida y reflexión. En esta versión de las cosas debía contar la historia de un niño marcado por la separación de sus padres, de un niño que, en la medida que crece, logra darle un sentido personal y positivo a esas marcas de la infancia. Se trata de la típica historia del joven que se rebela, que, para nacer, necesita romper un mundo. En este proyecto tenía que hacer énfasis en un hecho básico: que la fuerza de Rodrigo consistía en criticar al padre por dejar el tema de la Revolución al nivel de la ficción. Y que ese reproche, esa crítica, se hacía definitiva en el momento en que convierte en vida, en realidad histórica, lo que no había sido más que literatura. Ahí, en ese punto, en los acordes finales de esta variación del tema tendría la consolidación de una imagen fuerte, segura de sí, que siempre supo lo que quiso no sólo para él, sino también para los demás, los pobres de su tierra, los olvidados, los que no saben quiénes son y buscan algo, alguien que les dé respuestas. Ahí tendría que poner toda la carga del mensaje político y hacer claro que sólo él tiene la fuerza para hacer de sus anhelos el destino del país.

Durante una semana le estuve dando vueltas a este enfoque. ¿Sería creíble? ¿Cómo tomaría la izquierda internacional esta crítica al Premio Lenin de la Paz? ¿Cómo hacer la crítica del padre y, al mismo tiempo, aprovechar su enorme figura artística? ¿Con qué criterio debía escoger las historias

Una tarde, mientras veía libros en Montparnasse, vi a un antiguo amigo argentino que volvía a París en un tren procedente de Rouen. Tenía mucho tiempo de no platicar con él, aunque sabía que había logrado publicar sus novelas y hacerse un lugar respetable en el ambiente literario. Lo vi de lejos, una pequeña bolsa en una mano y un portafolios viejo en la otra. Escudriñaba los libros a menor precio que la librería ponía en venta en la acera. Sin pensar, salí a buscarlo. Se sorprendió de verme y me preguntó por todo lo que había hecho en aquellos años. Le pregunté si tenía tiempo para tomarnos un café y platicar. Intuitivamente, sabía que él podía ayudarme. Nos sentamos y le conté lo que intentaba hacer, le hablé de lo que había pensado, de las dificultades que enfrentaba. Me escuchó en silencio, atento. Cuando le conté que, sin tener claro en qué me serviría, leía el Quijote, abrió los ojos y me interrumpió.

—¿Pensás usar el Quijote para darle una estructura a tu relato? —preguntó.

—No lo sé —dije—. En mis primeras notas escribí una idea que me sigue pareciendo interesante.

—¿De qué se trata?

—En ese momento pensé que, si quería ser fiel a cómo han sido las cosas, debía escribir un texto que fuera de la leyenda a la leyenda. Vos sabés —le dije—, cuando Rodrigo vuelve a Guatemala para incorporarse a la guerrilla, por consejo de quienes lo asesorábamos en La Habana, adopta el nombre del mítico personaje de una novela de su padre. O sea que cuando entra en acción lo hace investido de un ropaje simbólico muy concreto.

—Eso lo entiendo —dijo Juan José—, es la leyenda de Gaspar Ilom. Pero, ¿cuál es la otra?

—La otra es la que tengo que crear, la leyenda del guerrero mítico, del hombre que toda su vida luchó por la liberación de su pueblo.

—¿Y pensaste que el Quijote tiene esa estructura: de la leyenda del caballero andante, a la del loco, la del arrebatado mártir de su propia causa?

—Así es.

—Bueno —dijo, echándose para atrás en su silla—, yo no tendría dudas. La primera me parece un lugar común, una mentira ideológica como ha habido tantas en este siglo. Si yo fuera un lector, te digo, sólo me interesaría por la segunda. Pero ojo ¿eh?, mi opinión es muy particular, de ninguna forma pretende tener una validez universal.

—¿Y la difusión? ¿No se hace más difícil con un texto así?

—Ése no es tu problema —repuso—. Recordá de quién es hijo Rodrigo. Él te ha elegido para este trabajo porque quiere algo que sólo vos podés hacer. La propaganda política es otra cosa. Es asunto de publicistas.

—El problema que he estado viendo en estas semanas es el siguiente: Cervantes, desde el principio, nos habla de un personaje que, hechizado por las novelas de caballería, sale al mundo a encarnar a los héroes de las novelas. Hasta aquí todo bien. Rodrigo también vuelve a Guatemala a encarnar al héroe de *Hombres de Maíz*. El problema es que, a lo largo de su novela, Cervantes construye una parodia de ese tipo de héroe. Y eso no lo puedo hacer yo. ¿Cómo voy a ridiculizar al Gaspar Ilom, héroe mítico?

—Tenés toda la razón —dijo—. Creo que aquí no estamos hablando del proyecto cervantino. Es decir, de la crítica de la lectura. Aquí se trata más bien, según veo, de otro memorable hecho del siglo XVI: la forma en que vivieron el mito caballeresco los conquistadores. Allí, pienso, es donde debés amarrar tu relato. Pensá en Cortés, en Alvarado, en Pizarro, en Almagro. Ellos no se tomaron a broma la encarnación del caballero andante. Es más, habiendo experimentado todas las penas y cosas maravillosas del descubrimiento y conquista de otro mundo, llegaron a pensar que era verosímil todo lo que se contaba en esas novelas.

—¿Y por esa ruta no nos enfrentamos al problema de las motivaciones? —pregunté con preocupación.

—Por supuesto. No había pensado en eso —dijo, pensativo—. Es inevitable. No faltará quién diga que un caballero andante tenía motivos espirituales, altos y nobles valores; mientras los conquistadores hicieron todo por codicia y crueldad.

—Y la oposición —agregué—, la derecha, para ser exactos, se encargará de enfatizar la visión del conquistador como un bandolero oportunista. Es un riesgo muy grande.

—Yo creo que la conversación nos ha llevado a la única opción que nos queda —dijo Juan José, con una leve sonrisa en los labios.

—¿Cuál? —pregunté.

—Pues nada menos que nuestra épica clásica: *El Cantar de mío Cid*. Hasta hay una conexión ahí con el nombre, ¿no es cierto?

—Sí. ¿Y vos sabés que el nombre "Rodrigo" tiene su historia? Él mismo me lo contó en una tarde habanera frente al mar. Según su relato, en ese tiempo, Miguel Ángel Asturias era un hombre de éxito. Un periodista muy conocido y respetado. Y lo paradójico es que era el tiempo de una larga dictadura. Pero parece que, desde el '36, su padre había desarrollado una profunda simpatía por España. Tú sabes, eran los años de la Guerra Civil. "Por eso —y éstas fueron sus palabras— me puso 'Rodrigo' en un arrebato de hispanismo". Es más, he estado viendo *Sien de alondra*, una colección de poemas que, en realidad, es una autobiografía poética, y allí hay un poema dedicado a su hijo que se llama, precisamente, "Mío Cid Rodrigo".

—¿Viste? Sí, nunca había pensado en esto pero ¿qué otra cosa fue la labor de la guerrilla en nuestros países? Pura reconquista. Y ¿qué otra cosa fue Rodrigo Díaz sino un guerrillero? Ahí está. Allí tenés lo que necesitabas.

—Sí —dije—, pero vos sabés que las cosas no son tan sencillas. Una vez que encontrás o creés haber encontrado la estructura mítica del relato, ¿cómo sabés cuáles son las historias que mejor expresan lo que querés decir?

—Ah, bueno, tenés razón —contestó. Pero me imagino que tendrás algunas historias que son ineludibles; algunas que incluso hayan vivido juntos, ¿no es cierto?

—Sí —contesté mientras abría un cuaderno que llevaba conmigo desde la primera llamada de Rodrigo—. Aquí tengo un apunte de lo que considero esencial.

Pasé las páginas de aquel fajo de papeles y, con vergüenza y perplejidad, me di cuenta de que no tenía nada. Yo creía haber apuntado algo, pero no. Había datos, fechas, señas de documentos, frases significativas de libros, entrevistas; pero no me había sentado a componer en mi imaginación las historias que iban a coser esta infinidad de datos dispersos.

–Disculpá Juan José –le dije, decepcionado–, creo que no tengo lo que se llama una historia.

Aquella tarde volví desilusionado a mi casa. Pero también, en alguna medida, estaba consciente de que mi encuentro había sido útil. Había logrado encontrar, en la épica, el modelo que me serviría para re–construir la imagen de mi amigo.

Me sentía cansado, pero cuando entré a mi apartamento y vi de nuevo todos aquellos papeles, sentí que no podía hacer otra cosa más que sentarme a ver si era capaz de identificar historias, las más importantes en la vida de un personaje épico.

Me pregunté cuándo y cómo se descubre a sí mismo un héroe. Pensé que tiene que ser en el momento en que se siente extraño con respecto a su ambiente cotidiano, a su familia. Rodrigo me había contado, allá en La Habana, todos los detalles de su rompimiento no sólo con su padre, sino también, de alguna forma, con su hermano. Me había contado también cómo, casi en represalia a los inveterados abandonos de su padre, había ido a México a buscar a su mamá y cómo había fracasado. Yo no soy quién para juzgar la relación con un padre, pero supongo que debe ser muy difícil encontrar un camino en el mundo si se ha roto con quien debe ser el guía de esa aventura.

Me pareció que era una buena idea empezar por ahí para comunicar al lector una idea de seguridad. Pensé que era bueno si el protagonista no dudaba, sino que desde el principio aparecía seguro del destino de su vida. Y mejor aún si lo hacía en conflicto con su ambiente. Pero en este punto quiero aclarar algo.

Con el tiempo que había pasado, poco a poco, pude ver que la única forma de hacer creíble el relato era describiendo una mezcla de autodeterminación y fidelidad al padre. Llegué a pensar que la vida es infinitamente más complicada que seguir un simple modelo. La certeza debía emerger de la duda, la independencia de la filiación profunda, el amor del rechazo y el dolor, la cercanía del exilio y la distancia.

Sí, el primer capítulo debía reunir todo esto. Debía crear la complicidad del lector mostrando a Rodrigo como una persona de carne y hueso en lucha por un pensamiento, por un lugar en el mundo. Para esto tenía abundante material: mis conversaciones personales previas a su viaje a Guatemala, entrevistas y encuentros privados que habíamos tenido a lo largo de más de veinte años de lucha armada. Los compañeros se sorprendían de la confianza que nos teníamos. Es cierto que Rodrigo fue haciéndose más y más hermético y solitario con el tiempo. Pero, no cabe duda, el vínculo que mantuvo conmigo fue el de los años inolvidables de sus inicios a la sombra de ese otro padre que tuvimos: Luis Cardoza y Aragón.

Esa noche me di por satisfecho. No sólo tenía el primer capítulo, también había logrado encontrar un hilo narrativo.

Al día siguiente me encerré en mi estudio toda la tarde. El trabajo fue más fácil. Acepto que, quizá, haya un prejuicio en las decisiones que tomé; pero, ¿de qué otra forma podía hacerlo? Pensé que aquellos años previos al retorno a Guatemala, la etapa de preparación, era fundamental. La reunión en casa de Luis había sido tan significativa para él y para mí que decidí escribir un breve relato que diera cuenta de aquel encuentro histórico: el momento en que la vieja generación revolucionaria cedía el paso a una nueva llena de ideales y con un propósito más claro.

Para este capítulo no necesitaba más que recuperar mis notas más antiguas y consultar mi memoria de aquellas horas que nunca olvidaré. Me serviría para introducir mi propia historia dentro de la biografía. Pero antes de llevar a cabo estos proyectos, debía resolver otro problema: el narrador, ¿quién iba a contar estas historias? Lo normal es que fuera un objetivo narrador omnisciente, la famosa tercera persona imparcial que sólo muestra y no hace juicios. Pero sentí que no era ése el camino. Sentí que tenía que ser el mismo Rodrigo quien contara su historia. Incluso la mía. Él tenía que hablar por boca de Luis, él debía enseñarnos su mundo. Yo no soy un gran lector de literatura, pero pienso que, hoy por hoy, con todos los ídolos que han caído, un relato honesto tiene que estar escrito en primera persona, o más bien, desde las dudas de una primera persona que a duras penas puede dar cuenta de su perplejidad. Al menos así debía ser en el caso que me ocupaba. Y sobre todo al nivel en que me encontraba.

Ese día y el siguiente me entusiasmé con la idea de hacer de este segundo capítulo una historia que tuviera dentro otras historias. No tenía tiempo para distraerme, pero no pude evitar pensar que así está hecha la vida. Cualquier anécdota puede ser desgranada en otras historias y éstas, a su vez, en otras y así sucesivamente. Entonces me pregunté, ¿esta idea ayuda a saber qué historias son prioritarias sobre otras? Y desde dentro me dije que sí, que debían ser aquellas donde, de una forma evidente, dos historias se cruzan, donde dos personajes (al menos) comparten un mismo flujo narrativo. Pero en ese caso ¿quién narra? Y pensé que aquí sí se justifica el narrador omnisciente.

Así, casi sin darme cuenta (ahora comprendo cuando un escritor dice que escribe sin saber realmente a dónde va), se me hizo evidente que ya era el momento de enfrentar, en mi relato, a Rodrigo con su padre. De nuevo, aunque en esta ocasión no fui testigo, vino a mi mente otra reunión en la casa de Luis. Aquella famosa que se hizo cuando Miguel Ángel iba en camino de convertirse en embajador en París y, como si fuera de paso, en Premio Nobel. Rodrigo dejó un recuerdo memorable de aquel encuentro: una foto donde aparecen, del brazo, los dos más grandes escritores de Guatemala.

Esa noche fue el punto culminante de una lenta preparación. Allí supo Miguel Ángel que su más poderoso rival guatemalteco le había ganado una partida fuera del territorio literario (tal vez el único lugar donde podía cobrarse el rencor y la envidia que le tenía): la paternidad de Rodrigo. Allí aprovechó Rodrigo para cobrar algunas cuentas pendientes anunciando una vocación guerrera que Miguel Ángel rechazaba. Allí se separaron definitivamente los caminos de ambos porque la reconciliación ya nunca llegaría. Esa noche Rodrigo completó todos los elementos que necesitaba para volver e iniciar su largo camino, su peregrinaje de casi treinta años en busca del sueño revolucionario. Elementos contradictorios: su padre, a quien reprochaba tantas cosas, personales y políticas; Luis, el padre espiritual que desafiaba a Miguel Ángel y le había dado un pensamiento a Rodrigo; la lucha armada que pensaba anunciar en la cena; y el gobierno neorrevolucionario de Julio César Méndez.

Recuerdo cuando Rodrigo me contó lo sucedido aquella noche. Fue unos días después, menos de una semana. Estaba eufórico. Le dije que no sólo necesitaba completar una preparación revolucionaria, sino que la cena le había dado el elemento revolucionario que también necesitaba. Me dijo que sí, que tenía razón, que ahora comprendía en carne propia la fuerza dialéctica de la historia, que si lograba sus objetivos en Guatemala iba a ser, en parte, por la frustración, por la fuerza negativa del rechazo a personas y situaciones que le eran entrañables.

Platicamos unas buenas horas en un café de la Avenida Universidad y, como siempre, yo tenía a la mano mi libreta de anotaciones. Ahora que la tengo a la vista leo algo que suena a leyenda. Esa noche, cuando los comensales terminaron de cenar –según el relato de Rodrigo–, Rosario, su esposa de entonces, y Miguel Ángel se acercaron a los ventanales de la sala de los Cardoza. Justo en aquel momento, mientras Miguel Ángel reflexionaba sobre cómo los tiempos cambian, se desató una tormenta. No cabe duda: un efecto teatral que presagió el drama de la separación y, por supuesto, el advenimiento de tiempos violentos.

Pero de toda esa violencia que vino en las siguientes dos décadas, ¿qué destacar? ¿Cuáles fueron los hechos de sangre que perfilan mejor el destino heroico de Rodrigo? ¿Algún rescate, secuestro, asalto, ejecución ejemplar? Todo lo tenía ahí en mi estudio. Cientos y cientos de papeles, informes. Miles y miles de detalles estratégicos, militares, políticos. Pensé que son los otros quienes hacen a un héroe. Y lo hacen por alguna historia ejemplar. Como la reconquista de Valencia, por ejemplo. Rodrigo, el nuestro, nunca hizo algo así; pero participó en algunas gestas que le valieron su segundo exilio. Estoy pensando en la muerte del Tigre de Ixcán.

Mis archivos estaban repletos de documentación sobre este hecho. Informes de inteligencia, la versión del EGP que, con el tiempo, se convirtió en la versión oficial; los reportes que circularon en la prensa internacional, etc. Los deseché todos. Me quedé con la versión del pequeño grupo de Rodrigo. La suya, por supuesto, y la de Efraín. Al final, cuando las dos columnas se acercaban a su destino común, incluí la de Rolando. Una técnica que le debo a Hemingway: dos historias que van a parar al mismo lugar y alcanzan una situación común.

Pero, para ser sincero, me interesaba más contar la historia de la salida de Rodrigo. En aquel entonces me encontraba en el sur de México. Él no lo sabía. Una noche recibimos un visitante del D.F. La dirigencia se enteró (no sé cómo) de que Rodrigo, huyendo, se acercaba a la frontera. Teníamos que ir a recogerlo. Eso supuso horas de camino en la selva. Tuve sentimientos contradictorios. Cuando supe de él me alegré, pero al mismo tiempo sentí mucha angustia porque no sabíamos si lograría llegar con vida a la frontera. El ejército guatemalteco le pisaba los talones. Él, por su parte, prácticamente se había quedado sin apoyo más que su voluntad, su ansia de vivir. Muchas veces pensé en el primer capítulo de *Hombres de Maíz*. Rodrigo tenía una experiencia negativa en la huída. Y ahora el presidente no era su padrino de bautizo. Por fin llegó y nos reconocimos. Mientras llegaba el momento de su viaje al D.F., hablamos de los viejos tiempos y de los tiempos por venir.

Allí nos separamos. No lo volví a ver más que esporádicamente. Sólo a distancia sabía de sus avatares guerreros. Iba y venía de Guatemala. Su grupo se separó de las FAR y se mantuvo implementando su particular forma de guerrilla en el área del lago de Atitlán. Recibí con agrado esta noticia. Él tenía que ser comandante, no podía compartir el poder ni someterse a otras formas de guerrilla. Después supe que había graves problemas internos.

En los episodios narrados no tuve mayores problemas porque contaba con la información y, en algunos casos, era a un tiempo testigo y personaje de mi propia narración. En ello mi problema fue desdoblarme, abandonar la primera persona, adoptar la tercera y tratarme como si fuera otro. Creo que logré componer un relato que es al mismo tiempo testimonio y retrato. Testimonio de una gesta y novela de sus personajes. Sí, escribí "novela". Al principio me torturé con la idea de una biografía; pero pronto me di cuenta de que, si buscábamos difusión, era mejor una novela. A la gente no le gusta leer lo que pasó, sino lo que ellos quisieran que hubiera pasado.

Hasta aquí había completado la década de los años setenta. Me sentí bien con lo que tenía. Pero en ese momento me enfrenté a un abismo: las décadas de los ochentas y noventas. Estamos hablando de los años que vinieron después de la revolución sandinista, cuando el conflicto se volvió regional y arrasó las comunidades rurales de Guatemala y El Salvador. No sabía por dónde empezar con estos años trágicos que tanta huella dejaron en mí. ¿Cuál de todas las catástrofes es un mejor símbolo de los últimos, agónicos años de la guerrilla centroamericana? ¿La muerte del pobrecito poeta que era mi amigo Roque? ¿Las aldeas indígenas arrasadas por el evangelio y las bombas de Ríos Montt? ¿La muerte de los jesuitas? ¿La caída del sandinismo? ¿La "democratización política" del área? No sé. Creo que nunca lo sabré.

Rodrigo y su organización experimentaron en carne viva cada uno de estos hechos: la ofensiva del ochenta y dos, los embates del ejército, la soledad de los últimos años y, finalmente, los inicios de las pláticas de paz, el autoexilio táctico.

En esta especie de diario de mi novela lo puedo escribir, tengo que confesar que aquí se me diluye el héroe, se me escapa de las manos. La dirigencia a distancia, las luchas de poder, el culto a la personalidad de caudillo amparado por el mito, todo hace que se borre el Mío Cid y me quede sólo Ro-drigo a secas.

A las pocas semanas de mi encuentro con Juan José en Montparnasse decliné la idea del paralelismo con el héroe castellano. ¿Dónde está el arcángel San Gabriel que aparece durante la última noche de Burgos? Yo sólo tenía una colec-ción de pesadillas que Rodrigo me contó durante el tiempo que estuvimos juntos después que lo rescatamos en la fronte-ra. ¿Dónde está la victoria de Valencia? Reviso y reviso y sólo tengo acciones esporádicas aquí y allá sin lograr nunca un te-rritorio liberado. ¿Dónde la fidelidad a toda prueba de los cien castellanos famosos? Pienso en Efraín y Juan y no puedo mentirme: cada vez se alejaban más del pensamiento de Ro-drigo. Nada. Caminaba por un desierto. ¿Y la última batalla, aquella leyenda del cadáver guerrero? ¿Dónde está? ¿O soy ciego y se trata nada menos que de la aventura política? ¿Có-mo dar vida a un cadáver sin una leyenda?

El plazo fatal se cumplió y yo sólo tenía un relato a la mitad que se dividía en muchos caminos que no iban a nin-gún lado. ¿Qué pierde a una historia? ¿Qué la despoja de sen-tido? ¿Qué la desvanece? ¿Qué la hace naufragar en la triviali-dad? Llegué a un punto en que me detuve con mis notas y documentos y me senté a esperar la llamada de Rodrigo.

Un sábado por la noche sonó el teléfono. Me levanté con desgano y contesté.

–¿Svetozar? Soy Rodrigo. Te estoy llamando como te dije.

–¿Cómo estás? –pregunté.

–Bien. Te tengo buenas noticias. Por supuesto, esto no es oficial. Pero es casi seguro que la firma de la paz sea a finales de este año. Tenemos que adelantarnos. Quiero ser el primer secretario general del partido para asegurarme las elec-ciones primarias y ser el candidato presidencial en noviembre de 1999.

–Me alegro.

–Gracias. Ahora te necesito. Ya llegó el momento que vengas a Guatemala. ¿Cómo te fue con lo que te encargué? Te mandé los papeles que me pediste y todo lo que pude.

—Pues no muy bien. Estoy estancado. No es cosa de tiempo, sino de concepción. No logro darle unidad a tu vida.

—No te preocupés. Te vas a reír, pero he tenido algunas reuniones con publicistas y "profesionales de la imagen". Según ellos, la mejor forma de trabajar es con fragmentos. Es lo único que la gente recuerda, dicen. Traé lo que tengás. Ellos se harán cargo del resto.

—¿Y entonces, qué quieres que haga? —indagué, desconcertado.

—Ya platicaremos con más tiempo. Sólo te adelanto que el jefe de campaña dice que ahora necesitamos hacer un video. Ahí sí estás en lo tuyo. Algo corto, de media hora o cuarenta minutos lo más. Te necesito.

—Está bien, ¿cuándo quieres que llegue?

—Cuanto antes. En menos de una semana te va a llegar tu pasaje para Guatemala. Traé todo lo que necesités. Avisame si querés que alguien más venga con vos. Necesitamos un pequeño equipo de filmación.

—Eso dejalo de mi cuenta.

La llamada me tranquilizó. Guardé mi relato inconcluso y recogí algunos documentos que nos podían servir en esa labor de vender fragmentos de una vida. Escogí las cámaras, micrófonos y demás utensilios de filmación. Justo una semana después, como me había dicho, recibí el pasaje. Decidí venir solo. Si había necesidad de alguien más con experiencia fílmica, en México lo podríamos encontrar. Teníamos lo necesario: el escenario, el público y el actor principal.

14. El señor presidente

Grabación

Me llamo Svetozar Manchevski. Hoy, cinco de octubre de 1996, doy inicio al rodaje de un programa de televisión sobre la eventual toma de posesión de mi amigo Rodrigo Asturias como Presidente de Guatemala. Quiero dejar este récord en caso de que tenga que abandonar la filmación por motivos de fuerza mayor. Pido disculpas de antemano, pero no puedo dejar mis hábitos guerrilleros.

Llegué a Guatemala hace tres días. Me entrevisté con Rodrigo, por supuesto, y con la dirigencia de la Unión Revolucionaria. Hice una exposición de mi nuevo proyecto y fue aprobado en su totalidad. Me dijeron que no desechara mi intento de biografía, que podía ser útil en éste y otros trabajos. Se piensa que es conveniente elaborar con tiempo el discurso de toma de posesión. Pero no como un simple discurso, sino como un programa donde se dé una visión más familiar de Rodrigo. La intención es que, en caso de ganar las elecciones, el día de la toma de posesión, en lugar de transmitir en directo los actos protocolarios, se pase este video que hoy empezamos a rodar.

Desde ayer preparamos los escenarios de filmación: un despacho y la sala de una casa de habitación. A partir de mañana empezará la serie de entrevistas con distintos personajes.

1. Un despacho elegante y sobrio a la vez. En el centro aparece un pequeño escritorio de caoba muy limpio, brillante. Sobre él, un tintero, un pisapapeles, una foto –que no vemos– y unas hojas de papel perfectamente ordenadas. Atrás se ve una silla reclinable de cuero, una librera con fotos, gruesos volúmenes y algunas flores. En la extrema izquierda, una bandera de Guatemala con su asta de madera rematada por un quetzal tallado en la parte superior.

La cámara no se mueve. De pronto escuchamos unas voces y aparece Rodrigo acomodándose la banda presidencial bajo el saco. Está elegantísimo, maquillado. Pregunta si todo está listo.

–Sí –responde alguien–. ¿Quiere el micrófono arriba o sobre la mesa?

–Arriba. ¿Ya estamos filmando? –pregunta mientras se sienta.

–No se preocupe, después lo editamos.

–Bueno. Ustedes me dicen cuándo.

–Cuando dejemos de contar. ¿Listo?

–Sí.

–Cinco, cuatro, tres, dos, uno...

"Pueblo de Guatemala. Gran alegría me embarga en este momento histórico en que asumo la Primera Magistratura de la Nación. Pero el gozo no me impide enfrentar la grave situación que atravesamos y sus causas estructurales. Ya en mi campaña electoral anunciaba que asumiría con profundidad las responsabilidades propias de este alto cargo.

"Hablar de nuestros problemas es, en buena medida, abordar nuestra historia. Permítanme remontarme a una época que no se incluye dentro de nuestra historia política, pero que, según mi opinión, es vital asumir en toda su fuerza instructiva. Me refiero a los mayas precolombinos.

"Las crónicas de la Conquista y los textos sagrados nos hablan de un pueblo digno, sabio, modelado en su vida política y social por los mitos del origen y el final de los tiempos. Epopeyas, diríamos ahora, grandes relatos como piedras angulares de edificios sociales inconmovibles. Tan inconmovibles como la eternidad. Basta leer cualquiera de los relatos míticos fundadores para darnos cuenta de la forma en que, por la fantasía, por la imaginación narrativa, esta cultura anulaba la realidad para hablar de lo más verdadero. En el *Popol Vuh*, por ejemplo, hay una anulación deliberada del espacio y el tiempo. ¿Por qué estos mitos son así?

"En todas las tradiciones (no sólo en la maya) el hombre busca perpetuarse, encontrar un asidero definitivo, cierto, a su circunstancia histórica. Todo hombre, toda cultura, civilización, se concibe como la suma y síntesis de los tiempos, de la historia.

"Si lo examinamos de cerca y con un ojo más sociológico y menos literario, el *Popol Vuh* no es sino un título de propiedad, una forma de decir 'esta tierra es nuestra, lo ha sido y lo será por siempre; nadie más que nosotros tiene derecho a ella porque aquí habitan nuestros antepasados y deidades'. Y todo título de propiedad es un reclamo de legitimidad, una prueba de autenticidad. Los mayas precolombinos fueron, en este sentido, los primeros en establecer un orden humano en estas tierras invadidas, arrasadas por la arbitrariedad y el oportunismo de resentidos y desplazados.

"La lucha revolucionaria, al margen de sus matices internos (hablo de su espíritu original), siempre fue una vindicación del derecho a la legitimidad. Pero cuando hablo de Revolución no me refiero exclusivamente al fenómeno reciente, sino a algo ancestral. La resistencia del pueblo maya ha sido la primera y más constante forma de revolución. El reclamo vital por la legitimidad de las instituciones..."

2. "¿Fue en el año cuarenta y seis o cuarenta y siete? No me acuerdo. Bueno, no importa. Yo vivía en el apartamento de al lado y nos veíamos seguido. Muy seguido." Sobre la imagen, abajo, a la izquierda de la pantalla, se superpone un letrero que dice: *Alfonso Enrique Barrientos, escritor.* "Yo era joven —sigue diciendo, pensativo—, soñaba con ser escritor, y como si nada, de la noche a la mañana, era vecino de Miguel Ángel Asturias. En esa época vivía con Clemencita, su primera esposa, y sus dos hijos que eran chiquitos. Seis y ocho años, más o menos. Recuerdo que Miguel Ángel no tenía otra cosa en la cabeza más que publicar su novela. Era un escape. Él se sentía mal porque estaba en México casi en calidad de exiliado. Y su matrimonio no iba bien. Se ausentaba mucho, parrandeaba muy seguido. Su cargo en la embajada era secundario. Cumplía con la rutina y nada más.

"Usted me pregunta por Rodrigo –dice, viendo a un lado de la cámara–, y me hace recordar una tarde, casi al final, en que Miguel Ángel tocó a mi puerta. Lo acompañaban Rodrigo y el Cuyito (como le decían). Estaba irreconocible: con un vendaje en la cabeza, despeinado, sin corbata. Después me enteré que había tenido un accidente. Además se le veía preocupado. No me dejó hablar, me dijo que no quería entrar a su casa, que después me explicaría, y me pidió que me quedara con los patojos, que él volvería más tarde.

"Se portaron muy bien. Rodrigo era un niño serio, ensimismado. Tenía un aire de protector, tal vez porque es el mayor. Siempre lo he apreciado mucho. Yo sé cuánto sufrió esa familia. Sobre todo él. Miguel Ángel le hizo mucha falta en aquel tiempo. Pero ambos superaron esa carencia con creces. Ahora él es un personaje de carne y hueso de la más grande novela que Miguel Ángel escribió. ¿Puede haber un homenaje más grande que ése?

"No, no he vuelto a verle desde entonces. Mucho tiempo ¿no? Años después, por terceros, me enteré que buscaba a su mamá. Yo tenía alguna información le podía ayudar. Le escribí con mucho temor, pero lo hice porque lo sentí un deber moral. Como dicen, por los viejos tiempos."

La imagen se corta. Aparece Svetozar, editor de la filmación, y nos dice: Pendiente. Material para edición.

3. Rodrigo nos ve y duda si debe empezar ya o todavía no. La señal no llega. Sonríe a la cámara. Lo acabamos de ver elegante, cruzado por la banda presidencial, circunspecto, el ceño fruncido y el tono solemne. Ahora no, su ropa es casual, su gesto amable y no hay un escritorio de por medio. Está sentado en una sala confortable, con plantas y mucha luz de jardines cercanos. A su lado, una mesa llena de fotos familiares: su padre, sus hijos, sus compañeros de lucha. La cámara no se mueve, sostiene un ambiente de paz, de confianza e intimidad. Por fin, la señal llega como una cuenta regresiva, anónima. Rodrigo se retoca el peinado.

"Estimados compatriotas. Esta noche, además del discurso y el testimonio de familiares y amigos todos, quiero compartir con ustedes algunos de los pasajes de mi vida, los que yo considero más relevantes, los que me han volcado al servicio y entrega a mi pueblo y a la causa de la justicia social. Pienso, creo firmemente, que quien pretenda dirigir los destinos de la nación debe ser lo suficientemente honesto como para abrirse frente a los electores y mostrar quién es en verdad.

"Mi vida, como muchos de ustedes sabrán, ha sido objeto de mucha especulación, la mayoría de las veces mal intencionada. Por eso hoy, sin mediaciones, sin segundas intenciones, lo invito, sí, a usted señor televidente, a conocer mi vida y a que se forme una idea por sí mismo.

"Mi primer nombre fue Rodrigo. Nací en el año 1938 en la Ciudad de Guatemala, hijo de una familia de la clase media capitalina. Mi padre, como todos saben, fue el gran escritor, Premio Lenín de la Paz y Premio Nobel de Literatura, Miguel Ángel Asturias. Mi infancia transcurrió durante los últimos años del oprobioso régimen ubiquista. Tenía apenas seis años cuando se dio la gloriosa Revolución de Octubre. Por supuesto, en aquel tiempo no tuve una conciencia política de su significado histórico. Mi padre, en cambio, sí que la tuvo. Muchas veces se le ha acusado de haber servido al dictador. Es una calumnia producto de la envidia y el resentimiento. Ahora sabemos que el medio informativo que dirigía, el famoso *Diario del Aire*, si bien se limitaba a informar de los sucesos más destacados de la actualidad, incluía sutilmente críticas cáusticas a un régimen demasiado ocupado en sí mismo como para advertir la vena satírica de la pluma asturiana.

"Mis primeros años los pasé en aquel ambiente de sorda pero decidida oposición a la dictadura, en el hogar de un hombre que guardaba dentro de sí un auténtico corazón revolucionario. Mi madre, por su parte, siempre simpatizó con la causa de la izquierda. Y esto habría quedado ampliamente demostrado si hubiera podido darme su apoyo y comprensión en los días de la selva y el exilio. Pienso, con sobrada base, que fue durante este tiempo, sin darme cuenta, que se sembró en mi corazón el ansia por la justicia.

"Con la Revolución, mi vida cambió por completo. No sólo, con el tiempo, en el sentido ideológico, sino también introdujo un cambio en mis hábitos y rutinas cotidianas. Arévalo, el primer Presidente revolucionario, nombró a mi padre agregado cultural en México. Se vivían los primeros años de la postguerra y la situación no era de bonanza económica o social. Había muchas heridas, rencores, grandes sectores sociales eran disfuncionales. Mi padre salía del marasmo de una sociedad sometida al arbitrio de una voluntad enferma y buscaba reencauzar su carrera literaria. Al mismo tiempo, la lejanía, la nostalgia por el terruño, y las dificultades de adaptación a las lógicas del exilio voluntario, hicieron imposibles las relaciones entre mis padres. Hacia 1948 se separaron. En ese momento, mi percepción del futuro cambió radicalmente. Empecé a ver en mi padre a un mito, a un hombre inimitable que no debía ser interrumpido en sus arduas y solitarias labores de artista de la palabra. Pero desde entonces, primero a través de mi madre y después por mí mismo, empecé a caminar sobre sus huellas, a seguirlo con la mente, a buscar su consejo en su ejemplo y sus palabras distantes que venían de países remotos donde se le reconocía y admiraba. Ése fue un largo y nuevo nacimiento."

4. La puerta se abre y una sirvienta indígena, sumisa y hermética, nos invita a pasar, nos dice que la señora espera. Avanzamos con la cámara por un zaguán largo lleno de colas y macetones descuidados. Llegamos al patio interior, solariego, de la antigua casa. Seguimos a la muchacha que nos deja en la puerta de la sala donde espera una mujer pequeña, sonriente, que nos tiende la mano con una sonrisa nerviosa. Nos sentamos. Decidimos no usar el trípode. La cámara sigue moviéndose, a la caza de los detalles íntimos, las fotos, los muebles, los gestos de la dueña–de–casa que empieza a contarnos de Rodrigo.

"Él es mi primo y lo quiero mucho. Somos casi de una edad. Mis primeros recuerdos se remontan a los últimos años de la década de los cuarenta. Antes de eso, los dos éramos muy pequeños." En la pantalla se superpone el letrero: *Alba Luz*

Asturias, prima. "Resulta que, por cosas de la vida, vinieron a vivir a mi casa los dos, Rodri y Miguelito. Mi abuelo había muerto y, en esos años, mi papá se hacía cargo del negocio. Mi tío Miguel Ángel era una especie de perseguido político que vivía encerrado y todos teníamos miedo de que algo le pasara. Después, gracias a Dios, todo se aclaró y se fue a vivir a la Argentina. Pero los primos se quedaron con nosotros. Mi abuela María y mi papá se hicieron cargo de ellos. Nosotros, felices. Fuimos como hermanos. Mi papá no hacía distinciones, los quiso como a sus hijos. Mamá María, pobrecita, se desvivía por los patojos, pero ya estaba muy grande, hubiera querido tener dos vidas para cuidar a sus nietos sin papás, pero a los pocos años murió. Ahora que lo recuerdo me doy cuenta que eso fue más duro de lo que creímos en aquel momento.

"¿Cómo dice? Ah, sí. Al tío Miguel Ángel lo vimos muy poco. Volvió una o dos veces a Guatemala. Siempre era una gran alegría cuando él venía. Sobre todo en esos años. Estábamos muy orgullosos de él. Ya era un escritor famoso en todo el continente y su carrera diplomática iba para arriba. Rodrigo vivía pendiente de su padre. Recuerdo a mis papás hablando a escondidas, preocupados por él, por la falta que le hacía su papá, por lo mucho que quería verlo y lo admiraba y sólo recibía cartas y las visitas siempre se retrasaban. Miguelito no tenía conciencia de estas cosas. En cambio Rodrigo compensaba su abandono, su situación en nuestra casa, sintiéndose orgulloso por la fama de su papá. No lo culpo, al contrario, lo entiendo.

"Recuerdo cuando mi tío vino con su esposa argentina en 1953. La recibimos con gran júbilo. Era una gran persona, muy cariñosa. Mi papá estaba feliz porque, al fin, mi tío había sentado cabeza. Se hizo una reunión de bienvenida en la casa. Todos estábamos muy elegantes. Mi mamá mandó llamar a un fotógrafo y, después de cenar, nos tomaron una foto en la sala. Aquí la tengo. ¿Quiere ver?" La cámara enfoca una antigua foto de grupo en un viejo álbum. "Mire, aquí estoy yo, en el centro, cargando a Teresita, a mi lado está mi Mamateco. Y aquí abajo están los patojos, Gonzalo, Pedro José, Miguelito y Rodrigo. Mire su expresión. Rodrigo estaba triste. Mi tío se enojó con él, pero yo, que lo conocía tan bien, sabía que estaba celoso. Él quería a su papá sólo para él, y me imagino que pensaba en su mamá. Me consta, en ese tiempo todavía tenía la esperanza de que sus papás volvieran a juntarse. Cuando vino doña Blanca supo que ya no era posible. Pero le costó aceptarlo.

"Sí, sí. Por supuesto que lo sé. Le deseo lo mejor. Se ha preparado para eso toda su vida. Yo sé que lo hará bien. Tal vez mucha gente tiene una idea equivocada (Alba Luz mira directamente a la cámara), pero yo puedo decirles que Rodrigo es una buena persona. Lo conozco desde niño y sé que tiene un gran corazón. Es un idealista, tal vez, convencido de su causa, pero no mata una mosca."

La cámara se mueve, gira lentamente hacia la mesa que está al lado del sofá, se detiene en una foto donde aparecen Alba Luz y Miguelito con unos papeles en la mano, y en el centro, Miguel Ángel y Rodrigo vestido de primera comunión.

5. De nuevo el despacho, la bandera en su asta y Rodrigo con la banda presidencial.

"... Pero a ese noble pueblo le estaba reservada la tragedia. Los vientos de la ambición y la codicia extrema trajeron la conquista, el más dramático desencuentro que registra la historia de la humanidad. De la noche a la mañana, el pueblo maya pasó del señorío al vasallaje, de la libertad a la esclavitud y de la grandeza artística y científica a la miseria de la resistencia y el olvido. Los barcos trajeron a la Europa que despertaba al sueño del poder absoluto, de la civilización universal. Los pueblos indígenas de América no pudieron entender la ferocidad guerrera, la sed de oro y el señorío cruel, a la par de la piedad religiosa y el fanatismo evangélico de los clérigos que arrasaron su escritura, sus mitos, su religión. Esa muerte es nuestro nacimiento.

"Ahora, allá en casa, usted se preguntará: ¿por qué hablar de esto hoy que tenemos otros problemas? Pues bien, pienso que nuestros problemas se originaron con ese hecho de sangre y negación. Desde entonces tenemos una sociedad dividida que no logra encontrar un camino, donde han sido cercenadas de raíz la voluntad y la identificación con el otro. Desde entonces quedan sólo dos opciones: luchar contra la injusticia o ser cómplice de ella. Quienes han optado por la complicidad ya sabemos qué hacen y qué buscan. Pero quienes hemos elegido la lucha como forma de vida hemos tenido que dar testimonio, denunciar o exilarnos. En otras palabras, hemos abrazado un compromiso.

"El padre Las Casas es, quizá, la primera voz que se levanta contra la injusticia de la usurpación y el crimen. Un hombre que sufre la conversión de la encomienda a la firme oposición contra todo el proyecto colonizador de la Corona, que tuvo la entereza de denunciar las atrocidades del poder en su *Brevísima relación de la destrucción de las Indias*, primer documento de recuperación de la memoria histórica. Y así como él, muchos otros que han dado su vida por la justicia: hombres y mujeres que han arriesgado todo por un ideal, que han denunciado, que han dado testimonio, que han tenido que abandonar su patria sin esperanza. Hoy mi voz habla por todos ellos, hoy recojo la bandera de Las Casas en nombre de la justicia y la esperanza..."

Grabación

Avanzamos despacio. La filmación en dos escenarios distintos nos ha enfrentado a problemas técnicos. Rodrigo está cansado. A menudo confunde los tonos: se pone solemne en su autobiografía y no es demasiado serio en el discurso. La dirigencia ha ordenado que nada se edite hasta que ellos lo vean.

Mi borrador de la biografía de Rodrigo ha servido de poco: para decidir a quiénes entrevistar, para sugerir pasajes de la autobiografía que filmamos. Poca cosa. En fin, no importa. Lo que cuenta es hacer todo lo posible para tomar el poder.

Hemos enviado a dos compañeros a México. Un entrevistador y su camarógrafo. Necesitamos un banco de entrevistas con intelectuales para no perder la fuerza que da el mundo de la cultura.

6. La cámara enfoca, a través del ventanal de la sala, a unos niños que juegan en la piscina de la casa; recorre los cuadros de las paredes, los muebles, las fotos sobre la chimenea y, por fin, aparece el rostro amable, sonriente de Rodrigo.

"Al inicio de la década de los años cincuenta, mi padre fue nombrado agregado cultural en Francia. El retorno triunfal. Tuve la suerte de acompañarlo en sus primeros días allá. Fue un verdadero privilegio porque, de su mano, pude descubrir todos los lugares donde había escrito y se había formado muchos años antes. Fue un viaje inolvidable. Su traductor, Francis de Miomandre, le hizo una larga entrevista en una sala de la Biblioteca Nacional de París. Después, cual Virgilio, me llevó a conocer la ruta del descenso a las angustias y limitaciones de los artistas. Recuerdo cada momento, cada gesto, cada mirada detenida buscando las profundidades de un tiempo perdido. En aquel entonces yo era apenas un adolescente y no pude captar lo que todo eso significaba para él. Ahora lo aprecio.

"En esos años conocí a Blanca, su nueva esposa. Es una gran mujer. La llegué a querer mucho porque cuidó de mi padre en los últimos años con una dedicación profunda. A los pocos años, después de graduarme, viajé a vivir con ellos en Buenos Aires. Esos fueron los años decisivos. Fue allá donde cobré conciencia de mi destino y tomé la determinación de venirme a Guatemala. La urgencia de hacer algo por mi patria, por los pobres, me llevó a declinar el proyecto natural de una vida académica. Por mi padre, yo tenía acceso a los círculos más altos de la intelectualidad latinoamericana. Sin embargo, la juventud esconde una sabiduría secreta, intuitiva. De algún modo, yo sabía que eso no era para mí, que yo debía volver y volcarme a la lucha social.

"Pero el camino de la vida tiene trampas y hay que pagar facturas por los errores y la ingenuidad. Como dicen, no se puede tener todo, todo, todo en este mundo. Yo pagué el precio de la separación, del distanciamiento con mi familia. Además, el ímpetu del inicio me tenía reservadas algunas amargas lecciones. De todos es conocido el incidente de Concuá. Antes del experimento de la Sierra de las Minas, la izquierda realizó un ensayo en las Verapaces. Allí estuve yo, y fue un fracaso rotundo. Como consecuencia de aquello conocí la cárcel, dejé de ver a mi familia y, finalmente, tuve que exilarme sin la esperanza de volver. Mi vida dio un vuelco. Me devolvió al inicio de un camino que ha sido largo, tortuoso derrotero de aprendizaje y desaliento..."

7. La cámara enfoca un rostro redondo, sonriente, con anteojos y poco pelo. Por su actitud, se adivina que ha habido bromas alrededor de la filmación. Le llaman "maestro" y le parece normal. Es pequeño, gordo, está sumido en un gran sillón lujoso en una amplia sala llena de plantas y obras de arte originales. Una mujer elegante, de pelo obscuro, largo, se detiene a sus espaldas y le pone la mano en el hombro. "Bárbara, querida –dice él–, una entrevista más. Y son de Guatemala, puedes imaginarte". Ella sonríe discreta, con clase, irónica. Nos da la bienvenida y se va caminando a un estudio lleno de libros.

"Bueno –empieza diciendo el "maestro" –, ustedes, imagino, saben que soy hombre de pocas palabras. No se hagan ilusiones de un largo discurso. Con el tiempo he llegado a creer que la muerte nos hace suyos desde el momento en que empezamos a repetirnos." En la parte inferior de la pantalla aparece el letrero: *Augusto «Tito» Monterroso, escritor.* "Y me da pavor porque en muchas entrevistas cuento las mismas historias: de cuando fui carnicero, de cómo iba a la Biblioteca Nacional a leer a los clásicos, de cuando conocí a Neruda en Chile, de mi encuentro con Luis Cardoza. Mi vida es muy simple. Nunca he comprendido por qué la gente cree que sólo porque uno es escritor, ya debe tener una vida llena de aventuras."

Se calla un momento, baja la vista y no se mueve. Los segundos pasan y sigue callado. La imagen se corta bruscamente (obvio, hay que editarlo) y aparece de nuevo diciendo:

"Pero vamos al grano. Yo lo conocí hasta en los años sesenta. Era un patojo lleno de una fuerza contenida, radical, con ideas fijas que quería llevar a la práctica. Hay que decir que en aquellos años una actitud tal era frecuente y hasta, digamos, natural. Íbamos en un camino directo, sin retorno, al sesenta y ocho. Ahora ya nadie habla de aquello, pero fue un trauma que todavía no hemos asumido ni terminado de pagar."

De nuevo el silencio. Esta vez la cámara no se detiene. El "maestro" le da gravedad al momento. Casi podemos escuchar los tiros en Tlatelolco, los gritos de los muchachos tropezando, cayendo indefensos bajo la sombra de los helicópteros.

"Para ese entonces –dice, muy bajo– él ya no estaba aquí. Se acababa de ir después de la visita de Miguel Ángel en el sesenta y seis. En los años previos, me lo encontré algunas veces en la casa de Luis. Rodrigo era como su hijo. Pensándolo bien, es el único que puede jactarse de haber tenido de padres a los dos escritores más importantes de Guatemala."

Hay una interrupción, pero la pregunta no logra escucharse. Sólo se ve el rostro del "maestro", atento.

"No, no –dice–, para nada. Ciertamente ahora he recibido algunos premios importantes; pero, por cortesía, no me he atrevido a preguntar por qué me los dan. Yo no veo razón alguna y la amabilidad, la admiración, no terminan de sorprenderme. No, admirables son escritores de la talla de Luis o Miguel Ángel, hombres de mente clara y arma en ristre como Rodrigo, decididos a cambiar el mundo, a vencer obstáculos, hombres nobles que se entregan a un ideal, que viven cada día y noche de sus vidas atribuladas dispuestos a ser pasados por las armas, igual que una oveja negra que yo conozco, dispuestos a correr el riesgo de inmortalizarse, en el centro de una plaza, en heroica estatua ecuestre. Qué va, yo soy un simple aprendiz de escritor que he tachado infinitamente más palabras de las que he escrito, que he usado, con alevosía y ventaja, a estos grandes hombres de la historia para componer modestas piezas que aspiran a la literatura. En verdad, créanme, no sé por qué me entrevistan y me dan premios, si no soy más que un obscuro personaje que poco ha cambiado desde sus años de lector."

Silencio. Pero la cámara, esta vez, toma distancia, perspectiva y fondo. El "maestro", en el centro de la sala lujo-

sa, se ve pequeñito, como la opinión sobre él mismo, las ma-
nitas cruzadas, los pies uno subido al sillón y el otro colgando.
Con dificultad de años y enfermedades, se levanta, camina
hacia nosotros, tiende la mano a una persona que no vemos.
La cámara aprovecha para un acercamiento y, de pronto, estamos de nuevo en el principio: se ve un rostro redondo, sonriente..., que ocupa toda la imagen.

8. En el camino hacemos algunas tomas de vecinda-
des y multifamiliares que nos parecen interesantes: la ventana
del pecero como marco en movimiento del afán humano.
Llevamos instrucciones precisas. Por fin llegamos y la cámara
vuelve a mostrarnos una puerta que se abre, una sonrisa que
nos deja pasar y, al fondo, un personaje pequeño, alegre, que
nos recibe: "bienvenidos compatriotas, están en su casa. ¿Tuvieron dificultad para encontrar la dirección?". Contestamos
que no, le contamos que hicimos tomas en el camino, comen-
tamos que México ha cambiado mucho. Se ríe, "para mí ya es
imperceptible, después de tantos años..." Le preguntamos
cuántos. "Medio siglo —dice—, como que nada". Nos sentamos en una sala pequeña, bien decorada. Nos pregunta si
queremos algo de tomar. Le decimos que no, que ya estamos
grabando y que queremos hacer algo distinto, no la típica entrevista prefabricada. Ve a la cámara un instante. "No sabía —
nos dice—, sólo me adelantaron que están haciendo un video
sobre los años que Rodrigo pasó aquí antes de irse a convertir
en Gaspar Ilom". Le decimos que sí, que no traemos nada
preparado, que queremos que su memoria fluya espontánea.
Se relaja, se recuesta en el sillón. En la pantalla se lee un letrero que dice: *Otto-Raúl González, poeta.*
"Nunca voy a olvidar esos años —nos dice, sosteniendo
su vaso mientras eleva la mirada al cielo raso—. Había una gran
inquietud, un desasosiego en el ambiente; pero los chapines éramos los más jodidos. Habíamos perdido la Revolución y nuestra
fauna política se llenaba cada vez más de gorilas y zopilotes. De
pronto, a principios de los sesenta, una luz de esperanza, algo
increíble, un sueño: la Revolución Cubana. Así, de la nada, re-

nacía la dignidad para los pueblos ocupados por el imperialismo. Fue un reguero de pólvora: Bolivia, Uruguay, Chile, Guatemala. Y los países del Este que apoyaron de inmediato. Nosotros, los intelectuales, nos unimos al proyecto en cuanto supimos de la guerrilla. Arturo, Raúl, Luis, todos. Por mi parte, yo me enteraba también por gente más metida en política. Mario, por ejemplo, y Severo. Pero esos son los conocidos. Después del cincuenta y cuatro, México se llenó de gente de la San Carlos que andaba haciendo las más diversas tareas. Pero era una especie de red que operaba en apoyo de los muchachos.

"Conocí a Rodrigo, como casi todos, en la casa de Luis. Era como su hijo, su elegido. Lo cuidaba, lo aconsejaba, lo idealizaba, creo yo. Pero cuando llegó era un muchacho inexperto, lleno de entusiasmo y con ideas claras, pero ingenuo. Luis lo inició, lo presentó con mucha gente de gran colmillo en la política: Lombardo Toledano, Chávez, y otros menos conocidos pero igual de expertos en los avatares políticos. Fue un lento aprendizaje. Yo lo veía madurar, tan alejado de su padre, tan entregado a la causa. Después, con los años, siguió viniendo a México a trabajar en la búsqueda de aliados internacionales, plata, vínculos con oenegistas, jesuitas, en Chiapas. Perdí el contacto con él. Pero lo he seguido a través de los amigos de Uno más uno, Machete, la gente que trabaja en San Cristóbal de Las Casas.

"¿Cómo? No, nada de eso. Espero no haberlos aburrido. Yo admiro mucho al comandante Gaspar Ilom. Ahora está en la brega política. Le deseo el mayor de los éxitos. Él es una esperanza para todos los que tenemos un corazón revolucionario."

La cámara toma distancia. El poeta González se pone de pie. Se oye una voz que dice: "¡Congelen la imagen y corten!" La figura queda inmóvil, detenida, igual a sí misma.

Grabación

No se ponen de acuerdo. Hemos tenido que hacer cortes masivos al discurso de toma de posesión. Rodrigo ya está desespe-

rado. Según él, hay que esperar, no hay que romper el equilibrio consensual del partido. Cuando ya sea presidente, pienso, será otra historia. El consenso se irá al diablo. Deberá, como él dice, prevalecer una voluntad, la única, la del caudillo. Creo que no hay otra salida.

De aquí en adelante, el discurso es una colección de fragmentos que habrá que completar de algún modo.

9. "Pero ese ideal, el de la justicia, ha sido traicionado muchas veces —se oye que dice la voz de Rodrigo, mientras la cámara, después de enfocar durante un instante al quetzal tallado, desciende por la bandera: el azul, el blanco, el escudo, el azul de nuevo; recorre la superficie del escritorio, los papeles, las manos de Rodrigo, su rostro serio, grave—. La tragedia de Guatemala ha sido que esas traiciones son las fechas centrales de nuestro calendario cívico. Sí, no se equivocó, estoy pensando en eso que hemos llamado Independencia. 15 de Septiembre de 1821, el momento en que el oportunismo se volvió proyecto político, el trágico día en que el resentimiento conservador se convirtió en la política oficial de los grupos de poder: los ricos y la iglesia. Sí, me escuchó bien, dije 'resentimiento', rencor contra una España monárquica que nunca los aceptó y contra un indígena esclavo enmudecido de resistencia y terror. Ése fue el momento en que nació ese ridículo patriotismo que siempre fracasó en su intención de unir a la nación. La impostura fundamental. La independencia fue el montaje original de esa farsa tragicómica que es hoy la política: la escena de la mediocridad y el engaño."

Rodrigo se detiene, deja su mirada fija en el papel que lee, aprieta los labios en señal de reprobación, y nos mira directamente como quien demanda una respuesta comprometida. Lenta pero segura, la cámara se acerca a sus ojos hasta hacer un close–up. Después de un instante se oye una voz que grita: ¡Corten!

10. Desde el trípode enfocamos a una figura nerviosa, pequeña, en mangas de camisa.

"No se vayan a molestar, muchachos —nos dice—, pero yo me acostumbré a no dejar nada en manos del azar. Recibí la llamada del Gaspar hace unos días. Me dijo que estaban haciendo un programa sobre él. Muy bien. Voy a contarles lo que sé. No me hagan preguntas. Lo quiero hacer a mi modo."

Señala a la cámara con una sonrisa y agrega:

"No crean que no me he dado cuenta. Todo esto ya lo grabaron, pero confío en que editen lo que yo les diga. Quiero verlo antes de que lo den por terminado."

Le decimos que se despreocupe y le damos la señal de empezar.

"Pues miren —dice, acomodándose en el sillón—, no sólo conozco a Rodrigo, también conocí a su papá. Esta anécdota la he contado muchas veces, pero no resisto la tentación en este documento histórico." En la pantalla aparece la leyenda: *Julio C. Macías, alias César Montes.* "La segunda vez que lo vi fue en una casa de la zona dos. El PGT había arreglado una entrevista entre Miguelón y el comandante Turcios. El «Piky» Díaz fue el encargado de la logística. Yo llevé al comandante al filo del crepúsculo." La leyenda de la pantalla, lentamente, se desvanece. "Cuando llegamos al jardincito, Turcios, muy emocionado, le extendió la mano a Miguel Ángel. Pero éste le dijo: 'No me dé la mano, deje que le dé un abrazo a un pedazo de la historia de mi patria'. Así entró a la casa, un brazo sobre Turcios y el otro sobre mi hombro. Inolvidable. Todavía tengo la sensación en mi cuerpo."

Interrumpimos su meditación y le preguntamos por Rodrigo.

"Ah, esa es otra historia —nos dice, volviendo en sí—. Lo conocí en Salamá. Ustedes saben, por lo de Concuá. Eso fue inspirador. Pero ahí todavía no era Gaspar, sólo era Rodrigo. Yo les quiero hablar de Gaspar Ilom, el comandante, la leyenda viviente. Después de sus años mexicanos, se incorporó a las FAR, pero eso sucedió cuando yo me fui para La Habana. Al regresar, enfrenté los conflictos internos; sobre todo la enemistad entre Gaspar y Manzana. Nunca me opuse a ellos. Seguí mi camino confiado en que la lucha nos haría coincidir algún día. Cambié de nombre. Me volví Víctor Guerra, y como tal, concerté una reunión con Gaspar en el mirador de la bajada a Panajachel. Necesitábamos coordinar operaciones militares. Era absurdo que fuéramos rivales. Pues bien, me aseguré de llegar más tarde como medida de seguridad. Desde la curva vimos un auto estacionado. De inmediato supe que allí estaba él. Cuando nos detuvimos atrás, Gaspar salió. Yo también. Por un momento vi una sombra de duda y recelo en su mirada. Mi disfraz era tan bueno, que estaba casi irreconocible. Víctor Guerra llevaba barba y pelo largo. Sonrió y nos abrazamos. 'Qué buen disfraz —me dijo–, sos irreconocible hasta para los que te conocemos de cerca. ¡Qué buena peluca!'. '¡No jodás! –contesté–, jalame el pelo para que te convenzás de que no es peluca'.

"Ahí nos volvimos hermanos de lucha. En una ocasión, en La Habana y en casa de Aída Cañas, la viuda de Roque Dalton, cuando se reunieron con Charo, ex esposa de Gaspar, dejé muy claro que no importa que otros no quieran reconocer la importancia de este paso, que lo nieguen o lo ignoren; son babosadas que me vienen flojas."

Poco a poco, la cámara se aleja. César no deja de hablar. Podemos ver sus gestos, sus ojos abiertos, sus énfasis mímicos. El sonido pierde intensidad. Lo vemos y oímos cada vez más lejos, más quedo. Al final, pequeño y lejano, sólo lo vemos gesticular, pero ya no oímos lo que dice. La imagen se detiene, la boca abierta, la mano izquierda en el aire.

11. "Los años que siguieron fueron de preparación –dice Rodrigo, cambiando de posición en el sillón–. De preparación humana e intelectual. Viví en México durante años conociendo a los dirigentes, negociando con ellos, de la mano del gran poeta Luis Cardoza y Aragón. Debo reconocerlo, he sido un privilegiado. Por azar o coyuntura, me tocó en suerte conocer a los dos más grandes escritores de Guatemala: uno fue mi padre y el otro mi mentor. Cuando digo que aquellos años fueron de preparación o formación, como se quiera, en realidad fue el tiempo en que adquirí una identidad. Allá, en

Coyoacán, donde prevalecía la magia de la palabra, sufrí una metamorfosis: me convertí en Gaspar Ilom. La idea fue mía, por supuesto, producto de mi cercanía a Luis. Él creyó siempre en mi proyecto épico. Mi padre me dio el nombre, y Luis el destino."

Rodrigo sigue hablando y la cámara se mueve a la izquierda. Una mesa llena de fotos. La imagen centra una foto borrosa. Cuando se acerca, vemos a dos hombres elegantes del brazo en un patio con plantas. Con el relato de fondo, distinguimos a Luis Cardoza a la izquierda y a Miguel Ángel Asturias a la derecha.

12. Llegamos después de un largo viaje por caminos de terracería y la aldea es casi invisible. Tomamos película de casi todo el viaje. Con el único sonido del río, las aves y el viento en las copas de los árboles, la cámara enfoca aquel espacio vacío, las casas separadas por casi veinticinco metros. Caminamos frente a ellas. Algunos niños salen a las puertas de las casitas a vernos. Estamos en Ixcán, en un campo de reasentados.

Buscamos a una familia originaria de Sololá. Encontramos el número que buscábamos. Preguntamos por los papás y no tardan en salir. Sacan unas sillas de plástico y nos sentamos. Explicamos el motivo de nuestra visita y el señor, don Martín, nos cuenta que los españoles de la cooperación ya les habían contado de nuestra visita. Después de algunos silencios, inicia su relato.

"Sí. Me acuerdo, pues. Gaspar le decían. Era alto, gordo y muy serio. Lo veíamos poco, muy de vez en cuando. Pero siempre nos decía que resistiéramos, que esperáramos, que aguantáramos, que pronto vendrían a liberarnos. Y nosotros hacíamos caso. Nos quedábamos cuando ellos se iban y después venía el Ejército y nos preguntaban, no nos dejaban trabajar, nos llevaban al cuartel y algunos ya no regresaron. Y los que sí regresaban ya no eran los mismos. Pero eso sólo fue al principio. Después ya no nos quedábamos...

"¿Qué manda? Ah, pues salíamos corriendo a la montaña. Y ellos nos disparaban. La mayoría de los que morían eran mujeres y niños que no aguantaban. Capturaban a algunos, pero eran pocos. Mucha gente se perdió en la montaña buscando a los 'canchitos', tenían que meterse en cuevas, vivir sin comer, sin dormir, oyendo pasar las patrullas, los helicópteros que vuelan en círculos.

"Vivir a la intemperie, como animal, es imposible. Cuando uno es perseguido aprende a vivir bajo la tierra, en silencio, con los ojos bien abiertos. Uno se acostumbra a oír hasta el movimiento de las hojas, el paso del venado, el vuelo del zope.

"El Ejército siempre llegaba después..., y creían que todos éramos guerrilleros..., seguían la huella de los catequistas, de los activistas. Cuando veíamos venir a un 'canchito' o a un cura, ya sabíamos que, al poco tiempo, venía la patrulla y todo se volvía un infierno."

La cámara se desvía hacia la selva. Vemos el escenario de la desolación. La imagen es fija. Mientras tanto, se escucha una voz que dice: "Material para consultar con la dirigencia. Pendiente de edición."

13. Rodrigo recupera la palabra. Frunce el ceño y, mirándonos a los ojos, nos dice: "Pero las cosas no siempre mejoran con el tiempo. El final del siglo XIX nos trajo dos de los grandes males de Guatemala: la Revolución Liberal y el Ejército. Estas palabras hablan por sí solas, no hay que explicarlas. Sólo vale la pena añadir que aquí da inicio el tiempo del oprobio, del despojo por decreto en aras del progreso. Lo único que faltaba: la figura política y legal que le daría vida al cadáver de la colonia. Entran en escena los burgueses y sus perros de presa: los caudillos que mi padre retrató en sus novelas..."

El tono es ondulante y da la sensación de solemnidad. Sólo se escuchan las curvas uniformes de su melodía, mientras la cámara dos hace una toma desde la esquina derecha de la habitación, y vemos los colores de la bandera en el fondo de la camisa nívea que Rodrigo lleva puesta.

14. Una calle de colonia. Todas las casas iguales. Esperamos a que nos abran. Se escucha que dos mujeres hablan entre sí, pero no distinguimos las palabras. La puerta se abre y una mujer joven nos da la bienvenida. "Pasen adelante —dice, sonriente—, los está esperando en la sala. La otra mujer es una adolescente que nos ve con curiosidad. Entramos. Un hombre de mediana edad, pequeño y delgado. Nos recibe con gran desenvoltura. Le decimos que queremos un reporte completo, que hemos filmado desde la puerta. No pone objeciones. Tomamos nuestra posición y le pedimos que empiece su relato. Se sienta frente a nosotros y nos cuenta...

"La historia más inverosímil de esos años, ésa es la mía. No les voy a contar cómo me involucré. Cuando sentí ya estaba metido hasta las cachas. Con el EGP debo decir, ¿eh? Ojo con eso." En la pantalla se superpone el letrero: *Eduardo «el Cuache»Pellecer Faena, ex jesuita y hombre de negocios.* "Era la tendencia de aquellos años, Arrupe quería que fuéramos agentes de cambio y permitió que la Compañía se volcara a la Teología de la Liberación y al famoso 'trabajo de base'. Trabajar con las comunidades, optar preferentemente por lo pobres y 'acompañarlos' en su lucha por la libertad, esos eran los ideales que nos movían. Fue un trabajo de la chingada que no nos llevó a ningún lado.

"En el EGP no se tenía muy buena opinión de Gaspar Ilom y su ORPA. Ellos pensaban que involucrar a las comunidades no era el camino a seguir. Nosotros sí. Al final de cuentas, es triste aceptarlo, todos estábamos equivocados."

Se pone de pie de repente y cubre el lente de la cámara con la mano.

"Miren muchá, yo no conocí de cerca a ese pisado. No les puedo contar gran cosa. ¿Quieren que sigamos?

Le decimos que sí.

"Bueno, ya aclarado ese punto... Les contaba que trabajé con los jesuitas durante mucho tiempo. Buscábamos que la gente saliera por sí misma. Los educábamos y les dábamos estructuras sociales. Bueno, los sacramentos también. En esa época yo vivía en La Merced con un montón de viejos que ya no servían para nada. Pero ya había pasado por la comunidad de la zona cinco donde buscábamos cristianizar a Marx. Allí conocí a Pico, a gringos como Mullaney, a Ellacu, a Sobrino y tantos otros. En fin, una mañana de verano de 1981 (nunca la voy a olvidar) salí a abrir la puerta de la casa, la que da a la quinta calle, pasadito el Callejón de Jesús. ¡Si esas calles hablaran! Saqué el carro (un pick–up viejo que teníamos), llegué a la esquina y agarré rumbo al sur, por la doce avenida. Una cuadra había caminado cuando otro carro se me atravesó y se bajaron dos tipos de esos puros especialistas, como les dicen. Me dejaron ir dos tiros, ninguno me dio; pero, imagínense, me cagué. Me abrieron la puerta, me sacaron cargado y me dijeron: 'Te vamos a hueviar, mano'.

"Mi actividad había sido muy discreta. Me sentía casi inocente, violado en mis derechos elementales. El resto ya se lo podrán figurar. Pasé noches sin dormir, comiendo poco, sin saber qué día era ni dónde estaba. Ahora que lo cuento nadie me cree, pero yo prefería mil veces la tortura física que la psicológica. Eso era lo peor. Me incomunicaron, debilitaron mi voluntad al extremo que ya no me reconocía, ya no sabía por qué debía luchar, por quién.

"Fue entonces cuando oí hablar más de Gaspar Ilom. Ellos, mis interrogadores, me contaron lo que sé. Yo les decía que no tenía idea de ese fulano, que la labor revolucionaria es compartimentada, que cada quien conoce sólo su pedazo. Y ellos se reían, y me pasaban el brazo por los hombros como diciendo: 'No seas tonto, yo soy tu cuate, cantá lo que sabés, te vas a ahorrar muchos sinsabores'. Y así durante días, semanas, qué sé yo. Ahí me enteré que Gaspar ya se había entendido con César Montes (o Víctor Guerra, como le decían al cabrón este), que seguía siendo enemigo a muerte de Pablo «el Manzana» Monsanto. Ahí me pasaron el video ese que incautaron en Chupol donde se ve un simulacro de una supuesta entrada triunfal de la guerrilla a la capital. Yo estaba atónito, mi labor había sido muy focalizada y modesta. Pero tenía que encontrar algo que les interesara y que pusiera fin a la forma en que me estaban destruyendo. Una noche de profundo desamparo, pensé que si algo conocía eran las lógicas operativas de la insurgencia: las formas de reclutamiento, de organización social, de simulacro. Conocía a fondo la ideología, la forma de seducir jóvenes en los colegios, de entrenar líderes religiosos. Para no cansarlos, cuando les expuse los fines prácticos de la 'espiritualidad' revolucionaria, se quedaron babosos. Ellos combatían a lo puro bandido, pero cuando se enteraron de esto creyeron que era muy útil saber cómo se comportaba la guerrilla y por qué. Si ven con atención el video de mi alocución pública en la televisión, se darán cuenta que hablo de eso, precisamente. Pero en lo privado, aproveché para explicarles las diferencias entre FAR y ORPA, entre ORPA y EGP. Ahí les hablé de las habilidades diplomáticas de Rodrigo, de su política de no involucrar a la población civil en operaciones militares, y tantas cosas."

Se ve agotado. Nos mira con aire de ansiedad y le preguntamos por su vida presente.

"Esas cosas me cambiaron la vida. De ahí en adelante empecé a vivir a la sombra de la G-2. Fueron días difíciles, me reuní con la familia que ya tenía desde antes, desde la época final como jesuita cuando vino Pitau a decirme que me fuera a Roma, que la Iglesia me ayudaría, que no me saliera de la Compañía. Ahora tengo una vida 'normal', adaptada a la vida democrática." (Risas) "Tengo una familia. Ellas son, miren." Y nos señala una foto donde aparece entre una mujer y una niña, sonriendo, con un mar de fondo que, adivinamos, es el Pacífico.

La cámara hace un acercamiento de su perfil. Está callado, viendo la foto que sostiene en sus manos. Sin ver a la cámara, más para sí mismo que para nosotros, dice:

"Nací dos veces. Pero no guardo nada de mi primera vida. Fue otro el que la vivió."

La imagen se detiene. Pasan unos segundos. Se corta.

Grabación

Ya casi llegamos al final. Hemos filmado mucho material en estos días. Ahora viene la parte más difícil: qué queda y

*qué sale. En eso ya no me meto. Dejaré que lo haga Rodrigo con
sus asesores políticos.*

*Hace falta coser las imágenes que hemos acumulado. Re-
comendaré que lo haga un narrador omnisciente que le dé orden
a los dos relatos de Rodrigo (el discurso y la autobiografía), que
haga coincidir su secuencia con los entrevistados. Entonces estará
listo. Antes de eso, esto no es un relato.*

15. Aparece el rostro de Rodrigo llenando toda la pantalla. Poco a poco, mientras empieza a hablar, la imagen se aleja
hasta que lo vemos de cuerpo entero. No ha cambiado de lugar.

"Después de esos años de formación, vine de nuevo a
Guatemala, pero ahora como Gaspar Ilom. En aquel tiempo,
éramos un pueblo cautivo. Vivir en la clandestinidad era una
forma de alegar el derecho a existir.

"Al venir me encontré con un movimiento desorga-
nizado. Había luchas internas y, según mi criterio, se había
perdido el sentido original de la lucha armada. ORPA puede
entenderse como una reforma de las FAR y, al mismo tiempo, como un distanciamiento del EGP. Yo no quería ni la
violencia arbitraria e indiscriminada, ni tampoco el compromiso militar de las comunidades indígenas. Inicié, con
algunos amigos que compartían mis ideas, un camino solitario, muy largo y lleno de frustraciones. Lo que nos mantenía en la lucha era saber que estábamos en la línea correcta.
En la soledad de una vida entregada a la causa, reflexioné
mucho sobre mi valor simbólico en la organización. Desde
entonces creo que mi destino era ser esa figura que guía, que
intuye el camino y lleva a su pueblo a recuperar su libertad.
Gaspar Ilom es el Rodrigo Díaz de Vivar de la lucha guerrillera. Pero a diferencia de Rodrigo, que muere prematura-
mente, Gaspar no habrá completado su misión hasta que no
legitime su liderazgo y asuma toda la historia sobre sus
hombros."

Por primera vez en esta serie autobiográfica, Rodrigo
se pone serio, mira fijamente a la cámara y entendemos que
ha dado fin al relato de su vida.

16. Carretera a El Salvador. La cámara nos muestra una vista de la Ciudad de Guatemala desde el balcón de una casa moderna. Lentamente gira y vemos los ventanales de la terraza. Por fin aparece un hombre sentado junto a una mesa.

"Me alegro mucho que hayan venido a verme. Siempre serán bienvenidos. Yo tengo muchas cosas que contarles." En la pantalla se lee el letrero: *General Héctor A. Gramajo, exministro de la defensa y candidato presidencial por tercera vez.* "Pero usted me pregunta cosas muy puntuales. Vea, durante los setenta y principios de los ochenta conocí a todos los guerrilleros. Y, créame, nosotros pensábamos que la gran amenaza era el EGP. A la ORPA nunca le dimos gran importancia. Daba miedo ver cómo habían organizado a la gente. Si no hubiera sido por el general Ríos, esto se nos hubiera ido de las manos. Pero eso quedó en el pasado. Cuando llegué al Ministerio, me convertí en el futuro de la institución. Yo soy uno de los pioneros de la paz. Fui el primer ministro de la democracia y, como tal, eché a andar un movimiento de concertación que aglutinó a todos los sectores. Allá, al ESTNA, llegaron a exponer sus ideas todos; desde los guerrilleros más radicales hasta los empresarios. Allí me di cuenta de cuál iba a ser el punto de comprensión entre nosotros. Una vez se lo dije a Gaspar. Usted sabe, en los entremeses de las pláticas de negociación. Le dije que nos parecíamos más de lo que pensábamos: los dos éramos militares.

"Sí, por supuesto que lo sé. Creo que es muy bueno. Ahora seremos rivales de nuevo, pero en el terreno democrático. Ahora se verá cuánto apoyo popular tiene la guerrilla. Yo soy un viejo lobo en esto. Ya es tercera vez que me lanzo. Y no es fácil.

¿Que qué le diría a Gaspar? Bueno, pues que siga adelante, que no desmaye, que Guatemala es una y que ahora —como dicen mis profesores de Harvard—, así como están las cosas, con la caída del Muro de Berlín y todo eso, ya no se puede gobernar sin la oposición."

La cámara vuelve a tomar distancia. El general sigue hablando, pero ya no se escucha. De nuevo la mansión, los árboles y, al final, fija y por pocos segundos, la ciudad, inflamada, caótica, envuelta en una neblina tóxica.

17. De nuevo el despacho con su escritorio de caoba, su bandera y Rodrigo en el centro, leyendo sus papeles. Un momento de silencio. In crescendo, las notas de *La Misión* empiezan a escucharse.

"Pero no voy a contar la historia de estos tiranos que, durante tantos años, secuestraron la voluntad de los guatemaltecos. Llegó un momento en nuestra historia que fue insólito. Mientras las potencias estaban ocupadas en repartirse el mundo, Guatemala, por fin, veía el amanecer de una Revolución. Fueron diez años de primavera, de luz. Allí se sentaron las bases del futuro de la nación. Todos sabemos que ese proyecto fue abortado por la oligarquía y los Estados Unidos. Tampoco necesito aclarar que, si hay una justificación histórica para el nacimiento del movimiento guerrillero, eso fue querer recuperar lo que perdimos con la Liberación y el retorno de los dictadores. Mi gobierno será del pueblo, para el pueblo y por el pueblo. Devolveré a los guatemaltecos el sueño de la justicia social y de la paz democrática. Desde luego, los tiempos han cambiado y, hoy por hoy, las posturas radicales son inoperantes, ineficaces. Mi gobierno será también de consenso, de colaboración libre de todos los sectores del país. Invito desde ya a todos aquellos que quieran aportar sus puntos de vista en la solución de los problemas urgentes, que se acerquen, que toquen a nuestra puerta. Mientras yo esté acá, siempre habrá un presidente dispuesto a escuchar."

La música, en sus últimos acordes, ocupa ahora todo el espacio sonoro. El camarógrafo deja seguir la filmación mientras pregunta:

—Aquí debe aparecer un letrero, ¿ponemos *Comandante Gaspar Ilom*?

Y otra voz responde:

—Pues yo creo que no. Ahora sería mejor *El señor presidente*. Vos Rodrigo, ¿qué pensás?

La cámara enfoca su rostro. Rodrigo, sin contestar, baja la mirada y se queda pensativo.

15. El hombre que lo tenía todo, todo, todo

I

Blanca no paraba un momento. Desde muy temprano había estado contestando el teléfono, corriendo a la puerta, dando la bienvenida a los invitados, lidiando con los periodistas, acomodándolos donde podía. Era el 19 de octubre de 1967.

Como siempre, aquella mañana Miguel Ángel se había levantado muy temprano. Y en esos momentos de soledad y silencio, previos al tropel cotidiano, recordó que un año antes se encontraba en Roma y en casa de su amigo Rafael Alberti. Vino a su mente el reportaje que unos cineastas suecos le habían hecho, el ruido que se había armado en toda Italia; volvió a vivir la ansiedad de quien no sabe, sólo presiente. "Te van a dar el Premio Nobel", le decían sus amigos. Pero también, mientras desayunaba, con una sonrisa escéptica, recordó la llamada de Alberti diciendo: "No, se lo dieron a Shólojov...".

Ahora, un año después, el rumor del Nobel había vuelto a crecer. Miguel Ángel se congratuló de haber guardado la compostura y la discreción hasta el último momento. No quería ponerse en ridículo dando declaraciones o permitiendo homenajes antes de saber el veredicto. Pero en la medida que los días pasaban, era más difícil mantener el hermetismo. La pequeña embajada se había transformado, desde hacía días, en un estudio de radio–televisión. Blanca era una amable barrera imposible de pasar. Lo disculpaba, daba explicaciones, prometía interceder, recibía y entregaba mensajes. Y él seguía encerrado.

Por fin, el diecinueve, que era el día de su cumpleaños, cerca del mediodía, aceptó recibir a un grupo de estudiantes que habían llegado a felicitarlo. Miguel Ángel siempre se había sentido cercano a la juventud y la conversación le ayudó a relajarse, a recordar sus años de estudiante y aprendiz de escritor en el París de los años veinte. Los periodistas aguardaban en la puerta la mínima oportunidad para recoger alguna impresión, opinión del escritor. Después de media hora, Blanca, que estaba en todo, se asomó a la sala y anunció que el almuerzo estaba listo. Miguel Ángel se levantó, invitó a los muchachos a pasar a la mesa y mientras caminaba con el último, Blanca, pálida y con expresión de estupor, se acercó, le habló al oído y empezó a caminar con él hacia la puerta. En el umbral estaba parado un hombre vestido de obscuro, sonriente, que le extendió la mano a Miguel Ángel y le dijo: "Señor embajador, en nombre de mi gobierno, como encargado de negocios de la embajada sueca, tengo el honor de comunicarle oficialmente que se le ha concedido el Premio Nobel de Literatura".

Blanca no lo creía, miraba al funcionario sueco, luego a Miguel Ángel que daba las gracias mientras abrazaba al visitante. Sintió que había pasado un siglo antes de poder besarlo, abrazarlo largamente mientras sollozaba. Miguel Ángel también estaba muy emocionado. "Lo logramos, lo logramos", decía al oído de Blanca. Los muchachos, poco a poco, con sigilo, se habían ido juntando alrededor de ellos. Algunos, los más adelantados, se animaban a felicitarlo y lo abrazaban.

La embajada se llenaba más y más de gente que quería verlo. Miguel Ángel suspendió su almuerzo. Hizo pasar al funcionario y a los primeros periodistas para improvisar una conferencia de prensa. Todos hablaban al mismo tiempo. El teléfono sonaba sin parar. Y Miguel Ángel, en medio de aquel barullo, se sentía como en el aire, como si toda aquella bulla fuera allá lejos y estuviera solo consigo mismo. Por su mente pasaban imágenes incoherentes: los potreros abiertos, húmedos, de Salamá, las noches de luna y cuentos en el patio de la casa paterna, la figura del Señor de Candelaria acercándose, lenta, en medio de nubes de incienso. "Mi mamá —pensaba—, si mi mamá estuviera aquí... y mi papá, estarían orgullosos de mí, de que fui el único entre tantos en lograr este premio. Todos quedaron en el camino: Alejo, Arturo, los mexicanos, los argentinos. El Premio es mío".

De pronto, una fuerte luz iluminó su cara y un periodista preguntó:

—Señor Asturias, ¿cuáles son sus primeras declaraciones después de enterarse de la noticia del Premio?

—Pues —dijo, mientras intentaba ubicar al periodista— lo primero que viene a mi mente es la profunda responsabilidad moral que entraña recibirlo. Eso por un lado, y por otro, el hecho de que a través mío se premia a toda la novelística latinoamericana y se honran los sueños y las luchas de los pueblos de nuestro Continente.

—¿Ya lo esperaba o lo toma por sorpresa? —preguntó otro.

—Me toma por sorpresa. Por supuesto que sabía de mi candidatura, pero nunca me imaginé que me lo dieran. Había tan grandes candidatos que hubiera sido una gran insensatez esperarlo. De ninguna manera me merezco tan grande galardón.

Las preguntas continuaron y los amigos seguían entrando. Se vivía un auténtico ambiente de júbilo en la embajada. Miguel Ángel sentía que nunca saldría del torbellino de voces, luces, cámaras y acción. De repente, como si sólo ella existiera, del ojo del huracán, surgió Blanca, el teléfono en la mano, diciendo con gran esfuerzo: "Es Henri Cartier-Bresson, quiere hablarte de una sesión fotográfica". Sintió el cielo abierto. Como pudo, disculpándose, haciendo oídos sordos, se abrió camino a través de la red de voces y miradas.

—¿Henri? ¿Eres tú? Soy Miguel Ángel.

—Sí. Quiero felicitarte. Espero ser de los primeros.

—La embajada es una locura, cada vez llega más gente; pero sí, te lo agradezco. ¿En qué puedo servirte?

—Perdona el abuso, pero desde que se empezó a mencionar tu nombre como candidato, me dije que si te llegaba el Premio Nobel, no dejaría pasar el tiempo. Si puedes, claro, quisiera improvisar ahora mismo una sesión fotográfica en algún lugar público de la ciudad. ¿Puedes?

—Me viene como anillo al dedo. Vas a rescatarme de una muerte segura por asfixia. Me va a dar mucho gusto encontrarme contigo dentro de una hora. ¿Te parece?

—Por mí, fenomenal. ¿Qué lugar prefieres?

—No me preguntes por qué, pero por razones que sólo yo sé, me encantaría que fuera en el Parc Monceau, en cierto lugar...

—¡Perfecto! Allí estaré.

—Llegaré solo, ¿alguna objeción?

—No, ninguna. Lo que quiero es que sólo sean tú y la ciudad. Tú sabes, por aquello de que París es la capital de los escritores. Casi eres un Premio Nobel nuestro. Pero no quiero clichés, lugares turísticos. Más bien quiero mostrar tu intimidad con la ciudad.

—Pues si de eso se trata, te puedo asegurar que habrá bastante.

Se despidieron. Miguel Ángel estaba salvado. Ya tenía la excusa perfecta para darle un término al caos espontáneo de la embajada. Con una amplia sonrisa, con más posesión de sí, volvió a la sala, a la luz, al centro de la curiosidad, a ese lugar que sólo él podía ocupar en el mundo.

Media hora más tarde, Miguel Ángel se puso de pie. "Señores, siento mucho tener que interrumpir esta primera conferencia. Ya tendremos más tiempo y calma en los días venideros. Lo prometo. En este momento debo cumplir con un compromiso ineludible. El señor Cartier-Bresson, a quien, no lo dudo, ustedes conocen bien, me demanda un tiempo para dejar un registro fotográfico de este momento".

Blanca contestó las últimas preguntas mientras acompañaba a los periodistas. Los muchachos se despidieron también. Se quedaron sólo algunos amigos de confianza. Miguel Ángel entró a buscar su abrigo y su sombrero. Se despidió de Blanca y prometió volver cuanto antes. Bajó las gradas, atravesó el alto vestíbulo de entrada en cuyo umbral se leía: 73, Rue de Courcelles. El chofer lo esperaba ansioso con la puerta del auto abierta. "Parque Monceau, por favor", dijo.

El otoño parisino estaba ya bien entrado. París vestido de rojo y amarillo. Las hojas por doquier y aquel ambiente de nostalgia poética y de postal que Miguel Ángel conocía tan bien. Mientras el auto avanzaba por las calles, su mirada se detenía en lugares de la memoria y pensaba para sí que ni planificándolo le habría salido tan bien. El otoño, la embajada, el día de su cumpleaños, la presencia de Blanca. El viento frío reclamaba con dulzura las hojas y las mecía a su antojo. Miguel Ángel se adentró en el parque perfectamente trazado, en el bosque, en el laberinto de sus calles que tantos recuerdos le traían.

Henri salió a su encuentro. Se abrazaron como viejos amigos que se encuentran en ocasión de una gran alegría.

—Me alegra tanto por ti, por tu país... —dijo.

—Gracias. La verdad es que estos premios no son, no pueden ser personales.

—Oye, veniste elegantísimo —bromeó Henri.

—¿Y te parece que no hay motivo suficiente?

—Tienes razón. Bien, estoy en tus manos. Tú dirás donde hacemos las primeras fotos. El cómo es cosa mía.

—Hay una banca allá, cruzando a la izquierda, que me trae muchos recuerdos. ¿Podemos empezar allí?

—Por supuesto.

Caminaron uno al lado del otro. Henri acostumbraba hablar a sus modelos de otras cosas, para que se relajaran y se olvidaran de ellos mismos. Así, las fotos salían lo más naturales posibles.

—Esta es —dijo Miguel Ángel señalando una antigua banca de madera y formas curvas.

—Bien, siéntate mientras encuentro la distancia y el enfoque necesarios.

Henri se alejó un poco. Caminaba, enfocaba con sus lentes, se inclinaba, volvía a caminar.

Miguel Ángel se sentó, cruzó la pierna y extendió su brazo izquierdo sobre el respaldo de la banca, en dirección a Henri. Su mente divagaba. Olvidó que Henri buscaba captar su imagen. Pensó en el cuerpo delgado de Andrée, allí, a la par suya; en los días de otoño como ése que se había quedado esperando, íngrimo y solo; en los libros que leía; en los cuadernos donde los mendigos políticos se convirtieron en *Tohil*, y *Tohil* en *El Señor Presidente*.

Las luces salían de la cámara de Henri. Una, dos, tres, y más. "Ahora de pie. Y ahora caminando. Mira a los árboles. Ahora al suelo, como si pensaras..." La sesión fue larga, cansada al final. La ciudad y el escritor. Miguel Ángel y esas calles por donde fluye el tráfico del recuerdo, ahora más que nunca.

Volvió a la embajada creyendo que ya no habría curiosos ni periodistas. Pero se equivocaba. Todavía quedaban algunos. Y con su habitual entereza y diplomacia, los hizo pasar, esta vez al despacho, donde amplió la información biográfica y literaria que le pedían. Habló de sus inicios en París, de su vida política, de su amor de toda la vida: Quevedo, "alguien a quien he leído muchas veces, desde mi juventud", dijo. Le preguntaron también por la situación de Guatemala. Dijo que se hacía esfuerzos por detener el baño de sangre. Pero un periodista, que buscaba una respuesta más personal y menos diplomática, dijo:

—Ésa es la versión oficial, pero es sabido que los grupos rebeldes le reprochan a usted representar un gobierno títere de la oligarquía. ¿Qué tiene que decir de eso?

Miguel Ángel se disgustó visiblemente. Se recostó en la silla de su despacho y, sin mirar a quien había preguntado, contestó:

—En primer lugar quiero dejar claro que el escritor Asturias no puede diferenciarse sin más del diplomático. Eso tendrá que tenerlo en cuenta cuando quiera hablar conmigo sobre literatura o política. Y con respecto a su pregunta concreta, sí, tiene razón, esos grupos me han acusado de traidor vendido. Pero eso es tonto y primitivo. En mi vida he vivido y sufrido mucho y sin embargo no creo que un grupo de muchachos tontos, que se han olvidado de diferenciar, un grupo especial de comunistas y anarquistas puedan lograr mediante atentados irresponsables y bombas algo más que darle a los enemigos un pretexto oportuno para ahogar nuestra recién nacida y aún pequeña libertad.

El ambiente se puso tenso. Miguel Ángel no parecía dispuesto a seguir contestando más preguntas. No obstante, ya de pie y con las manos sobre su escritorio, invitó a todos los presentes a que, en las semanas venideras, si querían entrevistas, reportajes o cualquier otra forma de registro periodístico, hablaran con su secretaria o directamente con Blanca, su mujer.

—Quiero tomarme algunos días para preparar mis discursos y, como ya dije, para meditar sobre la enorme responsabilidad moral que ha recaído sobre mí como representante de todo un continente que lucha por sus libertades y sus derechos elementales.

Acompañó a los periodistas a la puerta y se despidió de ellos afablemente. Cuando dio media vuelta, sólo quedaban los amigos íntimos que habían llegado a cenar con él por su cumpleaños.

—Ahora sí —dijo, con una sonrisa—, ahora podemos relajarnos y celebrar por partida doble.

Los invitados rieron y Blanca dijo:

—Voy a hacer que sirvan la comida que tenemos preparada. No es nada del otro mundo, pero ustedes son de confianza. Es un pavo relleno, pasta, refrescos, tarta de chocolate y panetone de Milano. ¿Está bien?

—Perfecto —dijo Miguel Ángel—, siempre y cuando no te olvides de las botellas de champán.

II

Pasaron las semanas y el gran día en Estocolmo se acercaba. Durante aquel tiempo, en noviembre, había viajado a Italia y Alemania para presentar traducciones de sus obras. Además, habían llegado muchos amigos de todas partes, jóvenes escritores guatemaltecos, antiguos conocidos, periodistas famosos, enviados de agencias internacionales de noticias. Miguel Ángel había sido muy atento y cordial con todos. Una semana antes del viaje a Suecia había llegado su hijo Miguel Ángel con Mónica, su esposa. El siempre fiel Cuyito llegaba desde Buenos Aires eufórico, lleno de orgullo y alegría por el triunfo de su papá.

Pero no todo podía ser perfecto. Desde el día de la reunión en casa de Luis Cardoza, el abismo entre Miguel Ángel y Rodrigo se había hecho más hondo, insalvable. El padre no aceptaba que el hijo fuera guerrillero, y éste no aprobaba que su papá fuera embajador de una farsa de gobierno. Y ahora, en este momento trascendental de sus vidas, el Cuyito no se atrevía a preguntar si Rodrigo llegaría para la ceremonia. Pero una noche, después de atender todos los compromisos, Miguel Ángel, sentado en la sala de su casa, cuando ya se habían quedado solos y casi de improviso, dijo al Cuyito:

—Rodrigo no vendrá a la ceremonia.

—Lo temía, pero no me atreví a preguntarte. ¿Es por la política?

—Sí. Pero eso no me importa. Ojalá algún día se dé cuenta del error en que está. Lo que me duele es que me enteré por gente extraña. No me ha escrito, ni me ha llamado. Quiero pensar que no puede hacerlo, que no tiene los medios por andar en la montaña.

—¿Quiénes fueron?

—Gente del movimiento revolucionario, de esos que viven en el Este de Europa, y también algunos que han venido de Guatemala.

—¿Y qué te dijeron? Tal vez son rumores de gente que quiere hacernos daño. Acordate que tanto vos como Rodrigo tienen muchos enemigos.

—No, ojalá fuera eso. Desde que se hizo íntimo de Luis Cardoza se ha vuelto tan radical. Ese cabrón le ha lavado el cerebro con esas estupideces revolucionarias. Yo creo que es cierto. No quiere venir, quiere castigarme con eso. Imaginate, en la culminación de mi carrera.

—Pobre Rodrigo, él vivió y sufrió mucho durante aquellos años en que te separaste de mi mamá.

—Sí, yo sé que todo eso está detrás de este berrinche. Pero eso no lo hace más soportable. Al contrario, me hace sentir culpable. Y me da rabia que se haya buscado a Luis como mentor y como guía espiritual. Con ese pensamiento cerrado e intransigente que ha tenido aquél toda la vida, no es el mejor consejero del mundo ni mucho menos.

–¿Vos creés que él es el culpable de lo que Rodrigo hace ahora?

–En buena medida. Es cierto que ya de Buenos Aires regresó a Guatemala con esas ideas. Pero el que se lo hizo posible y le metió esa fantasía absurda de convertirse en el personaje de mi novela, fue él. Pero bueno, a otra cosa. Eso no tiene remedio. Qué bueno que vos veniste, que estás aquí con Mónica.

El Cuyito pasó el brazo por la espalda de su padre y le sonrió con cariño y complicidad. Las palabras estaban de más. Sólo se atrevió a agregar:

–Los dos te queremos mucho. Y eso lo sabés.

–Sí. Si estás vos conmigo en esos momentos, es como si él estuviera. Ahora tenemos que concentrarnos en nuestro viaje. Ya todo está listo. Apenas acabo de terminar los dos discursos que tengo que pronunciar.

III

El momento llegó. La familia no viajó sola. Algunos amigos cercanos los acompañaron. Pero al llegar a Estocolmo, las cosas cambiaron. El protocolo oficial separó al laureado y su familia de los amigos. Miguel Ángel y Blanca sólo se dejaban llevar en los eventos programados: visitas guiadas a museos, entrevistas oficiales, cenas y reuniones privadas con miembros de la familia real, de la Academia Sueca, etc. Todo en preparación del discurso ante la Academia y de la ceremonia de entrega. Miguel Ángel estaba listo para ese momento. El discurso ante la Academia confirmaba ampliamente el veredicto: "por forjar una obra enraizada en las costumbres y mitos de los pueblos indígenas de América".

Ahí se paró Miguel Ángel, solito, en el estrado, en alto, delante de una numerosa audiencia de académicos, escritores, periodistas, amigos y familiares. Oportunidad única para hablar de América, de Guatemala, de sí mismo.

Después de su presentación, en ese instante vacío, de silencio, justo antes de empezar a hablar, Miguel Ángel tuvo la sensación de que son pocos los lugares y momentos únicos como éste en los que no importa qué se diga, cómo. Todo vale, cualquier palabra es legítima sólo por ser dicha por ese alguien que ha sido escogido como una autoridad, como uno de los más grandes escritores vivos del mundo.

"Hubiera querido que a este encuentro no se le llamara conferencia sino coloquio, diálogo de dudas y afirmaciones...", empezó diciendo, rompiendo el silencio, pero, entre palabra y palabra, pensó: No, hoy no quiero diálogo, hoy quiero que me oigan, que se callen y oigan porque hoy es mi momento, y el de nadie más.

Y lo oían, estaban atentos a cómo empezó a reconstruir la historia, a la forma en que buscaba remontarse al pasado más remoto de la historia americana:

"... Surge como primera cuestión la siguiente pregunta: ¿Existió un género parecido a la novela entre los indígenas? Creo que sí. La historia en las culturas autóctonas tiene más de lo que nosotros, los occidentales, llamamos novela, que de historia".

¡Papo! No me fijé que puse "... nosotros, los occidentales, ..." Si se supone que aquí soy indígena, en parte por eso me están dando este Premio. Debo justificarme. Los mayas hacían novela de su historia. Yo también, por qué no, puedo inventar el pasado.

"... cabría emparentar el nacimiento de la forma novelesca con la epopeya. ... Estos cantos épicos, ... poseen eso que nosotros llamamos 'intriga novelesca'..."

Aunque algún crítico podría decir que mi novela más indígena, *Hombres de Maíz*, no tiene esa 'intriga', que no tiene trama. ¡Qué embuste!

Miguel Ángel buscaba un asidero novedoso que pusiera en primer plano el tema indígena de su literatura, y se convirtiera en el auténtico origen de la novela moderna de Hispanoamérica:

"... es el borbotón indígena, savia y sangre, río, mar y miraje, lo que incide sobre la mentalidad del primer español que va a escribir la primera novela americana..."

¿Es esto cierto? ¿No es más bien una tardía y mediocre novela de caballerías? El pobre Bernal, quiso perpetuar su apellido y gesta en una épica y sólo dejó testimonio de sus limitaciones y resentimiento.

Aquí ya estaba encaminado en la historia. Ahora sólo tenía que seguir los momentos emblemáticos de la historia de la literatura. Primer paso, la Colonia:

"Bello nos recuerda al Inca Garcilaso, por desterrado; es de la estirpe americana de Landívar; ambos inician, sin balbuceos, la gran jornada americana en la literatura universal".

¿O estoy hablando de la gran jornada mimética, de que inauguran la jornada de triste imitación de la literatura europea? La gran tradición de los émulos, de los dobles, felices de ser reconocidos como tales.

Segundo paso, el nacimiento del sentimiento patriótico, de las naciones hispanoamericanas. Miguel Ángel sentía que el premio no sólo era dirigido a su persona, sino a todo un continente que en casi setenta años sólo había tenido un Premio Nobel:

"El romanticismo en América no fue solamente una escuela literaria sino una bandera de patriotismo. Poetas, historiadores, novelistas, reparten sus días y sus noches entre las actividades políticas y el sueño de sus creaciones. ¡Jamás ha sido más hermoso ser poeta en América!"

¿Qué jodidos estoy diciendo? ¿Es hermoso cantarle a esas patrias falsas, de cartón, continuadoras de la opresión? ¿Patrias de quién, para quién?

Y el último paso, las revoluciones vanguardistas del siglo XX, la primacía de la prosa sobre el verso, el surgimiento definitivo de la novela como un género total, que engloba toda una historia de géneros dispersos:

"El siglo XX se nos llena de poetas que ya no dicen nada... La literatura americana va a renacer bajo otros signos, no ya el del verso. Ahora es una prosa táctil, plural e irreverente con las formas, herida por caminos de misterio..."

Ésas son mis novelas. ¿Entendieron? Yo soy la resurrección y la vida de la literatura americana, su renacer.

Pero faltaba algo, el ingrediente político, el compromiso del escritor. No se escribe para divertir. Se escribe para cambiar el mundo. El novelista es un agente de justicia, un factor de la historia que se busca a sí misma en los laberintos de palabras que son las novelas:

"Dar testimonio. El novelista de testimonio, como el apóstol de los gentiles. Es el Pablo que cuando intenta escapar se encuentra con la realidad rugiente del mundo que le rodea, esta realidad de nuestros países que nos ahoga y nos deslumbra, y al hacernos rodar por tierra nos obliga a gritar: ¿PARA QUÉ ME PERSIGUES?"

Cuando esto se publique y Rodrigo lo lea, pensará que soy un farsante. ¿Apóstol de qué si hasta me opongo a que sea guerrillero? Apóstol, hombre de papel, no de maíz que crece de la tierra y expresa a su pueblo.

"Nuestras novelas buscan movilizar en el mundo las fuerzas morales que han de servirnos para defender a esos hombres".

¿Cuál moral? ¿La de Luis que ha llevado a Rodrigo a vivir sus frustraciones y la envidia que me tiene? ¿Esa moral del fracaso, del que se auto proclama poseedor de la verdad porque no es lo suficientemente buen poeta como para estar al margen de la verdad y, por supuesto, de la moral? Pero lo que digo, agrada. El presidente de la Academia sonríe detrás de mis palabras, como si las dijera él con mi cara mestiza y mi aureola de perseguido y exiliado.

El aplauso fue atronador, la gente de pie, celebrando la conciencia social del laureado. Miguel Ángel, sereno, agradeció a todos. Allí estaba su familia, sus amigos, que lo admiraban; los miembros de la academia y funcionarios oficiales, felices de haber hecho una buena elección, y los escritores guatemaltecos, que se habían creído todas y cada una de esas palabras evangélicas del apóstol Pablo, llamado a la denuncia y al testimonio.

IV

Un tiempo después fue la ceremonia de entrega. Gran gala. Blanca no cabía, había llegado hecha una reina y aprovechaba cada oportunidad para salir en las fotos con su marido: componiendo su corbata, bailando, sentada en primera fila, nerviosa, como si fuera a ella a quien entregaban el premio. A su lado estaba Miguel Ángel hijo, elegante, serio, junto a Mónica.

Ése fue el día de la voz en el umbral, del agradecimiento por entrar a la familia Nobel, por haber sido escogido como heredero del gran inventor, descubridor de las fuerzas de la naturaleza; el día en que reforzó la idea del papel social de la literatura, de su aporte como innovador y fundador de la nueva novela hispanoamericana.

Pero Miguel Ángel ya estaba enfermo y se cansaba rápido. El baile acabó con sus fuerzas. Mientras daba declaraciones, oía la risa de Blanca, recibía las felicitaciones, poco a poco, fue entrando en una especie de letargo, de distanciamiento, como una vuelta a un tiempo original, desconocido hasta ahora. No había recuerdos, sólo paz, tranquilidad, como si hubiese terminado una gran batalla... y hubiera vencido. Y en aquel lugar lleno de grandes personalidades, pensó que podía morirse tranquilo, que la tarea estaba cumplida. Sintió que lo tenía todo, todo lo que había deseado con todas sus fuerzas; pero también que algunas cosas habían quedado en el camino. Pero en medio del bullicio de la celebración, esto era vago, algo que podía quedar en el olvido, la despreocupación.

Los edecanes del banquete advirtieron que Miguel Ángel había llegado al límite de sus fuerzas. Amablemente, con mucha gentileza y prontitud, se ofrecieron para llevarlo a su hotel. Blanca fue la primera en decir que sí. Su salud ante todo. Miguel Ángel se despidió, abordó un auto oficial y, en cuestión de minutos, estaba en el hotel. Blanca lo conocía. Estaba feliz, pero cansado. Limitó sus comentarios, los dejó para el día siguiente.

Miguel Ángel se acostó. En unos instantes se quedó solo. Lo último que vio fue a Blanca que iba y venía ordenando todo. Todavía tenía una memoria vívida de esos instantes en que se está y ya no se está en el mundo real. Ese momento en que todo es más lento, sin música de fondo, en que las cosas son extrañas y familiares al mismo tiempo. Muchas veces, en sus borracheras, allá en el pasado remoto, Miguel Ángel había experimentado esta sensación. Igual ahora, en este día que había vivido como un gran final, como una fiesta de despedida.

La suite del hotel, de pronto, desapareció. Miguel Ángel sintió la cadencia de un caballo, como aquellos que, de niño, había montado en Salamá; pero ya no era niño y, de alguna manera, sabía que iba en busca de su hijo, Espejito con Ojos, perdido en la obscuridad. Se acercaba al cerco de árboles aquel que tanto miedo le daba, que su mamá le había dicho que no debía pasar. Más allá, sólo la sombra, lo desconocido, la leyenda. Y esta vez iba determinado, de algún modo sabía que se internaría en el bosque que parecía dormido por falta de ruidos. La bruma no dejaba salir a los pájaros. Sólo sus pasos en el silencio.

Por fin entró. Un mundo aparte. Los árboles parecían tener ojos, sentía que lo juzgaban, que lo dejaban pasar, que lo guiaban por caminos que ellos elegían. Un laberinto vivo, un cielo de la tierra. Pero cada vez la sombra se cerraba más, no podía ver el camino y, sin saber cómo, sintió el peso de un hacha en su mano. Decidió bajar y abrir un claro en el bosque. A tientas, con sus manos crispadas por el miedo y el frío húmedo, palpó un tronco ancho, rugoso, sintió la corteza como una piel áspera, impenetrable, como las arrugas de un rostro añoso. Pensó que si derribaba ese enorme árbol habría luz, él la crearía. Levantó el hacha en sus manos y asestó el primer golpe. El filo penetró en silencio en aquella carne vegetal. El árbol soltó un quejido, un doloroso quejido, un lamento de ramas que se agitaban, tastaceantes dientecillos verdes de las hojas que chocaban unos con otros. Pero él siguió, a ciegas, desesperado, buscando la luz que le permitiera ver, desentrañar los secretos de la leyenda, del bosque. Pero los lamentos continuaron, más fuertes, ensordecedores, insoportables para el oído humano. Sin pensar, violentamente, tiró el hacha y a zancadas se encaminó hacia la que él creía era la salida, quería caminar sobre sus propios pasos, volver a la tranquilidad del espacio abierto, del potrero de su infancia. Tenía miedo, mucho miedo, pero no quería confesarlo.

De pronto, un grupo de sombras, ¿sombras?, más bien árboles, ¿árboles?, más bien sombras le salieron al paso. Como una patrulla, como alguien que persigue, que cierra el paso, que está en todas partes. De entre ellos se desprendió a pasos de raíces ligeras, raíces móviles sobre la tierra húmeda, raíces no enterradas, un pino que le echó encima una de sus ramas, con peso de mano de autoridad. Después otros, y pronto una multitud se aproximaron, lo cercaron, extendieron sus ramas a él y lo ataron con bejucos irrompibles. Le ataron las manos a la espalda y los pies. Luego lo alzaron y ya no sabía qué pasaría, dónde estaba.

Con sorpresa, sintió que algo pasaba, que su cuerpo sufría una metamorfosis. Sintió que sus extremidades se convertían en raíces, que sus brazos se llenaban de follaje y su cuerpo era duro, rugoso, como aquella piel húmeda que había sentido con sus manos y había destrozado con el hacha. La inmovilidad, estaba enterrado, enraizado, atado a la tierra.

Y antes de perder la conciencia humana, todavía sintió la angustia de la separación, pensó en su hijo, Espejito con Ojos. "¡No! —se dijo—, él me necesita, si ya no puedo caminar, si me quedo aquí, de este lado, ¿qué será de él, quién cuidará sus pasos, quién? Él se quedó allá... y no conoce el camino, nunca podrá llegar a mí..."

V

La angustia lo despertó. Blanca, unos segundos después, encendió la luz.

—¿Qué pasa? ¿Te sientes bien?

—Sí, no te preocupes. Sólo fue un mal sueño. ¿Te puedo molestar con un vaso de agua?

Blanca se levantó solícita. No se tardó nada. Y cuando regresó, con una expresión de curiosidad, dijo:

—Quería contarte algo.

—¿De qué se trata? —preguntó Miguel Ángel sentándose con dificultad en la cama.

—Cuando llegamos al baile y tú te quedaste hablando con un periodista, nosotros entramos, nos presentaron a muchas personas; pero hubo uno que me llamó la atención. Tenía las manos frías, muy frías. Era un hombre alto, delgado, muy bien vestido, atractivo, con una sonrisa seductora. No sé, cuando le di la mano tuve la sensación de conocerlo. Pero no lo recuerdo. Platicamos, me dijo que había vivido en Buenos Aires y que tenía muy buenos amigos allá. Me mencionó a mucha gente querida de allá.

—¿No te dijo cómo se llamaba? —preguntó Miguel Ángel.

—Al principio no, ni yo se lo pregunté. Pero como tú tardabas en llegar, me invitó a bailar. Al principio dudé. Vi a todos lados, pero no te encontré. Era un vals. Me llevó al centro del salón, junto a otras parejas. Bailaba muy bien. Entonces empezó a hablar de ti. Me dijo que te había conocido, que había leído todas tus obras y que te admiraba mucho. Y no era mentira, ¿eh? Me dijo algunas cosas que me confirmaron sus palabras. Conocía muy bien *Hombres de Maíz* y *Mulata de Tal*. El vals terminó y, muy prudente, me acompañó donde estaba la familia. Nos despedimos. Yo le pregunté si no quería hablarte. Pero me dijo que no. Que seguramente estabas muy cansado. Se lo agradecí. Y fue en ese momento que me dijo algo extrañísimo. Por eso me acordé y quería preguntarte. Dijo: "Sólo hágale llegar mi felicitación, dígale que Legión se alegra mucho de que ahora tenga todo lo que siempre quiso". Yo le contesté: "¿Legión?, ¿ése es su nombre?"; pero ya no me escuchó, se perdió entre la gente y no volví a verlo. ¿Lo conoces?

Miguel Ángel dejó de tomar agua, vio hacia fuera, hacia la ventana, y contestó:

—No, no tengo idea de quién es.

Y se quedó pensativo.

Epílogo

Con la exactitud con que usted lo quiere saber
debo contestarle que no sé cómo soy.

MIGUEL ÁNGEL ASTURIAS:
Entrevista con GÜNTER LORENZ

16. Madre, tú me inventaste

El aire del atardecer soplaba suave. La luz, cada vez más débil, tibia aún, se deslizaba mansa por las paredes de piedra de la terraza. El bochorno del día se apagaba y ya sólo se sentía el resuello, el latido del fuego y el rumor de las olas. Y aquel mar que se convertía en mar de sombras, devolvía a Miguel Ángel la memoria del azul del lago y del cielo encendido de Guatemala. El rostro añoso como corteza de árbol, inmóvil, contemplaba las palmeras dóciles, y más allá, donde la vista claudica y supone, veía escéptico la marea de reflejos, el remanso ilusorio de las aguas del Mediterráneo.

Era el inicio del verano de 1973. Como todos los años después del Nobel, Blanca había insistido en descansar en Palma de Mallorca durante unas semanas. Falicoff, el médico y entrañable amigo de la pareja, lo había recomendado por la salud de Miguel Ángel. Aquél era un lugar alejado de las conferencias, los compromisos y los honores que lo perseguían. Allí se ocupaba de escribir y de responder correspondencia postergada. La paz y el letargo indolente lo disponían al trabajo minucioso del recuerdo.

Esa tarde, después de la siesta obligada, Miguel Ángel había salido a la terraza. Permaneció allí durante horas sin poder escribir una palabra. Su mente, distraída y azarosa, había vagado al vaivén del capricho por escenas, colores, sensaciones de la infancia, por el ruido irresponsable y categórico de la juventud. Recordó la noche en que, después de visitar la casita del que hacía los Judas, al entrar a su cuarto, mientras oía los pasos de su padre alejándose, encontró un pasaje para Liverpool. Y sintió de nuevo las nostalgias que arrastró en su viaje a Europa, y la angustia de la separación junto a la sensación de libertad. Era como volver de nuevo al principio.

Blanca se asomó a la terraza. Por un momento le extrañó la imagen quieta, casi sin vida, de Miguel Ángel.

—¿Estás bien? —preguntó.

—Sí, no te preocupes —contestó él.

—¿No has escrito tus cartas?

Miguel Ángel volvió su mirada al mar, al suave rumor del recomienzo incesante de las olas, lo asaltó de nuevo la obsesión del fin, el vértigo de la muerte, y dijo:

—No. Ahora voy a escribir la primera.

Pensó que morir es abandonar el territorio de la vida y, a pesar de ello, seguir viviendo. "Mi padre —se dijo— lo supo hace mucho". Vio la hoja en blanco y sin dudar, como si nada hubiera pasado, como si una voz primigenia le dictara desde dentro, escribió:

París, 2 de octubre de 1925

Señora Doña María Rosales de Asturias
En sus manos

Mi adorada mamá:

Ya estará cerca la Navidad cuando usted lea estas líneas. No puedo evitar el recuerdo de nuestras costumbres en este mundo tan ajeno al nuestro. Quisiera saber cómo imagina estas ciudades maravillosas que he conocido, para saber si he sido sus ojos... Sus ojos...

Al lector:

Algunos pasajes de esta novela están entretejidos
con breves fragmentos de obras de Miguel Ángel
Asturias.
Mediante este recurso el autor quiere hacer patente
su admiración por ese gran escritor.